Ullstein

DAS BUCH

Michael Neef, Tumorspezialist auf der Kinderstation eines englischen Krankenhauses, ist bei der Heilung seiner kleinen Krebspatienten vollkommen machtlos und gibt deshalb seine Zustimmung, eine neue Gentherapie an einigen Todgeweihten anzuwenden. Dem zynischen Virologen der Firma Menogen traut er jedoch nicht über den Weg und bittet einen befreundeten Genforscher, das Serum vorab zu untersuchen. Auch die Presse hat inzwischen Wind von dem Projekt bekommen, und besonders die engagierte Journalistin Eve Sayers stellt Neef unangenehme Fragen. Um so mehr, als plötzlich zwei junge Mädchen sterben und die Autopsie unwiderlegbar beweist, daß sie stark krebsfördernden Mitteln ausgesetzt waren.
Ein packender Medizinthriller, der die Risiken und Nebenwirkungen aufdeckt, die kein Apotheker erläutern kann und kein Pharmakonzern einräumen will.

DER AUTOR

Der schottische Wissenschaftler und Bestsellerautor Ken McClure wurde mehrfach für seine medizinischen Forschungen ausgezeichnet. Seine Bücher wurden bereits in 18 Sprachen übersetzt. Bei Ullstein erschien bereits sein Thriller »Trauma«; »Embolie« ist für Sommer 1998 eingeplant. Ken McClure lebt in Edinburgh.

KEN McCLURE

Serum

Thriller

Aus dem Englischen von
Susanne Althoetmar-Smarczyk

ULLSTEIN GELBE REIHE

Ullstein Buchverlage GmbH & CO. KG,
Berlin
Taschenbuchnummer: 24271
Originaltitel:
Fenton's Winter

Deutsche Erstausgabe
Februar 1998

Umschlaggestaltung:
Vera Bauer
Illustration: © TCL/BAVARIA

Printed in Germany 1998
Gesamtherstellung:
Ebner Ulm
ISBN 3 548 24271 5

Gedruckt auf alterungs-
beständigem Papier mit
chlorfrei gebleichtem Zellstoff

Vom selben Autor
in der Reihe
der Ullstein Bücher:

Trauma (24134)
Embolie (24372)

Die Deutsche Bibliothek
– CIP-Einheitsaufnahme

MacClure, Ken:
Serum: Thriller/
Ken MacClure.
Aus dem Engl. von
Susanne Althoetmar-Smarczyk.
– Dt. Erstaus.
– Berlin : Ullstein, 1998
(Ullstein-Buch ; 24271)
ISBN 3-548-24271-5

1

Michael Neef, Facharzt für Kinderkrebsheilkunde, warf einen prüfenden Blick auf seine Uhr, als er die Wendeltreppe zur Pathologie hinunterstieg. Er war spät dran, hatte aber das Gefühl, auf Frank MacSweens Bitte reagieren zu müssen, »mal einen Augenblick in den Obduktionsraum hinunterzuflitzen«. Er und MacSween kannten sich lange genug, um die Meinung des anderen zu respektieren. Wenn Frank meinte, es lohne sich, einen Blick auf etwas zu werfen, stimmte das normalerweise auch.

Neef, ein großer, gutgebauter Mann Mitte dreißig, mit zurückgekämmtem dunklem Haar und einem markanten Gesicht, das nur von einer gebrochenen Nase, einem Überbleibsel eines Motorradunfalls als Teenager, entstellt wurde, stieß die Schwingtüren des Pathologielabors auf und nickte dem diensthabenden Laboranten zu, bevor er die Umkleideräume betrat. Er nahm sich einen grünen Baumwollkittel und band ihn hinten locker zu. Er machte sich nicht die Mühe, die Fußbekleidung zu wechseln, da dies nicht zwingend vorgeschrieben war, und ließ daher die Reihe Gummistiefel unter der Holzbank unberührt. Wenn er es irgendwie vermeiden konnte, würde er nicht lange bleiben.

Die Pathologie mochte er nicht, das hatte er noch nie getan. Er gestand zu, daß es sie geben mußte, aber damit hatte es sich auch. Der Anblick und die Gerüche dieser Abteilung verursachten bei ihm Platzangst – und nicht nur in dem Raum, in dem die Obduktionen stattfanden. Die dunklen Holzregale in dem Labor mit ihren Gläsern und Flaschen voll von teuflischem Inhalt machten ihn nervös, und überall herrschte der übelkeiterregende, süßliche Geruch des Fixativs für Gewebeproben. Während die Oberwelt der Medizin nach Desinfektionsmitteln und Äther roch, lag über der Unterwelt der Pathologie ein starker Geruch von Alkohol und Formaldehyd. Er hielt jedoch inne, um eine Plastikschürze über den Kittel gleiten zu lassen – stets eine weise Vorsichtsmaßnahme, wenn man bald in der Nähe des Tisches stehen würde.

Neef betrat den Obduktionstrakt. Es war ein langgestreckter Raum mit niedriger Decke, weißgekachelt und von Leuchtstoffröhren bestückt, die jedem Gefängnisblässe verliehen und jede Pore des menschlichen Gesichtes hell erleuchteten. Er sah MacSween an dem weitesten entfernten der vier Tische bei der Arbeit. Er beugte sich über eine Leiche, die Brille war ihm gefährlich nahe ans Ende der Nase gerutscht, wurde aber vom Mundschutz zurückgehalten. Seine buschigen Augenbrauen wölbten sich über die Augen. Da gerade Wasser durch die Abflußrohre des Edelstahltisches gurgelte, hörte er nicht, wie Neef hereinkam. Erst als er nach oben langte, um die Lampe über seinem Kopf neu einzustellen, sah er, daß Neef näherkam.

»Ah, Michael, danke, daß du gekommen bist«, sagte er in seinem angenehmen schottischen Akzent, richtete sich auf und stützte die behandschuhten Hände ins Kreuz, als wolle er betonen, wie steif er geworden war.

»Was hast du denn da, Frank?« fragte Neef.

»Zieh dir einen Mundschutz an! Ich zeige es dir.«

MacSween schaute auf den Leichnam hinab, und einen Augenblick lang hörte man nur das Abzugsgebläse in der Decke oberhalb des Tisches. Etwas stimmte damit nicht – das gleichmäßige Geräusch des Motors wurde gestört durch ein zeitweilig aussetzendes, völlig unrhythmisches metallisches Klicken. Das Gebläse setzte kurz aus, dann begann es von neuem.

MacSween sagte: »Das ist Melanie Simpson, dreizehn Jahre alt.«

Neef schaute sich die Leiche des Kindes an. »Tut mir leid, ich kann mich nicht . . .«

»Nein, sie ist nicht eine von deinen. Sie wurde uns aus der Uniklinik herübergebracht. Dort herrscht in der Pathologie im Moment Personalmangel. Eddie Miller geht es nicht gut.«

MacSween schaute kurz auf, und ihre Blicke trafen sich. Sie wußten beide, daß Eddie Miller, einer der Pathologen der Uniklinik, ein ernsthaftes Alkoholproblem hatte. Aber er stand kurz vor der Pensionierung, und seine Kollegen deckten ihn. Es herrschte die allgemeine Ansicht, daß er nach einer über dreißigjährigen Karriere in der Pathologie ein würdiges Ende verdient hatte. Ein Festbankett, eine Kristallkaraffe als Geschenk, Lobreden, ein Blumenstrauß für seine Frau – alles, was dazugehörte. In der Zwischenzeit beschränkte man seine Arbeitslast auf Routineobduktionen. Die Pathologie an Lebenden – die Überprüfung von Biopsien und die dringenden Gewebeanalysen aus den OPs – wurde ausschießlich von seinen nüchterneren und kompetenteren Kollegen durchgeführt.

Eddie schien diese Situation akzeptiert zu haben. Ihm blieb auch keine andere Wahl. Wenn er auch nur einen Versuch unternähme, sich mit einem lebenden Patienten zu beschäftigen, würde er auf der Straße landen, dreißig Jahre hin oder her.

»Was ist denn los?«

»So etwas habe ich noch nie gesehen«, sagte MacSween. »Melanie hatte eine schwere Lungenentzündung. Beide Lungenflügel.«

»Pneumokokken? Klebsiellen?« fragte Neef.

»Überraschenderweise keines von beiden. Es waren überhaupt keine Bakterien, daher nahmen sie an, es seien Viren.«

»Normalerweise ist eine virale Lungenentzündung aber nicht so heftig.«

»Stimmt«, pflichtete MacSween ihm bei, »deshalb habe ich dich auch angerufen. Schau dir ihre Lungen einmal genau an. Sie hätte eine von deinen Patienten sein sollen.«

Neef betrachtete die Lungenflügel, die entfernt worden waren und in zwei nebeneinander stehenden Edelstahlschalen lagen. Sie waren von kleinen Tumoren übersät.

»Großer Gott«, flüsterte Neef. »Sind sie im Labor untersucht worden?«

»Ich habe Charlie Morse gerade ein paar Schnellschnitte

machen lassen. Sie sind bösartig. Wenn die Lungenentzündung sie nicht umgebracht hätte, dann mit Sicherheit der Lungenkrebs.«

Neef nahm eine Sonde von dem Tablett an der Seite des Tisches und betrachtete die Lunge noch eingehender. »Seltsam«, murmelte er. »Kein offensichtlicher Kandidat für einen primären Focus. Wie sieht es mit ihren anderen Organen aus?«

MacSween schüttelte den Kopf und sagte: »Nur die Lungen sind betroffen. Deshalb habe ich dich gerufen. So etwas ist mir bei einem Kind noch nie begegnet. Wie du schon gesagt hast, handelt es sich eindeutig nicht um einen einzelnen Tumor, der Metastasen gebildet hat. Überall in den Lungen befinden sich primäre Foci.«

»Was hältst du also davon?« fragte Neef, der vom Anblick der zerstörten Lunge noch ganz gebannt war.

»Ich hatte gehofft, du hättest eine Idee«, meinte MacSween. »Du bist doch der Krebsexperte.«

Neef schüttelte den Kopf. »Ganz bestimmt ist es nicht spontan entstanden. Abgesehen von allem anderen, bekommen Kinder in dem Alter einfach keinen Lungenkrebs. Danach zu schließen, wie weit die Krebszellen in das Gewebe eingedrungen waren, muß ein sehr starkes Karzinogen im Spiel gewesen sein – oder vielleicht sogar eine radioaktive Strahlungsquelle.«

»Du meinst, so etwas wie eine Atombombe auf der Hauptstraße«, meinte MacSween sarkastisch.

»Ich verstehe, was du meinst«, sagte Neef. »Strahlungsquellen, die einen so großen Schaden verursachen können, sind dünn gesät. Meine wahrscheinlichste Vermutung wäre daher ein enger Kontakt zu irgendeiner sehr starken, krebserregenden Chemikalie.«

»Und die sind nicht dünn gesät.«

»Unglücklicherweise nicht. Fast jeden Tag hören wir von einer neuen.«

»Dreizehn Jahre alt, und schau sie dir an. Sie war doch noch ein Kind.«

Beide Männer betrachteten das elfenbeinweiße Gesicht des toten Mädchens, die geschlossenen Augen, das blonde Haar, das von der Kopfstütze auf dem Tisch straff zurückgehalten wurde. Ihre makellosen, durchscheinenden Wangen verliehen ihr ein ätherisches Aussehen. Auf einem Kirchenfenster hätte sie nicht fehl am Platze gewirkt.

»Sie hatte noch nicht einmal einen Vorgeschmack auf das Leben, verdammt noch mal«, murmelte MacSween.

Neef warf ihm von der Seite einen Blick zu und sah, daß seine Augen feucht waren.

»So solltest du nicht denken«, sagte er als Freund. »Du bist doch Pathologe, weißt du noch? Eigentlich solltest du neben dem Tisch stehen, deine Butterbrote essen und zynisch sein, wie die Typen im Fernsehen.«

»Scheißfernsehen«, sagte MacSween.

Neef zuckte mit den Achseln, als mache er sich diese Philosophie zu eigen, und MacSween grinste leicht. »Also, was können wir tun?«

»Wir müssen die Leute vom Gesundheitsamt benachrichtigen«, erwiderte Neef.

»Du willst nicht warten, bis das Labor Gelegenheit hatte, den Krebserreger zu identifizieren?«

»Es ist zu ernst«, sagte Neef. »Sie müssen die Quelle aufspüren, und damit können sie genausogut anfangen, während im Labor die Tests laufen. Das wird für irgendeinen Epidemiologen ein großer Tag.«

»Wir müssen auch die Uniklinik informieren. Sie war eine von ihren Patienten. Wir wollen schließlich niemandem auf die Füße treten.«

Neef nickte. »Wird interessant sein zu hören, was die vom Gesundheitsamt sagen«, meinte er nachdenklich. »Es ist schwer sich vorzustellen, mit welchen Karzinogenen, die solch einen Schaden verursachen, ein dreizehnjähriges Schulmädchen in Kontakt kommen kann.«

»Sie muß einen Samstagsjob gehabt haben, bei dem sie eigenhändig Asbest in Fabriken herausgerissen hat«, sagte MacSween.

»Unsere gegenwärtige Regierung würde das wahrscheinlich Arbeitserfahrung nennen«, sagte Neef.

»Scheißregierung«, sagte MacSween.

»Ich habe das schreckliche Gefühl, daß es nicht mehr lange dauert, bis ich vielleicht auch die Herren von der Presse auf deine Liste setze«, sagte Neef und schaute auf die Uhr.

»Gibt's Probleme?«

»Der Torrance-Fall. Ein Reporter kommt mich besuchen.«

»Ach ja, Klein-Tracy. Darüber habe ich gelesen. Du vergeudest nur deine Zeit, mein Junge.«

»Wem sagst du das«, erwiderte Neef mit einem schiefen Lächeln. »Ich muß jetzt gehen.«

Neefs Sekretärin, Ann Miles, kam, sobald er zurückgekehrt war, in sein Zimmer. Sie sah besorgt aus. »Ms Eve Sayers vom *Evening Citizen* ist hier«, sagte sie. »Sie ist, glaube ich, nicht allzu erfreut darüber, daß man sie hat warten lassen. Ständig hat sie mich daran erinnert, daß sie um drei Uhr einen Termin hatte.«

Die Uhr an der Wand von Neefs Büro stand auf acht Minuten nach drei. Er zuckte die Achseln und sagte: »Wir wollen das vertraulich behandeln, sonst taucht hier noch jemand auf und pocht auf die Einhaltung der Pressefreiheit. . .«

Ann Miles lächelte verschwörerisch und sagte: »Soll ich sie hereinbitten?«

Neef nickte.

Eine selbstbewußte junge Frau Ende zwanzig, schlank, gute Figur, chic, aber lässig gekleidet, betrat das Büro. Sie schaute sich um, als sei der Besitzer des Büros weniger von Interesse als die Innenausstattung. Da Neefs Raum ein schlichtes Standard-Sprechzimmer des National Health Service war, in dem außer einem Schreibtisch und zwei Aktenschränken kaum nennenswerte Möbel standen, war diese Eröffnungstaktik zum Scheitern verurteilt. Neef vermutete, daß sie auf diese Weise ihr Mißvergnügen darüber demonstrieren wollte, daß man sie hatte warten lassen. Er wartete, bis sie ihm ihre Aufmerksamkeit schenkte, bevor er lächelte und sagte: »Ich bin Michael Neef. Was kann ich für Sie tun, Ms Sayers?« Er deutete auf einen Stuhl vor seinem Schreibtisch.

Die Reporterin setzte sich und schwang ihre Umhängetasche auf ihre Knie, während sie einen kleinen Kassettenrecorder herauszog. Sie stellte ihn vor sich auf den Schreibtisch.

»Gibt's denn kein Steno mehr?« lächelte Neef.

»Stört es Sie?«

Neef schüttelte den Kopf. Sayers drückte den Aufnahmeknopf und kam direkt zur Sache.

»Was sagen Sie zu den Vorwürfen, daß Sie und Ihre Kollegen nicht alles tun, um der kleinen Tracy Torrence zu helfen, Doctor Neef?« Ihre Stimme war kühl, selbstbewußt, ja einschüchternd.

Neef betrachtete die gutaussehende Frau vor sich volle fünf Sekunden lang, bevor er sagte: »Tracy Torrence ist unheilbar krank. Meine Kollegen und ich tun alles, was in unserer Macht steht, für sie. Etwas anderes zu behaupten, wie Tracys Mutter es kürzlich in Ihrer Zeitung tat, ist wirklich völlig unverantwortlich.«

»Stimmt es nicht, daß Geld bei Ihrer Entscheidung, Tracy nicht weiter zu behandeln, eine Rolle gespielt hat?« fragte Sayers.

»Nein«, antwortete Neef barsch.

»Mir liegen Informationen vor, daß es noch eine weitere Behandlungsmöglichkeit für Tracys Krankheit gibt, daß Sie sich aber dagegen entschieden haben, weil es zuviel kostet. Wie lautet Ihre Antwort darauf, Herr Doktor?

Neef schluckte seine Wut herunter und stählte sich, um ruhig zu bleiben. Er beobachtete, wie Eve Sayers an dem Lautstärkeregler ihres Kassettenrecorders herumfummelte. »Ich würde sagen, dies ist eine grobe Verzerrung der Tatsachen.«

»Leugnen Sie die Existenz der Behandlungsmethode, auf die ich mich beziehe?« verlangte die Reporterin zu wissen und schaute wieder auf ihren Lautstärkeregler.

»Ich weiß genau, welche Behandlung Sie meinen. Sie ist in Tracy Torrences Fall nicht angemessen.«

»Nicht angemessen?« wiederholte Eve Sayers herausfordernd.

»Nicht angemessen, wie ›wirkungslos‹.«

»Wie können Sie da so sicher sein, Herr Doktor?«

Neef zuckte die Achseln und öffnete in einer Geste des Zugeständnisses die Hände.

»In einem Fall wie diesem kann niemand absolut sicher sein. Niemand von uns hat eine Kristallkugel, in die er hineinschauen kann. Ich mußte auf der Grundlage von Fachverstand und Erfahrung eine Entscheidung treffen, und die sagten mir nach vielem Nachdenken, daß die Behandlung, auf die Sie sich beziehen, dieser speziellen Patientin nicht nützen würde.«

»Aber wenn Sie zugeben, daß Sie nicht völlig sicher sein können, ist es doch sicher einen Versuch wert. Was haben Sie zu verlieren?« fragte Sayers. »Was hat *Tracy* zu verlieren?«

»Die Behandlung ist sehr teuer. Es wäre eine Verschwendung von Mitteln. Andere Patienten würden darunter leiden.«

»Also hat es doch etwas mit Geld zu tun?« sagte die Reporterin und stellte ihren Kassettenrecorder wieder neu ein.

Neef empfand dieses ständige Herumfummeln an dem Apparat als störend. Es war, als würde die Frau überhaupt nicht mit ihm reden. Wie eine sprechende Waage tischte sie ihm Fragen auf, während sie in Gedanken bei etwas anderem war. Diesmal antwortete er nicht, bis sie aufschaute und er das Gefühl hatte, daß sie ihm ihre Aufmerksamkeit schenkte.

»Oder etwa nicht?« hakte sie nach.

»In dem Sinne natürlich«, erwiderte Neef. »Meine Station verfügt, wie jede andere, nur über begrenzte Mittel. Wir müssen im Rahmen unserer Möglichkeiten arbeiten.«

Das Gesicht der Reporterin nahm einen triumphierenden

Ausdruck an. Sie sagte: »Die kleine Tracy bekommt also nicht die Behandlung, die ihr Leben retten könnte, weil Sie im Rahmen Ihrer finanziellen Möglichkeiten bleiben müssen. Das sagen Sie doch, nicht wahr, Herr Doktor?«

»Nein«, erwiderte Neef kalt. »Tracy Torrence wird die Behandlung, auf die Sie sich beziehen, nicht erhalten, weil ich glaube, daß sie ihr nicht helfen würde.«

»Ach ja«, erwiderte Sayers. »Unangemessen.«

»Exakt«, sagte Neef und starrte sie mit einem kalten Blick an.

»Also, ich glaube, es ist nur fair, Ihnen zu sagen, Doktor, daß meine Zeitung beschlossen hat, eine Privatbehandlung für Tracy zu finanzieren. Die Geschichte erscheint in der morgigen Ausgabe.«

Neef schüttelte leicht den Kopf und zuckte die Achseln. »Ihr Leute habt überhaupt keine Vorstellung davon, welchen Schaden ihr anrichtet, oder?«

»Welchen Schaden? Mir erscheint das ganz einfach, Herr Doktor. Tracy kann vom National Health Service nicht die Behandlung kommen, die sie braucht, also wird meine Zeitung sie ihr privat finanzieren.«

»Kommen Sie mit«, sagte Neef und stand plötzlich von seinem Stuhl auf. Er kam um den Schreibtisch herum, nahm die Reporterin bei der Hand und zerrte sie beinahe zur Tür hinaus. Sein abruptes Verhalten schien Wirkung zu zeigen. Sayers Selbstbewußtsein verpuffte.

»Wo bringen Sie mich hin?« keuchte sie.

»Sie werden schon sehen.«

Neef führte sie eine Treppe hinauf und öffnete die Tür zu einer Station, auf der ONKOLOGIE EINS stand. An Haken hinter der Tür hingen einige Chirurgenkittel. Er reichte ihr einen und befahl ihr, ihn anzuziehen.

Die Reporterin tat, was ihr gesagt wurde, und folgte Neef durch die Station.

»Im Augenblick liegen sechzehn Kinder hier«, sagte Neef.

»Alle haben irgendeine Art Tumor. Wieviele von ihnen würden Sie und Ihre Zeitung behandeln lassen wollen, wo wir schon einmal dabei sind?«

»Einen Moment mal«, stammelte Eve Sayers. »Tracy ist ein –«

»Besonderer Fall?« unterbrach Neef sie. »Nein, das ist sie nicht. Viele andere Kinder hier sind in der gleichen Lage. Also kommen Sie, wie viele?«

Sayers hob die Hände, als wollte sie Neefs Angriff abwehren. »Wir sind eine Zeitung. Es ist nicht unsere Aufgabe, für Behandlungen zu sorgen, die ganz selbstverständlich bereitgestellt werden sollten. Wir können uns nur leisten, auf einen Einzelfall, der das Interesse der Öffentlichkeit erlangt hat, ein Schlaglicht zu werfen. Wir können es uns unmöglich leisten –«

»Sie meinen, es hat etwas mit Geld zu tun?« fiel Neef ihr mit gespielter Wut ins Wort. »Sie meinen, Ihre Mittel sind begrenzt, Ms Sayers? Sie müssen im Rahmen Ihrer Möglichkeiten bleiben? Großer Gott, was für ein Eingeständnis, wenn Kinderleben auf dem Spiel stehen.«

»In Ordnung, Sie haben Ihr Ziel erreicht«, sagte Sayers ruhig.

»Ich bin noch nicht fertig«, sagte Neef. »Sehen Sie sich gut um.«

Sayers betrachtete die Kinder in der Station durch die Glaswände der Zimmer. Sie sahen so verletzlich aus wie Flüchtlinge aus einem weit entfernten Krieg. Viele hatten keine Haare, eine Nebenwirkung von Medikamenten und Bestrahlungen. Die Plakate mit Disneyfiguren an den Wänden und die herumliegenden Spielsachen machten nur noch deutlicher, wie weit sie von einer normalen Kindheit entfernt waren.

»Kommen Sie mit und lernen Sie Neil kennen«, sagte Neef. Er ging voran zu einem kleinen Nebenraum, in dem ein kleiner Junge von etwa vier Jahren mit einem Spielzeugfeuerwehrauto spielte. Als sie eintraten, hatte er ihnen den Rücken zugewandt. »Hallo, Tiger!« sagte Neef sanft, und der Junge drehte sich um. Eve Sayers zog scharf die Luft ein, als sie den riesigen entstellenden Tumor auf der linken Seite seines Gesichtes sah. Er erstreckte sich von oberhalb des Wangenknochens bis zum Unterkiefer und zog seinen Mund schief. »Hallo«, lächelte sie, als sie ihre Fassung wiedergewonnen hatte. »Was hast du denn da?«

Der Junge versuchte ›Feuerwehrauto‹ zu sagen, aber durch den Druck des Tumors auf seinen Mund wurde das Wort fehlgebildet. Eve tat so, als hätte er es richtig ausgesprochen und wiederholte es. Sie kniete sich hin, um das Spielzeug zu bewundern und rollte es zu ihm zurück. Während der Junge die Fremde abschätzte, trat eine Pause ein, dann kicherte er und stieß das Auto Eve wieder zu. Das Spiel wurde fortgeführt, bis eine Schwester hereinkam und den Vorgang unterbrach.

»Zeit für deine Süßigkeiten, Neil«, verkündete sie. »Bist du ein braver Junge und ißt sie alle auf?«

Neil nickte langsam und schweigend, dann stand er auf. Die Schwester gab ihm seine Medizin und lobte ihn mit einer Umarmung, als es vorüber war.

Neef gab Eve ein Zeichen, daß es Zeit war zu gehen. »Bis später, Tiger«, sagte er zu Neil und geleitete Eve aus dem Raum.

»Tschüs, Neil«, sagte Eve und schaute zurück.

Neil machte ein gurgelndes Geräusch.

»Warum haben Sie das getan?« wollte Eve mit knirschenden Zähnen wissen, sobald sie die Station verlassen hatten und draußen auf dem Treppenabsatz standen.

»Das hat Sie umgehauen, oder?«

»Ich dachte an den Jungen«, erwiderte sie. »Ich war nicht darauf vorbereitet. Er muß die Reaktion auf meinem Gesicht gesehen haben.«

Neef hielt einen Augenblick inne, bevor er sagte: »Also, das spricht für Sie. Sie haben sich Sorgen gemacht um seine Gefühle und nicht um Ihre.«

»Sie haben meine Frage nicht beantwortet«, beharrte Eve.

Etwas von ihrer früheren Feindseligkeit schien zurückgekommen zu sein.

»Sie sind gekommen, um mit mir über eine Patientin namens Tracy Torrence zu sprechen«, sagte Neef.

»Ja.«

»Aber Sie haben sie nicht so genannt, oder? Sie haben Sie ständig als ›kleine Tracy‹ bezeichnet.«

»Also, so kennen die Leser der Zeitung sie.«

»Danke Ihnen.«

»Worauf wollen Sie hinaus?«

»Ich meine, daß Sie und Ihre Zeitung von Anfang an auf die Tränendrüse gedrückt haben, und Sie wußten genau, was Sie taten.«

»Ich gebe zu, daß ein gewisser emotionaler Aspekt –«

»Und was ist mit Kindern wie Neil? Oder sollte ich ›Klein-Neil‹ sagen oder vielleicht ›Baby Neil‹? Glauben Sie, bei ihm geht die Rechnung auch auf?«

Eve Sayers schaute unbehaglich drein, während sie nach einer Antwort suchte.

»Vielleicht nicht«, fuhr Neef fort. »Neil hat keine Mutter, die sich seinetwegen an die Zeitung wendet, und er sieht auch nicht sehr hübsch aus, oder? Er ist in Pflege, seit er zwei Jahre alt ist, seit der Freund seiner Mutter ihn an die Wand geschmissen hatte, als er es wagte, ein ganzes Fußballspiel im Fernsehen lang zu weinen. Und jetzt hat er einen Tumor, der ihn umbringen wird, bevor er fünf ist. Hat nicht viel von seinem Leben gehabt, Ms Sayer. Und wohl kaum jemand, bei dem den Massen das Herz aufgeht, oder?«

Eve schüttelte den Kopf. »Bestimmt kann man etwas für ihn tun«, sagte sie. »Wenn es eine Frage des Geldes ist, kann man vielleicht –«

»Und die anderen?« unterbrach Neef sie und machte mit dem Arm eine Bewegung in Richtung auf die Kinder hinter ihm.

Eve zuckte die Achseln, sagte aber nichts.

Neef wartete einen Augenblick, dann sagte er: »Also, wir haben festgestellt, daß Ihre Zeitung über beschränkte Mittel verfügt – genau wie meine Station – und wir beide müssen Entscheidungen treffen. Ich treffe meine aufgrund von medizinischen Erwägungen, während Sie und Ihre Zeitung Knuddelstarqualitäten bevorzugen. Tracy Torrence erhielt keine weitere Behandlung, weil meine Kollegen und ich es für medizinisch nicht angemessen hielten. Die Presse in Form Ihrer Zeitung hat entschieden, daß sie sehr wohl weiter behandelt wird, weil sie entzückend aussieht und die Leser ansprechen wird. Die Leser können ebenso wie Sie all die anderen Kinder ganz bequem ignorieren. Meine Mitarbeiter und ich können das nicht. Wir müssen unser Bestes für alle Patienten in dieser Station tun, Ms Sayers. Wenn Sie mich jetzt entschuldigen würden, ich habe eine Menge zu tun.«

Eve Sayers drehte sich auf dem Absatz um und ging ohne ein weiteres Wort. Ihre Absätze klapperten auf der Treppe, als sie zum Hauptflur hinunterstieg, und allmählich verhallte das Geräusch in der Entfernung. Neef stand einen Augenblick am Treppenabsatz und tat so, als schaue er aus dem Fenster auf den Hof unten. Nach dem, was passiert war, empfand er kein Gefühl der Befriedigung, nur eine Art tauber Traurigkeit. Er kehrte in sein Büro zurück, setzte sich an seinen Schreibtisch und stützte die Arme vor sich auf. Ann Miles kam herein und stellte ihm eine Tasse Kaffee hin. »Ich dachte, die könnten Sie gebrauchen«, sagte sie.

»Danke«, sagte Neef.

»Ich darf wohl annehmen, daß Ms Sayers gegangen ist?«

Neef sagte: »Ja.«

Ann Miles spürte Neefs Verhalten und fragte: »Ist es nicht gut gelaufen?«

»Ich habe die Beherrschung verloren«, antwortete Neef.

»Oh je.«

»Wirklich oh je«, seufzte Neef. »Jetzt müssen wir abwarten, wieviel Schaden sie uns zufügen wird.«

»Sie glauben, das wird sie tun?«

Unsicher zuckte Neef die Achseln. »Sie kam, um eine herzergreifende Geschichte über Tracy Torrence zu schreiben. Sie wissen schon, ein Pfennigfuchser von Arzt verurteilt Baby zum Tode. Das Lokalblatt eilt unter dem Jubel seiner Leser zur Rettung herbei.«

»Ich hasse so was«, sagte Ann. »Sie können doch nicht ernsthaft glauben, daß jemand ein Kind sterben lassen würde, um Geld zu sparen.«

»Ich weiß nicht, was sie wirklich glauben«, gestand Neef. »Vielleicht tun sie es, ohne nachzudenken. Ich weiß es nicht.«

Ann blickte auf die Uhr an der Wand und sagte: »Sie werden es mir nicht danken, daß ich Sie daran erinnere, aber Sie haben um vier Uhr eine Konferenz mit der Krankenhausleitung.«

»Mein Gott«, seufzte Neef. Es war drei Minuten vor vier.

»Ah, Michael«, sagte Tim Heaton, der Verwaltungschef des Krankenhauses, als Neef hereinkam und sah, daß er der letzte war.

Was Neef betraf, so gehörte die monatliche Konferenz der Krankenhausleitung zu den unerfreulichen Tatsachen des Lebens. Verwaltungsleute schienen während der letzten paar Jahre aus dem Boden geschossen zu sein wie Pilze nach dem Regen. Zum Teil war das auf einen Wandel der politischen Grundeinstellung zurückzuführen, größtenteils aber auf die Tatsache, daß das Krankenhaus den Status eines National Health Service Trusts erhalten hatte und die entsprechenden Richtlinien der Regierung befolgen mußte. Jetzt waren sie für ihre eigenen Finanzen verantwortlich. Einzelne Fachärzte mußten ihre Ansprüche verteidigen, um die Finanzierung ihrer eigenen Stationen sicherzustellen, neigten aber dazu, sich gegen die »Anzüge« zu verbünden – Manager, die keine Mediziner waren und von draußen gekommen waren, um »das Geschäft« zu betreiben, Kranke medizinisch zu versorgen. Die

Situation erinnerte Neef oft an die sich ständig bekriegenden Parteien im Italien der Renaissance.

Wie immer war Heaton makellos gekleidet, dunkler Anzug, strahlend weißes Hemd und eine modisch gemusterte Seidenkrawatte. Dadurch wurde sich Neef stets der Defizite seiner eigenen Kleidung bewußt. Der bloße Anblick dieses Mannes verlieh ihm das Gefühl, daß sein Anzug schäbig und die Hose mehr als nur ein bißchen ausgebeult war. Außerdem fiel Neef auf, daß Heaton, ganz gleich, zu welcher Tageszeit man ihn traf, stets so aussah, als habe er sich gerade rasiert. Sein ewig gebräunter Teint wies nie auch nur die Spur einer Bartstoppel auf. Er war aus der Geschäftswelt zum Krankenhaus gekommen, zuvor hatte er eine große Ingenieurfirma mit ausgedehnten Überseekontakten geleitet. Obwohl er es anfangs nicht gerne zugegeben hatte, mußte Neef zugestehen, daß der Mann mit Leuten umgehen konnte. Er war ein guter Verwaltungschef.

»Ich glaube, wir sind jetzt alle da«, sagte Heaton.

Neef nahm an dem Tisch mit zehn anderen, Heaton eingeschlossen, Platz. Er lächelte kurz in die Runde und nickte Frank MacSween besonders zu. Die Papiere für die Konferenz waren vor ihn hingelegt worden. Neef fiel auf, daß diese Papiere ein kleiner Triumph des Desktop Publishing waren. Ein lasergedruckter Text und ein brandneues Logo für das Krankenhaus – heilende Hände, die sanft eine Taube festhielten, das ganze in pastellblau – waren an die Stelle der alten fotokopierten Manuskripte getreten, die mit Maschine geschrieben und vielfach mit Tipp-Ex verbessert worden waren.

Heaton wandte sich nach links und sagte: »Ich bitte den Finanzdirektor, uns seinen Bericht vorzulegen, aber bitte nur in groben, allgemeinen Zügen, ja Phillip?«

Schweigend dankte Neef für die »groben, allgemeinen Züge«, denn Phillip Danziger hatte zu Zahlen die Liebe eines Buchhalters, die er nur schwer teilen konnte. Ob sie in den roten oder in den schwarzen Zahlen waren, war eigentlich alles, was er wissen wollte.

Der hochaufgeschossene, schlaksige Buchhalter erhob sich und setzte sich eine Hornbrille auf, bevor er Tim Heaton zunickte und sagte: »Selbstverständlich.« Er raschelte mit einigen Papieren, bevor er begann. »Im wesentlichen, meine Damen und Herren, haben wir Probleme«, sagte er.

Um den Tisch herum stöhnte man auf.

»Im Augenblick können wir uns behaupten, aber die Zukunft sieht nicht gut aus.«

»Aber was ist mit den zusätzlichen Aufgaben, die wir vom alten General Hospital übernommen haben, als es geschlossen wurde?« fragte Carol Martin, die Leiterin der Pflegedienste.

»Unsere finanzielle Situation ist durch die Schließung unseres nächsten Konkurrenten künstlich versüßt worden«, sagte Danziger, mit seiner besonders deutlichen Aussprache – jeder Zoll seiner schlaksigen Figur der formalistische Buchhalter. »Aber die Hochrechnungen der künftigen Patientenzahlen scheinen nahezulegen, daß wir etliche von den zusätzlichen Aufgaben verlieren werden, wenn im November das neue chirurgische Zentrum der Uniklinik seinen Betrieb aufnimmt. Ihr Marketing ist wie gewöhnlich exzellent, und es sieht so aus, als würde es ein großer Erfolg. Die Allgemeinmediziner werden sich überstürzen, um für ihre Patienten das ihrer Meinung nach Neueste zu bekommen.«

»Das bedeutet doch nicht, daß sie da besser operieren«, sagte Mark Louradis, einer der Fachärzte für Chirurgie. Seine mediterranen Züge verrieten Verärgerung.

»Natürlich nicht«, sagte Heaton, »aber das Image ist wichtig. Wir müssen der Sache ins Gesicht sehen: Die Uniklinik hat sehr viel Erfolg damit, sich als Krankenhaus darzustellen, das auf dem neuesten Stand der Wissenschaft ist.«

»Stimmt«, gab Neef zu. »Es vergeht kaum eine Woche, ohne daß irgendeine Zeitung einen Bericht über sie bringt. Vergangene Woche ihr Verfahren der Zertrümmerung von Blasensteinen, diese Woche ihre neue chirurgische Station. Die Arzneimittelfirmen müssen ja bei ihnen Schlange stehen, um dort Geld hineinzupumpen, damit sie einen Abklatsch von diesem Ruhm abbekommen.«

»Sie führen nicht einmal Transplantationen durch«, sagte Louradis.

»Das Problem ist«, sagte Heaton, »daß durch Transplantationschirurgie die Öffentlichkeit nicht länger fasziniert ist, Mark. Die Zeitungen haben das Thema aus allen Blickwinkeln ausgeleuchtet, und für die Klatschmäuler wird es langsam ein bißchen langweilig. Wir brauchen neue Behandlungsmethoden, damit wir unser Image ein bißchen aufpolieren und ihre Fantasie anregen können.«

Frank MacSween schnaubte leicht.

Louradis sagte mit einem gepreßten Lächeln: »Wir kommen noch so weit, daß wir mehr für Werbung und Marketing ausgeben als für Krankenschwestern.«

»Das ist doch leicht übertrieben«, meinte Tim Heaton. »Aber ich sage noch einmal, das Image ist wichtig. Wir sind ein großes Krankenhaus, und wir sind gut, aber wir können es uns nicht leisten, uns auf unseren Lorbeeren auszuruhen. Wir müssen mit der Zeit gehen und über neue Wege nachdenken, uns darzustellen, über neue Wege Einnahmen zu erzielen.«

Wie üblich machte diese Art von Gerede Michael Neef sehr nachdenklich. Er hatte sich nur sehr zögernd zur Philosophie des National Health Service Trust bekehrt. Anfangs hätte er am liebsten laut gebrüllt: »Wir sind ein Krankenhaus und kein verdammter Supermarkt« – aber die Zeit hatte ihn milder gestimmt, und er hatte es gelernt zu akzeptieren, daß sich Dinge in der Medizin verändert hatten und daß es in Zukunft eben so laufen würde. Ironischerweise hatte er eine lukrative Stelle in den Staaten aufgegeben und war nach England zurückgekommen, weil er zur »wahren Medizin« heimkehren wollte, statt weiter finanzorientierte Behandlung zu betreiben. Während seiner dreijährigen Abwesenheit hatte eine Revolution stattgefunden; eine Dienstleistung war zu einem Geschäft geworden.

In den Vereinigten Staaten, wo er als Chef der Kinderkrebsstation am Gregor Memorial Hospital in New York gearbeitet hatte, war dies natürlich von Anfang an so gewesen. Sein anfängliches Gefühl, frei über anscheinend unbegrenzte Mittel und die beste Ausrüstung zu verfügen, um Medizin so zu praktizieren, wie er es für angemessen hielt, war allmählich untergraben worden durch die Erkenntnis, daß die Behandlung nicht jedem zur Verfügung stand, der sie benötigte. Seine Patienten stammten aus Familien, die es sich leisten konnten zu bezahlen.

Seinen anfänglichen Glauben, eine persönliche Krankenversicherung, die die meisten Leute hatten, sei nur eine Alternative zum nationalen Gesundheitssystem zu Hause, mußte er revidieren, als er sah, was passierte, wenn solch ein persönlicher Schutz auslief, wie es fast immer der Fall war, wenn eine tödliche Krankheit vorlag. Das Leid der Familien ging zu oft einher mit dem finanziellen Ruin, weil die Eltern darum kämpften, das beste für ihre sterbenden Kinder zu tun.

Danziger fuhr in seinem Bericht fort und umriß, welche außerbudgetmäßigen Anschaffungen genehmigt und welche im Augenblick abgelehnt worden waren – auf Eis gelegt, wie Heaton zu sagen pflegte. Jeder Abteilung des Krankenhauses wurde ein jährliches Budget zugewiesen, aber man akzeptierte auch, daß der medizinische Fortschritt oder besondere Umstände dazu zwangen, daß man um eine außerplanmäßige Finanzierung nachsuchte. In den vergangenen Monaten hatte Neef keine zusätzlichen Mittel für Geräte beantragt, aber um Sondermittel für ein neues Chemotherapeutikum gebeten. Etliche neue Produkte kamen gerade auf den Markt, und er wollte dieses spezielle ausprobieren, nachdem er die Ergebnisse der klinischen Versuche in den Fachzeitschriften gelesen hatte.

Als könne er Gedanken lesen, schaute Danziger Neef an und sagte: »Michael, ich fürchte, daß wir deinen Antrag ablehnen müssen, dieses neue amerikanische Medikament in großen

Mengen für deine Patienten anzuschaffen. Der Unterausschuß hielt den Nutzen für nur gering, so daß die zusätzlichen Kosten nicht zu rechtfertigen sind.«

Einen Augenblick lang drehte Neef seinen Füller auf dem Tisch von einem Ende auf das andere, während er sich seine Antwort überlegte.

»Ich verstehe«, sagte er. »Vielleicht dürfte ich den Unterausschuß daran erinnern, daß ich mich bei meinen Anträgen auf neue Chemotherapeutika ganz besonders zurückgehalten habe. Ich bitte nicht routinemäßig um jedes neue Präparat, das auf den Markt kommt, weil ich zuerst meine Hausaufgaben mache. Wenn ich glaube, daß der Nutzen nur geringfügig ist, bitte ich nicht darum. Wenn ich jedoch darum bitte, daß mir ein Medikament zur Verfügung gestellt wird, dann geschieht das deshalb, weil ich glaube, daß der Nutzen für meine Patienten beträchtlich ist. Antivulon hat sich als dreißig Prozent weniger toxisch für normales Zellgewebe erwiesen, wenn es gegen Tumore eingesetzt wird, und es hat viel weniger Nebenwirkungen. Das ist ein sehr wichtiger Faktor, wenn es sich um Kinder handelt.«

»Wir verstehen Ihre Enttäuschung, Michael, glauben Sie mir«, sagte Heaton. »Aber bei so vielen konkurrierenden Anträgen . . .«

»Ich werde mein Gesuch in diesem Monat wiederholen«, sagte Neef.

»Wie Sie möchten«, sagte Heaton, bemüht, die Situation zu entschärfen. Er blickte über den Tisch und sagte: »Vielleicht hat unser Vertragsmanager etwas, um uns aufzuheitern. Andrew?«

Andrew D'Arcy, ein kleiner, koboldhafter Mann, der einen Nadelstreifenanzug und eine rosa Fliege trug, lächelte und sagte: »Ich habe zwei gute Neuigkeiten.«

»Gott sei Dank«, flüsterte Frank MacSween weithin hörbar.

D'Arcy hörte es entweder nicht oder gab vor, es nicht zu hören, und fuhr fort: »Verner Mann – Sie wissen schon, das

Pharmaunternehmen – hat uns gebeten, die klinischen Versuche an ihrem neuen Cephalosporin der dritten Generation durchzuführen. Sie rechnen damit, daß es besonders wirkungsvoll ist bei der Behandlung von Infekten des Harntraktes. Sie bieten uns ein ganz schön generöses Paket an, und das könnte auch zu weiterer Zusammenarbeit führen.«

»Ausgezeichnet«, sagte Heaton. »Ich nehme an, daß unser Facharzt für Urologie darüber genau informiert ist.«

»Peter hält heute ein Seminar in Manchester ab«, erwiderte D'Arcy, »aber dieses Geschäft findet seine volle Zustimmung.«

»Gut. Was ist die zweite gute Neuigkeit?«

D'Arcy schaute Michael Neef an, bevor er entschuldigend sagte: »Unglücklicherweise hatte ich keine Zeit, dies vorher mit Michael zu diskutieren. Ich habe erfahren, daß er mit der Presse beschäftigt war, als ich ihn anrief. Ich erhielt einen Anruf von einer Biotechnologiefirma namens Menogen Research.« Der Name schien keinem am Tisch bekannt zu sein. »Es ist eine kleine lokale Firma, die vor zehn Jahren mit Risikokapital gegründet wurde. Sie sind dabei, Gentherapien für die Tumorbehandlung zu entwickeln. Jetzt haben sie ein Stadium erreicht, in dem sie zu klinischen Tests bei Menschen überwechseln und mit uns darüber ins Gespräch kommen möchten.«

Heaton strahlte und sagte: »Gentherapie! Gentechnologie! Das beflügelt die Fantasie der Leute. Die Sonntagszeitungen sind ständig voll davon. Das hört sich genau nach der Sache an, die wir brauchen, um uns zu profilieren. Was meinst du dazu, Michael?«

»Ich glaube, wir müssen eine ganze Menge mehr über Menogen Research wissen, bevor wir sie auch nur in die Nähe unserer Patienten lassen, aber ich möchte natürlich gerne mit ihnen sprechen.«

»Ausgezeichnet«, sagte Heaton.

»Ich muß betonen, daß wir dadurch keine großen finanziellen Gewinne erzielen können«, sagte Danziger, »aber wie Tim bereits sagte, ist es ein Projekt, durch das wir uns sehr stark profilieren könnten. Wir würden eine Menge Aufmerksamkeit der Medien auf uns ziehen.«

»Auf dem Gebiet gehen wir aber auch ein sehr hohes Risiko ein«, sagte Frank. »Die Universitätsklinik war im vergangenen Jahr in eine Versuchsreihe gegen Mukoviszidose involviert, aber das hat nicht besonders gut geklappt, soweit ich mich erinnere.«

»Aber sie haben dadurch eine Menge Aufmerksamkeit erzielt«, sagte MacSween leise.

Er warf Neef ein verstohlenes Lächeln zu.

Neef blieb noch ein paar Minuten länger da, um mit Andrew D'Arcy und Tim Heaton geeignete Termine für ein Treffen mit den Leuten von Menogen Research zu besprechen.

»Wie kommt es, daß wir noch nie von ihnen gehört haben?« fragte Heaton D'Arcy.

»Weil sie«, antwortete D'Arcy, »eine von vielen Biotechnologiefirmen sind, die in den frühen Achtzigern entstanden sind, als Risikokapital floß wie Sekt bei einer Hochzeit. Gentechnologie war *die* Sache, in die man investierte, und jeder wollte von Anfang an dabei sein. Unglücklicherweise für die meisten von ihnen entwickelten sich die Dinge nicht so schnell, wie die Werbung vorgetäuscht hatte. Viele Firmen gingen bankrott, als die Einlagen zurückgezogen wurden.«

»Was ging denn schief?« fragte Neef.

D'Arcy zuckte die Achseln und sagte: »Ich vermute, daran waren verschiedene Dinge schuld. Die Investoren suchten schnelle Profite, und als das nicht klappte, wurden sie unruhig. Sie hatten das Gefühl, betrogen worden zu sein, aber das stimmte nicht wirklich. Die Wissenschaftler waren nur zu optimistisch gewesen; ständig trafen sie auf Probleme, die sie nicht vorhergesehen hatten, und jeder hatte unterschätzt, wieviel Papierkram notwendig ist, um ein Forschungsprojekt aus dem wissenschaftlichen Labor in das wirkliche Leben eines Krankenhauses zu befördern. Wegen der moralischen Implikationen des Genaustauschs liegt die Hürde für die Biotechnologieleute viel höher als für Medikamentenhersteller. Jeder will mitreden. Ethikkommissionen gibt es im Überfluß.«

»Aber Menogen hat offensichtlich überlebt«, sagte Heaton.

»Ja«, sagte D'Arcy, »sie waren schlau genug, sich nicht mit den großen anzulegen. Ein riesiges Problem am Anfang war, daß viele Firmen versuchten, dasselbe zu machen. Alle wollten Interferon und menschliches Insulin klonen, aber es konnte nur einen Gewinner geben, auf dessen Namen das Patent registriert wurde. Menogen entschied sich schon ganz am Anfang anders und konzentrierte sich auf weniger ehrgeizige Projekte. Sie klonten ganz erfolgreich Blutfaktoren und brachten neue Diagnostik-Kits auf den Markt. Das hielt sie nicht nur im Geschäft, sondern ermöglichte ihnen auch, einige Molekularbiologen-Asse anzustellen, die das Geschäft vorantreiben sollten. Anscheinend hat diese Investition sich ausgezahlt. Sie haben einige neue Genübertragungsvektoren entwickelt und liegen bei der Gentherapie gut im Rennen.«

Heaton beugte sich verschwörerisch vor und sagte: »Ich weiß, daß Gentherapie der neueste Schrei ist, aber ... was ist das eigentlich genau?«

Neef lächelte und sagte: »Das ist ein Verfahren, bei dem funktionierende Gene in die Zellen eines Patienten eingesetzt werden, um einen Defekt der eigenen Zellen zu korrigieren. Alternativ dazu kann man es auch benutzen, um eine völlig neue Funktion in die Zellen des Patienten einzuführen.«

»Aber das bedeutet doch, daß Sie die genetische Ausstattung des Patienten verändern?« sagte Heaton.

»Nur in einem sehr begrenzten Umfang«, sagte Neef. »Niemand versucht, Keimzellen wie Sperma oder Eier zu verändern. Es kann gar keine Rede davon sein, erbliche Veränderungen herbeizuführen, sondern nur lokal begrenzte, um einzelnen Patienten zu helfen – und glauben Sie mir, das erweist sich schon als schwierig genug. Die ganze Geschichte steckt noch in den Kinderschuhen.«

»Aber in der Zukunft wird das ganz groß herauskommen«, sagte D'Arcy.

»Daran scheint wenig Zweifel zu bestehen«, stimmte Neef zu.

»Menogen Research möchte also dieses Verfahren an unseren Patienten ausprobieren«, sagte Heaton.

»Darauf läuft es wohl hinaus«, erwiderte D'Arcy. »Sie waren so aufrichtig zuzugeben, daß sie sich zuerst an die Uniklinik gewandt haben, aber abgewiesen worden sind, weil die medizinische Fakultät der Universität ein eigenes Gentherapieprojekt hat.«

»Haben Sie sie nach dem Papierkram gefragt?« erkundigte sich Neef. »Ob alles in Ordnung ist, was Genehmigungen und Sicherheitszertifikate betrifft? Natürlich muß das auch noch durch unsere Ethik- und Sicherheitskommission gehen, sobald wir im Detail wissen, was die Firma vorhat.«

»Aufregend«, sagte Heaton. »Findest du nicht auch, Michael?«

»Absolut«, stimmte Neef zu, weil er das Gefühl hatte, daß Heaton diese Antwort erwartete.

»Wir wollen die Vorreiter sein.«

D'Arcy schaute auf seine Uhr und sagte, er müsse gehen. Neef nutzte die Gelegenheit, mit Heaton allein zu sein, um ihn vor der drohenden schlechten Publicity zu warnen, die Eve Sayers ihnen wohl zuteil werden lassen würde.

Gleichmütig zuckte Heaton die Achseln. »Das kam auf uns zu. Seit dem Interview mit Mrs Torrance vergangene Woche hatte ich das Gefühl, daß die Zeitung sich da engagieren würde. Es war eine zu gute Gelegenheit, um sich das entgehen zu lassen. Ich stelle mir vor, es war eine Entscheidung zwischen einer Reise nach Disneyland oder der privaten Finanzierung der Behandlung. Unglücklicherweise für uns war es letzteres. Aber wir werden das überleben.«

Neef erwähnte nicht, daß er der Journalistin gegenüber die Beherrschung verloren hatte, denn er erinnerte sich daran, daß Heaton das nie passiert wäre. Dazu war er viel zu glatt.

»Übrigens, Michael«, sagte Heaton, als sie den Konferenzraum verließen und er Neef den Vortritt ließ, »ich weiß sehr wohl, daß Sie während der letzten anderthalb Jahre im Rahmen des Budgets geblieben sind. Ich werde diesen Punkt beim nächsten Treffen des Arzneimittelunterausschusses vorbringen.«

»Dafür wäre ich dankbar«, sagte Neef. »Ich habe das sichere Gefühl, daß das amerikanische Präparat einen Versuch wert ist.«

»Das reicht mir«, sagte Heaton. »Wir müssen das beste für unsere Patienten tun, selbst für die armen kleinen Würmer in deiner Abteilung. Wollen wir hoffen, daß diese Sache mit Menogen klappt. Es könnte für alle gut sein.«

Heaton schenkte ihm ein letztes Lächeln und ging mit seinem üblichen selbstbewußten Schritt davon. Neef beobachtete, wie er wegging, und gestattete sich ein schiefes Lächeln. So machte man das also, dachte er. Heaton würde ihm das neue amerikanische Medikament besorgen, wenn er bei der Menogensache mitspielte.

2

Neef schaute auf die Uhr und sah, daß es halb sechs war. Langsam ging er zur Station zurück und schaute bei Schwester Kate Morse im Dienstzimmer der Onkologie Eins herein.

»Hallo, Fremder«, sagte sie, als Neef den Kopf durch die Tür steckte.

»So weit ist es schon fast gekommen, nicht wahr?« sagte Neef, zog einen Metallstuhl heraus und ließ sich erschöpft vor ihrem Schreibtisch niedersinken. »Wie geht es unseren Patienten? Vielleicht komme ich ja bald mal dazu, sie zu sehen.«

Kate Morse lächelte nachsichtig. Sie war eine gut aussehende Frau im selben Alter wie Neef, verheiratet, und hatte zwei Kinder. Ihr Mann Charlie, ebenfalls Mitte dreißig – war der leitende Laborant in der Pathologie.

»Der Martin-Junge hatte einen schlechten Tag, und mit Lisa Short geht es bergab, wie wir befürchtet hatten. Lawrence hat heute nachmittag ihre Eltern angerufen. Sie kommen. Lawrence sagte, daß er mit ihnen bei Lisa sitzen wird. Er hat heute abend Dienst.«

Neef nickte. Lawrence Fielding war sein Oberarzt und weitgehend verantwortlich für den reibungslosen Ablauf der täglichen Routine in der Abteilung.

»Bei allen anderen ist die Situation unverändert. Freda und Charles zeigen deutliche Anzeichen einer Besserung.«

»Gut. Ich hatte schon vorher mit einer Besucherin hereingeschaut, hatte aber keine Zeit mich zu unterhalten.«

»Ich habe es gehört«, sagte Kate bedeutungsvoll. »Eine Journalistin.«

Neef sah den wissenden Blick auf ihrem Gesicht. »Ich fürchte, wir müssen uns wieder auf etwas gefaßt machen.«

»Ich werde mit den jüngeren Schwestern reden«, sagte Kate. »Für sie ist es immer am schlimmsten, wenn sie plötzlich herausfinden, daß sie Teil einer Organisation sind, die Geld stets an die erste Stelle setzt und sich kein Jota um die Patienten kümmert.« In ihrer Stimme war mehr als nur ein Anflug von Gehässigkeit.

»Dafür wäre ich dir sehr verbunden, Kate«, sagte Neef und stand auf. »Vielleicht sollte ich auch einmal ein Wort mit unseren Assistenzärzten wechseln. Übrigens, wie machen sie sich?« Vor zwei Wochen hatte es einen Wechsel im Mitarbeiterstab gegeben, zwei neue Medizinalassistenten waren der Abteilung für sechs Monate zugewiesen worden. Neef hatte noch nicht viel von ihnen gesehen.

»Sie werden schon klarkommen«, sagte Kate. »Sie nehmen sich alles sehr zu Herzen, aber in diesem Stadium ist das kein schlechtes Zeichen. Diejenigen, die das spielend leicht schaffen, machen mir Sorgen.«

»Mir auch«, stimmte Neef zu. »Ich mache noch eine Runde, bevor ich gehe.«

Kate Morse stand auf, um ihn zu begleiten, aber Neef hob die Hand. »Nein«, sagte er. »Nur ein kleiner Rundgang ganz allein.«

Neef ging erst zu dem Nebenraum, in den Lisa Short gelegt worden war. Eine der Schwestern war bei ihr und machte es ihr bequemer, obwohl sie zu schläfrig zu sein schien, um es zu bemerken. Die Schwester stand auf, als sie sah, daß Neef hereinkam, aber er hob die Hand als Zeichen, weiterzumachen. »Ich bin nur hereingekommen, um guten Tag zu sagen«, sagte er. »Wie geht es ihr?«

»Dr. Fielding hat die Schmerzmitteldosis erhöht, aber er wollte sie, wenn möglich, bei Bewußtsein halten. Ich habe gehört, daß ihre Eltern auf dem Weg sind. Im Augenblick scheint es ihr gut zu gehen, sie ist angenehm schläfrig, hat keine Schmerzen.«

»Sie ist im Traumland«, sagte Neef und auf seinem Gesicht lag eine Spur von Traurigkeit.

Zuckend öffnete Lisa die Augen, er lächelte und nahm ihre Hand. »Hallo«, sagte er sanft. »Mummy und Daddy werden bald hier sein.«

Das Kind machte einen Versuch zu lächeln, aber es war sehr schwach und seine Augen schlossen sich wieder. Neef hob ihr Krankenblatt vom Haken am Ende des Bettes, schaute, was Lawrence Fielding ihr verordnet hatte und wann es ihr gegeben worden war. Er warf einen prüfenden Blick auf seine Uhr und sagte. »Wollen wir hoffen, daß ihre Eltern rechtzeitig da sind.«

Die Schwester nickte, nahm sich einen kurzen Moment Zeit, um sich zu sammeln, und beschäftigte sich dann wieder damit, das Spielzeug auf Lisas Nachttisch zu sortieren. Seit acht Monaten arbeitete sie auf der Krebsstation. Sie hatte es gelernt, damit fertig zu werden.

Neef setzte seinen Rundgang durch die Abteilung fort, kontrollierte die Patientenblätter und plante die Behandlungen für den nächsten Tag. John Martin sollte am folgenden Morgen mit einer Strahlentherapie beginnen, aber, wie Kate Morse ihm berichtet hatte, war der Tag für ihn sehr schlimm gewesen. Einer der Medizinalassistenten, Tony Samuels, war bei ihm.

»Wie geht es ihm?« fragte Neef.

Der Assistenzarzt hatte Neef nicht kommen gehört und erschrak. Er stand auf und fingerte nervös an seiner Krawatte herum.

»Tut mir leid, ich wollte Sie nicht erschrecken«, sagte Neef. »Wie geht es ihm?«

»Im Moment hat er keine Beschwerden«, erwiderte Samuels, der langsam seine Fassung wiedergewann. »Ich glaube, es ist eine negative Reaktion auf die Chemotherapie. Wir müssen vielleicht in Betracht ziehen, sie zu ändern. Was meinen Sie, Sir?«

»Noch nicht«, erwiderte Neef. »Wir belassen es noch einige Tage bei der Standardmedikamentierung. Sehen mal, wie er sich macht. Wenn er immer noch so negativ reagiert, werden wir darüber nachdenken, die Behandlung zu ändern.«

»Was ist mit der Strahlentherapie morgen?«

»Absagen«, sagte Neef. »Der arme Kerl hat jetzt schon genug am Hals. Wir werden in ein paar Tagen auch darüber noch einmal nachdenken.«

»In Ordnung, Sir.«

Neef sah, daß Tracy Torrance in einen Nebenraum verlegt worden war, und ahnte warum. Er schaute zur Tür hinein und fand seine Vermutungen bestätigt. Der Fußboden war beinahe vollständig mit Kuscheltieren bedeckt, die die Leser des *Evening Citizen* nach dem ersten Bericht geschickt hatten. Er wußte, daß Tracys Eltern heute abend nicht kommen würden; sie traten in einem regionalen Fernsehprogramm auf. Er war auch gebeten worden zu kommen, hatte aber abgelehnt, da er es vorzog, daß der Krankenhauspressesprecher das übernahm. »Hallo, Tracy«, sagte er.

Das kleine Mädchen lächelte zu ihm hoch, und er freute sich, daß es nichts von dem politischen Gerangel und dem Medienrummel um seine Krankheit wußte.

»Was hast du denn da?« fragte er.

»Mr Raggings«, erwiderte das Kind und hielt die Stoffpuppe hoch, mit der sie hergekommen war. Mit der Masse brandneuer fremder Kuscheltiere um sie herum kam sie nicht klar. Dies war ein Charakteristikum bei Kindern im Endstadium. Sie verloren ihr Interesse an Neuem und klammerten sich lieber an das Altvertraute.

Neef hob es sich bis zum Schluß auf, bei Neil Benson hereinzuschauen. Er versuchte, keine Lieblinge unter den Kindern zu haben oder es zumindest nicht zu zeigen, aber für Neil hatte er eine Schwäche.

»Hallo, Tiger«, sagte er, als der Junge ihn sah. Neil hielt seinen Arm hoch, und Neef wußte, dies war das Signal, ihm die eigene offene Handfläche entgegenzustrecken. Neils Hand schlug klatschend auf Neefs Handfläche. Neef lächelte. Neil hatte etwas an sich, eine innere Stärke, eine Unverwüstlichkeit, weit über sein Alter hinaus – und auch über seine Aussichten, was das betrifft.

Es schienen wenig Zweifel zu bestehen, daß Neils Tumor, ein malignes Melanom, seinen Tod verursachen würde, aber während der vergangenen drei Wochen hatte es aufgehört zu wachsen. Tägliche Messungen des betroffenen Gebietes hatten eine Stagnation der Wachstumskurve erbracht. Unglücklicherweise zeigte der Tumor keinerlei Anzeichen zu schrumpfen, aber es war ihnen eine Atempause gewährt worden, und da in der Krebstherapie so viele nicht-medizinische Faktoren am Werke waren, konnte man unmöglich etwas mit letzter Gewißheit vorhersagen.

Neef beendete seine Runde und steckte den Kopf zur Tür des Dienstzimmers herein, um Kate Morse gute Nacht zu sagen.

»Du bist dann also weg?« sagte sie.

»An manchen Tagen hat man das Gefühl, sie hätten sechsunddreißig Stunden. Dies war einer davon«, sagte Neef.

»Kopf hoch«, sagte Kate lächelnd. »Die meisten Leute wissen, daß man nicht alles glauben kann, was in der Zeitung steht.«

»Ich hoffe uns zuliebe, das stimmt«, sagte Neef.

»Nimm es dir nicht zu Herzen, Mike«, sagte Kate sanft. »Wichtig ist nur, was wirklich stimmt, nicht wie diese Leute Dinge verdrehen und mißdeuten.«

Neef nickte und sagte: »Danke, Kate. Können du, Lawrence und ich uns morgen einmal zusammensetzen? Eine Biotechnikfirma ist interessiert daran, einen Gentherapieversuch an unseren Patienten durchzuführen. Ich würde gerne wissen, wie ihr darüber denkt, bevor ich mit ihnen darüber rede.«

»Hört sich interessant an«, meinte Kate. »Alles, was auch nur im entferntesten einem Fortschritt ähnelt, ist uns willkommen.«

Neef fuhr langsam nach Hause. Die abendliche Rushhour war lange vorüber, der Himmel war aufgeklart, der Wind hatte sich gelegt, und der Abendsonnenschein sickerte durch das Blätterdach des langen, schmalen Weges, der zu seinem Cottage hinabführte, das sich an den Fuß einer steilen Straße mit nur einer Fahrspur schmiegte. Es war nicht mehr als dreizehn Kilometer vom Krankenhaus entfernt. An dieses Cottage gelangt zu sein war der Glücksfall seines Lebens, vermutete Neef.

Er war gerade aus den Staaten zurückgekommen, um den Job am St George's anzutreten, und suchte verzweifelt nach einer Bleibe. Er hatte einen weiteren fruchtlosen Abend damit verbracht, sich überteuerte Wohnungen in dieser Gegend anzuschauen, als er auf dem Rückweg zum Hotel falsch abbog und sich plötzlich am Fuße des Hügels wiederfand. Er suchte nach einer Stelle, um den Wagen zu wenden, als er auf das Cottage stieß, das verlassen zwischen hohem Gras und wilden Rosenbüschen, die es zu verschlingen drohten, dalag.

Fasziniert schaute er sich um und entdeckte, daß am Fuße des Hügels einst eine Eisenbahn entlanggeführt hatte. Das Gleis war schon lange entfernt worden, aber er fand Spuren von Schotter, und man konnte der Strecke durch das Unterholz folgen. Die Lage des Cottages ließ vermuten, daß es etwas mit der Eisenbahn zu tun hatte, vielleicht war es das Haus eines Signal- oder Schrankenwärters gewesen. Nachdem er sich bei British Rail erkundigt und erfahren hatte, daß die Existenz der Bahnlinie und des Cottages völlig in Vergessenheit geraten war, hatte Neef ihnen so lange zugesetzt, bis sie mit der Besitzurkunde herausgerückt waren und schließlich zugestimmt hatten, es ihm zu verkaufen. Die letzten drei Jahre hatte er damit zugebracht, es bewohnbar und gemütlich zu machen.

Neef parkte seinen Land Rover Discovery auf einem Stück Land neben dem Cottage, das er zu dem Zweck gerodet hatte. Er braucht einen allradgetriebenen Wagen, um im Winter den

Berg hochzukommen. Diese Gegend stand nämlich definitv nicht oben auf der Prioritätsliste des Winterstreudienstes.

Als er die Tür öffnete, kam die »Dame« des Hauses, um ihn zu begrüßen. Dolly war sanft, geschmeidig und sehr elegant. Sie bewegte sich geräuschlos und mit einem anmutig kraftvollen Gang, der stets seine Bewunderung erregte. Sie hatte auch einen schönen, dicken, buschigen Schwanz. Dolly war eine Katze – aber nicht irgendeine Katze, wie Neef stets eifrig betonte. Dolly war eine Maine Coon.

Dolly streifte an Neefs Beinen vorbei und drängte sich an ihn, als er sich bückte, um sie zu streicheln. »Ich darf das wohl so verstehen, daß deine Schüssel leer ist«, sagte er. Er war es eher gewöhnt, ignoriert zu werden. »Holen wir dir also was.«

Dolly folgte Neef in die Küche, wo er ihr eine Dose mit Katzenfutter öffnete und diese dann auf die hintere Veranda trug, wo ihre Schüssel stand. Dolly tollte um seine Füße und wartete voller Ungeduld, bis Neef den Inhalt ausgeleert hatte. In ihrer Gier, mit dem Fressen anzufangen, stieß sie ihn beinahe aus dem Weg. Neef richtete sich auf und schaute auf sie herab. »Ich bin wohl nicht länger nötig«, sagte er. Dolly unterbrach ihre Mahlzeit nicht.

Neef goß sich einen großen Whisky ein und setzte sich in einen Sessel, von dem aus er einen Blick durch die Terrassenfenster auf den Garten hatte. Die Abendsonne war jetzt tiefgelb, beinahe orange, und er wünschte sich, es wäre das Ende eines besseren Tages. Er spielte mit dem Gedanken, sich das Fernsehprogramm nicht anzuschauen, in dem das Ehepaar Torrance auftrat, besann sich aber eines besseren. Genausogut konnte er das Schlimmste auch gleich erfahren. Er schaltete den Fernseher ein.

Der Torrance-Bericht war das dritte Thema der Lokalnachrichten und begann mit einer Zusammenfassung der Fakten, dann schwenkte die Kamera auf Mr und Mrs Torrance, die einem Journalisten gegenübersaßen.

»Aber Sie akzeptieren nicht, daß der Zustand ihrer Tochter hoffnungslos ist, Mrs Torrance?« fragte der Reporter.

Mrs Torrance, eine schmächtige Frau mit rot gefärbten Haaren und stechenden Augen, hielt sich ein Taschentuch vors Gesicht, während ihr Mann, der viel größer und breiter war und einen leeren Gesichtsausdruck hatte, den Arm um sie legte. »Nein«, flüsterte sie beinahe.

»Sie haben gehört, daß es eine Behandlungsmöglichkeit gibt, die Tracy helfen würde, aber sie bekommt sie nicht. Stimmt das?«

Die Frau nickte schweigend und hielt sich das Taschentuch vor den Mund.

»Warum nicht, Mrs Torrance?« fragte der Reporter sanft.

»Geld. Sie wollen mein kleines Mädchen nicht behandeln, weil es zu teuer ist.«

»Sie lassen sie sterben«, mischte Mr Torrance sich ein.

»Ich weiß, das muß sehr quälend für Sie sein«, fuhr der Interviewer fort, »aber das Krankenhaus streitet dies ab. Sie behaupten, die Entscheidung, Tracy nicht zu behandeln, sei ausschließlich aus medizinischen Gründen getroffen worden. Geld spiele keine Rolle. Was sagen Sie dazu?«

»Das sieht ihnen ähnlich«, erwiderte Mr Torrance. »Seit sie ein – wie heißt das noch mal? – ein Trust geworden sind, ein verdammter Trust, interessieren sie sich nur noch für Geld, nicht für Menschen.«

Die Szene wechselte zu einer Außenaufnahme des St George's Hospital. Eine vertraute Stimme ertönte im Hintergrund, bevor das Bild umgeschnitten wurde zum Krankenhauspressesprecher John Marshall, der so aalglatt aussah wie die Fernsehleute selbst; eine Unterzeile informierte die Zuschauer, wer er war.

»Ganz unbestritten gilt den Torrances unser tiefstes Mitgefühl«, antwortete er gewandt einem unsichtbaren Interviewer – wahrscheinlich derselbe wie bei den Torrances. »Aber unglücklicherweise müssen Mediziner Entscheidungen treffen, die nicht bei jedermann beliebt sind. Wir verstehen die Situation der Torrances voll und ganz, aber ich muß betonen, daß die Entscheidung aus rein medizinischen Gründen getroffen wurde und nur aus medizinischen Gründen.«

Schweigend dankte Neef ihm.

Der Filmbericht endete, und der Nachrichtenmoderator im Studio wurde eingeblendet.

»John Marshall, der Pressesprecher des St George's beendete mit dieser Stellungnahme den Sonderbericht von Naomi Harrison. In der letzten halben Stunde, nachdem der Bericht fertiggestellt worden war, haben wir erfahren, daß die hiesige Zeitung, der *Evening Citizen*, angeboten hat, einzuspringen und die private Behandlung der kleinen Tracy zu bezahlen. Mr und Mrs Torrance, die sie vorhin im Film gesehen haben, sind jetzt kurzfristig zu uns ins Studio gekommen.«

Die Kamera fuhr zurück und enthüllte eine rotäugige Mrs Torrance, die in Begleitung ihres Mannes neben dem Moderator saß. Dann schnitt das Bild um auf eine Nahaufnahme von ihr, die ganz klar dazu dienen sollte, die Tränen einzufangen, die ihr über das Gesicht rannen. Ihre Schultern bebten lautlos.

»Wie ist Ihre Reaktion auf diese doch sehr ermutigenden Neuigkeiten, Mrs Torrance?« fragte der Moderator.

»Es gibt keine Worte . . .« begann sie, als die Kamera wieder zurückfuhr, damit ihr Mann auch ins Bild kam.

»Keine Worte«, stimmte er mit einem Kopfschütteln zu.

Nach einigen weiteren wenig spektakulären, ziemlich offensichtlichen und, wie Neef fand, entgegenkommenden Fragen und den vorhersehbaren Antworten, schwenkte die Kamera wieder auf den Nachrichtenmoderator, der mit einem Ausdruck geübter Betroffenheit eine Sekunde verrinnen ließ, bevor er zum nächsten Thema überging.

Neef hatte die ganze Sache ohne einen Funken von Emotion betrachtet. Er schaltete den Fernseher mit der Fernbedienung aus und seufzte resigniert, bevor er den Rest seines Drinks hinunterstürzte. »Mama hat mir immer gesagt, daß es solche

Tage geben würde«, stöhnte er, als er aufstand und zur Küche ging. Er mußte eine Entscheidung treffen. Sollte er sich etwas zu essen machen oder sich noch einen Drink genehmigen? Er goß sich einen Whisky ein und legte Musik auf den CD-Player, bevor er sich wieder hinsetzte, um in den Garten zu schauen. Die Musik war Albinonis Adagio. In wenigen Minuten würde die Traurigkeit über ihn kommen, wenn die Gedanken an Elaine zurückkehrten.

Neefs Frau Elaine war vor fast vier Jahren an Leberkrebs gestorben. Sieben Jahre lang waren sie verheiratet gewesen. Es gab keine Kinder. Er hatte lange gebraucht, um sich zu erholen, aber die Zeit hatte das ihre getan und hatte dem Schmerz, den er einst für unerträglich gehalten hatte, die Schärfe genommen. Wenn er jedoch dem Albinoni lauschte, Elaines Lieblingsstück, spülten Wellen der Traurigkeit über ihn hinweg und entfachten den Schmerz über ihren Verlust erneut. Er legte den Kopf auf den Sessel zurück und schaute gegen die Decke. »Ich vermisse dich immer noch«, flüsterte er.

Die Musik endete und ließ ein plötzliches Vakuum im Raum zurück. Neef hob den Kopf von den Rücklehne des Sessels und fühlte sich, als sei er nach einem langen Flug gerade gelandet. Er war auf den Boden zurückgekehrt, Regelungen mußten getroffen werden. Sein Drink war ausgetrunken, und er hatte Dinge zu erledigen. Er mußte weiterleben. Er würde sich etwas zu essen machen und dann weiter die medizinischen Fachzeitschriften durchstudieren, besonders Artikel über Gentherapie.

Kurz nach halb zehn klingelte das Telefon. Neef erschrak, da er gerade in einen Artikel über die Gentherapiebehandlung von Mukoviszidose vertieft war. Es war diese Behandlung, die der Universitätsklinik soviel Kummer bereitet hatte, als sie sie im vergangenen Jahr getestet hatte. Die Ergebnisse waren nicht gut gewesen. Bei keinem Patienten des Versuches war eine dauerhafte Besserung eingetreten, und bei vielen war es zu starken entzündlichen Reaktionen gekommen. Es war eine große Enttäuschung gewesen, nicht nur für die

Patienten und ihre Angehörigen, sondern auch für das Krankenhaus, das zu der Zeit durch seine Pionierarbeit eine Menge öffentliche Aufmerksamkeit erzielt hatte, und für David Farro-Jones, einen Freund von Neef, den führenden Molekularbiologen der medizinischen Fakultät, der den Versuch geplant hatte.

»Neef.«

»Dr. Neef?« fragte eine Frauenstimme. »Dr. Michael Neef?«

»Ja, wer spricht dort?«

»Eve Sayers. Ich habe Sie im Telefonbuch gefunden.«

Neef spürte seinen Mut sinken. Hatte diese Frau nicht schon genug Schaden angerichtet? Was konnte sie denn noch wollen? Er versuchte herauszufinden, mit welchem neuen Plan sie es ihm jetzt heimzuzahlen versuchte, was er ihr gesagt hatte. »Warum?« fragte er unverblümt.

»Ich weiß, daß ich nicht gerade ihr besonderer Liebling bin . . .«

Neef schwieg, als wolle er das bestätigen.

»Aber es hat mir keine Ruhe gelassen . . .«

»Was?«

»Einfach alles. Sie, die Abteilung, der kleine Junge, Neil. Was Sie gesagt haben. Alles.«

Neef war immer noch sehr auf der Hut. »Würden Sie bitte zur Sache kommen, Ms Sayers«, sagte er. »Ich habe im Augenblick viel zu tun.«

»Dr. Neef, es fällt mir sehr schwer, das, was ich sagen möchte, am Telefon auszusprechen. Könnte ich wohl zu Ihnen kommen und mit Ihnen persönlich sprechen?«

»Ich denke nicht, Ms Sayers. Ich weiß wirklich nicht, was Sie von mir wollen.«

»Es ist wirklich einfach, aber so schwierig. Ich wollte einfach sagen, daß es mir leid tut.«

Neef konnte seinen Ohren kaum trauen. »Leid?«

»Es stimmt«, sagte Eve. »Zum ersten Mal in meinem Berufsleben schäme ich mich wegen etwas, das ich getan habe, und ich möchte mich entschuldigen. Ich habe es einfach nicht verstanden.«

Neef konnte sich von seinem Mißtrauen nicht befreien, was eine Antwort schwierig machte.

»Es tut mir leid, aber ich kann nicht verhindern, daß die zweite Geschichte morgen im *Citizen* erscheint – die über das Angebot der Zeitung, die Behandlung zu finanzieren. Das ganze war schon zu weit gediehen. Mein Chefredakteur erkannte schon früh die Chance, eine private Behandlung anzukündigen und dadurch Publicity für die Zeitung heute abend im Fernsehen zu erzielen. Die Torrances sind interviewt worden.«

»Ich habe es gesehen.«

»Aber ich habe mein möglichstes getan, das ganze für die Zeitungsversion morgen abzumildern.«

»Danke dafür«, sagte Neef.

»Es tut mir wirklich leid.«

»Um die Wahrheit zu sagen, habe ich mich wohl verteufelt weit auf den Boden der hohen Moral vorgewagt«, sagte Neef.

»Sie hatten das Recht dazu. Eines muß ich Sie noch fragen.«

»Was?«

»Was wird mit Neil geschehen? Ihnen fällt sicher auf, daß ich ›Neil‹ sagte, nicht ›der kleine Neil‹ oder ›Baby Neil‹«, fügte Eve entwaffnend hinzu.

»Neil hat ein malignes Melanom. Wir können nichts für ihn tun, außer uns um seine Schmerzen zu kümmern und ihn so beschwerdefrei wie möglich zu halten.«

Eve machte eine Pause, als fiele es ihr schwer, mit der Endgültigkeit von Neefs Anwort fertig zu werden. »Es gibt nichts mehr, das Sie tun können?« fragte sie.

»Ich fürchte nicht.«

»Für seine Mutter muß das die Hölle sein«, sagte Eve, als sie ihre Fassung wiedergewonnen hatte.

»Neils Mutter hat ihn im Stich gelassen«, sagte Neef. »Er schränkte ihren Lebensstil ein.«

»Wie machen Sie das?« fragte Eve in einem leisen Wispern. »Wie können Sie immer weiter mit Kindern arbeiten, die sterben, tagein tagaus, wenn Sie nichts für sie tun können?«

»Tatsächlich gibt es eine Menge, was wir für sie tun können«, sagte Neef.

»Aber Sie haben es mit Krebs zu tun.«, sagte Eve. »Es gibt Chemotherapie und Strahlentherapie, aber nicht viel mehr. Manche sagen sogar, die Behandlung sei genauso schlimm wie die Krankheit.«

»Es gibt auch noch die Chirugie, Blutaustausch und verschiedene andere Techniken.«

»Aber sicher sterben viele«, sagte Eve.

Neef gab das zu. »Ja.«

»Tut mir leid«, sagte Eve. »Ich verstehe einfach nicht, wie Sie und die Schwestern das ertragen können.«

»Manchmal können wir es nicht«, sagte Neef. »Wir sind es uns gegenseitig schuldig, es nicht zu zeigen.«

»We don't cry out loud.«

»Wie bitte?«

»Das ist ein Lied . . . Elkie Brooks.«

Neef sagte: »Sehen Sie, wir sind keine Heiligen. Wir sind nur gut ausgebildete Leute, die mit den ihnen zur Verfügung stehenden Mitteln ihr Bestes tun. Ich mag es nicht, wenn Leute das Personal glorifizieren.«

»Aber das kann nicht jeder«, sagte Eve.

»Wenn ein Arzt oder eine Schwester mir sagen, sie könnten es nicht mehr ertragen, sie wollten versetzt werden, dann weise ich sie darauf hin, daß die Kinder, die sie zurücklassen, dennoch sterben werden. Wäre es dann nicht besser, wenn sie dablieben und ihr Bestes für sie täten? Die Medizin hat nicht nur mit heilbaren Krankheiten zu tun, sie befaßt sich auch damit, das Beste für Patienten zu tun, die nicht geheilt werden können. Wenn es das Beste ist, was wir tun können, die Patienten bis zum Ende schmerzfrei zu halten, dann tun wir das. Das sind wir ihnen schuldig. Aber es wird ständig alles besser.«

Eve brauchte einen Augenblick, um zu verdauen, was Neef gesagt hatte, dann fragte sie: »Wird wirklich ständig alles besser?«

»Vielleicht nicht so schnell, wie wir es uns wünschen, aber ja, und Gentherapie wird in den nächsten paar Jahren voll zur Geltung kommen. Es ist sogar im Gespräch, daß wir in der allernächsten Zukunft einen klinischen Test durchführen werden.«

»Aber Krebs ist doch kein genetisches Problem«, sagte Eve.

»Nein, aber das ist auch keine Voraussetzung für eine Gentherapie«, sagte Neef. »Man versucht, in den Tumorzellen eine genetische Veränderung hervorzurufen, damit diese durch andere Wirkstoffe zum Absterben gebracht werden können.«

»Ich verstehe«, sagte Eve. »Und Sie sagen, daß Sie dies ausprobieren wollen?«

»Es ist möglich, aber noch ist nichts entschieden. Es müssen noch einige Verhandlungen geführt werden.«

»Aber vorausgesetzt, Sie bekommen die Genehmigung ...« sagte Eve. »Ist es dann möglich, daß Neil diese neue Behandlung erhält?«

»Puh«, sagte Neef. »Wir sind noch weit davon entfernt, so etwas zu entscheiden.«

»Tut mir leid«, sagte Eve. »Das war unfair, außerdem nehme ich zuviel von Ihrer Zeit in Anspruch.«

»Überhaupt nicht. Es war nett von Ihnen, anzurufen und zu sagen, was Sie gesagt haben.«

»Dr. Neef?«

Neef bemerkte die plötzliche Nervosität in Eves Stimme. »Ja?«

»Glauben Sie, ich könnte Neil besuchen?«

Neef war verblüfft. »Ich glaube wirklich nicht, daß das eine gute Idee ist«, sagte er. »Eine Bindung zu einem Kind in Neils Situation zu entwickeln, fordert eine Menge Kummer heraus.«

»Dessen bin ich mir bewußt«, sagte Eve. »Ich habe gerade

einen kurzen Vortrag darüber gehört, wie man damit umgeht. Es ist nur, weil ich glaube, er mochte mich. Und wenn ich mit ihm spielen und ihn ein bißchen zum Lächeln bringen kann, dann habe ich auch mein Bestes getan.«

»Ich bin mir wirklich nicht sicher . . .«

»Ich hätte nicht gefragt, wenn er eine Mutter hätte oder sonst jemanden, der an ihm interessiert ist.«

»Ich werde darüber nachdenken. Rufen Sie mich in ein paar Tagen noch einmal an«, sagte Neef.

»Das werde ich«, erwiderte Eve.

3

Du siehst müde aus«, sagte Kate Morse, als Neef in das Dienstzimmer kam.

Das war kaum überraschend. Er hatte nicht gut geschlafen. Die Ereignisse des Tages hatten ihn in einer zusammengewürfelten Bildmontage auf der Grenze zwischen Schlafen und Wachen heimgesucht und dafür gesorgt, daß er sich nicht vollständig erholte. Mrs Torrances stechende Augen klagten ihn an. »Lassen sie sterben«, sagte ihr Mann wieder und wieder. »Nur ein Kind«, sagte Frank MacSween, als sein Gesicht in Melanie Simpsons leerem Brustkorb erschien.

Erst als das erste tröstliche graue Morgenlicht durch den Spalt in den Vorhängen hereinfiel, war Neef in tiefen Schlaf versunken. Wenig mehr als eine Stunde später hatte Dolly, die beschlossen hatte, daß es Zeit war fürs Frühstück, ihm mit der Pfote auf die Wange geklopft und ihn so geweckt.

»Ich habe nicht gut geschlafen«, erzählte Neef Kate, als er den Nachtbericht zur Hand nahm.

»Lisa ist um vier Uhr heute morgen gestorben«, verkündete Kate. »Ihre Eltern und Lawrence waren bei ihr.« Neef nickte. »Und ein Rechtsanwalt, der vom *Evening Citizen* beauftragt ist, rief an, um Bescheid zu sagen, daß alle Vorbereitungen getroffen worden sind, um Tracy Torrance heute nachmittag in die Randolf-Klinik zu verlegen.«

Neef nickte erneut.

»Hast du den Fernsehbericht gestern abend gesehen?« fragte Kate.

»Ja«, erwiderte Neef. »Ich bekam auch einen Anruf von Ms Sayers.«

»Von wem?«

»Eve Sayers, die Reporterin des *Citizen*, die diese Geschichte macht.«

»Hat sie denn nicht schon genug Schaden angerichtet?« rief Kate. »Diese Leute bewegen sich einfach außerhalb der Grenzen des Erlaubten!«

»Also, sie rief an, um sich zu entschuldigen.«

»Sie hat was?« rief Kate.

»Sie wollte sich entschuldigen für das, was sie uns angetan hat.«

»Glaubst du, sie hat es ernstgemeint?« fragte Kate.

»Zuerst war ich mißtrauisch, aber ich glaube, vielleicht war es ihr ernst. Mir ist kein anderer Grund eingefallen.«

»Eine Journalistin, die sich entschuldigt? Wie ist es nur dazu gekommen?«

»Ich glaube, Neil könnte etwas damit zu tun haben«, sagte Neef. »Sie hat ihn gestern während einer etwas erzwungenen Führung durch die Station kennengelernt. Die beiden haben sich gut vertragen. Sie möchte kommen und ihn besuchen.«

»Und was hast du gesagt?« fragte Kate in einem Ton, der keinen Zweifel daran ließ, was sie von der Idee hielt.

»Ich sagte, ich hielte das für keine gute Idee.«

»Ist es auch nicht.«

»Sie war beharrlich. Ich sagte, ich würde darüber nachdenken.«

Kate Morses Blick verriet, was sie dachte.

»Ich weiß, ich weiß«, sagte Neef. »Aber Neil hat niemanden, und er hat gestern offensichtlich Gefallen an ihr gefunden.«

»Du bist der Boss«, sagte Kate. »Aber hast du bedacht, wie es sich auf das Personal auswirkt, wenn eine Journalistin wie sie ständig hier ist? Jeder wird auf der Hut sein, damit er sich nicht auf der Titelseite des *Citizens* wiederfindet, wenn er mal einen kleinen Fehler macht.«

»Ich muß gestehen, daß ich das nicht berücksichtigt habe. Ich hatte angenommen, daß sie in ganz streng privater Eigenschaft hierher kommt.«

»Ich finde, es ist das allermindeste, daß sie uns das garantiert«, sagte Kate. »Und noch etwas.«

»Was?«

»Wenn sie Neil besucht und sie sich vertragen, muß sie wiederkommen. Sie kann nicht ein paar Mal herkommen und dann wieder verschwinden, weil es nichts Neues mehr ist.«

»Absolut.«

»Selbst wenn es schwierig wird«, fügte Kate mit einem bedeutungsvollen Blick hinzu.

»Das versteht sich von selbst.«

»Ich finde auch, du solltest sichergehen, daß sie versteht, was das alles mit sich bringt.«

»Vielleicht kommt es ja gar nicht dazu«, sagte Neef. »Ich werde nichts entscheiden, bis ich heute abend den Artikel im *Citizen* gesehen habe. Sie sagte, sie wollte ihr Bestes tun, um einen Rückzieher zu machen.«

»Ich glaube, du solltest auch bedenken . . .«

»Was?«

»Ms Sayers hat sich vielleicht entschlossen, eine Geschichte über eine Kinderkrebsstation zu schreiben. Vielleicht benutzt sie Neil, um hereinzukommen.«

Neef nickte und sagte: »Zu meiner Schande habe ich das auch gedacht. Ich habe sogar in Erwägung gezogen, daß diese ganze Entschuldigungsgeschichte Teil eines Schwindels ist.«

»Der sicherste Weg –«

»Ist nein zu sagen. Ich weiß, Kate. Ich bin nur einfach nicht sicher. Es kann ihr auch völlig ernst sein und ihre Absichten unfair einfach abzutun –«

»Wäre unverzeihlich und sähe dir gar nicht ähnlich«, sagte Kate lächelnd. »Es liegt bei dir.«

»Wir wollen das jetzt mal vergessen. Bestimmt gibt es Dringenderes zu entscheiden?«

Kate Morse nickte, rückte ihre Brille zurecht und öffnete ihren Ordner mit dem Tagesprogramm. »Lawrence schlug vor, das Treffen, das du vorgeschlagen hast, heute nachmittag um vier Uhr abzuhalten, wenn er wieder Dienst hat.«

»Gut.«

»Heute morgen um elf bekommen wir einen Neuzugang, einen zwölfjährigen Jungen mit einem Gehirntumor, der uns von Dr. Sleigh überwiesen worden ist.«

»Ja, ich erinnere mich. Er rief mich an. Es ist unsicher, ob eine Operation möglich ist oder nicht.«

»Genau das ist er«, sagte Kate. »Thomas Downy. Und natürlich Tracy Torrance. Wirst du zur Übergabe hier sein?«

»Ja«, sagte Neef ohne Zögern. »Ich glaube, das ist besser.«

»Sie kommen um zwei. Ich vermute, daß wir draußen einen Medienzirkus erwarten können.«

»Das bezweifle ich nicht. Haben wir Thomas Downys Unterlagen?«

»Ich habe sie auf deinen Schreibtisch gelegt.«

Neef machte seine Runde durch die Station, bevor er in sein Büro ging. Er zog diese informellen Rundgänge dem traditionellen Verfahren vor, bei dem die Chefärzte eine Schar Assistenzärzte im Gefolge hatten und das viele seiner Kollegen noch favorisierten. Aber vielleicht war er ihnen gegenüber auch unfair. Die spezielle Natur seiner eigenen Station ließ ein anderes Vorgehen zu. In einer allgemeinmedizinischen Station mit hoher Fluktuation war es wahrscheinlich notwendig, daß die Chefärzte ständig kurz informiert wurden, wen sie gerade sahen und was ihm fehlte. Die Patientenpopulation seiner eigenen Station war konstanter. Er kannte alle seine Patienten gut und machte gerne alleine seine Runde.

Um halb elf hatte Neef Thomas Downys Krankenbericht, seine Röntgenaufnahmen und CTs eingehend studiert. Er verstand das Problem. Dies war ein chirurgischer Grenzfall, ein Kleinhirntumor an solch einer ungünstigen Stelle, daß Versuche, ihn zu entfernen, unter Umständen irreparable Schäden oder selbst den Tod auf dem OP-Tisch verursachen könnten. Er mußte den Schwarzen Peter dem Neurochirurgen zuspielen. In der Zwischenzeit würde er den physischen Zustand des Jungen prüfen, sobald er aufgenommen worden war, und einige

Kernspintomographien machen lassen, falls der Chirurg sich entschied, es auf einen Versuch ankommen zu lassen. Er rief Ann Miles über die Sprechanlage auf seinem Schreibtisch und bat sie, sich mit Norman Beavis in Verbindung zu setzen, dem Neurochirurgen, der beim Krankenhaus unter Vertrag stand.

Es gab im St George's nicht genug neurochirurgische Fälle, um eine Vollzeitstelle eines Neurochirurgen zu rechtfertigen, daher gab es einen Teilzeitvertrag mit Beavis. Ann Miles rief zurück, daß Beavis Sekretärin informiert worden sei. Heute morgen operierte Mr Beavis, aber er würde am Nachmittag anrufen.

Um elf Uhr wurde der Downy-Junge aufgenommen. Die Schwestern hießen ihn willkommen und machten es ihm behaglich, bevor die beiden Assistenzärzte ihn untersuchten und einige vorläufige Tests durchführten. Neef war anwesend, hielt sich aber im Hintergrund. Er war erfreut darüber, wie die beiden neuen Medizinalassistenten sich machten. Sie plauderten beide mit dem Jungen und kaschierten die medizinische Natur ihrer Aufgabe mit einem Gespräch über Fußball. Als sie herausfanden, daß Thomas Downy ein Arsenal-Anhänger war, neckten ihn Samuels, der Manchester United-Fan war, und John Duncan, der aus Glasgow kam und Celtic unterstützte, auf gutmütige Weise mit seiner Treue zu Arsenal. Neef bemerkte, daß der Junge zum ersten Mal lächelte, als Samuels und Duncan wild gestikulierend miteinander stritten.

Neef aß im Krankenhausrestaurant zu Mittag. Wegen der Begegnung mit den Torrances war er ein klein wenig nervös, und dies hatte seinen Appetit gedämpft. Er hatte sich für einen in Cellophan eingepackten Salat von der Selbstbedienungstheke und einen Tee entschieden. Frank MacSween leistete ihm Gesellschaft.

»Ich habe die Uniklinik wegen des Simpson-Mädchen angerufen«, sagte MacSween.

»Und ihnen von den Tumoren erzählt?«

MacSween lächelte schief und sagte: »Ich glaube, zuerst

dachten sie, ich würde mich darüber beschweren, daß die Patientin nicht gleich zu uns geschickt worden ist. Sie haben sich große Mühe gegeben, mir zu versichern, daß niemandem klar gewesen war, daß sie Krebs hatte. Sie war, da man eine Lungenentzündung vermutete, als ein Infektionskrankheitsfall aufgenommen worden.«

Die Universitätsklinik und das St George's Krankenhaus hatten eine Übereinkunft getroffen, welche Patienten wo behandelt wurden. Infektionskrankheiten kamen in die Uniklinik, Krebsfälle bei Kindern ins St George's.

»Ist wahrscheinlich dein schottischer Akzent«, sagte Neef. »Sie haben Angst, daß du ihnen eine Rechnung schickst.«

»Ich werde das mit der verdienten Verachtung behandeln«, sagte MacSween. »Ich habe ihnen sowieso erklärt, daß das Gesundheitsamt informiert werden müßte, um die Krebsursache so schnell wie möglich zu identifizieren. Sie sagten, damit seien sie sehr einverstanden, also tat ich das heute morgen.«

»Gut.«

»Das Gesundheitsamt schickt heute nachmittag jemanden her, um sich das pathologische Material anzuschauen, und dann werden sie der Sache auf die Schliche kommen. Die Uniklinik hat uns heute morgen auch Melanie Simpsons Unterlagen geschickt, falls die Leute vom Gesundheitsamt sie brauchen.«

»Irgend was Interessantes?«

MacSween schüttelte den Kopf. »Nichts. Das Kind ist kaum einen Tag in seinem Leben krank gewesen und dann, zack, ist es tot.«

Neef spielte nachdenklich mit seiner Gabel. »Du sagtest, das Labor habe keinen Hinweis auf eine bakterielle Lungenentzündung finden können, daher nahmen sie an, es handele sich um einen Virus.«

»Das stimmt.«

»Bist du damit glücklich?«

»Ich denke schon. Es ist immer ein bißchen spekulativ, wenn

eine Diagnose durch ein Ausschlußverfahren gestellt wird, aber die doppelseitige Induration ist so klassisch, daß ich nicht dagegen argumentieren würde. Warum fragst du?«

Neef schüttelte den Kopf, als verbanne er eine vage Vorstellung, die er nicht weiter ausführen wollte, aus seinen Gedanken und sagte: »Nur so eine Idee.«

»Wir werden sehen, welchen virologischen Befund das Labor ermittelt, und dann gewinnen wir ein klareres Bild«, sagte MacSween.

Neef und MacSween schauten einander an und mußten grinsen. »Nein, das werden wir nicht«, sagten sie im Chor.

»Sie werden ein halbes Dutzend alltäglicher Viren des Erkältungs- und Grippetyps finden und uns einladen, einen als Ursache herauszupicken«, sagte Neef.

MacSween nickte. Viren waren stets viel schwerer zu bestimmen als Bakterien.

Neef schaute auf seine Uhr und erhob sich vom Tisch. »Heute nachmittag holen sie Tracy Torrance ab«, erklärte er. »Sie kommt in die Randolf-Klinik.«

MacSween nickte. »Die Show muß weitergehen«, sagte er.

»Halt mich über den Simpsonfall auf dem laufenden, hörst du?«

»Mach ich. Betty möchte dich zum Lunch am Sonntag einladen. Bring einen Freund mit, falls du noch einen hast, wenn die Zeitungen mit dir fertig sind.«

»Und mit diesem glücklichen Gedanken . . .«, sagte Neef beim Aufstehen. Er lächelte zum Abschied.

Um fünf Minuten vor zwei rückte Neef seine Krawatte gerade und zog das Jackett an. Er ging zum Bürofenster und bemerkte hektische Aktivitäten vor der Eingangstür. Ein Fernsehkamerateam war auf seinem Platz, Techniker liefen, mit den Händen in den Taschen, herum. Er sah, wie ein Frau mit einem Mikrophon in der Hand auf die Uhr schaute und dann mit ihrer freien Hand an den Haaren zupfte.

Ein paar Minuten später tauchte ein schwarzer Ford Granada im Blickfeld auf und bog durch das Tor ein. Er hielt vor der Eingangstür. Mr und Mrs Torrance stiegen aus, begleitet von einem großen, dicken Mann mit dünnem Haar, das er sich ständig mit der Hand auf die Kopfhaut klatschte. In der anderen Hand trug er eine Aktentasche. Er trieb die Torrances nach drinnen und wandte sich allein den Reportern zu. Er stand auf der zweiten Stufe der Treppe, die zum Haupteingang führte. Die Reporter unter ihm sahen aus wie Seehunde, die darauf warteten, gefüttert zu werden, dachte Neef.

Als das kurze Interview beendet war und der dicke Mann drinnen verschwand, vergewisserte Neef sich bei Ann Miles, daß Tracy fertig war.

»Alles bereit«, bestätigte sie. »Soll ich sie direkt hereinführen, wenn sie kommen?«

»Bitte.«

Einige Augenblicke später öffnete sich die Tür, und die Torrances wurden hereingeleitet, begleitet von dem dicken Mann, der sich als Lewis Milligan vorstellte.

»Ich vertrete den *Evening Citizen*«, verkündete Milligan. »In diesem Fall handele ich auch im Namen von Mr und Mrs Torrance.«

»Tracy ist bereit«, sagte Neef. »Es tut uns allen leid, daß sie geht. Wir hoffen, daß in der Randolf-Klinik alles gut für sie läuft.«

»Danke, Doktor«, sagte Milligan. »Da bin ich mir sicher.«

Die Torrances schienen zufrieden zu sein, alles Milligan überlassen zu können. Mit einem kaum unterdrückten Ausdruck von Selbstgefälligkeit auf ihren Gesichtern standen sie im Hintergrund.

Es klopfte an der Tür. Kate Morse kam herein und hielt Tracy in ihren Armen. Eine weitere Krankenschwester, die einen Plastikbeutel mit Tracys Sachen trug, stand hinter ihr.

Mrs Torrance machte ein großes Theater daraus, Tracy in ihre Arme zu nehmen und sie mit Zärtlichkeit zu überschütten. Tracy schien unbeeindruckt davon und zog es vor, an einer Ecke von Mr Raggings herumzukauen. Als sie über die Schulter der Mutter gehievt wurde, ließ Tracy die Puppe fallen und streckte einen Arm in schweigender Qual nach ihr aus. Milligan hob sie auf und betrachtete sie angewidert.

»Im Randolf bekommst du eine Menge neuer Püppchen«, sagte er in einem, wie er meinte, kinderfreundlichen Ton. Tracy reagierte nicht darauf. Als es so aussah, als würde er die Puppe nicht zurückgeben, schritt Kate Morse ein und nahm sie ihm ab. Sie gab sie Tracy zurück und sagte zu Milligan in einem Ton, der ihn erstarren ließ. »Mr Raggins geht mit.«

Als die Gruppe aus Neefs Büro hinausmarschierte, übergab Mrs Torrance Tracy ihrem Mann, der gleichermaßen entschlossen schien, den Zuschauern einen herzergreifenden Anblick zu bieten. Mrs Torrance verließ als letzte vor Neef den Raum. Sie blieb einen Moment stehen, um den anderen etwas Vorsprung zu lassen, dann wandte sie sich ihm zu. Er sah in die stechenden Augen, die ihn in der vergangenen Nacht im Traum verfolgt hatten.

»Sie müssen ja hoffen, daß sie stirbt«, zischte sie.

»Das können Sie doch nicht wirklich glauben, Mrs Torrance«, erwiderte Neef, der sich fühlte, als hätte man ihm mit dem Knie in den Unterleib gestoßen.

»Das ist doch wohl klar. Wenn sie stirbt, haben Sie recht. Wenn sie lebt, haben Sie unrecht.«

»Niemand ist unfehlbar, Mrs Torrance. Ich gebe ganz bestimmt nicht vor, es zu sein. Ich wäre begeistert, wenn man mir im bezug auf Ihre Tochter nachweisen würde, daß ich unrecht hatte. Bitte glauben Sie mir das.«

Mrs Torrance warf ihm einen verächtlichen, ungläubigen Blick zu, dann ging sie, um die anderen einzuholen.

Neef schloß die Tür seines Büros und ging zu dem kleinen Waschbecken in der Ecke. Er spritzte sich einige Augenblicke lang Wasser ins Gesicht, dann stützte er die Hände auf den Rand des Beckens. Er sah, daß sie leicht zitterten.

Er hörte, wie die Tür sich öffnete, aber er drehte sich nicht um. Er wußte, daß es Ann Miles war.

»Sind Sie in Ordnung?« fragte sie.

Das Wasser tropfte ihm vom Gesicht, während er Ann im Spiegel anschaute und sagte: »Dieses verdammte Weib glaubt wirklich, ich will, daß ihre Tochter stirbt.«

»Sie ist außer sich«, sagte Ann. »Sie weiß nicht, was sie sagt. Das müssen Sie ihr zugute halten. Das wissen Sie doch.«

Neef nickte. Er hatte ihr noch immer den Rücken zugewandt. Nachdem er sich das Gesicht trocken getupft hatte, sagte er: »Manchmal glaube ich, meine Fähigkeit, jemandem etwas zugute zu halten, ist bis zum äußersten erschöpft.«

Ann Miles sagte: »Mein Mann ist Buchhalter. Er hält seinen Job für aufreibend. Er hat ja keine Ahnung.« Mit diesen Worten ging sie zur Tür hinaus.

Neefs Telefon klingelte. Es war Norman Beavis. Er wollte am nächsten Morgen kommen und sich den Downy-Jungen ansehen, falls das Neef paßte. »Ich habe ihn in den OP-Plan für Donnerstag eingetragen«, sagte Beavis.

»Gut«, erwiderte Neef. »Ich finde, es ist ein Grenzfall, aber sehen Sie selbst, was Sie davon halten.«

Kate Morse und Lawrence Fielding kamen pünktlich um vier Uhr. Lawrence, ein ernst aussehender, bläßlicher Mann, der seine Arbeit gut machte, dem es aber an Humor mangelte, trat beiseite, um Kate den Vortritt zu lassen, dann schloß er sorgfältig die Tür, bevor er sich neben sie setzte. Er erinnerte Neef stets an einen ehrerbietigen Butler, aber er war ein kluger Mann und ein guter Arzt.

»Ich wollte mit euch beiden über eine vorgeschlagene klinische Erprobung sprechen, die unsere Patienten beträfe«, sagte Neef.

»Kate sagte etwas über eine Gentherapie«, sagte Lawrence.

»Das stimmt. Eine Firma namens Menogen Research hat eine Tumorbehandlung auf genetischer Basis entwickelt. Die entsprechenden Kontrollorgane und Sicherheitskomitees sind durchlaufen worden, und sie haben die Erlaubnis erhalten, mit Versuchen an Menschen zu beginnen. Sie müssen ihr Verfahren noch unserer eigenen Ethikkommission vorlegen. Aber vorausgesetzt, daß sie diese Hürde überwinden, was haltet ihr davon?«

»Ich bin mir nicht sicher, was diese Behandlung eigentlich mit sich bringt«, sagte Kate.

»Ich auch nicht«, pflichtete Lawrence ihr bei.

»Dann sind wir uns in dem Punkt einig.« Neef lächelte. »Das ist für uns alle ein brandneues Gebiet. Ich weiß mehr, wenn ich mich mit den Leuten von Menogen getroffen habe. Ich denke, das beste ist, wenn wir uns in der Zwischenzeit prinzipiell einigen, wenn das möglich ist.«

»Ich bin ganz dafür, neue Dinge zu erproben, vorausgesetzt sie haben eine vernünftige Erfolgschance und dienen nicht nur dazu, Daten für das Lieblingsprojekt irgendeines Forschers zu liefern«, sagte Kate.

»Wir müssen auch an die Eltern denken«, sagte Lawrence. »Es ist so leicht, bei den Leuten falsche Hoffnungen zu erwekken, sobald man beginnt, von einer ›neuen Behandlungsmethode‹ zu reden. Diese Worte übersetzen sie sofort als ›Wunderheilmittel‹.«

»Und unsere Eltern sind besonders verletzlich«, fügte Kate hinzu. »Sie sind bereit, jeden Strohhalm zu ergreifen.«

»Das sind gute Punkte«, sagte Neef. »Wir sind uns also einig, daß ich nein sagen soll, wenn es keine echte Chance gibt, daß sich der Zustand unserer Patienten entscheidend verbessert?«

Sowohl Kate als auch Fielding nickten.

»Ist die Behandlung selbst unangenehm?« fragte Kate.

»Ich glaube nicht, aber das werde ich überprüfen. Die Kinder haben mit der Chemotherapie und der Strahlentherapie schon genug am Hals. Es müßte schon furchtbar gute Gründe geben, sie zu bitten, mit noch mehr fertig zu werden.«

Fielding sagte: »Seit Kate mir von unserer möglichen Beteiligung erzählt hat, habe ich einiges über Gentherapie gelesen.«

»Ich auch«, sagte Neef.

»Es scheint eine gewisse Gefahr damit verbunden zu sein. Die Autoren betonen, daß dieser Faktor eine unbekannte Größe ist.«

»Das stimmt«, pflichtete Neef bei. »Aber die Hauptsorge scheint sich auf die Möglichkeit zu konzentrieren, daß die Patienten durch die Therapie Krebs bekommen.«

»Und den haben unsere schon«, sagte Kate.

»Ein seltsamer Trost, das gebe ich zu«, sagte Neef. »Aber ich glaube, die Tatsache, daß nur die Patienten mit den schlechtesten Aussichten an dieser Erprobung teilnehmen würden, muß bei unseren Überlegungen eine Rolle spielen.«

»Sie haben nichts zu verlieren«, sagte Fielding.

»Ja«, sagte Neef.

»Solange das nicht die einzige Überlegung ist«, sagte Kate. »Sie sind keine Versuchskaninchen, die diese Menogenleute einfach benutzen können.«

»Absolut nicht«, sagte Neef.

Fielding nickte.

»Kann ich das also so verstehen, daß wir alle einen Versuch befürworten, vorausgesetzt daß eine wirkliche Chance auf Regression des Tumors besteht und daß die neue Behandlung unsere Kinder nicht unnötig belastet oder irgendwelche entsetzlichen Nebenwirkungen hat?«

»Ja«, sagte Fielding.

»Ich sage dir Bescheid, wenn ich nähere Einzelheiten kenne.«

Sobald Kate und Fielding gegangen waren, kam Ann herein, um zu berichten, daß Andrew D'Arcy angerufen und mitgeteilt hatte, die Leute von Menogen würden am nächsten Tag kommen. »Er wollte wissen, ob Sie um zehn Uhr Zeit hätten. Ich sagte ihm, das Sie dann könnten«, sagte Ann. »Ich habe es in Ihren Kalender eingetragen.«

»Danke, Ann. Übrigens, Mr Beavis hat Thomas Downy für

eine Operation am Donnerstag vorgemerkt. Besser spreche ich vorher mit seinen Eltern. Können Sie sie morgen nachmittag kommen lassen?«

»Mach ich.«

Ann hatte kaum das Zimmer verlassen, als sie wieder zurückkam. Sie schloß die Tür hinter sich, bevor sie sagte: »Draußen ist ein Dr. Lennon vom Gesundheitsamt. Er ist auf gut Glück hergekommen, um mit Ihnen zu sprechen.«

»Schicken Sie ihn rein«, sagte Neef. »Ich glaube, ich weiß, worum es sich handelt.«

Ein kleiner, glatzköpfiger Mann Ende fünfzig in einem dunklen Anzug, der eine Aktentasche mit einem Kombinationsschloß bei sich trug, kam ins Zimmer und streckte ihm die Hand entgegen. »Ich heiße Lennon«, sagte er. »Ich bin Epidemiologe. Ich habe gerade mit Dr. MacSween geredet.«

»Über Melanie Simpson?«

Lennon nickte. »Ein irritierender Fall. Ich habe von Dr. MacSween erfahren, daß Sie bei der Autopsie anwesend waren. Sie haben die Lungen des Mädchens selbst gesehen?« Lennon hatte einen West Country Akzent, der sein Äußeres Lügen strafte. Er sprach wie ein Bauer, sah aber aus wie der Geschäftsführer einer Bank.

»Das stimmt. Frank hat mich heruntergerufen, als er auf die Tumore stieß«, sagte Neef.

»Da Sie Krebsspezialist sind, Doktor, dachte ich, ich frage Sie einmal, ob Sie irgendwelche Vorstellungen davon haben, was Melanies Krankheit verursacht haben könnte?«

Neef schüttelte langsam den Kopf. »Ich fürchte nicht«, sagte er. »Wie Sie wissen, ist es praktisch beispiellos, daß ein Kind Bronchialkarzinome entwickelt. Abgesehen davon waren es so viele Tumore, daß sie nicht spontan aufgetreten sein können. Da muß ein hochkarzinogener Stoff im Spiel gewesen sein.«

Lennon nickte zustimmend. »Daran besteht kein Zweifel«, sagte er. »Das Rätselhafte ist, daß der Krebs sich auf die Lunge beschränkt«, fügte er nachdenklich hinzu. »Wenn ein wirkungsvolles Karzinogen im Spiel war, hätte man Tumore im ganzen Körper erwarten sollen.«

»Das ist ein wichtiger Punkt«, gab Neef zu. »Und bei einer Strahlungsquelle hätten wir Anzeichen von Hautschäden erwarten müssen. Aber soweit ich das sehen konnte, war die Haut des Mädchen makellos.«

»Ein Rätsel«, stimmte Lennon zu. »Das heißt also, wir suchen nach einem hochwirksamen Karzinogen, das Melanie eingeatmet haben muß«, sagte er.

»Wie ein Gas oder Dämpfe«, sagte Neef. »Oder vielleicht Staubpartikel.« Er erinnerte sich an MacSweens Kommentar über den Asbest.

»Das Labor hat keinerlei Hinweise auf Fasern in ihren Lungen gefunden«, sagte Lennon. »Daher können irgendwelche Partikel wohl ausgeschlossen werden. Somit bleiben nur noch chemische Dämpfe übrig.«

»Wo wollen Sie also anfangen zu suchen?« fragte Neef.

Lennon lächelte und sagte: »Gute Frage. Wo kommt ein vollkommen durchschnittliches Mädchen, das mit Mami und Papi in einer Doppelhaushälfte am Langholm Crescent lebt, mit einem hochgiftigen Gas in Kontakt?«

»Heutzutage hört man so viel von giftigen Chemikalien, die überall auf wilden Müllkippen landen, daß wir nicht allzu überrascht sein sollten, wenn hier so etwas paasiert ist«, sagte Neef.

»Traurig, aber wahr«, stimmte Lennon zu und stand auf. »Meine Aufgabe ist es jetzt, die verdammte Quelle zu finden und zu identifizieren, bevor noch jemand zu Schaden kommt.«

»Arbeiten Sie allein?« fragte Neef.

»Wir sind zu dritt. Meine Kollegen befragen in diesem Augenblick Melanies Eltern. Mit den Informationen, die sie sammeln, versuchen wir uns ein Bild zu machen, wo sie in den vergangenen Wochen gewesen ist, und so können wir vielleicht einen Hinweis gewinnen, wo sie sich verseucht haben könnte.«

»Ich wünsche Ihnen viel Glück«, sagte Neef.

»Danke«, sagte Lennon. »Ich bleibe mit Ihnen in Verbindung.«

Kate Morse erschien und hielt die erst Ausgabe des *Evening Citizen* in der Hand.

»Wie schlimm ist es denn?« fragte Neef sie.

»Also, sie bringen die Geschichte, aber es ist nicht annähernd so schrecklich, wie es hätte sein können. Sie hat es ganz schön abgeschwächt.«

»Gut.« Sagte Neef.

»Sie bringen auch ein Interview mit dem Direktor des Randolf. Er sagt mehr oder weniger, die Chance stünde eins zu einer Million, daß Tracy von der Behandlung profitiert. Aber die Zeitung weist natürlich darauf hin, daß selbst eine Chance in einer Million ergriffen werden muß, wenn das Leben eines Kindes auf dem Spiel steht. Welchen Preis hat das Leben?« zitierte sie mit gewollt bombastischem, selbstgerechtem Ton.

»Wahrscheinlich könnten wir es ihnen auf Heller und Pfennig sagen«, sagte Neef sarkastisch.

»Ich glaube auf jeden Fall nicht, daß die Schwestern Ms Sayers lynchen werden, falls du dich entschließt, sie Neil besuchen zu lassen«, sagte Kate. »Es hätte viel schlimmer sein können.« Sie legte die Zeitung auf Neefs Schreibtisch.

»Ich habe mich noch nicht endgültig entschieden«, sagte Neef, »aber vielen Dank für die Versicherung. Morgen früh treffe ich die Leute von Menogen Research, so daß ich nähere Informationen über den Test bekomme.«

»Gut«, sagte Kate. »Gestern abend habe ich noch zu Charlie gesagt, daß es die Arbeitsmoral sehr stärken würde, wenn etwas Gutes dabei herauskäme.«

»Ja, nicht?« Neef lächelte.

Nachdem Kate gegangen war, las er den Artikel selbst und stimmte ihrer Einschätzung zu: es hätte schlimmer sein können. Als er nach Hause fuhr, fühlte er sich viel entspannter als am Abend zuvor.

Dolly war nirgends zu sehen, als er in das Cottage kam, aber das war an sich nicht unüblich. Sie hatte eine Anzahl von Lieblingsverstecken. Er sah der Reihe nach in jedem nach. Beim dritten Versuch hatte er Glück. Sie lag zusammengekuschelt im Wäscheschrank auf dem obersten Regal und schaute auf ihn herab.

»Hallo, Dols? Wie war's heute?« fragte er. Er hörte, wie Dollys Pfoten sanft auf dem Boden auftrafen, als er wegging. Aus einem Meter achtzig war sie heruntergesprungen und hatte dabei kaum ein Geräusch gemacht. Er füllte ihren Napf und genehmigte sich dann einen Drink, während sein Abendessen in der Mikrowelle kochte. Er schaltete den Ferseher ein, beruhigt von dem Gedanken, daß heute abend niemand, den er kannte, in den Nachrichten erscheinen würde. »Insgesamt ein viel besserer Tag, Dols«, sagte er, als er sein Glas leerte und aufstand, um seine Aktentasche zu öffnen. Er hatte eine Menge Papierkram aufzuholen.

Neef kam zum Treffen mit den Menogen-Leuten am nächsten Morgen zu früh. Bei den letzten drei Konferenzen war er zu spät erschienen und wollte nicht in den Ruf kommen, immer zu spät aufzukreuzen. Andrew D'Arcy traf kurz nach ihm ein und dann Tim Heaton, makellos wie immer, den Carol Martin unterwegs wegen Fragen des Pflegebudgets zu beeinflussen versucht hatte.

»Sprich doch darüber mit Phillip«, sagte Heaton, löste sich geschickt von der Leiterin des Pflegedienstes und wünschte den anderen einen guten Morgen. Der Pressesprecher des Krankenhauses tauchte mit zwei Fremden im Schlepptau auf. Sie wurden vorgestellt als Steven Thomas, leitender Direktor von Menogen Research, und Dr. Max Pereira, Leiter der Forschungsabteilung.

Thomas sah wie ein Geschäftsmann aus. Er war konventionell mit Anzug und Krawatte bekleidet und klang wie ein Engländer. Aber Pereira trug Jeans, ein gestreiftes T-Shirt, eine Lederjacke und ein Barett. Als letzter erschien Phillip Danziger und entschuldigte sich für sein Zuspätkommen.

Tim Heaton übernahm mit Leichtigkeit die Leitung des Treffens, hieß die Männer von Menogen willkommen und sagte, wie erfreut er darüber sei, daß man sich an das St George's gewandt habe. Er hoffe, daß alle von der Zusammenarbeit profitieren würden. Neefs Gesichtsausdruck war neutral. Er dachte, daß Heaton einen ausgezeichneten Diplomaten, sogar einen Botschafter, abgeben würde. Er konnte ihn sagen hören: »Die Bande, die unsere beiden großen Länder miteinander verknüpfen ... Valdovia hat uns stets besonders am Herzen gelegen...«

»Dies ist Dr. Michael Neef, Facharzt für pädiatrische Onkologie«, sagte Heaton und unterbach Neefs Gedankengang. »Mit seiner Abteilung würden sie zusammenarbeiten.«

Neef lächelte Pereira zu und erhielt ein Nicken als Antwort. Thomas verhielt sich ausweichender.

Als die Vorstellungen vorüber waren, sagte Heaton: »Ich schlage folgenden Ablauf vor. Zunächst umreißt Mr Thomas in groben Zügen, was er vorhat und was er von uns erwartet. Dies sollte nicht zu fachspezifisch sein, da mindestens die Hälfte von uns weder Ärzte noch Wissenschaftler sind. Dann beraten Dr. Neef und Dr. Pereira über medizinische Angelegenheiten, während Mr Thomas und Mr Danziger über Zahlen reden. Zum Lunch können wir uns dann wieder treffen. Wenn wir Fortschritte erzielt haben, können wir anschließend mit der Ethik- und Sicherheitskommission zusammentreffen. Sie ist von dieser Möglichkeit informiert worden und wäre bereit, heute nachmittag zusammenzutreten, wenn wir sie dazu auffordern.«

Heaton sah Thomas und Pereira an und erklärte: »Wir sind der örtlichen Ethikkommission unterstellt, die sowohl die Universitätsklinik als auch das St George's überwacht. Sie umfaßt Laien sowie ausgewählte Mediziner aus beiden Krankenhäusern. Man wird von Ihnen erwarten, daß Sie die Sicherheitsbestätigungen der entsprechenden Kontrollorgane vorlegen.«

»Alles da«, sagte Thomas und klopfte auf seine Aktentasche.

»Gut«, sagte Heaton.

»Dürfte ich fragen, welche Mediziner aus der Universität in diesem Gremium sitzen?« fragte Neef.

Heaton schaute in die Akte vor ihm und sagte: »Der Dekan der medizinischen Fakultät, Dr. Alan Brooks, und der Leiter der molekularbiologischen Abteilung, Dr. Farro-Jones.«

»David Farro-Jones?« fragte Pereira.

»Ja. Kennen Sie ihn?« fragte Heaton.

»Wir waren beide nach der Promotion am John Hopkins in Baltimore«, sagte er mit einem Akzent, der sich für Neef nach New York anhörte.

»Dann werden Sie heute nachmittag wohl dieselbe Sprache sprechen«, sagte Heaton.

Offenkundig hatte Heaton sich auf die Fachsprache bezogen, aber Neef fragte sich, ob Heaton nicht einen Insiderwitz für diejenigen gemacht hatte, die David Farro-Jones kannten. Obwohl er und Pereira beide Englisch sprachen, lag ein himmelweiter Unterschied zwischen Farro-Jones' Oxbridge-Akzent und Pereiras New Yorker Slang. Er fragte sich auch, was Pereiras Gesichtsausdruck bedeutete, als er Farro-Jones' Namen hörte. Vielleicht war es Überraschung – vielleicht steckte aber auch mehr dahinter.

»Sind Sie damit alle einverstanden?« fragte Heaton und schaute sich am Tisch um. »Gut. Sie haben das Wort, Mr Thomas.«

Steven Thomas gab allen einen kurzen Überblick über die Geschichte von Menogen Research, der dem entsprach, was Andrew D'Arcy Heaton und Neef vor zwei Tagen berichtet hatte.

»Während der letzten drei Jahre hatten wir das Glück, auf

die Dienste von Max Pereira hier und etlicher seiner Kollegen, die er aus der Welt der Wissenschaft mitgebracht hat, bauen zu können. Diese brillanten Forscher haben ein Spektrum von Vektoren und Strategien entwickelt, die, wie wir glauben, mit Erfolg genetisches Material dorthin transportieren können, wo es im Körper am meisten gebraucht wird. Die Tests mit Labortieren weisen ermutigende Resultate auf, und jetzt ist die Zeit gekommen, diese Technologie bei Menschen anzuwenden.

Wir haben alle erforderlichen Sicherheitszertifikate und die Genehmigung der nationalen Ethikkommission erhalten. Was wir jetzt brauchen, ist die Zusammenarbeit mit einem erstklassigen Krankenhaus wie dem St George's und seinen Mitarbeitern – im besonderen, mit Dr. Neef und seiner Kinderkrebsstation. Ich glaube, es ist nicht außerhalb des Rahmens der Möglichkeiten, daß wir hier gemeinsam bedeutende Fortschritte in der medizinischen Wissenschaft machen.«

»Danke, Mr Thomas«, sagte Tim Heaton und stand auf, während Thomas sich unter höflichem Applaus hinsetzte. »Ich glaube, wir teilen alle dieselben Empfindungen.«

Neef lächelte Pereira an und sagte: »Wenn Sie bitte mit mir kommen würden. Ich zeigen Ihnen die Station, und Sie können die Patienten kennenlernen.«

4

Vielleicht sollten wir uns erst unterhalten, und dann zeige ich Ihnen die Station«, schlug Neef vor.

»Ganz wie Sie meinen«, erwiderte Pereira.

Pereira war beinahe dreißig Zentimeter kleiner als Neef, obwohl er hochhackige Cowboystiefel trug. Als sie den Hof zwischen dem Verwaltungstrakt und der Station überquerten, mußte Neef sein Tempo mäßigen, damit Pereira Schritt halten konnte. Außerdem hatte Pereira schwer an einem großen, abgenutzten Aktenkoffer zu schleppen, dessen eine Seite voll von den Überresten vieler Fluggesellschaftsaufkleber war.

Neef stellte ihn Ann Miles vor und fragte sie, ob sie Kaffee machen könne.

»Natürlich«, erwiderte sie. »Wie möchten Sie Ihren, Dr. Pereira?«

»Weiß, mit viel Zucker«, antwortete Pereira, ohne sie anzuschauen. Er hatte seine Lederjacke ausgezogen, das Barett jedoch aufbehalten.

Ann Miles und Neef wechselten einen amüsierten Blick, bevor sie die Tür hinter sich schloß.

»Sind Sie medizinisch qualifiziert, Dr. Pereira?« fragte Neef.

Pereira schüttelte den Kopf. »Mein erstes Examen war in medizinischer Mikrobiologie, dann habe ich an der UCLA meinen Doktor gemacht, darauf folgten Stipendien in Harvard und an der John-Hopkins-Universität, und dann kam ich zu Menogen.«

»Sie sind Molekularbiologe?«

»Ja, aber Molekularbiologen haben ganz unterschiedliche wissenschaftliche Hintergründe. Ich war zunächst Virologe, David Farro-Jones ist, glaube ich, Mediziner.«

»Stimmt«, sagte Neef. »Aber er erzählt mir ständig, daß Molekularbiologie die Wissenschaft der Zukunft ist.«

»Damit hat er nicht unrecht«, erwiderte Pereira.

»Aber ohne medizinische Qualifikation steht es völlig außer Frage, daß ich Sie nicht alleine auf die Patienten loslasse.«

Pereira lachte laut auf. »Das versteht sich von selbst«, sagte er. »Ich konnte nicht mal ein Pflaster auf einen geschnittenen Finger kleben. Auf der anderen Seite habe ich mehr über Viren vergessen, als die meisten Mediziner je wissen werden.«

Jetzt mußte Neef lächeln. »Das gestehe ich gerne zu«, sagte er. »Wir arbeiten also als Team zusammen.«

»Absolut.«

»Dann muß ich genau wissen, was Sie vorhaben. Ich muß darauf bestehen, die Theorie, die hinter ihren Vorschlägen steckt, zu verstehen, bevor ich zustimmen kann.«

»Wieviel wissen Sie über Gentherapie?«

»Ich weiß, daß neue Gene in die Zellen der Patienten transportiert werden und daß das manchmal Probleme bereiten kann. Darüber hinaus weiß ich nicht viel.«

Pereira nickte. »Das Gen im Labor zu konstruieren ist leicht. Wie Sie schon sagten, ist das Problem, es in die Zellen des Patienten zu befördern. Offensichtlich können wir ja nicht Kopien des neuen Gens einzeln in die Zellen bringen. Wir müßten das hundert Millionen mal machen, um auch nur die geringste Chance gegen einen Tumor zu haben. Daher lassen wir die Natur für uns arbeiten. Wir benutzen Viren als Übertragungsvektoren.«

»Lebende Viren?« fragte Neef.

»Lebend, aber unschädlich gemacht«, sagte Pereira. »Wir inaktivieren es genetisch, so daß es sich im Patienten nicht reproduzieren kann, dann führen wir das neue Gen in das Virus ein und lassen es vom Virus für uns in die Zellen des Patienten tragen.«

»Eine Art örtlich beschränkte Infektion?«

»Genau.«

»Das hört sich unkompliziert an«, sagte Neef. »Welche Haken gibt es bei der Sache?«

»Viele«, gab Pereira zu. »Viren sind immer noch Viren, ob sie nun inaktiviert worden sind oder nicht. Wenn wir zu viele Viruspartikel benutzen, könnte der Patient heftig auf das fremde Einweiß reagieren, besonders wenn wir die Behandlung wiederholen müssen.«

»Ein anaphylaktischer Schock?«

»Das ist eine Möglichkeit. Wenn wir auf der anderen Seite zu wenig benutzen, kann es sein, daß das ganze Verfahren nicht funktioniert. Es gibt noch eine Reihe anderer Dinge, die Sie in Betracht ziehen sollten, wenn Sie es nicht bereits tun.«

»Sagen Sie mir, welche.«

»Obwohl die Viren unwirksam gemacht worden sind, indem ihr Reproduktionsmechanismus entfernt worden ist, haben einige Forscher darauf hingewiesen, daß die Möglichkeit besteht, daß sie sich reaktivieren können, wenn sie im Körper ihre fehlenden Teile wiederfinden.«

»Ich glaube, da kann nicht ganz folgen. Wie ist das möglich?«

»Viele der Viren, die wir als Genübertragungsvektoren benutzen, sind recht verbreitet. Die meisten haben sich schon damit infiziert, als sie eine Erkältung oder die Grippe hatten. Es besteht jetzt die Sorge, daß wir noch den einen oder anderen lebenden Viruspartikel in uns lauern haben. Wenn jetzt ein Virusvektor auf eines dieser alten intakten Viren stößt, wäre es möglich, daß er sich selbst durch DNA-Rekombination reaktivieren könnte.«

»Sie meinen, es könnte seine fehlenden Teile zurückbekommen und eine ausgewachsene Infektion herbeiführen?«

»Ja. Aber wenn man ein Problem kennt, hat man es schon halb gelöst, wie meine Oma zu sagen pflegte. Wir bei Menogen benutzen Retroviren, die dieses Problem nicht haben, dafür möglicherweise aber andere.«

»Irgend etwas, das ich wissen sollte?«

»Ja«, meinte Pereira. »Der Vorteil bei Retroviren ist, daß sie sich in die Chromosomen der Gastzellen integrieren; der

Nachteil ist, daß manche Leute glauben, sie könnten Krebs auslösen.«

»Von dieser Möglichkeit habe ich gelesen«, gab Neef zu.

»Aber das wäre kein Problem bei Ihren Patienten«, sagte Pereira. »Sie haben bereits Krebs.«

Neef schaute Pereira an, der seine Aktentasche geöffnet hatte und darin herumkramte.

Neef schaute Pereira lange und eindringlich an. Er konnte sich über diesen Mann keine Meinung bilden. Ganz gewiß war er irgendwie anders.

»Wie groß ist die Chance, daß Gentherapie meinen Patienten tatsächlich hilft?«

»Im Gegensatz wozu?«

»Im Gegensatz dazu, daß Sie einfach nur mit mehr Daten über Ihre Überträgerviren versorgt werden.«

»Ich hoffe, daß beides geschieht«, sagte Pereira.

»Ich muß wissen, wie groß die Chance ist«, beharrte Neef.

Pereira schien zu spüren, daß dies die entscheidende Frage war. Er hörte auf, seine Papiere durchzusehen, und sagte: »In Ordnung, ich gebe zu, es wäre schön, auch einige Experimente durchzuführen, um anhand von neomycinmarkierten Vektoren einfach mal zu sehen, wie sie sich im Körper verteilen.«

»Nein«, sagte Neef entschlossen.

»Warum nicht?«

»Erwachsene Krebspatienten können sich selbst ein Urteil darüber bilden, ob sie der medizinischen Wissenschaft helfen wollen, auch wenn es ihnen selbst nichts bringt. Kinder können das nicht.«

»Aber ihre Eltern –«

»Greifen nach jedem Strohhalm, ohne voll und ganz zu begreifen, worum es eigentlich geht. Daher bin ich derjenige, der hier das letzte Wort hat, und ich sage nein zu Experimenten, die nur der Datenerhebung dienen.«

Pereira seufzte und ließ einen Augenblick lang den Kopf hängen. »Welchen Handel können wir also abschließen?«

»Wenn wir meinen Patienten irgendwelche Gentherapievektoren injizieren, muß es ein lebensfähiges Gen transportieren, das eine echte Chance hat, ihren Zustand zu verbessern. Haben Sie solche Vektoren?«

»Ich glaube schon«, sagte Pereira. »Und ich glaube, daß sie funktionieren. Wenn wir die richtigen Patienten und die richtigen Begleitumstände haben, können wir das große Los ziehen. Ich glaube, wir können vielleicht den Krebs fertigmachen.«

»Glauben Sie das wirklich?«

»Ganz ehrlich.«

Neef nickte unverbindlich. »Gut. Erzählen Sie mir jetzt, welche Nebenwirkungen diese Art von Therapie hat.«

»Es sollte eigentlich keine geben – bestimmt keine wie die Nebenwirkungen der üblichen Chemotherapie.«

»Gut. Können wir jetzt in die Einzelheiten gehen? Welches Gen wollen Sie einfügen und warum?«

Pereira zog einige Diagramme aus einem Stapel Papier und stieß sie Neef hin. »Bei geeigneten Tumoren würden wir ein inaktiviertes Mäuseleukämievirus mit veränderten Hüllproteinen verwenden, das ein TDK-Gen transportiert – Sie wissen schon, ein Thymidin-Kinase-Gen. Es würde direkt in den Tumor injiziert. Das Virus infiziert nur Zellen, die sich teilen, im Falle eines Gehirntumors nehmen nur die Tumorzellen das TDK-Gen auf. Wir behandeln den Patienten dann mit Gancyclovir. Dieses Medikament tötet nur Zellen ab, in denen sich ein funktionierendes TDK-Gen befindet.«

»In der Theorie hört sich das einfach an. Sind Sie sicher, daß nur die Tumorzellen abgetötet werden?«

»Der Theorie nach ja.«

Neef fragte sich, ob Pereiras Antwort ausweichend gewesen war, beharrte im Augenblick aber nicht auf diesem Punkt. »Was ist mit verschiedenen Tumortypen?« fragte er.

»Menogen hat erfolgreich ein Spektrum pseudotypischer Viren entwickelt, die auf dem erwähnten Virus basieren. Sie alle haben veränderte Hüllproteine, die ihnen unterschiedliche Affinitäten verleihen. Es ist dann nur die Frage, für jeden Tumor den richtigen Vektor auszuwählen.«

»Okay«, sagte Neef nach einem Moment des Nachdenkens. »Das ist genug Wissenschaft. Wir wollen jetzt gehen, damit sie alle kennenlernen können.«

Nachdem Neef bemerkte, daß die Schwestern etwas verwirrt und stumm auf Pereira reagierten, fragte er sich, was die Patienten mit ihm anfangen würden. Tatsächlich behandelten sie Pereira mit derselbem Vorsicht, die die Schwestern an den Tag gelegt hatten. Sie schienen zu spüren, daß sein Lächeln nicht aufrichtig war, und reagierten nicht auf seine plumpen Versuche, Scherze zu machen.

»Ich hoffe, daß ich mich besser an ihn gewöhne«, vertraute Kate Morse Neef an, als sie neben ihm stand und Pereira durch das Fenster ihres Büros beobachtete.

»Das hoffe ich auch«, stimmte Neef mit einem schwachen Lächeln zu. »Der Himmel weiß, wie die Ethikkommission ihn einschätzen wird.«

»Mr Beavis war vorhin hier, um sich Thomas Downy anzuschauen«, sagte Kate. »Er wird mit dir persönlich sprechen, aber –«

»Inoperabel?«

»Ich fürchte ja.«

»Verdammt. Ich hatte gehofft, Beavis würde es versuchen.«

»Thomas' Eltern kommen um vier. Wirst du dann da sein, oder soll Lawrence es ihnen sagen?«

»Ich mache das«, sagte Neef mit einem resignierten Seufzer. »Ich sollte dann wieder zurück sein.«

Neef rief Tim Heaton aus seinem Büro an, während Pereira noch bei den Kindern war. »Bis jetzt befürworte ich einen Test«, sagte er Heaton. »Pereira ist zwar etwas schwierig zu nehmen, aber er scheint zu wissen, worüber er redet.«

»Gut«, sagte Heaton. »Ich habe von Phillip und Andrew erfahren, daß sie mit den finanziellen Arrangements ganz zufrieden sind. Ich werde versuchen, die Ethikkommission für 14.30 einzuberufen. Können wir alle früh zu Mittag essen – sagen wir um 12.30?«

»Gut.«

Pereira kam in Neefs Büro, nachdem er es aufgegeben hatte, mit den Patienten in Kontakt zu treten. »Okay«, verkündete er und breitete die Arme aus, »ich bin nicht Michael Jackson. Ich bin Wissenschaftler.«

»Nicht jeder kommt mit Kindern zurecht«, sagte Neef mit einem Lächeln.

»Nicht, daß ich sie nicht mag«, erwiderte Pereira, »aber ich bekomme keinen verschleierten Blick ihretwegen. Ist das ein Problem?«

»Ich glaube nicht, aber ich möchte gerne die Motive der Menschen verstehen, mit denen ich zusammenarbeite.«

»Das muß doch schwierig sein, da doch die meisten Leute in diesem Spiel nicht die Wahrheit sagen«, meinte Pereira.

»Ein zynischer Standpunkt.«

»Ein realistischer. Meiner Erfahrung nach werden Ärzte Ärzte, weil sie sich ausrechnen, daß sie dann gut verdienen, eine gesellschaftliche Stellung haben, ein schönes Auto, Mitglied im Golfclub sind und so weiter. Die Gedanken daran, kranken Menschen zu helfen, rangieren ganz unten auf der Liste. Aber ihr Image ist sehr gut, das muß ich zugestehen. Die meisten Leute glauben, daß die Ärzte sich wirklich um sie kümmern.«

Neef war bestürzt. Er war auch verwirrt. Die Worte klangen, als seien sie aus Bitterkeit heraus geboren, aber Pereira hörte sich nicht bitter an. Er sagte das alles ganz leidenschaftslos.

»Welche Motive hat denn ein Medizinwissenschaftler?« fragte er.

Pereira lächelte und sagte: »Die Leute glauben gerne, es sei sein unerschütterlicher Wunsch, die Krankheiten des Menschen zu kurieren, seine Schmerzen und sein Leid zu lindern, aber das ist es nicht. Wissenschaftler sind Menschen wie alle anderen auch. Sie werden angetrieben von Karrieredenken und der Sucht nach höherem akademischem Status, vermischt mit den Aussichten auf Ruhm und Vermögen.«

»Das hört sich gräßlich an.«

»Das hört sich nur gräßlich an«, sagte Pereira. »In der Praxis funktioniert dieses System für die Patienten sehr gut.«

»Wie das?«

»Forscher reißen sich den Arsch auf, nicht weil sie Kranken helfen wollen, sondern weil sie als erster durchs Ziel gehen wollen. Für den zweiten gibt es keine Preise mehr. Sie wissen, daß es da draußen einen ganzen Haufen Jungs gibt, die genau dieselben Experimente durchführen. Das bedeutet, die Arbeit muß so schnell wie möglich erledigt werden. Sie muß auch so exakt wie möglich erledigt werden, weil jeder Forscher weiß, daß die Konkurrenten nur darauf brennen, seine Veröffentlichungen genau unter die Lupe zu nehmen, um Fehler zu finden. Und wenn sie irgend welche Fehler finden oder auf unberechtigte Annahmen stoßen, dann kreuzigen sie dich. Also keine Abkürzungen. Der Patient macht einen guten Handel.«

»Sie zeichnen da ein aufrichtiges, wenn auch etwas deprimierendes Bild«, sagte Neef mit einem schiefen Lächeln.

»Ich sehe einfach nur den Tatsachen ins Auge«, sagte Pereira. »Die menschliche Natur ist, wie sie ist. Ich akzeptiere das. Viele Leute tun das nicht. Sie müssen ihre Handlungen mit allem möglichen edelklingenden Scheiß verbrämen.«

»Unter uns, Max«, sagte Neef. »Ich würde heute nachmittag vor der Ethikkommission nicht damit herausrücken. Sie könnten das persönlich nehmen.«

»Danke für die Warnung.«

Mitten im Lunch ging Neefs Piepser los. Er entschuldigte sich und ging, um die Station anzurufen.

»Wir hatten gerade eine Überweisung vom East Side General«, sagte Lawrence Fielding. »Ich meine, du solltest herüberkommen.«

Neef eilte zur Station zurück und fand Fielding im Lichtwandraum vor. Dies war ein schmaler, langer Raum neben dem Dienstzimmer. Eine ganze Wand bestand aus durchscheinendem Plastik mit einer Neonlichtquelle dahinter. Röntgenaufnahmen und Computertomographien konnten dort aufgehängt werden, um sie eingehend zu studieren.

»Was hast du da?« fragte Neef, als er hereinkam und Fielding antraf, wie er eine Serie von drei Röntgenaufnahmen mit Hilfe einer Handlupe untersuchte.

»Jane Lees, vierzehn«, erwiderte Fielding. »So etwas habe ich noch nie gesehen, besonders nicht bei einem Kind. Sie hat multiple Tumore in beiden Lungenflügeln.«

Plötzlich überkam Neef eine böse Vorahnung. Fielding hatte mehr oder weniger das gleiche gesagt wie Frank MacSween neulich über Melanie Simpson.

»Ich schon«, sagte er, als er die Lupe von Fielding nahm und sich die Röntgenaufnahmen genauer anschaute. »Genau das gleiche habe ich am Montag in der Pathologie gesehen. Frank MacSween nahm eine Obduktion an einer Patientin der Uniklinik vor, einem dreizehnjährigen Mädchen. Sie war eingewiesen worden als doppelseitige Lungenentzündung, aber im Labor konnte man keinerlei Bakterien finden. Sie starb, und sie bezeichneten es als virale Lungenentzündung.«

»Ihnen war nicht klar, daß sie auch Krebs hatte?«

»Niemand hatte eine Ahnung davon, bis Frank sie aufmachte. Wegen des Ausmaßes der Bösartigkeit mußten wir das Gesundheitsamt benachrichtigen. Dies sieht wie Fall Nummer zwei aus.«

»In mehr als einer Hinsicht«, sagte Fielding.

»Wie das?«

»Jane wurde als doppelseitige Lungenentzündung im East Side General aufgenommen. Sie fanden keinerlei Hinweis auf Bakterien, daher hielten auch sie es für Viren. Anders als dein Mädchen erholte Jane sich von der akuten Lungenentzündung, aber die abschließenden Röntgenaufnahmen wiesen die

Tumore auf, daher wurde sie hierhin verlegt. Die früheren Röntgenaufnahmen waren von Schleim und Entzündungen durch die Pneumonie verschattet. Ich vermute, das muß bei dem ersten Mädchen auch der Fall gewesen sein.«

»Das glaube ich auch«, sagte Neef nachdenklich. »Ich möchte, daß du das Gesundheitsamt anrufst. Frag nach Dr. Lennon und erklär ihm, was passiert ist. Je eher er die Ursache aufspürt, desto besser.«

»Mach ich«, sagte Fielding.

»Wie geht es dem Mädchen?«

»Wir haben dafür gesorgt, daß sie im Augenblick beschwerdefrei ist, aber sobald diese Tumore sie richtig im Griff haben, können wir nicht mehr viel für sie tun.«

»Wir werden unser Bestes tun«, sagte Neef und legte Fielding die Hand auf die Schulter. »Wie immer.«

Das Mittagessen war vorüber, als Neef ins Verwaltungsgebäude zurückkam. Er hatte Jane Lees selbst sehen wollen, bevor er die Station verließ, und dies hatte gut dreißig Minuten in Anspruch genommen. Obwohl das Mädchen sehr krank war, war es bei Bewußtsein, und Neef hatte gehofft, daß es in der Lage sein würde, etwas Licht auf die Art und die Herkunft des Karzinogens zu werfen, dem sie und Melanie Simpson ausgesetzt gewesen sein mußten.

Aber das konnte Jane Lees nicht. Sie lebte in einem anderen Teil der Stadt und hatte Melanie Simpson nicht gekannt. Neef dachte darüber nach, als er die Treppe des Verwaltungsgebäudes gerade rechtzeitig für das Treffen der Ethikkommission hochlief.

»Probleme?« fragte Tim Heaton, der den Raum gerade mit Phillip Danziger verließ. Sie brauchten an der Sitzung der Ethikkommission nicht teilzunehmen.

»Es gibt keinen Tag ohne«, erwiderte Neef. Er wollte nicht mit Heaton über die beiden Mädchen reden, bevor er nicht selbst Zeit gehabt hatte, darüber nachzudenken.

»So ist das Leben«, sagte Heaton, der lächelte und hinausfegte. Dabei warf er einen Blick auf seine Uhr und ließ Phillip Danziger beinahe hinter sich zurück.

Die Ethik- und Sicherheitskommission umfaßte bei dieser Gelegenheit zwei Geistliche, den römisch-katholischen Kaplan der Universitätsklinik und den Kaplan des St George's, der der Kirche von England angehörte, Alan Brooks, den Dekan der medizinischen Fakultät, Major Ronald Jackson, einen örtlichen Magistrat; Dr. David Farro-Jones, Dozent für Molekularbiologie an der Universität, und Miss Emma Taylor, die Gebietsleiterin des Women's Royal Voluntary Service. Major Jackson führte den Vorsitz. Steven Thomas, Max Pereira und Neef waren die ganze Zeit über anwesend. Andrew D'Arcy hielt sich zur Verfügung. Alle Mitglieder des Komitees hatten Kopien des Antrages vor sich.

Jackson eröffnete die Sitzung, indem er Menogen bat, nachzuweisen, daß es die notwendigen Genehmigungen auf nationaler Ebene für seine Präparate eingeholt hatte.

Thomas überreichte eine Reihe von Dokumenten und kündigte jedes einzeln an. »Unser Antrag, den Sie, glaube ich, bereits haben, die Genehmigung der Medikamentenzulassungsstelle und eine Bescheinigung des nationalen Gentherapie-Beratungskomitees.«

»Danke, Mr Thomas. Eine Formalität, wie Sie sicher verstehen werden.«

»Natürlich.«

»Wenn ich das richtig verstehe, ist in der vorgeschlagenen Therapie kein Transfer menschlichen genetischen Materials vorgesehen. Stimmt das?«

Max Pereira antwortete: »Ganz recht, Sir.«

»Ich glaube, das macht unsere Aufgabe beträchtlich einfacher«, sagte Jackson. »Welches Gen wollen Sie übertragen?«

»Es ist das Thymidin-Kinase-Gen aus dem Herpes-simplex-Virus, Sir. Oder kurz das TDK-Gen.«

»Ist das denn nicht gefährlich?« fragte die WRVS-Frau, Emma Taylor.

Einen schrecklichen Moment lang glaubte Neef, Pereira würde unhöflich zu ihr sein, aber er beherrschte sich.

»Nein, Ma'am, es ist nur ein einzelnes Gen des Herpesvirus, nicht das Virus selbst. Seine Anwesenheit macht die Tumorzellen empfindlich gegenüber einem Medikament namens Gancyclovir. Wenn wir den Patienten dann dieses Medikament verabreichen, tötet es den Tumor.«

»Ich verstehe«, sagte Taylor vage.

Major Jackson wandte sich an die beiden Kirchenleute. »Gibt es etwas, daß Sie beide fragen möchten, meine Herren?«

Beide Männer schüttelten den Kopf. »Hier gibt es nichts, was uns Sorgen bereitet«, sagte der römisch-katholische Priester. »Ich hoffe, es funktioniert.«

»Dann übergebe ich jetzt an Dr. Farro-Jones als unseren Experten in diesem Fall. Ich habe gehört, daß Sie sich kennen?«

»Das tun wir, Major«, sagte Farro-Jones, und dann an Max Pereira gewandt: »Wie geht's, Max? Ist 'ne ganze Weile her.«

»Gut, David. Schön, dich zu sehen.«

Neef fiel der verblüffende körperliche Unterschied zwischen den beiden Männern auf. Farro-Jones war groß, blond und athletisch gebaut. Er hatte den lässigen Charme und den Akzent, die häufig durch eine Schulzeit in einem Internat und ein Studium in Oxford oder Cambridge hervorgerufen wurden, während Pereira wie ein kleiner, dunkelhäutiger Matrose aussah und redete wie ein New Yorker Taxifahrer.

»Max, ich mache mir ein wenig Gedanken über den Vektor, mit dem du das das TDK-Gen transferieren willst. Es handelt sich um ein Leukämie-Retrovirus, nicht?«

Als das Wort Leukämie erwähnt wurde, spitzten alle um den Tisch herum die Ohren.

»Es ist der Standard-Moloney-Vektor«, sagte Max. »Er wird schon 'ne ganze Weile benutzt. Im Labor hat es nie irgendwelche Probleme gegeben, und wir haben ihn noch weiter inaktiviert.«

»Ja, das sehe ich«, sagte Farro-Jones zögernd. Er blickte auf die Unterlagen vor ihm. »Aber du hast auch die Hüllproteine verändert?«

»Wir haben sie effizienter gemacht, und weil wir ein ganzes Spektrum davon haben, auch viel spezifischer. Daran arbeiten wir im Moment doch alle, effiziente Übertragungsvektoren, die für bestimmte Tumore eingesetzt werden können.«

»Ja, das stimmt«, pflichtete Farro-Jones ihm bei. »Auf dem Papier hört sich das alles sehr überzeugend an, aber ich mache mir wirklich Sorgen um die Sicherheit ...«

Neef hatte nicht erwartet, daß David Farro-Jones sich so lauwarm über den Vorschlag äußern würde. Wenn überhaupt, hätte er seine Unterstützung erwartet, da Farro-Jones und Pereira beide Molekularbiologen waren und Farro-Jones bereits an der Einführung der Gentherapie an der Uniklinik beteiligt gewesen war. Darauf würde er jetzt hinweisen.

»Unterscheidet sich der Menogenvektor in signifikanter Weise von dem, den du und deine Kollegen bei dem Mukoviszidose-Versuch benutzt haben, David?« fragte er.

»Oh ja, Michael«, erwiderte Farro-Jones. »Wir benutzten bei unseren Patienten einen Liposomen-vermittelten Gentransfer, weil wir das Gefühl hatten, das sei sicherer als lebende Viren.«

»Und es hat nicht funktioniert, stimmt's?« sagte Pereira.

»Nein«, gab Farro-Jones lächelnd zu. »Und ich gebe dir in dem Punkt recht. Wir müssen uns in Richtung Virenvektoren bewegen, aber es gibt sicherere.«

Es entstand eine unbehagliche Pause, bevor Steven Thomas die Initiative ergriff und sagte: »Ich glaube, es kommt einmal ein Punkt, meine Damen und Herren, an dem man alle denkbaren Versuche und Sicherheitskontrollen durchgeführt hat, die möglich sind, ohne den Menschen einzubeziehen. Ich glaube, diesen Punkt haben wir bei den Menogenvektoren erreicht.«

»Ich mache mir nur Sorgen um den Sicherheitsaspekt«, gestand Farro-Jones. Mit einer leichten Grimasse wandte er sich an seine Kollegen. »Das Wohlergehen der Patienten muß unsere erste Überlegung sein. Wie Florence Nightingale einst sagte: ›Die erste Pflicht eines Krankenhauses ist es, seinen Patienten keinen Schaden zuzufügen.‹«

Höfliches Gelächter erklang.

»In dem Antrag sind keine Patienten genannt«, sagte Jackson. »Sie bitten also um eine offene Genehmigung?«

»Dr. Pereira und ich werden das unter uns abstimmen«, sagte Neef.

»Ich vermute, eine offene Genehmigung wird beantragt, weil die Patienten unheilbar krank sind«, sagte Jackson.

»Ja, Sir«, sagte Neef, »aber ich habe die Bedingung gestellt, daß kein Kind nur zum Zwecke wissenschaftlicher Datenerhebung benutzt wird. Jedes Kind, das eine Gentherapie erhält, bekommt sie ausschließlich zu dem Zweck, seinen Zustand zu verbessern.«

Jackson nickte, wandte sich seinen Kollegen zu und sagte: »Ich glaube, ich bin geneigt, Mr Thomas in diesem Fall zuzustimmen. Ich denke, die Zeit ist gekommen.«

Die Genehmigung, den Versuch zu starten, wurde erteilt. Die Mitglieder des Komitees erhoben sich, und David Farro-Jones kam herüber, um mit Pereira und Neef zu sprechen.

»Tut mir leid, Max, wenn ich ein bißchen kritisch erschien. Ich mache mir nur Sorgen um die Gefahren dieser neuen Vektoren.«

»Du mußt es so sagen, wie du es siehst, David«, erwiderte Pereira.

»Ich hoffe, du bist mir nicht böse?«

»Nein. Ich weiß deine Sorge zu schätzen, aber wir sind uns sicher, daß sie ungefährlich sind, und jetzt haben wir die Genehmigung.«

»Dann möchte ich der erste sein, der dir Glück wünscht«, sagte Farro-Jones. »Und falls du Hilfe brauchst mit Geräten oder Laborraum, ruf mich an. Michael kann dir sagen, wie wir in Verbindung kommen.«

»Natürlich«, sagte Neef.

»Vielen Dank, David, ich weiß das zu schätzen«, sagte Pereira.

»Wir müssen bald einmal zusammen essen und von den alten Zeiten reden, hm?«

»Ja, gerne.«

»Netter Bursche«, sagte Neef, als Farro-Jones davoneilte.

»Ja«, erwiderte Pareira. »Wann fangen wir denn ernsthaft an?«

»Wie wär's mit Montag?«

»Hört sich gut an. Ich werde am Wochenende beginnen, das Zeug herbeizuschaffen. Ich schaue dann in Ihrer Station vorbei, wenn Sie damit einverstanden sind.«

»Natürlich. Ich sage den anderen Bescheid, daß sie Sie erwarten sollen.«

»Vielleicht könnte ich die Kopie der Krankenakte einiger Patienten mitnehmen, bevor ich gehe, am besten derjenigen, die von dieser Therapie einen Nutzen hätten.«

»Wenn Sie möchten, können wir das jetzt machen. Ich habe noch etwas Zeit, bevor ich ein Gespräch mit Eltern habe.«

»Schlechte Neuigkeiten?«

»Ich fürchte ja. Ihr Junge hat einen Gehirntumor. Er ist inoperabel.«

»Eine Sauerei«, sagte Pereira. »Unzugänglich?«

»Er ist im Kleinhirn. Ich hielt es für einen Grenzfall, aber unser Neurochirurg hat sich dagegen entschieden.«

»Hat Angst vor einem Prozeß, hm?«

»Ich glaube nicht, daß das eine Rolle gespielt hat«, sagte Neef, der über Pereiras Interpretation leicht verärgert war.

»Hoppla. Tut mir leid«, sagte Pereira, der spürte, daß er Neef verletzt hatte. »Vielleicht ist in England manches anders.«

Neef antwortete nicht, aber er hatte einiges zum Nachdenken. Vielleicht hatten die Chirurgen nicht soviel Angst wie ihre amerikanischen Gegenparts, vor Gericht verklagt zu werden, aber die Dinge liefen in diese Richtung – und nicht nur für Chirurgen. Seine eigene Versicherungsprämie für solche Fälle war in den vergangenen Jahren drastisch gestiegen.

»Wenn Sie den Tumor des Kindes für einen Grenzfall gehalten haben, muß er doch einigermaßen zugänglich sein?« meinte Pereira.

»Ja, aber ich muß nicht das Messer führen. Warum fragen Sie?«

»Glauben Sie, man könnte ihn mit einer Nadel erreichen?«

»Daran hatte ich nicht gedacht«, sagte Neef. »Glauben Sie, man könnte den Jungen in das Testprogramm aufnehmen?«

»Hört sich für mich an, als könnte er ein möglicher Kandidat sein«, sagte Pereira.

Neef fühlte sich plötzlich besser. Ihm war stets unbehaglich vor einem Gespräch mit Eltern, denen er schlechte Nachrichten zu überbringen hatte, obwohl er das schon hunderte Male hatte tun müssen. Es verursachte ihm ein unangenehmes, leeres Gefühl im Magen. Heute kam auch noch hinzu, daß er nicht zu Mittag gegessen hatte. Pereira hatte ihm einen unerwarteten, willkommenen Hoffnungsschimmer geboten, aber er erinnerte sich daran, wie Thomas Downys Eltern wohl reagieren würden, wenn er ihnen solch eine Rettungsleine zuwarf, wenn er sich schon soviel besser fühlte. Er würde sehr vorsichtig sein müssen. Falsche Hoffnungen zu erwecken wäre unverzeihlich.

Neef und Pereira gingen gerade die Krankenakten durch, als Lawrence Fielding den Kopf durch die Tür steckte.

»Mir ist es gelungen, Lennon vom Gesundheitsamt zu erwischen«, sagte er. »Es war ein ganz schöner Schock für ihn, von dem zweiten Fall zu hören.«

»Das kann ich mir denken«, erwiderte Neef. »Sagte er, ob er im Fall Melanie Simpson irgendwelche Fortschritte gemacht hat?«

»Überhaupt keine«, antwortete Fielding. »Aber er hat das

Gefühl, daß ein zweiter Fall hilfreich sein könnte, wenn er nur herausfindet, was die beiden Mädchen gemeinsam hatten. Er wollte heute nachmittag mit Jane Lees Eltern sprechen und vielleicht später mit Jane selbst, wenn du damit einverstanden bist?«

»Solange es ihr gut genug geht, um ihn zu sehen«, sagte Neef. »Ich habe selbst heute mittag mit ihr geredet, konnte aber nichts herausfinden. Sie hat noch nie von Melanie Simpson gehört.«

»Mein Gott«, rief Pereira, der die Krankenblätter durchgelesen hatte und zu Jane Lees Röntgenaufnahmen gelangt war. »Ist dies das Kind, über das ihr redet?«

»Wir hatten in der vergangenen Woche einen weiteren Fall. Offensichtlich waren die Mädchen einem starken Karzinogen ausgesetzt. Die Leute vom Gesundheitsamt versuchen, ihm auf die Spur zu kommen. Jane Lees ist wohl kein möglicher Fall für die Gentherapie?« fragte Neef Pereira.

Pereira schüttelte den Kopf. »Nein«, sagte er. »Über Lungenkrebs haben wir im Labor noch nicht viel gearbeitet. Und da es multiple Tumore sind, scheidet dieser Fall sowieso aus. Außerdem sieht es so aus, als laufe dem Kind die Zeit davon. Was für eine üble Geschichte.«

Pereira ging um fünf Minuten vor vier, und Neef ging in sein Büro, um sich auf das Treffen mit Thomas Downys Eltern vorzubereiten. Er zog einen sauberen weißen Kittel an, rückte seine Krawatte zurecht und sorgte dafür, daß Papiertaschentücher griffbereit auf seinem Schreibtisch lagen. Genau um vier Uhr führte Ann Miles die Downys herein. Sie waren ein nettes Paar und drängten sich, als sie eintraten, aneinander, um sich gegenseitig Trost zu spenden. Das hatte Neef schon oft gesehen. Als sie sich hinsetzten, rückten sie ihre Stühle näher zusammen, so daß sie sich an den Händen halten konnten, während sie zuhörten, was Neef ihnen zu sagen hatte.

»Ich fürchte, ich habe schlechte Neuigkeiten für Sie«, sagte

Neef. Er konnte beinahe spüren, wie die Hoffnungen und Gebete des Paares sich in Luft auflösten. »Unser Neurochirurg, Mr Beavis, hat Thomas heute morgen untersucht und ist nach einigem Zögern zu dem Schluß gelangt, daß sein Tumor inoperabel ist.«

»Oh mein Gott«, flüsterte Mrs Downy. Ihr Mann legte den Arm um sie und hielt tapfer den Blickkontakt mit Neef. »Ich verstehe«, sagte er. »Es kann also nichts mehr für ihn getan werden?«

»Außer ihn beschwerdefrei zu halten, fürchte ich.«

Mrs Downy begann zu schluchzen, und Tränen rannen über Mr Downys Gesicht, obwohl er sich äußerlich bemühte, gelassen zu bleiben. Neef spürte, wie sich ein Kloß in seinem Hals festsetzte.

»Wie lange, Herr Doktor?«

»Schwer zu sagen. Eher Wochen als Monate«, erwiderte Neef. »Es tut mir schrecklich leid.«

»Danke, Herr Doktor«, sagte Mr Downy.

Neef stieß die Schachtel mit den Taschentüchern über den Tisch.

»Ich fürchte, das ist eine realistische Einschätzung der Situation«, sagte Neef. »Und es tut mir leid, daß ich so brutal offen zu Ihnen sein mußte, aber es ist wichtig, daß Sie das verstehen, bevor ich Ihnen noch etwas sage.«

»Was denn, Herr Doktor?«

»Diese Abteilung nimmt an Versuchen einer neuen und weitgehend ungetesteten Krebsbehandlung teil, die als Gentherapie bekannt ist. Es ist ein Experiment und kann unter Umständen sogar gefährlich sein, aber mit ihrer Erlaubnis würde ich Thomas gerne an diesen Versuchen teilnehmen lassen. Ich muß betonen, daß ich Ihnen keine realistischen Hoffnungen auf eine Heilung von Thomas machen kann. Es gibt keine Möglichkeit, vorherzusagen, was wir zu erwarten haben. Aber wenn Sie zustimmen, könnten wir es wenigstens einmal versuchen.«

Die Tränen verebbten, und Hoffnung trat anstelle des Schmerzes in die Augen der Downys.

»Natürlich, Herr Doktor«, sagte Mr Downy. Er schien auch für seine Frau zu sprechen.

»Ich muß noch einmal betonen«, sagte Neef, »daß es nicht falsch ist, das Beste zu hoffen, aber es wäre klug, wenn Sie sich auf das Schlimmste vorbereiten.«

5

Ann Miles hatte einen Anruf von Eve Sayers in der Leitung. Neef schlug sich mit der Hand an die Stirn und verzog das Gesicht, als sie es ihm sagte. Er hatte ganz vergessen, daß die Journalistin ihn heute zurückrufen wollte. Er nickte Ann zu und nahm den Hörer ab.

»Also, kann ich kommen und ihn besuchen?« fragte Eve. Sie hörte sich besorgt an.

»Um ehrlich zu sein, Eve«, gestand Neef, »hatte ich keine Zeit, darüber nachzudenken. Wir stehen kurz davor, eine Versuchsreihe mit der neuen Therapie zu starten, die ich erwähnt hatte. Wir haben gerade heute nachmittag die endgültige Genehmigung erhalten.«

»Hört sich aufregend an. Also, wie ist es mit Neil ...« kehrte Eve zu ihrer ursprünglichen Frage zurück.

»Es gibt bestimmte Bedingungen.«

»Nämlich?«

»Sie müssen mir versichern, daß Sie ausschließlich als Privatperson und nicht als Journalistin hierher kommen.«

»Das tue ich hiermit.«

»Und wenn Sie anfangen, Neil zu besuchen, dürfen Sie nicht aufhören.«

»Das verstehe ich nicht ganz. Was meinen Sie damit?«

»Es ist nicht ungewöhnlich, daß Leute kranke Kinder besuchen wollen, besonders unheilbar kranke, aber normalerweise wollen sie das zu ihren eigenen Bedingungen tun: sie wollen kommen, wenn es ihnen paßt, und wegbleiben, wenn das nicht der Fall ist.«

»Dazu gehöre ich nicht«, sagte Eve.

»Das habe ich mir auch nicht gedacht, aber wenn Neil Zuneigung zu ihnen faßt, was sehr wohl geschehen könnte, wenn man bedenkt, wie gut Sie sich beim ersten Mal verstanden haben, dann müßten Sie das respektieren, auch wenn sein Zustand sich verschlechtert. Sie müssen für ihn da sein, ganz gleich, wie belastend das für Sie persönlich sein mag.«

Diesmal folgte eine lange Pause.

Neef sagte: »Ich bin froh, daß Sie sich Zeit nehmen nachzudenken.«

»Ich glaube, das hatte ich noch nicht ganz durchdacht«, sagte Eve.

»Denken Sie in Ruhe noch ein bißchen darüber nach«, sagte Neef. »Rufen Sie mich morgen wieder an. Oder noch besser ... kommen Sie am Sonntag mit mir zum Lunch?«

»Lunch?«

Neef hatte diese Einladung ganz spontan ausgesprochen und plötzlich erfüllten ihn Zweifel. Es war ihm etwas peinlich, und er fühlte sich sehr verletzlich. Aber es war zu spät, seine Meinung zu ändern. Er erklärte ihr: »Einer meiner Kollegen, Frank MacSween, und seine Frau haben mich am Sonntag zum Lunch eingeladen. Sie sagten, ich sollte einen Freund mitbringen, falls ich noch einen hätte, nachdem Sie und Ihre Zeitung mit mir fertig sind. Sie werden äußerst beeindruckt sein, wenn ich mit der fraglichen Journalistin auftauche, die Rufmord an mir begangen hat.«

»Ich verstehe«, sagte Eve. »In Ordnung, ich komme.«

Neef schrieb sich ihre Adresse auf und sagte, er würde sie um halb eins abholen.

»Was macht Ihr Kollege?« fragte Eve im nachhinein.

»Er ist Pathologe«, erwiderte Neef.

Als Neef den Hörer auflegte, fragte er sich einen Augenblick lang, was er getan hatte. Er konnte sich nicht erinnern, wann er zum letzten Mal bei irgendeinem Anlaß nicht allein aufgekreuzt war. Seit Elaines Tod mit Sicherheit nicht mehr. Vier Jahre sind eine lange Zeit. Je nach dem, wer sonst noch am Sonntag bei den MacSweens war, würde das Gerede losgehen. Machte das etwas aus? Vermutlich nicht. Abgesehen davon hatte er Eve nur gebeten mitzukommen als Retourkutsche auf

Franks Scherz, er habe keine Freunde mehr – zumindest redete er sich das jetzt ein.

Am Freitagmorgen hielt Neef seine wöchentliche Besprechung mit den Ärzten und Oberschwestern seiner Abteilung ab. Er konnte ihnen die erfreuliche Mitteilung machen, daß sein Antrag auf das neueste amerikanische Anti-Krebs-Medikament, Antivulon, nach weiterer Beratung vom Arzneimittelunterausschuß gebilligt worden war. Tim Heaton hatte Wort gehalten. Das unausgesprochene quid pro quo war honoriert worden. Er hatte die Neuigkeit durch eine interne Aktennotiz aus Heatons Büro erfahren; sie war kurz vor der Besprechung eingetroffen.

»Die Frage ist jetzt natürlich, wen sollen wir behandeln?« sagte Neef. »Unser Problem wird noch komplizierter dadurch, daß Menogen ihren Versuch am Montag starten, und eure Ansichten über mögliche Gentherapiekandidaten möchte ich auch hören.«

»Ich schlage vor, daß John Martin sobald wie möglich Antivulon erhält«, sagte Tony Samuels, der junge Medizinalassistent.

»Er hat sich also nicht an die normale Chemotherapie gewöhnt?« fragte Neef.

»Nein, Sir. Er hat eine ganz schön unangenehme Woche hinter sich. Es wird einfach nicht besser für ihn.«

»Und wir haben noch nicht mit der Strahlentherapie anfangen können«, fügte Lawrence Fielding hinzu.

»Dann hört es sich so an, als sei er der erste Antivulon-Patient«, stimmte Neef zu. »Sobald ich die Genehmigung hatte, habe ich in der Krankenhausapotheke angerufen. Es gibt keinen hiesigen Vertrieb, der mit diesem Medikament handelt. Daher müssen sie es also direkt in den Staaten bestellen. Sie faxen ihnen die Bestellung zu.«

»Was ist mit Thomas Downy, Sir«, fragte John Duncan, der andere Assistenzarzt, »jetzt, da Mr Beavis entschieden hat, ihn nicht zu operieren?«

»Ich setze Thomas auf die Liste für Gentherapie«, sagte Neef. »Dr. Pereira hält ihn für einen guten Kandidaten, immer vorausgesetzt, wir können den Tumor mit einer Nadel erreichen. Ich denke, wir können das. Ich habe bereits mit seinen Eltern gesprochen, wir haben also ihre Zustimmung, aber ich muß noch ein Operationsteam bestellen.«

»Ich verstehe, Sir.«

»Manche der Kinder entwickeln sich ganz positiv unter den Medikamenten, die sie im Augenblick verabreicht bekommen«, sagte Fielding. »Ich schlage vor, sie nicht zu berücksichtigen, sondern sich auf die zu konzentrieren, die keinerlei Besserung zeigen.«

»Das ist die unabdingbare Voraussetzung für unsere Gentherapiekandidaten«, sagte Neef. »Unsere offene Genehmigung zwingt uns, die Therapie auf diejenigen zu beschränken, die nur sehr geringe Fortschritte machen. Unsere Erfolgsstories schließen wir also von der Liste der möglichen Kandidaten aus.«

Fielding las eine Liste von Namen vor, die seiner Meinung nach nicht in Betracht gezogen werden sollten. Hin und wieder bat er Kate Morse um ihre Bestätigung.

Nach einer weiteren halbstündigen Diskussion, in der man acht Kinder entweder für die Gentherapie oder die Antivulon-Behandlung vorgesehen hatte, waren nur noch zwei Patienten übrig geblieben: Jane Lees und Neil Benson.

»Ich hasse es, dies von einem Kind zu sagen«, sagte Neef, »aber ich fürchte, für Jane können wir nichts mehr tun. Die Tumore sind zu verbreitet in ihrer Lunge.«

»Sie schwindet dahin, seit sie aufgenommen wurde«, sagte Kate. »Wahrscheinlich hat die Lungenentzündung sie geschwächt, aber sie hat auch nur sehr wenig Kampfgeist – und das arbeitet gegen sie.«

»Nach Max Pereiras Ansicht ist sie für die Gentherapie völlig ungeeignet, aber ich wäre dafür, ihr Antivulon zu geben«, sagte Neef.

»Sie hat nichts zu verlieren«, sagte John Duncan.

»Und vielleicht alles zu gewinnen«, fügte Tony Samuels hinzu.

»Dann sind wir uns also einig?«

Rund herum nickten alle.

»Damit bleibt nur noch Neil übrig«, sagte Neef. »Das tapferste Herz im kleinsten Körper. Ist er immer noch im Remissionsstadium?«

»Die Größe des Tumors hat sich nicht verändert«, erwiderte Fielding. »Er ist immer noch auf demselben Niveau.«

»Dann lassen wir es im Augenblick dabei«, sagte Neef mit einem Anschein von Endgültigkeit.

»Und wenn er wieder zu wachsen beginnt?« fragte Fielding.

»Diesem Problem werden wir uns zuwenden, wenn es soweit ist.«

Frank MacSween war zu einem Pathologentreffen in die Uniklinik gegangen und hatte seinen leitenden medizinisch-technischen Assistenten, Charlie Morse, als Verantwortlichen in der Pathologie zurückgelassen. Da Morse wußte, daß der Obduktionsraum während der nächsten Stunden nicht benutzt würde, hatte er beschlossen, daß dies der geeignete Zeitpunkt war, um das fehlerhafte Abzugsgebläse über Tisch vier zu reparieren. Er rief den Krankenhauswartungsdienst an und fragte nach dem Elektrikermeister Doug Cooper.

»Besteht die Möglichkeit, daß einer von euch Jungs ein defektes Gebläse im Obduktionsraum repariert?« fragte Morse.

»Er wird im Moment nicht benutzt?«

»Nein und wahrscheinlich einige Zeit nicht. In der Uniklinik ist irgendein Treffen.«

»In dem Fall und da du mich darum bittest, Charlie, komme ich selbst«, sagte Cooper.

Cooper, ein jovial aussehender Mann mit rotem Haar und Sommersprossen, war binnen fünf Minuten da. Er trug einen königsblauen Overall, der bis zur Taille offenstand und den

Blick freigab auf einen Shetlandpullover mit einem komplizierten mehrfarbigen Muster, der ein Loch hatte. Seinen silberfarbenen Metallwerkzeugkasten hatte er bei sich. Während er auf Morse wartete, plauderte er mit der jungen Laborassistentin am Empfang. Er erzählte ihr, daß seine Tochter die Krankenpflegelaufbahn einschlagen wollte, als Morse endlich durch die Schwingtüren kam. »Vielleicht ist sie eines Tages Krankenschwester wie die Frau dieses Mannes«, sagte er und lächelte Charlie Morse entgegen.

»Nett von dir, daß du so schnell gekommen bist, Doug«, sagte Morse. »Komm mit, dann zeige ich dir das Problem.«

Morse schloß den Obduktionsraum auf und schaltete die Lichter an. Langsam flackernd wurden sie hell und beruhigten sich zu einem ständigen Hintergrundsummen.

»Dieser Ort hier jagt mir eine Gänsehaut über den Rücken«, sagte Cooper, als er eintrat. Seine Unsicherheit machte sich an seinem Schritt bemerkbar.

»Das ist doch alles nur Einbildung«, sagte Morse.

»Ich glaube, du hast recht, aber man kann doch nicht anders, als sich vorzustellen, was auf diesen Tischen passiert, oder?« Cooper blieb am ersten stehen und ließ seine Finger leicht über eine der Ablaufrinnen gleiten. Sein Blick fiel auf eine Reihe sorgfältig verschlossener Türen an einer Wand. »Bewahrt ihr sie dort auf?« fragte er, und seine Stimme sank zu einem Flüstern.

»Das sind die Leichenkühlkammern«, sagte Morse. »Aber ich verspreche dir, daß niemand herausspringt.«

Sie hatten Tisch vier erreicht, und Morse deutete auf das Gebläse. »Das ist der Übeltäter«, sagte er. »Es hört sich an, als stoße er irgendwo an, und ich glaube, da drin ist irgendwo ein Kurzschluß. Ständig fängt er an und hört dann wieder auf. Das ärgert den Boß. Dies ist sein Lieblingstisch.«

Cooper warf ihm einen Blick zu, der nahelegte, daß er sich nicht vorstellen konnte, wie irgend jemand solch einen Lieblingsgegenstand haben konnte. »Habt ihr Trittleitern hier unten?« fragte er.

»Nein, aber ich besorge dir eine. Du könntest dich auch auf den Tisch stellen, wenn du möchtest?«

Voller Abscheu blickte Cooper auf den Tisch hinab. »Lieber nicht, wenn es dir nichts ausmacht.«

»Okay«,gluckste Morse. »Es dauert nicht lange.«

Cooper schaute unsicher drein, da er allein gelassen wurde, schaffte es aber, mannhaft zu lächeln. Sobald Morse außer Sichtweite war, begann er laut zu pfeifen. Er bevorzugte eine Auswahl von Beatlesliedern.

Charlie kehrte mit einer kleinen Aluminiumtrittleiter zurück und stellte sie neben den Tisch. »Bitte schön.«

Cooper nahm einen Schraubenzieher aus seinem Kasten, kletterte die Leiter hoch und begann, das Gitter über dem Gebläsegehäuse zu lösen. Als er die letzte der vier Befestigungsschrauben entfernt hatte, löste das Gitter sich immer noch nicht. Er versuchte, den Schraubenzieher als Hebel zu benutzen, stellte aber fest, daß es schwierig war, ihn tief genug hineinzuschieben, um irgendeine Wirkung zu erzielen.

»Probleme?« fragte Morse.

»Es rührt sich nicht von der Stelle«, erwiderte Cooper.

»Wenn ich das Gitter festhalte, könntest du vielleicht mit einem Hammer auf das Schraubenzieherende schlagen«, schlug Morse vor.

»Ist einen Versuch wert«, antwortete Cooper, der jetzt von der Anstrengung, über Kopf zu arbeiten, keuchte.

Morse fand einen kleinen Hammer in Coopers Werkzeugkasten und kletterte auf den Seziertisch, um ihn ihm zu reichen. Dann reckte er sich hoch, um das Gitter abzustützen; er wollte schließlich nicht, daß es auf den Tisch fiel, wenn es sich löste. Cooper begann zu hämmern, und es gelang ihm, die Spitze des Schraubenziehers weit genug vorzutreiben, um ihn als Hebel zu benutzen. Er benötigte den Hammer nicht länger und gab ihn Morse, der ihn entgegennahm und sich bückte, um ihn auf den Tisch zu legen. Als er sich wieder aufrichtete, um das Gitter weiter abzustützen, kam er zu spät. Das Gitter löste sich mitsamt seiner schmutzigen Haube und fiel hinunter. Dabei überschüttete es beide mit Dreck und Staub aller Art. Da sie beide die ganze Zeit nach oben geschaut hatten, bekamen sie es voll ins Gesicht und begannen zu husten und zu spucken. Morse hatte soviel Schmutz in den Augen, daß er sich blind niederknien mußte, um die Tischkante zu ertasten und so den Weg auf den Boden zu finden.

»Tut mir leid, Charlie«, sagt Cooper, als er endlich aufhörte zu husten und die Leiter herunterkletterte. »Das verdammte Ding ist seit Jahren nicht mehr ab gewesen.«

Als Cooper aufhörte, sich zu entschuldigen, platzte er laut heraus und lachte: »Wir sehen aus wie jemand aus der *Black and White Minstrel Show.* Kannst du dich daran erinnern?«

Cooper lieferte eine Stegreifversion von »Swannee«.

»Sehr witzig. Komm, wir waschen uns, und dann kannst du weitermachen.«

Morse ging voraus zum Umkleideraum neben dem Obduktionsraum und betätigte die Wasserhähne mit den Ellenbogen. Er ließ Cooper sich zuerst waschen. Während Cooper sich das Gesicht und die Hände abtrocknete, betrachtete er die Umgebung. Die Reihen von Plastikschürzen und Gummistiefeln ließen seine Fantasie wieder überschäumen. Seine Aufmerksamkeit wurde von einer Wandtafel erregt. In blaßblauer Kreide standen dort zwei Namen.

»Sind das die nächsten Kunden?« fragte er Morse.

»Ja«, erwiderte Morse.

»Ich verstehe nicht, wie jemand so sein Geld verdienen kann«, sagte Cooper und schüttelte den Kopf. »Was für eine Art, sein Leben damit zu verbringen, tote Leute aufzuschneiden.«

»Wahrscheinlich sehen sie das nicht so«, sagte Morse.

»Aber das tun sich doch, oder?«

»Wichtig ist, was in deinem Kopf vorgeht«, sagte Morse. »Hast du je die Geschichte von den drei Steinmetzen gehört?«

Cooper schüttelte den Kopf.

»Als man sie fragte, was sie taten, antwortete einer: »Ich verdiene meinen Lebensunterhalt.« Der zweite erwiderte: »Ich baue eine Mauer.« Aber der dritte antwortete: »Ich erbaue eine Kathedrale.« Sie taten alles dasselbe, sie sahen es nur unterschiedlich. Die Pathologen hier untersuchen Todesursachen und die Wirkungen von Krankheiten und Verletzungen auf den Körper, so daß die medizinische Wissenschaft davon lernen kann und hoffentlich die Sache für uns übrige besser macht.«

»Wenn du das sagst, Charlie«, meinte Cooper seufzend. »Laß uns zum Gebläse zurückgehen. Je eher ich hier raus bin, desto besser.«

Am Sonntagmorgen wachte Neef früh auf, sogar noch bevor Dolly ihn mit der Pfote im Gesicht geweckt hatte. Er lag da und dachte darüber nach, ob es eine gute Idee gewesen war, Eve Sayers zu den MacSweens einzuladen, bis er endlich beschloß, daß diese Grübelei zwecklos war, da er es bereits getan hatte. Er stand auf und füllte den Kessel mit Wasser, um sich Kaffee zu kochen, bevor er sich auf die Suche nach Dolly machte. Sie neigte dazu, an verschiedenen Stellen des Hauses zu schlafen. Er fand sie zusammengerollt auf der Sitzbank. Es hatte eine Zeit gegeben, als er versucht hatte, sie davon abzubringen, auf Möbeln zu schlafen, aber schließlich waren sie zu einer Einigung gekommen: Dolly schlief, wo sie wollte. Während der vergangenen Jahre hatte Neef ein beträchtliches Arsenal an Hilfsmitteln zur Entfernung von Katzenhaaren von seiner Kleidung angesammelt.

Dolly öffnete ein Auge, als Neef sie streichelte, aber als sie sah, daß nur er es war, schloß sie es wieder. Neef lächelte und ging, um ihr Schälchen zu füllen, bevor er sich Kaffee machte, in seinen Lieblingssessel setzte und in den Garten hinausschaute. Vielleicht sollte er den Rasen schneiden, bevor er zum Essen ging. Er hatte gerne einen Garten, fand aber keinen Spaß am Gärtnern. Er tat, was nötig war, um ihn ordentlich zu halten, aber weiter ging es auch nicht. Glücklicherweise gab es keine Nachbarn, die Anstoß daran nahmen, wenn das Gras manchmal viel zu hoch wuchs. Aus demselben Grund konnte er auch soviel Krach machen, wie er wollte. Er konnte um acht Uhr an einem Sonntagmorgen beginnen, mit seinem benzingetriebenen Rasenmäher den Rasen zu schneiden, wenn er Lust dazu hatte. Und die hatte er.

Als er mit dem Mähen fertig war, wechselte Neef zu einem Kantenschneider mit Benzinmotor, um das lange Gras dort in Angriff zu nehmen, wo der Mäher nicht hingelangte, bevor er schließlich mit einer manuellen Heckenschere das wuchernde Gebüsch im Zaum hielt. Als er wieder hereinkam, schwitzte er heftig, dann duschte er genüßlich, bevor er sich zwei Scheiben Toast, zwei gekochte Eier und noch einmal Kaffee machte. Danach machte er sich daran, das Haus aufzuräumen. Das tat er normalerweise sonntagsmorgens.

Neef zog sich salopp an, eine dunkelblaue Hose und ein Jeanshemd mit einem cremefarbenen Arranpullover darüber. Wie vereinbart, holte er Eve um halb eins ab und entdeckte, daß sie in einem gutausgestatteten Apartment im dritten Stock eines Hauses in der Durham Road wohnte. Die Wände waren schlicht weiß mit gelegentlichen Farbflecken, die von einer Serie moderner Drucke geliefert wurden, die Neef nur schwer als etwas anderes als Farbkleckse entziffern konnte. Er war kein großer Freund moderner Kunst. Zwei schwarze Ledersofas standen sich vor dem Kamin gegenüber, in dem eine Gasflamme brannte. Neben jedem stand ein kleiner Tisch, auf dem sich identische Keramiklampen befanden. Der große Teppich war cremefarben, und drei kleine Läufer verrieten ihre nordafrikanische Herkunft. Neef tippte auf Tunesien wegen des blauen Elementes in ihnen. Glastüren führten auf einen kleinen Balkon, wo vier langsam wachsende Koniferen in Terrakottatöpfen den Elementen trotzten.

»Möchten Sie gerne einen Drink haben, bevor wir gehen und unseren Scherz zum besten geben?« fragte Eve. Sie sagte das mit einem Lächeln, aber Neef kam es so vor, als habe er eine gewisse Schärfe in ihrer Stimme entdeckt.

»Tut mir leid«, sagte er. »Ich hätte das nicht so formulieren sollen, wie ich es getan habe. Es war ungeschickt von mir. Ich wollte damit nicht sagen, daß ich Sie nur zum Mittagessen einlade, weil ich ...« Neef machte eine Pause und sagte dann: »Jetzt bin ich sogar noch ungeschickter ...«

Eve nickte mit einem amüsierten Gesichtsausdruck. »Wenn ich Sie wäre, würde ich aufhören.«

Neef nickte. »Tut mir leid.«

»Sind Sie sich immer noch sicher, daß ich mitkommen soll?«

Neef nickte. »Ich bin mir sicher.« Er dachte gerade, wie attraktiv sie ausah.

»Wie wär's mit einem Drink?«

»Ich warte noch.«

Die MacSweens bewohnten die untere Hälfte einer roten Sandsteinvilla im Collingbourne Crescent. Ihr ganzes Eheleben lang – über dreiundzwanzig Jahre – wohnten sie schon da, und Fotos des Familienzuwachses während dieser Zeit bedeckten die meisten Wände des gemütlichen Wohnzimmers, in das Neef und Eve geführt wurden. Neef mochte den Raum, er kannte ihn gut. Seit er ans St George's gekommen war, hatte er viele glückliche Abende dort verbracht. Er empfand eine große Zuneigung für Frank und Betty; sie waren besonders nett zu ihm gewesen, als er ans St George's kam und keine Menschenseele kannte.

»Du bist immer wieder für Überraschungen gut«, sagte Frank MacSween zu Neef, als er Eve vorgestellt wurde.

»Hallo, meine Liebe«, sagte Betty, lächelte Eve an und nahm ihre Hand. »Ich freue mich so, daß Sie kommen konnten.«

Neef fand das typisch für Betty. Sie erfaßte immer sofort, um wen man sich kümmern mußte, und machte es zu ihrer Aufgabe, daß Leute sich wohlfühlten. Sie war die Freundlichkeit in Person.

»Eve ist Journalistin«, sagte Neef. »Genauer, sie ist *die* Journalistin.«

Frank MacSween schaute überrascht drein. »Du meinst doch nicht etwa die Torrance-Story?«

»Ich fürchte doch«, sagte Eve.

»Dann haben Sie und ich eine Menge gemeinsam«, sagte Frank, als er seine Fassung wiedergewann.

»Wie das?« fragte Eve. »Ich dachte, Sie seien Pathologe.«

»Wir nehmen beide Autopsien vor, nur tendiere ich dazu, meine Aktivitäten auf die Toten zu beschränken.«

»Und das reicht jetzt, Frank MacSween«, schimpfte Betty. »Diese junge Dame ist unser Gast, und sie ist uns sehr willkommen, so wie es jeder Freund von Michael es ist.«

»Danke«, sagte Eve.

Ungeachtet der Tatsache, daß Eve und Betty völlig unterschiedliche Persönlichkeiten zu sein schienen, kamen sie wunderbar miteinander klar. Darüber freute Neef sich.

Es gab noch vier andere Gäste, Kate und Charlie Morse sowie die Tochter der MacSweens, Clare, die mit ihrem Ehemann Keith da war. Sie hatten ihr Baby Nigel bei sich. Das Baby schlief während des Essens in einem Körbchen auf einer Bank vor dem Erkerfenster. Kate Morse warf Neef einen wissenden Blick zu, als ihr klar wurde, wer seine Verabredung zum Essen war, aber das war auch alles. Sie war höflich, wenn auch nicht übertrieben freundlich zu Eve.

Nach dem Essen begannen Kate und Charlie mit Clare und Keith eine Unterhaltung über den Zustand ihres Gartens. Während des Essens hatten sie herausgefunden, daß Keith eine Landschaftsgärtnerei in Yorkshire besaß. Sie diskutierten jetzt über Zierteiche und ob Plastikfolien oder vorgeformte Fiberglasschalen besser seien. Eve verschwand mit Betty in der Küche, so daß Frank und Neef einander Gesellschaft leisten mußten.

»Wie wär's mit einem Spaziergang durch den Garten?« fragte Frank.

»Wenn du möchtest.«

Die MacSweens hatten einen großen Garten mit wohlgepflegten Rasenflächen und Büschen. Betty kümmerte sich darum. Gartenarbeit war eine ihrer Leidenschaften. Frank fungierte nur als Arbeitskraft, wenn es erforderlich war, aber er war nicht an der Planung beteiligt – mit einer Ausnahme, auf die er besonders stolz war. Er zeigte Neef einen Tunnel, den er in einer dichten Buchenhecke angelegt hatte und der zu einer kleinen kreisrunden Lichtung mitten im Gebüsch führte. »Weißt du, was das ist?« fragte er Neef.

»Neef schüttelte den Kopf. »Keine Ahnung«, sagte er.

»Das wird die Bandenhütte für meinen Enkel.«

Neef lächelte. »Ideal«, stimmte er zu.

»Ich freue mich schon auf den Tag, an dem er sie entdeckt«, sagte Frank. »Ich werde ihm nie sagen, daß ich sie absichtlich gemacht habe. Ich habe auch Pläne, ein Baumhaus für ihn zu bauen. Es soll da oben in den Kastanienbaum kommen.« Er deutete auf den freundlich wirkenden Baum oben im Garten, der viele horizontal abstehende Äste hatte. »Ich habe schon begonnen, Bretter zu sammeln, und mir ist es gelungen, eine Strickleiter an Land zu ziehen.«

»Hört sich an, als hättest du das alles genau ausgearbeitet«, sagte Neef.

»Das hab ich auch. Wenn man Kinder hat, bietet das einem die Möglichkeit, die Uhr zurückzudrehen und einen Teil des Lebens nochmal zu leben. Wenn man Enkel hat, passiert dasselbe noch einmal, nur ist es viel entspannter. Ich freue mich darauf.«

Neef nickte. Er dachte an Elaine.

»Eine gutaussehende junge Dame hast du da«, sagte MacSween, als sie ihren Spaziergang fortsetzten. »Wie kommt es, daß du mit dem Feind ausgehst?«

»Ganz so würde ich das nicht formulieren«, sagte Neef. Er erzählte MacSween, was alles geschehen war.

»Deshalb war also die Geschichte in der Zeitung nicht so

schlimm, wie ich erwartet hatte«, sagte MacSween. »Ms Sayers hat sich zurückgehalten.«

»Ich glaube, wenn ihr Chefredakteur nicht darauf bestanden hätte, hätte sie die Geschichte ganz zurückgezogen«, sagte Neef.

»Du wirst sie also den Jungen auf deiner Station besuchen lassen?«

»Ich glaube schon. Neil mochte sie, das konnte ich sehen. Und er hat sonst niemanden.« MacSween gab ein unverbindliches Grunzen von sich. »Du hältst das nicht für eine gute Idee, oder?« sagte Neef.

»Es ist nicht meine Entscheidung«, sagte MacSween. »Aber hast du an die Möglichkeit gedacht, daß Ms Sayers eine rührselige Geschichte geopfert hat, um viele andere zu bekommen? Die vertrauliche Geschichte einer Kinderkrebsstation. Das kann man weidlich ausschlachten. Kübelweise Emotionen aus zweiter Hand. Genug Tränen, um einen Fluß zu füllen.«

»Kate hatte ähnliche Bedenken«, gab Neef zu, »aber Eve hat mir versprochen, daß sie nicht arbeitet, wenn sie in der Abteilung ist. Das Wachstum von Neils Tumor stagniert im Augenblick. Ich glaube, wenn er eine Beziehung zu Eve entwickelt, könnte ihm das helfen. Wir können die Wichtigkeit des psychischen Zustandes nicht quantifizieren, aber wir wissen, daß er bedeutsam ist. Der Krebs mag keine glücklichen Menschen. Er bevorzugt Depressive, die bringt er schneller um.«

»Ich höre, daß du nächste Woche mit einem Gentherapieversuch beginnst?«

»Morgen«, sagte Neef. »Ich bin recht optimistisch. Wir arbeiten mit einer Firma namens Menogen Research. Ihr wissenschaftlicher Leiter, ein Typ namens Max Pereira, hat mich überzeugt, daß es funktionieren könnte.«

»Das haben wir auch alle von Farro-Jones und der Mukoviszidose geglaubt, als die Uniklinik das im vergangenen Jahr erprobte«, sagte MacSween. »Aber die Ergebnisse waren sehr mager. Schade – ich glaube, Farro-Jones hätte einen Lehrstuhl an der Universität bekommen, wenn es besser gelaufen wäre, aber die maßgeblichen Stellen waren ein bißchen verschnupft, als es nicht funktionierte nach all der Publicity vorher.«

»Das ist Showbusiness«, sagte Neef. Sein eigener Kommentar ließ ihn plötzlich an Max Pereira denken. Genauso etwas hätte er sagen können. »Menogen hat ein ganz anderes Verfahren«, sagte er. »Sie versuchen nicht, ein defektes Gen zu ersetzen wie Farro-Jones. Sie führen ein fremdes Gen ein, das die Tumorzellen auf die Behandlung mit Gancyclovir ansprechen läßt.«

»Wenn ich du wäre, würde ich unseren Pressesprecher ... wie heißt er noch gleich?«

»John Marshall.«

»Genau, Marshall. Ich würde ihn die Sache unter Kontrolle halten lassen, bis es eine Erfolgsgeschichte zu erzählen gibt. Sonst, wenn es nicht klappt, hast du wieder die Presse am Hals mit Geschichten über Dr. Michael Mengele, die Bestie vom St George's, der kleine kranke Kinder als Versuchskaninchen benutzt.«

»Ich kenne die Gefahren«, sagte Neef.

»Hattest du Schwierigkeiten, den Versuch durch die Ethikkommission zu bringen?«

»Überraschend wenig, aber ich vermute, die Tatsache, daß kein menschliches genetisches Material ausgetauscht wird, hielt die Frankensteinbrigade davon ab, sich zu sehr aufzuregen. Die Kirche schien nicht zu glauben, daß es zu weit von Gottes Willen entfernt sei, und der Vorsitzende war eindeutig freundlich. Die WRVS-Frau dachte einen Augenblick lang, wir wollten alle mit Herpes infizieren, aber Pereira gelang es, sie eines Besseren zu belehren. Nur David Farro-Jones war ein bißchen vorsichtig, aber seine Sorge galt der Sicherheit der Patienten. Ich vermute, er ist ein bißchen überempfindlich nach seinem eigenen Versuch.«

»Es ist alles neu«, sagte MacSween. »Niemand weiß, was man zu erwarten hat, und das alleine ist schon furchteinflößend genug. Du bist nur ein Held, wenn alles klappt. Erinnere dich an den Jenner-Faktor und denk einmal nach.«

Neef schaute verwirrt drein. »Der Jenner mit der Impfung?« fragte er.

»Genau«, sagte MacSween. »Überleg dir doch einmal, was er tat. Er glaubte, wenn er einem kleinen Jungen Windpockenviren, die er von einem Milchmädchen gewonnen hatte, injizierte, würde ihn das vor den Pocken schützen. Das tat es auch, und er wurde eine legendäre Figur der Medizin, ein Nationalheld.«

»Ja«, stimmte Neef immer noch verwirrt zu. »Ich bin mit den Windpocken vertraut –«

»Aber überleg doch mal, was er tatsächlich tat. Um seine These zu beweisen, mußte er einem Kind Windpocken injizieren. Wenn nun seine Idee nicht funktioniert hätte? Wie hätte die Gesellschaft das dann betrachtet?«

»Als ein teuflisches Verbrechen«, erwidert Neef.

»Und manche glauben immer noch, daß es das war«, sagte Mac Sween. »Aber durch Impfung sind die Pocken auf der Erde ausgerottet worden. Ein kleines moralisches Dilemma, findest du nicht?«

»Die Medizin ist voll davon«, sagte Neef.

»Denk daran, Mike, wenn du während der nächsten Wochen auf die Probe gestellt werden solltest, hast du eine Journalistin direkt in deiner Abteilung sitzen«, sagte MacSween. »Aber es gibt ja auch Leute, die sich Piranhas als Haustiere halten.«

Das Schreien des kleinen Nigel bereitete dem Gespräch ein Ende, und die beiden Männer gingen ins Haus zurück. Als sie nach drinnen kamen, fanden sie Charlie Morse vor, der mit dem Kind auf den Schultern auf und ab ging. Nigel hatte aufgehört zu weinen und kuschelte sich an Charlies Hals. Charlie flüsterte ihm Koseworte zu.

»Zu unseren beiden war er auch immer gut«, sagte Kate Morse. »Es war immer Charlie, der nachts aufgestanden ist.«

»Hast du das gehört?« fragte Clare scherzend ihren Mann. Keith gab vor, nichts zu hören.

Neef lächelte Eve an, als ihm klar wurde, daß das Gespräch über Babys sie beide isolierte. Sie hielt seinem Blick eine Weile länger stand als notwendig, und er fühlte sich einen Augenblick unbehaglich. Als er wegschaute, fragte er sich, warum. Er zog den Schluß, daß es eine Art von Verletzlichkeit war. Daß er sich in wachsendem Maße von Eve Sayers angezogen fühlte, bereitete ihm Unbehagen. Aber das Gefühl war seltsam angenehm.

Nigel war auf Charlie Morses Schulter eingeschlafen. Morse legte ihn behutsam in sein Körbchen zurück. Er flüsterte dem Kind immer noch etwas zu, als er die Decke hochzog. Als er sich aufrichtete, mußte er plötzlich heftig niesen und gleich darauf noch einmel. Beim zweiten Mal erwachte das Kind und machte all seine Mühe zunichte.

»Gesundheit, Charlie«, murmelte Betty. »Hört sich an, als hättest du dich erkältet.« Sie hob das Kind selbst hoch und klopfte ihm sanft auf den Rücken, als sie es wieder in den Schlaf wiegte. »Oma ist ja da.«

»Es ist sowieso Zeit, daß wir nach Hause fahren«, verkündete Clare, als sie aufstand, um ihrer Mutter das Kind abzunehmen. »Es war solch ein schönes Wochenende.«

Dies war das allgemeine Signal zum Aufbruch. Alle dankten mit echter Begeisterung Frank und Betty für ihre Gastfreundschaft. Gelächter und Abschiedsrufe wurden übertönt vom Geräusch zuschlagender Autotüren.

»War das in Ordnung?« fragte Neef Eve, als sie auf die Hauptstraße kamen.

»Ich habe mich gut amüsiert«, sagte Eve. »Sie sind ein nettes Paar, besonders Betty.«

»Mir ist aufgefallen, wie gut ihr beide miteinander zurechtgekommen seid«, sagte Neef. »Ich glaube, Betty ist ganz allein dafür verantwortlich, daß ich nicht verhungert bin, als ich im St George's anfing.«

»Wo sind Sie hergekommen?« fragte Eve.

»Aus den Staaten.«

»Ich dachte, ihr Burschen macht das nur umgekehrt«, sagte Eve. »Geht ihr nicht nach Amerika, um gegen die miesen Bedingungen beim National Health Service zu protestieren?«

»Normalerweise ist das so«, stimmte Neef ihr zu. »Aber mir persönlich hat es in Amerika nicht gefallen.«

»Warum nicht? Wahrscheinlich haben Sie dreimal soviel verdient wie hier.«

»Das habe ich«, sagte Neef. »Und die Ausstattung war die beste der Welt.«

»Warum also?«

Neef dachte einen Augenblick nach, bevor er sagte: »Sobald ich meine Stelle in den Staaten angetreten hatte, wurde ich zu einem Kurs geschickt, den das Krankenhaus abhielt. Er nannte sich ›Kostendeckungsmaximierung‹.«

»Hört sich nicht allzu medizinisch an«, sagte Eve.

»War es auch nicht. Es war ein Kurs, der dazu diente, den Krankenhausärzten beizubringen, wie man die höchstmögliche Bezahlung aus der Krankenversicherung der Patienten herausziehen konnte. Wir wurden instruiert, für eine Behandlung nach der anderen zu sorgen, bis das ganze Versicherungsgeld aufgebraucht war, und dann fortzufahren, solange die Familien zahlen konnten.«

»Das hört sich ja gräßlich an«, sagte Eve.

»Ich bin Spezialist für Tumore bei Kindern. Bei vielen meiner Patienten stellte sich überhaupt keine Besserung ein. Aber die Behandlung wurde weitergeführt, bis in vielen Fällen die Familien bankrott waren. Wußten Sie, daß Schulden für Arztrechnungen der Hauptgrund von Bankrotten in den Vereinigten Staaten ist?«

»Nein«, gab Eve zu.

»So ist es aber, und das alles wurde mir ein bißchen zuviel. Medizin ist die zweitgrößte Industrie in den Staaten. Es ist ein Riesengeschäft, und irgendwo hat man dabei aus dem Blick verloren, daß Geld nicht automatisch der erste Gesichtspunkt sein sollte.«

Eve nickte, sagte aber nichts.

»Und so kam ich wieder nach Hause«, sagte Neef, »und stellte fest, daß wir hier auf demselben Weg sind.«

»Die Regierung sagt aber, das sei nicht der Fall«, sagte Eve.

Neef schnaubte ungläubig und hielt den Discovery vor Eves Wohnblock an. Er lächelte sie an. »Tut mir leid, ich rede blödes Zeug. Ich bin wirklich froh, daß Sie heute mitgekommen sind. Ich habe es genossen.«

»Ich auch«, sagte Eve. »Und ich bin froh, daß Sie mir das gesagt haben. Ich höre mir immer gerne die Ansichten von Insidern an.«

Neef stellte fest, daß er sich wünschte, Eve würde ihn hineinbitten. Während des Nachmittags hatte er wirklich keine Möglichkeit gehabt, sich richtig mit ihr zu unterhalten. Als sie die Tür öffnete, um auszusteigen, drehte sie sich um und fragte: »Darf ich Neil besuchen?«

»Haben Sie über die Bedingungen nachgedacht, über die wir gesprochen hatten?«

»Ja, das habe ich, und ich willige ein.«

»Dann kommen Sie morgen. Möglichst am Nachmittag.«

»Gibt es irgend etwas Besonderes, das er mag?«

»Er ist besessen von Feuerwehrautos.«

»Feuerwehrautos?« rief Eve.

»Sie sind das einzige Spielzeug, für das wir ihn je interessieren konnten.«

Eve lächelte kurz und sagte: »Ich werde sehen, was ich tun kann.«

6

Nachdem er Dolly gefüttert hatte, machte Neef es sich bequem, um die Sonntagszeitungen zu lesen, die er auf dem Rückweg vom Lunch mitgebracht hatte. Er wurde vom Telefon unterbrochen. Es war David Farro-Jones.

»Hallo, Mike. Ich dachte, ich rufe dich einfach mal an und wünsche dir Glück für den Versuch morgen.«

»Das ist sehr nett von dir. Ich weiß das zu schätzen«, erwiderte Neef.

»Ich wollte auch mein Angebot wiederholen, euch zu helfen oder Labors zur Verfügung zu stellen, falls du sie brauchst.«

»Ich bin dir sehr dankbar, David. Und Max ist es sicher auch.«

»Wegen Max, Mike . . .« begann Farro-Jones zögernd.

»Ja? Was ist mit ihm?«

»Mein Gott, das ist schwierig . . .«

»Was?«

»Du und ich, wir kennen einander schon eine ganze Weile, Mike. Ich möchte dir gerne etwas im Vertrauen sagen.«

»Nur zu«, sagte Neef.

»Ich kenne Max Pereira.«

»Ja, das weiß ich.«

»Ich meine, ich kenne ihn gut; wir haben in den Staaten zwei Jahre lang zusammengearbeitet. Er ist ehrgeizig, rücksichtslos und entschlossen, ganz an die Spitze zu gelangen. Nichts darf ihm im Wege stehen. Dieser Versuch ist wichtig für Max und Menogen, viel wichtiger, als sie zugegeben haben. Sie werden alle Millionäre, wenn sie gute Ergebnisse erzielen.«

»Und dabei wünsche ich ihnen Glück«, sagte Neef. »Wenn sie eine Gentherapie entwickelt haben, die Tumore zerstört, verdienen sie den ganzen Erfolg, der auf sie zukommt.«

»Einverstanden, aber ich dachte nur, du solltest dir des

Druckes bewußt sein, unter dem sie arbeiten. Wenn sie mit ihren neuen Vektoren Erfolg haben, kann sie nichts mehr aufhalten. Sie bekommen all den Ruhm und das Geld, von dem sie immer geträumt haben. Aber wenn es nicht klappt, könnten sie alles verlieren, und die Chance besteht, daß sie dann in wirklichen Schwierigkeiten stecken. Sie haben so viel eingesetzt, um retrovirale Vektoren zu entwickeln, daß es zweifelhaft ist, ob sie mit einer veränderten Strategie nochmals ins Rennen gehen könnten. Jemand anders würde sie fast sicher schlagen.«

»Woran bin ich denn jetzt?« fragte Neef.

»Ich dachte nur, du solltest das wissen«, sagte Farro-Jones. »Starke finanzielle Erwägungen sind nicht ganz vereinbar mit der Sorge für Patienten, wie du und ich sie für selbstverständlich halten. Ich finde, du solltest ständig auf der Hut sein. Stelle alles in Frage, was Max dir erzählt. Erlaube ihm nicht, irgendwelche abgekürzten Verfahren zu benutzen – und wenn du dir bei irgend etwas unsicher bist, ruf mich einfach an; vielleicht kann ich dir einen Rat geben. Im Augenblick gibt es bei diesen Dingen eine einfache Regel: je wirkungsvoller der Vektor, desto größer ist die potentielle Gefahr für den Patienten.«

»Danke, David, ich weiß deine Warnung zu schätzen. Aber Max und ich haben eine Vereinbarung«, sagte Neef. »Er hatte zugegeben, daß er gerne einige Markierungsexperimente machen würde, um zu kontrollieren, wie die Vektoren sich ausbreiten, aber ich habe nein gesagt. Alle Patienten hier werden ausschließlich zu therapeutischen Zwecken behandelt. Abgesehen davon verabreichen entweder ich oder meine Mitarbeiter die Viren. Max kommt nicht in die Nähe der Patienten.«

»Aber du bist abhängig davon, daß Max dir gibt, was er sagt, daß er dir gibt, um es den Patienten zu injizieren«, sagte Farro-Jones.

»Aber die verschiedenen Sicherheitskomitees haben sowohl die Viren als auch das Verfahren begutachtet und gutgeheißen.«

»Sie begutachteten, was Menogen ihnen auf dem Papier vorgeschlagen hat, und die Vektoren, die Menogen ihnen zur Untersuchung zur Verfügung gestellt hat«, sagte Farro-Jones.

»Du willst doch nicht etwa unterstellen, daß –«

»Nein, ich glaube nicht«, gab Farro-Jones zu. »Vielleicht mache ich mir zuviel Sorgen, und wahrscheinlich ist das völlig unnötig; aber wenn dich irgendwann irgend etwas beunruhigt, bin ich gerne bereit, eine Molekularanalyse durchzuführen, um alles zu prüfen, dessen du dir nicht sicher bist.«

»Danke, David. Ich kann nicht gerade behaupten, daß du mich beruhigt hast, aber ich weiß deine Besorgnis zu schätzen.«

»Viel Glück, Mike.«

»Danke.«

Neef legte den Hörer auf. Seine gute Laune war wie weggeblasen. Es tröstete ihn ein wenig, sich an Max Pereiras Gesichtsausdruck zu erinnern, als er hörte, daß David Farro-Jones in der Ethikkommission sein würde. Damals hatte er es aufgefaßt, als würde er sich nicht gerade freuen. So bekam auch Davids Verhalten, als er Max Pereira befragte, einen Sinn. Er traute dem Mann keinen Zentimeter weit über den Weg.

»Das hat uns gerade noch gefehlt, Dolly«, sagte Neef und stand von seinem Sessel auf.

Am nächsten Morgen war Neef sehr früh in der Klinik. Er studierte den Bericht der Nachtschwester und sprach mit Tony Samuels, der Dienst gehabt hatte. Es gab keine neuen Probleme. Max Pereira traf um halb neun ein. Sein T-Shirt hatte er gewechselt, er trug aber noch immer Jeans, eine Lederjacke und Cowboystiefel. Er knallte seine Aktentasche auf Neefs Schreibtisch und legte sein Barett darauf. Er fragte: »Gibt's Kaffee?«

»Ich schaue mal nach«, erwiderte Neef. »Ich könnte selbst welchen vertragen.«

Neef steckte den Kopf durch die Tür des Schwesternzimmers und stellte fest, daß die Nachtschwester immer noch da war. »Keine Kate?« fragte er.

»Noch nicht. Sieht ihr gar nicht ähnlich.«

Neef runzelte die Stirn, dann fragte er: »Ich vermute, es gibt keinen Kaffee?«

Die Schwester lächelte und sagte: » Es verstößt gegen alle meine feministischen Prinzipien, aber ich mache welchen, während ich warte.«

Es war sehr ungewöhnlich für Kate, zu spät zu kommen, dachte Morse. Er hoffte, daß sie keinen Autounfall hatte. Es mußte gesagt werden, sie war nicht die beste Autofahrerin der Welt. Das letzte Mal, als sie ihn mitgenommen hatte, war es so aufregend gewesen wie beim Todeslooping im Vergnügungspark. Es paßte überhaupt nicht zu ihr, war aber dennoch eine Tatsache. Ihr Mann Charlie hatte es aufgegeben, sie zu langsamerem Fahren zu bewegen. »Born to be wild«, sagte er ironisch.

»Also, wo sind die Viren?« fragte Neef Pereira, als er ins Büro zurückkam.

»Sie sind hier in der Station im Kühlschrank. Ich bin gestern damit vorbeigekommen«, erwiderte Pereira. »Außerdem ist zur Sicherheit noch ein Vorrat unten in der Krankenhausapotheke.«

»Sonst noch was, das ich wissen sollte?«

»Das ganze High-tech-Zeug ist im Labor erledigt worden«, antwortete Pereira. »Jetzt müssen Sie nur noch die Vektoren injizieren, sieben Tage warten und dann mit der Gancyclovir-Behandlung beginnen.«

»Ich habe eine vorläufige Liste von fünf Patienten erstellt, die ich für geeignete Kandidaten hielt«, sagte Neef.

»Ihr Assistenzarzt, Samuels, zeigte sie mir gestern.«

»Gibt es da von Ihrer Warte aus irgendwelche Probleme?«

»Ich denke nicht.« Pereira öffnete seine Aktentasche und nahm eine Reihe von Pausen heraus, die wie dünne Folien aussahen, aber unendlich geschmeidiger erschienen. »Die habe ich gemacht«, sagte er und reichte sie Neef herüber. »Es sind exakte Pläne des Tumors aus allen Blickwinkeln. Danach habe ich Volumenberechnungen angestellt und die Menge der Vektorlösung abgeschätzt, die wir injizieren müssen.«

»Gut. Ich habe mir überlegt, daß wir am besten die Schlüssellochtechnik anwenden«, sagte Neef. »Das trifft für vier von ihnen zu.«

»Damit bleibt nur das Kind mit dem Hirntumor übrig, einen Augenblick . . . Downy.«

»Thomas Downy«, sagte Neef. Er mochte es nicht, wenn man die Kinder nur beim Nachnamen nannte.

»Ja. Thomas Downy«, wiederholte Pereira. »Ist ein OP-Team dafür eingeteilt worden?«

»Norman Beavis erwartet uns um 14.30 im OP«, erwiderte Neef.

»Gut. Genauigkeit ist dabei wirklich wichtig. Wir müssen den Tumor genau in der Mitte treffen.«

»Sie sagten doch, Ihr Überträger infiziert nur Zellen, die sich teilen«, sagte Neef.

Pereira verzog das Gesicht und sagte: »Möglicherweise könnte es zu einem unerwünschten Effekt auf die Nachbarzellen kommen.«

»Einem Effekt auf die Nachbarzellen, Dr. Pereira?« wiederholte Neef kalt und seine Züge wurden hart.

»Es ist einfach denkbar, daß normale Zellen direkt neben dem Tumor geschädigt werden könnten.«

»Thomas Downy läuft also Gefahr, einen Gehirnschaden zu erleiden?«

Pereira zog die Schultern hoch und spreizte die Hände, als ringe er mit einem schwierigen Problem. »Nicht wirklich, wenn das Verfahren korrekt ausgeführt wird und das Virus mitten in den Tumor gelangt. Seien wir mal ehrlich, Mike, der Tumor tut dem Gehirn des Kindes auch nicht gerade gut, oder?«

»Sie töten dagegen den Tumor ab, aber verwandeln ihn in einen hirngeschädigten Idioten?«

Neef kämpfte darum, nicht die Beherrschung zu verlieren, aber der Stress, den er empfand, war nicht gerade hilfreich. Er mußte die ganze Zeit daran denken, was David Farro-Jones ihm gesagt hatte. »Sie hatten mir zu Anfang doch gesagt, es bestünde keine Gefahr, daß gesunde Gehirnzellen geschädigt werden.«

»Und so ist das in der Theorie auch«, beschwichtigte Pereira ihn. »Normale Gehirnzellen teilen sich nicht und können daher nicht von einem Retrovirus infiziert werden. Unser Gentransportsystem basiert auf einem Retrovirus, daher können normale Gehirnzellen sich nicht infizieren.«

»Aber?«

»In der Praxis kann es vorkommen ... gelegentlich. Es ist einfach ein Phänomen, das ist alles.«

Neef starrte Pereira an, als schaute er in seinen Hinterkopf. »Wieviel weitere Phänomene gibt es, von denen Sie mir nichts erzählt haben?«

Pereira hob die Hände und neigte den Kopf zu einer Seite. »Keine, Mike, absolut keine.«

Neef versuchte zu entscheiden, ob Pereira dazu fähig war, ein Verfahren anzuwenden, das den Tumor zerstörte, aber das Gehirn des Patienten schädigte, um zu beanspruchen, im technischen Sinne eine »Heilung« erzielt zu haben. Er dachte an den alten Chirurgenwitz: Die Operation war erfolgreich, der Patient tot.

»Sind alle Menogen-Übertragungsviren von der Arzneimittelzulassungsstelle genehmigt worden?« fragte Neef.

»Nein, nicht alle.«

»Aber diejenigen, die Sie bei diesem Versuch benutzen?«

»Natürlich. Das war eine Bedingung des Nationalen Gentherapie-Beratungskomitees.«

»Sie sagten, die Viren seien im Kühlschrank der Abteilung?«

»Ja.«

»Ich werde David Farro-Jones bitten, herüberzukommen und Proben aus allen Fläschchen zu nehmen. Ich möchte mich vergewissern, daß es sich tatsächlich um die Viren handelt, wie Sie behaupten, und in der Konzentration, wie Sie es angeben.«

Pereiras Gesicht verdunkelte sich. Seine Augen blitzten wütend auf, aber er behielt die Beherrschung. »Und wenn ich mich weigere?«

»Werde ich den Versuch stoppen, bevor er angefangen hat.«

»Unter diesen Umständen habe ich keine Wahl«, sagte Pereira. »Nur zu. Tun Sie, was Sie tun müssen.«

Neef rief Farro-Jones an und sagte, er wolle gerne sein Hilfsangebot in Anspruch nehmen. Farro-Jones sagte, er sei binnen zehn Minuten da.

Kate Morse kam herein, während sie sich erst ihre Uniform und dann ihr Haar glattstrich. Sie blieb stehen, als sie sah, daß Pereira dort saß, und sie die Spannung im Raum spürte. »Entschuldigung«, sagte sie, »ich wußte nicht, daß –«

»Ist schon in Ordnung, Kate, für den Augenblick sind wir fertig.«

»Ich wollte mich nur dafür entschuldigen, daß ich zu spät gekommen bin. Charlie hat eine Grippe oder so was bekommen, und du weißt doch, wie Männer sind. Ich mußte dafür sorgen, daß ein komplettes Life-Support-System in Reichweite war.«

»Kein Problem«, sagte Neef.

David Farro-Jones kam aus der Universität. Er schaute unbehaglich drein, es war ihm offensichtlich peinlich. »Morgen, Max, Morgen, Mike. So, was wollt ihr Jungs denn genau von mir?« fragte er.

»Ich möchte gerne, daß du vor der Behandlung Proben der Virusvektoren nimmst, die Dr. Pereira für meine Patienten vorbereitet hat, und sie analysierst . . . reine Formsache«, sagte Neef. »Kannst du das machen?«

»Natürlich«, erwiderte Farro-Jones. »Ich sagte ja, daß ich mich freuen würde, wenn ich euch Jungs bei irgendwelchen Laborarbeiten helfen könnte.« Er lächelte Pereira an, der nicht zurücklächelte.

»Ich hoffe doch, daß wir uns darüber nicht streiten werden, Max?« sagte Farro-Jones. »Es ist einfach nur eine vernünftige Kontrollmaßnahme. Findest du nicht?«

Pereira lächelte schwach und nickte. »Wenn du meinst«, sagt er.

»Es gibt für euch beide keinen Grund zu streiten«, sagte Neef. »Diese Bitte habe ich alleine zu verantworten.«

»Wo sind also diese Viren?« fragte Farro-Jones.

Pereira ging, um sie aus dem Kühlschrank zu holen. Er kam mit einem Drahtgestell zurück, das fünf Glasfläschchen enthielt. Er stellte das Gestell langsam und bedächtig auf Neefs Schreibtisch.

»Ich kann sie nicht hier öffnen«, sagte Farro-Jones. »Sie würden hier mit Keimen aus der Atmosphäre kontaminiert. Ich muß sie mit ins Unilabor nehmen. Dort haben wir eine Sterilbank mit Laminarluftströmung. Da können wir sie sicher unter aseptischen Bedingungen öffnen.« Er wandte sich Pereira zu und fragte: »Bist du damit einverstanden, Max?«

»Ich wäre stocksauer, wenn du versuchtest, sie hier zu öffnen«, sagte Pereira. »Ab mit dir.«

»Ich dachte nur, du wärst vielleicht gerne dabei, wenn ich die Fläschchen öffne?« schlug Farro-Jones vor.

»Das ist nicht nötig, David«, sagte Pereira lächelnd. »Ich vertraue dir.«

Neef wußte, daß dieser Kommentar an seine Adresse ging, aber er bereute es nicht. Als Farro-Jones gegangen war, sagte er: »Wir werden mit dem Versuch fortfahren, wenn David den Inhalt der Fläschchen bestätigt.«

»Wie Sie meinen«, sagte Pereira erschöpft und stand auf, um zu gehen. »Vielleicht können Sie mich anrufen, wenn es soweit ist.«

»Natürlich«, sagte Neef. »Und Max . . .«

»Ja?«

»Wir kennen einander nicht. Also haben wir auch keine Grundlage für eine Beziehung, die auf Vertrauen basiert. Wir wollen uns doch nichts vormachen. Aber wir müssen miteinander arbeiten, daher sollte es einige Grundregeln geben.«

»Zum Beispiel?«

»Wenn ich die Wahl habe zwischen dem, was ich als im Interesse meiner Patienten ansehe, und der Möglichkeit, Sie zu beleidigen, ist es wahrscheinlich, daß ich Sie sehr oft beleidigen werde. Haben wir uns da verstanden?«

»So einen Satz habe ich seit Dr. Kildare nicht mehr gehört«, sagte Pereira – und damit ging er hinaus. Auf dem Weg nach draußen streifte er Kate Morse.

»War es etwas, das ich gesagt habe?« murmelte sie. Neef sagte nichts dazu. Er wartete darauf, daß Kate sprach. »Ich finde, du solltest dir Jane Lees einmal anschauen«, sagte sie. »Sie atmet sehr mühsam und hat starke Schmerzen.«

»Ich komme sofort«, sagte Neef. Er stand auf, um seinen weißen Kittel anzuziehen.

»Du hast noch nicht gesagt, was du für die Versuchspatienten brauchst«, sagte Kate.

»Der Versuch verzögert sich etwas«, sagte Neef. »Ein technisches Problem«

»Oh«, sagte Kate, als sie sich an die Art von Pereiras Abgang erinnerte. »Ich verstehe.«

Neef untersuchte Jane Lees und änderte ihre Medikamentierung, um ihre Schmerzen zu lindern. Er sah, daß Lawrence Fielding ihr ein Antibiotikum verordnet hatte. Er horchte gerade ihre Brust ab, als Fielding sich zu ihm gesellte. »Du hast sie heute morgen untersucht?« fragte Neef.

»Gleich als erstes«, erwiderte Fielding. »Ich dachte, die Lungenentzündung kommt vielleicht wieder.«

»Ich stimme dir zu«, sagte Neef. »So hört es sich an, ich bin aber nicht überzeugt davon, daß es eine Lungenentzündung ist.«

»Damit ist sie ja zunächst ins East Side General eingewiesen worden«, sagte Fielding.

»Virale Lungenentzündung«, sagte Neef. »Deshalb nutzt das Antibiotikum überhaupt nichts.«

»Dessen bin ich mir bewußt«, sagte Fielding ungewöhnlich schroff. »Ich habe ihr das Antibiotikum verschrieben, um eine mögliche sekundäre bakterielle Infektion zu unterbinden.«

Neef schaute Fielding an und sagte: »Tut mir leid, Lawrence, ich bin heute ein bißchen gereizt. Zu dieser Lungenentzündung . . .«

»Was ist damit?«

»Angenommen, es ist überhaupt keine Lungenentzündung. Angenommen, es ist eine Art entzündliche Reaktion auf den Krebserreger und es sieht nur aus wie eine Lungenentzündung.«

»Das ist möglich, nehme ich an«, stimmte Fielding zu. »Das würde erklären, warum es keine Reaktion auf die ursprüngliche Antibiotikumtherapie gab.«

»Genau. Wir wollen es einmal mit einem Steroid versuchen und sehen, ob es die Reaktion unterdrücken kann. Wir haben nichts zu verlieren.«

Eve Sayers erschien um halb drei. Sie trug ein Paket. Neef hätte ein Monatsgehalt darauf gewettet, daß es ein Feuerwehrauto enthielt.

»Sie haben also eins bekommen?« fragte er.

»Ich habe eines bekommen«, sagte Eve lächelnd. »Es war nicht leicht. Die Verkäuferin sagte mir, daß sie im Moment nicht so beliebt sind wie früher, aber ich habe eins.«

Neef bemerkte plötzlich, daß sie nervös war, und das freute ihn. Er nahm es als ein Zeichen der Teilnahme für Neil. »Warum gehen Sie nicht einfach hinein?« schlug er vor.

»Wenn das in Ordnung ist?«

Neef nickte. »Sie erinnern sich, wo er ist?«

»Ich erinnere mich.«

Neef folgte Eve zum Krankenzimmer und beobachtete, wie sie es betrat und zu Neil hallo sagte. Neil, der sich gerade ein großes Tierbilderbuch anschaute, das die Schwestern ihm gegeben hatten, blickte auf und starrte Eve an. Einen Augenblick lang dachte Neef, er würde sie nicht erkennen, aber plötzlich funkelten seine Augen, und er gab einen vergnügten Laut von sich. Er legte das Buch hin und suchte nach seinem Feuerwehrauto. Er hob es vom Boden auf und hielt es ihr hin. Eve nickte, offensichtlich erleichtert und erfreut, daß Neil sich erinnert hatte. Die beiden begannen zu spielen, und Neef ließ sie allein.

Eine Stunde später steckte Kate Morse den Kopf zu Neefs Tür herein und sagte, daß Jane Lees Eltern ihn zu sehen verlangten. Er bat sie, sie hereinzuführen.

»Ich will wissen, was zum Teufel hier los ist!« sagte der kleine, streitsüchtige Mann, der einen Blazer und Flanellhosen trug und als erster eintrat. Seine Frau, die ein viel ängstlicheres Verhalten an den Tag legte, kam hinter ihm her und sah eher kleinlaut als wütend aus. Sie fummelte am Verschluß ihrer Handtasche herum, die sie über einen Arm gehängt hatte.

Neef bedeutete ihnen, sich beide hinzusetzen.

Lees setzte sich, wandte aber den Blick nicht von Neef. »Erst erzählt das andere Krankenhaus uns, unsere Jane habe Lungenentzündung, dann entscheiden sie, daß sie Krebs habe, und jetzt hatten wir die Leute vom Gesundheitsamt vor der Tür, die uns alle möglichen persönlichen Fragen gestellt haben. Was ist eigentlich los?«

Neefs erster Gedanke war, sich zu fragen, warum zum Teufel Lennon das alles diesem Mann vor ihm nicht vernünftig erklärt hatte. Aber vielleicht hatte er das ja, überlegte er. »Wie Dr. Lennon ihnen wahrscheinlich erklärt hat, Mr Lees –«

»Ich habe keinen verdammten Dr. Lennon gesehen. Die Frau erzählt mir, irgendein Komiker vom Gesundheitsamt war da. Mit unserem Haus ist alles in Ordnung. Wer hat ihn geschickt? Die Frau ist völlig aufgebracht darüber.«

Neef betrachtete die unscheinbare Frau, die offenbar nicht verstand, was Lennon ihr gesagt hatte. Sie blickte zu Boden. Ein Besuch von jemandem, der Gesundheitsamt sagte, bedeutete für Mrs Lees offensichtlich eine Kritik an ihrem Haus und ihren Fähigkeiten als Mutter.

»Ich glaube, da hat es ein Mißverständnis gegeben«, sagte Neef.

»Das will ich verdammt noch mal meinen, daß das ein Mißverständnis war«, sagte Lees und stürzte sich in einen weiteren Angriff, den Neef zu stoppen versuchte, indem er seine Hände hob.

»Bitte, Mr Lees«, bat Neef. »Geben Sie mir eine Chance.«

Lees hielt inne und holte Luft. Er rieb sich das Genick und zog ein paar Mal die Schultern hoch.

»Dr. Lennons Besuch hatte nichts mit irgendeiner vermuteten Unzulänglichkeit Ihrerseits zu tun«, sagte Neef. Er sagte das fest und entschieden, und das schien den gewünschten Effekt zu haben. Er spürte, wie Lees sich entspannte.

»Darüber sind wir uns also einig«, sagte Lees.

»Jane hat Krebs, fürchte ich, und Dr. Lennon und seine Kollegen versuchen herauszufinden, wie sie ihn bekam?«

»Was meinen Sie damit, wie sie ihn bekam.«

»Wir glauben, daß Jane einer sehr stark krebserregenden Substanz ausgesetzt war, und so hat sie die Krankheit bekommen. Die Leute vom Gesundheitsamt versuchen festzustellen, was das war, bevor noch jemand davon betroffen wird.«

Lees riß seine Augen auf wie Orgelregister. Stumm blickte er auf seine Frau und dann wieder auf Neef. »Um das ganz klarzustellen«, sagte er. »Sie erzählen mir hier, jemand sei daran schuld, daß Jane Krebs bekommen hat? Es ist nicht nur einfach so passiert?«

Plötzlich fragte Neef sich, in welche Lage er sich brachte, aber es war zu spät für einen Rückzieher. »Wir glauben, daß

Jane in Kontakt kam mit einem Gas oder einer Chemikalie, die die Krankheit verursachte.«

»Gas oder Chemikalie?« wiederholte Lees langsam. »Verdammte Scheiße.«

Mrs Lees sprach zum ersten Mal. Sie sagte zu Neef: »Heutzutage kann man doch bei Krebs viel machen, Doktor, oder? Ich meine, es ist doch nicht so, wie es einmal war, oder?«

»'türlich können sie das«, unterbrach ihr Mann sie. »Heutzutage haben sie alle möglichen Medikamente.«

Neef schaute sie an und spürte, wie sein Mut sank. Dieser verdammt gräßliche Augenblick war wieder gekommen. »Ich fürchte, Jane hat Lungenkrebs«, sagte er. »Sie hat extensive Läsionen an beiden Lungen. Die Aussichten sind sehr schlecht.«

»Wollen Sie uns damit sagen, daß Jane sterben wird?« fragte Lees, als könne er nicht glauben, daß er diese Worte aussprach.

»Ich fürchte ja.«

Lees schüttelte stumm den Kopf, sein Mund öffnete und schloß sich, ohne daß ein Laut herausdrang, während er um Worte rang. Seine Frau vergrub ihr Gesicht in einem Taschentuch, das sie aus der Handtasche holte. Wut trat in Lees wie ein ausbrechender Vulkan zutage. »Wenn es stimmt, was Sie sagen, warum zu Teufel sucht dann die Polizei nicht nach dieser Chemikalie oder dem Gas oder was es auch ist? Sie versuchen es zu vertuschen, nicht? Das ist, was sie verdammt noch mal tun!« Lees hatte sich von seinem Stuhl erhoben, stützte sich auf Neefs Schreibtisch und beschuldigte ihn.

»Es kann gar keine Rede davon sein, daß irgend jemand irgend etwas vertuscht, Mr Lees«, sagte Neef ruhig.

»Warum suchen sie dann nicht alle danach? Ein lausiger Abwasserinspektor? Das hilft verdammt wenig!«

»Dr. Lennon ist ein Epidemiologe, Mr Lees, kein lausiger Abwasserinspektor. Er ist ein Experte darin, die Quellen von Krankheiten aufzuspüren. Polizisten sind das nicht. Dr. Lennon hat Ihrer Frau persönliche Fragen über Jane gestellt, weil er versucht, einen gemeinsamen Faktor zwischen Jane und dem ersten Mädchen zu finden.«

»Dem ersten Mädchen!« explodierte Lees. »Sie meinen, es gibt noch eines?«

»Jane ist das zweite Opfer«, gab Neef zu und hatte das Gefühl, als sei er noch tiefer in die Klemme geraten.

Lees packte seine Frau am Arm und führte sie zur Tür. Er öffnete, drehte sich um und sagte: »Wissen Sie, was ich jetzt tun werde, Herr Doktor?«

»Sagen Sie es mir«, sagte Neef.

»Ich gehe schnurstracks zu den verdammten Zeitungen, das tue ich. Sie werden, verdammt noch mal, was tun. Es ist eine verdammte Schande, Kinder bekommen Krebs von irgendeinem verdammten Gas und niemand schert sich einen Dreck darum!«

Die Lees gingen und streiften dabei Eve Sayers, die an der Tür wartete.

»Kann ich hereinkommen?« fragte sie und klopfte leicht an die Tür.

Neef wurde klar, daß sie gehört haben mußte, was Lees gesagt hatte. »Natürlich«, sagte er.

»Ich werde nicht fragen«, sagte Eve.

»Gut.« Neef lächelte. »Wie sind Sie mit Neil zurechtgekommen?«

»Ganz toll.«

»Hat ihm das neue Feuerwehrauto gefallen?«

»Oh ja. Kann ich morgen wiederkommen?«

»Natürlich.«

Eve zögerte, als sie zur Tür gelangte. »Sie erzählten etwas darüber, daß Sie diese Woche einen Versuch mit einer neuen Gentherapie starten.«

»Wir mußten ihn verschieben«, sagte Neef.

»Wird Neil einer der Patienten sein?«

»Nein. Neil ist im Augenblick in einer Remissionsphase. Sein Tumor hat aufgehört zu wachsen, also lassen wir ihn in

Ruhe. Abgesehen davon besteht einiger Zweifel daran, ob Neil für diese Art Therapie überhaupt geeignet wäre.«

»Ich verstehe«, sagte Eve. »Ich dachte, ich frage einfach mal.«

Neef sah die Enttäuschung auf ihrem Gesicht. Er sagte: »Wahrscheinlich sind Sie im Augenblick die beste Medizin für Neil.«

»Ich?«

»Die psychische Verfassung eines Patienten kann oft ein entscheidender Faktor für die Prognose von Krebsfällen sein«, sagte Neef. »Glückliche, positiv eingestellte Menschen werden besser damit fertig.«

»Es muß ganz schön schwer sein, glücklich und positiv eingestellt zu sein, wenn man weiß, daß man Krebs hat«, sagte Eve.

Neef nickte und sagte: »Neil ist zu jung, um zu wissen, was er hat. Das ist ein Vorteil.«

»Ich werde mein Bestes tun.«

Um vier Uhr am Mittwochnachmittag erschien David Farro-Jones in Neefs Büro. Er trug eine Kühlbox mit den Menogen-Viren.

»Und?« fragte Neef.

»Es ist genau das, was Max gesagt hat«, sagte Farro-Jones.

»Verstehe«, sagte Neef und fühlte sich wie ein Narr.

»Wenn das irgendein Trost ist, ich finde, du hast genau das richtige getan, als du um die Kontrolle gebeten hast. Du hast nur im Interesse deiner Patienten gehandelt.«

»Danke«, sagte Neef. »Das macht es nicht weniger peinlich, fürchte ich.«

»Der richtige Weg ist manchmal der schwerste«, sagte Farro-Jones. »Ich glaube, du solltest in deiner Wachsamkeit nicht nachlassen, bloß weil diesmal alles in Ordnung war. Es ist nicht schlecht, wenn Max weiß, daß wir ein Auge auf ihn haben.« Er stand auf und fügte hinzu: »Wenn ich noch irgend etwas für dich tun kann, ruf mich einfach an.«

»Danke, David«, sagte Neef.

Neef stellte die Fläschchen mit den Viren in den Stationskühlschrank und schaute Max Pereiras Nummer nach. Keine Antwort. Er versuchte es mit der Handynummer.

»Pereira.«

»Max, hier ist Michael Neef. Ihre Viren sind von den Leuten der medizinischen Fakultät für in Ordnung befunden worden.«

»Keine Scherze, bitte«, sagte Pereira.

Neef zuckte zusammen, blieb aber bei seinem Entschluß. Am liebsten hätte er sich bei dem Mann entschuldigt, aber er hatte immer noch das Gefühl, getan zu haben, was unter den gegebenen Umständen notwendig war, und Farro-Jones hatte völlig recht: es war nicht schlecht, wenn Max sich beobachtet glaubte. »Wir könnten morgen anfangen, wenn ich OP-Zeiten bekommen kann«, sagte er.

»Mir paßt es gut«, sagte Pereira.

»Wahrscheinlich ist es zu kurzfristig, um Mr Beavis für Thomas Downy zu bekommen, aber ich werde sehen, was ich tun kann.«

»Was immer das sein mag«, sagte Pereira trocken.

Neef legte auf und machte sich auf die Suche nach Kate Morse. Er fand sie bei Thomas Downy und erzählte ihr vom Beginn des Versuches. »Glaubst du, wir sind rechtzeitig fertig?«

»Aber natürlich«, erwiderte Kate. »Was ist mit den OPs?«

»Ich bin gerade auf dem Weg, mich darum zu kümmern. Ich dachte, ich frage erst mal bei dir nach.« Neef fand, daß Kate blaß und eingefallen wirkte. Er nahm sie sanft beiseite und fragte: »Ist alles in Ordnung?«

Nervös legte Kate die Hand an die Wange und sagte: »Tut mir leid. Es ist wegen Charlie. Er arbeitet immer noch nicht wieder. Gestern kam der Arzt. Er sagte, es sei eine Grippe, aber ich mache mir Sorgen, daß es etwas Ernsteres sein könnte.«

»Verstehe«, sagte Neef. »Wie kommst du darauf?«

»Charlie ist nie krank. Manchmal erkältet er sich und macht dann ein Riesentheater darum, aber er ist nie wirklich krank, wenn du weißt, was ich meine.«

»Vielleicht ist das ja das Problem«, sagte Neef. »Vielleicht hat ihn diesmal eine richtige Grippe erwischt. Es ist ein himmelweiter Unterschied zwischen dem, was die Leute so Grippe nennen, und einer richtigen Grippe. Davon kann man wirklich sehr krank werden.«

»Wahrscheinlich hast du recht«, sagte Kate.

»Warum wartest du nicht bis morgen? Und wenn es dann noch immer nicht besser ist, rufst du nochmal euren Arzt. Sag ihm, du seist Krankenschwester, falls er das noch nicht weiß. Du weißt, wovon du redest.«

Neef gelang es, genug OP-Zeiten für den nächsten Tag zu belegen, um bei drei Patienten mit der Gentherapie zu beginnen. Er beschloß, daß die ersten beiden Rebecca Daley, die Leberkrebs hatte, und Martin Liddle, ein Bauchspeicheldrüsenkrebspatient, sein sollten. Sie brauchten nur einen kleinen OP. Der große Saal war am Nachmittag frei. In der Hoffnung, daß Norman Beavis Zeit hatte, die Operation bei Thomas Downy durchzuführen, hatte er ihn belegt. Beavis Sekrtärin bestätigte ihm, daß dies der Fall war. Am Vormittag operierte Beavis in der Uniklinik, aber am Nachmittag hatte er Zeit. Die übrigen beiden Patienten waren für den kleinen OP am Freitagmorgen vorgesehen worden.

Im Gefühl, eine Glückssträhne zu haben, rief Neef in der Krankenhausapotheke an. »Ist mein Antivulon schon gekommen?« fragte er.

»Vor einer halben Stunde, Dr. Neef. Es ist jetzt auf dem Weg zu Ihnen nach oben.

Neef suchte Lawrence Fielding und teilte ihm die gute Neuigkeit mit. Fielding sagte, er werde die entsprechenden Patienten auf das Medikament setzen, sobald es auftauchte.

Neef ging zu seinem Büro zurück und fühlte sich besser als

seit einigen Tagen, als er mit Eve Sayers zusammenstieß. Sie hatte Neil besucht und kam gerade aus seinem Zimmer.

»Alles in Ordnung?« fragte Neef.

»Prima«, erwiderte Eve. »Ich hatte gehoffte, Sie zu treffen. Ich habe nämlich ein Problem.«

Neef führte Eve in sein Büro und schloß die Tür hinter sich. »Was ist los?«

»Ein Mann namens Lees rief gestern mein Büro an, und der Chefredakteur bat mich, diese Geschichte zu recherchieren. Ich glaube, das war der Mann, der gestern, als ich kam, in Ihrem Büro war.«

Neef nickte. »Seine Tochter hat Krebs; er war sehr aufgebracht.«

»Ich sagte meinem Chefredakteur, ich hätte ein Abkommen mit Ihnen und könnte das nicht brechen. Er sagte, er verstünde das, aber die Geschichte sei sehr wichtig und von großem öffentlichem Interesse, wenn sie stimme. Wenn ich das Gefühl hätte, sie nicht übernehmen zu können, würde er einen anderen Reporter damit beauftragen. Tut mir leid.«

»Ich verstehe«, sagte Neef. »Nun gut, Mr Lees hat sich direkt an Ihre Zeitung gewandt, wenn also jemand darüber schreiben muß, können genauso gut Sie das tun. Was müssen Sie wissen?«

Eve gab wieder, was Lees ihrem Chefredakteur erzählt hatte. »Stimmt das im wesentlichen?« fragte sie.

»Es stimmt, daß Jane Lees Krebs hat, und wir glauben, daß sie einem krebserregenden Gas oder einer Chemikalie ausgesetzt gewesen sein muß. Sie ist die zweite im Zeitraum von einer Woche.«

»Mein Gott«, sagte Eve.

»Mr Lees hat das Gefühl, daß nichts getan wird, um die Quelle aufzuspüren, aber ich vermute doch. Die Leute vom Gesundheitsamt untersuchen den Fall, und sie sind die Experten. Mr Lees würde es vorziehen, wenn ein Haufen Uniformierter die Straßen durchkämmte.«

»Würde das helfen?« fragte Eve. »Ich meine, handelt es sich um eine Chemikalie, die ausgelaufen ist, oder etwas, das illegal abgeladen worden ist?«

»Ich glaube nicht«, erwiderte Neef. »Das wäre wie die Suche nach der Nadel im Heuhaufen. Hier ist aber clevere Detektivarbeit gefordert. Mit etwas Glück sind die Leute vom Gesundheitsamt der Sache bis Ende der Woche auf die Spur gekommen.«

Eve nickte und sagte: »In dem Fall werde ich mein bestes tun, um ein paar Tage Zeit zu schinden, um ihnen eine Chance zu geben.«

»Danke«, sagte Neef.

Eve stand auf, um zu gehen, und Neef geleitete sie zur Tür. Als er die Klinke herunterdrückte, sagte Eve plötzlich: »Möchten Sie heute abend mit mir essen?«

Neef war verblüfft. »Em . . . in Ordnung«, sagte er.

»Gut. Kommen Sie so um acht herum.«

Neef saß auf seinem Schreibtischstuhl und kritzelte einige Augenblicke auf dem Telefonblock herum, während er über die Einladung nachdachte. Sie war völlig überraschend gekommen, daher war seine erste Reaktion, nach Hintergedanken zu suchen. Als es ihm nicht gelungen war, welche aufzuspüren, beschloß er aufzuhören, sich so paranoid zu benehmen und sich einfach darauf zu freuen, einen angenehmen Abend mit Eve zu verbringen. Er griff zum Hörer und rief Lennon im Gesundheitsamt an. Glücklicherweise war er in seinem Büro.

»Hatten Sie Glück bei der Untersuchung?« fragte er.

»Noch nicht«, erwiderte Lennon. »Ich dachte, wir könnten das Ding ganz bestimmt knacken, wenn wir zwei Fälle hätten, aber das hat sich als falsch erwiesen. Wir haben überhaupt keine verbindenden Faktoren gefunden. Wir sollten wohl dankbar sein, daß es nur zwei Fälle sind. Die Quelle kann nicht so leicht zugänglich sein, sonst gäbe es mehr.«

»Es gibt jedoch ein Problem«, sagte Neef.

»Welches?«

»Jane Lees' Vater hat sich an die Zeitung gewandt. Er verlangt, daß etwas getan wird, weil er den Eindruck hat, daß die Angelegenheit vertuscht wird. Die Geschichte ist für einige Tage auf Eis gelegt worden, aber wahrscheinlich nicht länger.«

»Verdammt«, seufzte Lennon. »Danke für die Warnung. Wie geht es dem Mädchen übrigens?«

»Nicht gut«, erwiderte Neef. »Nicht gut. Und wenn sie stirbt, werden nicht nur seine Eltern Antworten verlangen.«

7

Auf dem Weg zu Eves Apartment hielt Neef an einer Thresher's Wein- und Spirituosenhandlung und wählte eine Flasche australischen Chardonnay aus dem Kühlschrank. Der Verkäufer hatte ihm erklärt, die Weine aus Australien und Neuseeland seien sehr in Mode. Er selbst hatte wenig Interesse an Weinen. Plötzlich befürchtete er, der weiße könne nicht angemessen sein, und kaufte auch noch eine Flasche Côtes du Rhone. Kurz vor acht traf er bei Eve ein.

Eve trug eine cremefarbene Seidenbluse über einer schwarzen Cordhose, die ihre gute Figur betonte. Ihr Haar trug sie wieder offen und strich es aus dem Gesicht zurück, als sie die Tür öffnete und Neef hereinbat. Sie nahm den Wein mit einem »Dankeschön« entgegen und sagte: »Ich bin fast soweit. Warum nehmen Sie sich nicht einen Drink.«

Neef blieb allein in dem Zimmer zurück, in dem er auch am vorigen Sonntag gewesen war. Diesmal waren die Vorhänge geschlossen, gedämpfter Jazz drang aus der Stereoanlage, und die Luft war leicht parfümiert von einem Duft, der von einer kleinen Messingduftlampe auf dem Kaminsims aufstieg. Neef vermutete, daß die Duftlampe desselben Ursprungs war wie die blauen Teppiche, nämlich Tunesien. Wenn die Unterhaltung versiegen sollte, konnte er immer noch danach fragen. Auf einem Silbertablett stand eine Auswahl von Spirituosen und einige Flaschen mit Mixgetränken. Der Deckel eines roten Plastikeiseimers war von der dazugehörigen Zange beiseitegeschoben. Neef nahm sich einen Gin Tonic und rief Eve zu: »Kann ich Ihnen etwas machen?«

»Gin wäre ganz schön«, erwiderte sie.

Eve kam aus der Küche zurück, nahm sich ihren Drink und sagte: »Wir haben noch zehn Minuten Zeit. Kann ich Sie etwas fragen?«

»Nur zu.«

»Sie hatten früher gesagt, es gäbe zwei Krebsfälle, die von dieser Chemikalie, oder was immer es ist, verursacht worden sind?«

»Ja.«

»Waren die beiden Opfer aus dem gleichen Teil der Stadt?«

»Soweit wir wissen nicht«, erwiderte Neef. »Aber man kann davon ausgehen, daß ihre Pfade sich irgendwann gekreuzt haben müssen. Das versuchen die Leute vom Gesundheitsamt herauszufinden. Ironischerweise ist ihre Aufgabe durch das Auftauchen eines zweiten Opfers leichter geworden.«

»Wie das?«

»Aus Interviews mit den Familien werden die Ermittler ein Bild der Bewegungen jedes Mädchens in einem gewissen Zeitraum entwerfen und sie dann miteinander vergleichen. Dabei sollte es ihnen gelingen, einen gemeinsamen Faktor aufzuspüren, wie einen Park, den beide Mädchen besucht haben, oder ein bestimmtes Gebäude. Sie können sich dann darauf stürzen und eine intensive Suche inszenieren, wenn nötig auch mit Hilfe der Polizei.«

»Aha. Hört sich ganz einfach an, wenn Sie das so sagen«, sagte Eve.

»Sollte es auch sein«, sagte Neef. Er erwähnte nicht, daß es dem Gesundheitsamt bis jetzt noch nicht gelungen war, irgendetwas herauszufinden. »War es ein Problem für Sie, die Geschichte für den Augenblick auf Eis zu legen?«

»Nein. Ich habe meinen Chefredakteur davon überzeugt, daß Mr Lees unter großem emotionalem Streß steht und daß wir uns der Fakten wirklich sicher sein sollten, bevor wir die Geschichte drucken.«

»Gut«, sagte Neef. »Ich bin Ihnen sehr dankbar. Diese Geschichte kann eine Menge öffentlicher Besorgnis auslösen.«

»Was ist verkehrt an öffentlicher Besorgnis?« fragte Eve. »Das ist das einzige, was einige öffentliche Körperschaften veranlassen kann, aktiv zu werden«

»Ich vermute, Sie haben recht«, gab Neef zu. »Aber es wäre schön, wenn das Gesundheitsamt diese Angelegenheit klären könnte, bevor die Geschichte gedruckt wird.«

Das Essen war gut, und Neef machte Eve Komplimente über ihre Kochkunst. Mit einem zufriedenen Seufzer sagte er: »Das ist das beste Essen, das ich seit Ewigkeiten gegessen habe.«

»Wenn Sie mehr als dreimal herkommen, gibt es dasselbe wieder von vorne«, sagte Eve.

»Sicher sind Sie nur zu bescheiden.«

»Likör? Drambuie, Amaretto?«

»Nein, ich brauche morgen einen klaren Kopf. Wir starten den Gentherapieversuch.«

»Es muß sehr aufregend sein, am Beginn von etwas ganz Neuem dabei zu sein«, sagte Eve.

»Es ist auch beunruhigend«, sagte Neef. »Alles Neue bedeutet auch unvorhergesehene Probleme, ›Kinderkrankheiten‹, wie die Leute sie gerne nennen, und die Gentherapie hat eine ganze Menge davon.«

»Mir war nicht klar, daß sie bereits angewendet worden ist.«

»International sind etliche Versuche mit unterschiedlichsten Resultaten gelaufen. Die Uniklinik hat sie im vergangenen Jahr ohne großen Erfolg an Mukoviszidosepatienten erprobt.«

»Ist das diese Krankheit, bei der Kinder ständig Physiotherapie erhalten müssen, um den Schleim aus ihren Lungen zu bekommen?« fragte Eve.

Neef nickte. »Die Krankheit wird verursacht durch einen genetischen Defekt, den Wissenschaftler jetzt identifiziert haben. Die Herausforderung besteht jetzt darin, eine normal arbeitende Kopie des Gens in die eigenen Lungenzellen des Patienten zu bringen, so daß sie die fehlende Substanz produzieren.«

»Und sich selbst heilen?«

»Mehr oder weniger. Mukoviszidose greift nicht nur die

Lungen an, aber der Zustand der Lungen ist normalerweise die schlimmste Auswirkung der Krankheit, und der sollte sich bessern, sobald die Behandlung einsetzt.«

»Wie kommen sie an eine funktionstüchtige Kopie des Gens?« fragte Eve, die sich langsam für das Thema erwärmte.

»Das ist der leichtere Teil, sobald man das Gen identifiziert hat«, sagte Neef. »Der schwierige ist, wie es in die Lungenzellen gelangt. Dafür muß man einen Übertragungsvektor benutzen, der es transportiert, normalerweise ein Virus.«

»Ein Virus? Man infiziert Patienten absichtlich mit einem Virus?« fragte Eve mit entsetztem Blick.

»Es ist nicht so schlimm, wie es sich anhört«, sagte Neef. »Der Virus wird unschädlich gemacht, so daß er keine Infektion verursachen kann.«

»Aber Sie sagten, an der Uniklinik habe es nicht funktioniert?«

»Sie benutzten keinen Virusvektor«, sagte Neef. Sie entschieden sich für einen Gentransfer durch Liposomen. Das ist sicherer, als einen lebenden Virus zu verwenden, transportiert aber die neuen Gene nicht annähernd so wirkungsvoll in die Zellen der Patienten.«

»Also hat es nicht funktioniert?«

»Unglücklicherweise, aber es heißt, daß sie es bald noch einmal mit einem neuen Vektor versuchen wollen.«

»Diesmal ein Virus?« fragte Eve.

»Beinahe sicher.«

»Es ist also auch riskanter?«

»Wie David Farro-Jones sagte, je effektiver der Überträger, desto größer das Risiko.«

»Wer ist David Farro-Jones?«

»Er ist der Molekularbiologe, der an der Uniklinik für Gentherapie verantwortlich ist.«

»Aber nicht am St George's?«

»Nein«, sagte Neef. »Das St George's hat einen ganz anderen Krankenhausträger. Aber wir reden noch miteinander. Zur

Gentherapie sind wir durch eine kommerzielle Firma namens Menogen Research und ihren Chefwissenschaftler Max Pereira gekommen.«

»Wer ist der erste Patient?« fragte Eve.

»Rebecca Daley. Sie ist elf. Eine Hepatompatientin – Leberkrebs. Wir behandeln sie morgen.«

»Auf Rebecca«, sagte Eve und erhob ihr Glas.

Neef nickte.

Eve stieß mit Neefs Kaffeetasse an und wechselte das Thema. »Kommen Ihre Patienten eigentlich jemals heraus?«

»Was meinen Sie damit, heraus?«

»Tagestouren, Besuche zu Hause, so etwas.«

»Ja, das gibt es häufig.«

»Aber nicht für Neil?«

»Neil kommt aus einem Kinderheim. Er würde dort nur die tägliche Routine stören.«

»Würden Sie erlauben, daß ich ihn einmal mitnehme?«

»Ich glaube –«

»Vielleicht in den Zoo oder so etwas.«

»Wenn er sich gut genug fühlt, wüßte ich nicht, was ihm das schaden sollte. Es könnte ihm sogar ausgesprochen guttun.«

»Gut«, sagte Eve. »Ich dachte nur daran, wie lebhaft er heute war. Es wäre schön, wenn wir mal aus dem Krankenhaus heraus könnten.«

»Denken Sie daran, daß die Leute ihn anstarren werden. Sein Gesicht ist kein ausgesprochen hübscher Anblick, obwohl Sie sich wahrscheinlich daran gewöhnt haben.«

»Stimmt, das habe ich«, sagte Eve, als sei ihr das gerade erst klargeworden. »Ich bemerke den Tumor überhaupt nicht mehr.«

»Vielleicht ist ein so übervölkerter Ort wie der Zoo keine so gute Idee«, sagte Neef.

»Also dann vielleicht ein Ausflug mit dem Auto oder ein Picknick auf dem Land.«

»Hört sich gut an.«

Es regnete stark, als Neef kurz nach halb zwölf Eves Wohnung verließ. Die breiten Reifen des Discovery machten solch einen Lärm auf den überfluteten Straßen, daß Neef die Vivaldi-Kassette, die er eingelegt hatte, abdrehte und statt dessen dem Zischen des Sprühwassers lauschte. Der Klang eines englischen Sommers, überlegte er, als er von der Hauptstraße abbog und herunterschaltete, um den steilen Berg hinab zum Cottage zu meistern. Er konnte die Lichter sehen, die zum Teil verschwommen waren durch die Bäche, die über die Windschutzscheibe rannen, ihn aber trotzdem willkommen hießen. In drei Räumen des Cottages befanden sich Lichtzeitschalter, die automatisch zu verschiedenen Zeiten angingen, damit das Haus für das Auge eines möglichen Einbrechers stets bewohnt wirkte.

Neef goß sich als Schlummertrunk einen Whisky ein und setzte sich mit einem Seufzer auf die Couch. Dolly machte es sich zu seinen Füßen bequem. Eve erfüllte noch ganz seine Gedanken. Wenn er die Augen schloß und den Kopf zurücklehnte, konnte er sie lächeln sehen. Wenn sie lachte, neigte sie den Kopf ein wenig zur Seite. Es war eine Angewohnheit, die er sehr mochte. Bei dem Gedanken empfand er Gewissensbisse; dies hatte etwas mit Elaines Geist zu tun. Aber die Tatsache ließ sich nicht leugnen, daß er den Abend sehr genossen hatte. Er bedauerte nur, daß er anscheinend wie im Fluge vergangen war. Aber es würde andere Abende geben. Dessen war er sich sicher.

Als das Telefon klingelte, fuhr Neef erschreckt aus dem Schlaf hoch. Er knipste die Nachttischlampe an und schaute auf seine Armbanduhr. Es war halb drei.

»Mike? Hier ist Kate Morse. Es tut mir wirklich leid, dich zu stören.«

»Was ist denn los?« fragte Neef und rieb sich die Augen. Er versuchte sich zu erinnern, ob Kate diese Nacht Dienst hatte. Er war sich sicher, daß dies nicht der Fall war.

»Es geht um Charlie«, sagte Kate. »Ich bin ganz krank vor Sorge.«

»Charlie?« wiederholte Neef.

»Es geht ihm viel schlechter. Ich habe den Arzt noch einmal kommen lassen, wie du vorgeschlagen hattest, aber er sagte, ich brauchte mir keine Sorgen zu machen. Ihn hätte nur die Grippe übel erwischt. Er sollte das Bett hüten und Aspirin nehmen – du weißt schon. In einigen Tagen wäre er wieder auf den Beinen. Das ist er aber nicht, ich weiß das, Mike. Er ist richtig krank, und ich weiß nicht, was ich am besten tun soll.«

Neef konnte hören, wie besorgt Kate war, und das hieß schon etwas. Sie war eine erfahrene Krankenschwester und war es gewohnt, bei allen Arten von Krisen mit gedämpfter Stimme zu sprechen, aber diesmal gelang ihr das kaum. »Ich komme, Kate. Laß mir fünfzehn Minuten Zeit.«

»Danke, Mike. Ich bin dir so dankbar.«

Neef zog eine Jeans, ein T-Shirt und einen warmen Pullover an, während Dolly ein Auge öffnete, um zu beobachten, was da vor sich ging. »Halt meinen Platz warm, Dols«, sagte er, als er eine wasserdichte Jacke anzog und seinen Arztkoffer unter dem Bett hervorzog. Dolly schloß wieder die Augen. Sie rührte sich nicht.

Die Fahrt zu dem kleinen Bungalow, in dem Kate und Charlie Morse lebten, dauerte zwölf Minuten. Während des Tages hätte er eine halbe Stunde gebraucht, aber um halb drei in der Nacht waren die Straßen praktisch frei von Verkehr. Einige Taxis und ein Polizeiauto waren die einzigen Lebenszeichen, als er Straßen passierte, die der schwere Regen rasch in Flüsse verwandelte.

»Danke, daß du gekommen bist, Mike«, flüsterte Kate, als sie die Tür öffnete. »Er ist da drinnen.«

Charlie Morse wandte sich nicht um, um Neef anzuschauen, als er den Raum betrat. Er starrte weiter an die Decke, während er hastig und flach atmete. Die Bettdecke hatte er bis zur Taille hinuntergezogen. Seine Haut war bleich und von einem dünnen Schweißfilm bedeckt. Im Raum hing ein unangenehmer, süßlicher Geruch – nichts Spezifisches, nur der allgemeine Geruch von Krankheit, dachte Neef.

»Ich werde dich nicht fragen, wie es dir geht, Charlie«, sagte er. »Das sehe ich ja.«

Neef nahm das Stethoskop heraus und wärmte es kurz an seiner Handfläche an, bevor er es auf Charlies Brust setzte. Als er fertig war, half Kate, ihren Mann in einer sitzenden Position festzuhalten, während Neef Charlies Rücken abhorchte.

»In Ordnung«, sagte Neef.

Kate ließ Charlie auf das Bett zurücksinken. Sie versuchte, die Bettdecke hochzuziehen, aber Charlie hinderte sie mit einem unsicheren Stoß seiner Hand daran.

Neef trat vom Bett zurück, und Kate gesellte sich mit ängstlichem Gesichtsausdruck zu ihm.

»Wir müssen ihn ins Krankenhaus bringen lassen«, sagte Neef. »Er hat eine schwere doppelseitige Lungenentzündung.«

»Das Telefon ist da draußen«, sagte Kate. Sie führte Neef in den Flur hinaus, wo er 999 wählte.

»So schlimm?«

»Je schneller, um so besser«, sagte Neef. »Und wenn du einen Rat von mir hören willst, Kate . . .«

»Ja?«

»Wechsele deinen Arzt. Er ist ein Idiot.«

Kate nickte. In Gedanken war sie schon beim nächsten Problem. »Mike, könnte ich dich wohl bitten, ein paar Minuten hier zu bleiben, falls die Kinder aufwachen. Ich gehe nach nebenan und schaue, ob ich eine Nachbarin finden kann, die auf sie aufpaßt. Ich möchte gerne mit Charlie ins Krankenhaus fahren.«

»Natürlich«, sagte Neef.

Kate warf sich einen Mantel um und verschwand durch die Haustür. Neef kehrte zu Charlie zurück und sagte ihm, daß der

Krankenwagen unterwegs sei. Charlie nahm dies mit einem leichten Kopfnicken zur Kenntnis. Er atmete jetzt noch schneller. In weiter Entfernung glaubte Neef das Heulen einer Sirene zu hören.

Als der Krankenwagen vor dem Haus hielt, kam Kate den Weg entlang gerannt. »Mrs Redpath kommt herüber«, sagte sie zu Neef. »Könntest du hierbleiben, bis sie kommt?«

»Natürlich.«

Neef beobachtete, wie die beiden grüngekleideten Sanitäter die Trage mit Charlie Morse hinten in den Krankenwagen luden. Kate stand neben der offenen Tür, den Mantel zum Schutz gegen den Regen über die Schultern drapiert. Sie blickte zu Neef hoch, und er sah, daß ihr Gesicht voller Sorge war. Die Straßenlaternen warfen ein fahles Licht auf sie. Sie schien um zehn Jahre gealtert.

»Mrs Redpath wird gleich da sein«, sagte Kate.

»Mach dir deshalb keine Sorgen.«

Kate kletterte hinten in den Krankenwagen, die Türen wurden geschlossen, und er fuhr in die Nacht davon, das Blaulicht zuckte stumm durch den Regen.

»Wo bringen sie ihn hin?« fragte eine angenehme Frauenstimme hinter Neef.

Neef drehte sich um und sah eine kleine, stämmige Frau dort stehen. Ihr hellhäutiges Gesicht war umrahmt von schneeweißem Haar. Sie trug einen Mantel über ihrem Morgenmantel und dazu Pantoffeln, die rundherum einen feuchten Rand bekommen hatten. »Mrs Redpath?« fragte er.

»Ja, und Sie müssen Dr. Neef sein. Kate sagte mir, daß Sie warten würden.«

»Universitätsklinik«, sagte Neef, als er sich an ihre Frage erinnerte.

»Dort wird man sich gut um ihn kümmern«, sagte die Frau.

Neef ließ das Haus und die Morsekinder, die die ganze Zeit geschlafen hatten, in der Obhut von Mrs Redpath und fuhr nach Hause. Er hatte jegliche Hoffnung aufgegeben, noch viel Schlaf zu bekommen.

Tatsächlich schlief Neef drei Stunden, bevor der Wecker klingelte, aber er hatte das Gefühl, als hätte sein Kopf kaum das Kissen berührt. Er stand auf und duschte lang und heiß, bevor er sich reichlich starken Kaffee brühte und zwei Scheiben Toast machte. Es war Viertel vor acht, als er sich zum Krankenhaus und zu einer planmäßigen frühmorgendlichen Lagebesprechung mit seinem Mitarbeiterstab aufmachte. Sie fand in einem kleinen Seminarraum neben den OPs statt. Neef kam als letzter. Er zog einen Pappbecher vom Stapel und goß sich Kaffee aus der Thermoskanne ein.

»Guten Morgen, alle zusammen«, sagte er mit einer Stimme, die laut genug war, um das Stimmengewirr zum Schweigen zu bringen. Es gelang ihm, Max Pereira ein höfliches Lächeln zuzuwerfen. »Ich denke, ich sollte zuerst etwas über den Gentherapieversuch, der heute morgen beginnt, sagen und darüber, wie er Sie betrifft. Ingesamt haben wir fünf Patienten, und wir werden mehr oder weniger standardmäßige chirurgische Verfahren verwenden, also nichts Neues von Ihnen verlangen. Deshalb konnte ich diese Lagebesprechung so spät anberaumen.

Unsere erste Patientin heute morgen ist Rebecca Daley. Rebecca hat ein Hepatom, und es wird heute unsere Aufgabe sein, in den Tumor eine Viruslösung zu injizieren, die uns Dr. Pereira hier zur Verfügung gestellt hat. Das Virus trägt ein Gen mit sich, das Rebeccas Lebertumorzellen hoffentlich empfänglich macht für die Behandlung mit Gancyclovir, die wir in sieben Tagen beginnen werden. Ich werde die Injektion unter Ultraschall selbst vornehmen. Es sollte eigentlich ganz einfach sein.

Die zweite der drei Operationen heute findet an Martin Liddle statt und wird von einem Mitglied von Mr Louradis' OP-Team durchgeführt. Ich fürchte, ich bin nicht genau informiert, von wem. Martin hat einen Pankreastumor, und wir werden Dr. Pereiras Virus durch eine ERCP einführen. Falls jemand es vergessen haben sollte, das ist eine endoskopische retrograde Cholangio-Pankreotographie. In diesem Fall werden wir diese Technik natürlich nicht einsetzen, um eine Gewebeprobe zu entnehmen, wir werden auf diesem Wege das Virus injizieren.«

Neef wandte sich an Pereira, der an diesem Morgen ein T-Shirt einer Tauchschule auf Kreta trug. »Im wesentlichen führen sie einen Endoskopieschlauch, mit Licht und einer Videokamera ausgestattet, durch Magen und Zwölffingerdarm des Patienten, bis wir zur Bauchspeicheldrüse gelangen. Wir können die ganze Zeit über den Fortschritt auf einem Videomonitor verfolgen.«

»Hört sich wie ein Kinderspiel an«, sagte Pereira.

Wenn irgend jemand anders das gesagt hätte, hätte das fast unweigerlich Gelächter hervorgerufen, aber die Leute wußten Pereira nicht einzuschätzen. Es gab nur das eine oder andere unsichere Lächeln.

»Es gibt keinen Grund, warum es das nicht sein sollte«. Sagte Neef. »Noch Fragen?«

»Ich würde Dr. Pereira gerne fragen, was sein Virus genau tut«, sagte eine der OP-Schwestern. Zustimmendes Gemurmel ertönte.

Pereira hörte auf, mit dem Daumennagel in seinen Zähnen herumzustochern und schaute sich träge um, bevor er sich den Kopf kratzte. »Eigentlich tut das Virus gar nichts«, sagte er. »Wir benutzen es nur, um ein neues Gen in die Tumorzellen des Patienten zu transportieren. Das Gen heißt Thymidin-Kinase-Gen, oder kurz TDK-Gen. Sobald es in einer Zelle ist, beginnt es Thymidin-Kinase zu produzieren, und zufälligerweise werden Zellen, die Thymidin-Kinase produzieren, von einem Medikament, Gancyclovir, abgetötet. In einer Woche werden wir dem Patienten Gancyclovir geben und den Tumor abtöten. Ganz einfach, hm?«

»Hört sich an wie ein Kinderspiel«, sagte die Schwester. Alles lachte.

»Unser dritter Patient heute wird Thomas Downy sein, und sein Fall wird von Mr Beavis und seinem neurochirurgischen Team im großen OP behandelt werden. Thomas hat einen inoperablen Tumor des Kleinhirns. Das Virus in den Tumor zu injizieren, ist mit Sicherheit kein Kinderspiel. Videoaufnahmen und Ultraschall kommen natürlich nicht in Frage. Der Fortschritt der Nadel wird mit CT-Aufnahmen in kurzen Abständen überwacht werden. Das Kleinhirn, wie viele von Ihnen sicher wissen, ist eine Art Minenfeld. Wenn die normalen Zellen dort in irgendeiner Weise geschädigt werden, kann der Gleichgewichtssinn und die Balancefunktion des Patienten völlig zerstört werden. Gibt es dazu noch Fragen?«

»Wie wird denn verhindert, daß Dr. Pereiras Virus in die Blutbahn gelangt und in alle Zellen dieses Kinase-Dings bringt?« fragte einer aus der radiologischen Abteilung. »Bestimmt besteht doch die Gefahr, daß alle Zellen für Gancyclovir empfänglich gemacht werden können.«

»Ein guter Punkt«, sagte Pereira. »Erstens ist das Virus inaktiviert worden. Es kann sich nicht reproduzieren, also besteht keine Gefahr einer sich ausbreitenden Virusinfektion. Zweitens haben wir das Kinase-Gen so hergestellt, daß es zu dem Gewebe paßt, in das es injiziert wird. Daher werden heute viele Varianten des Virus benutzt. Zum Beispiel die Version, die wir für das Kind mit dem Hepatom benutzen, hat vor dem Kinase-Gen eine Alpha-Fetoprotein-Promoter-Sequenz. Sie kann nur von Leberzellen angeschaltet werden.«

»Ist die Wissenschaft nicht etwas Wunderbares?« sagte eine der Schwestern.

»Das, denke ich, wollen wir gerade herausfinden«, sagte Neef. »Noch weitere Fragen?«

Es gab keine.

Rebecca Daleys Körper sah sehr klein und zerbrechlich aus, als

Neef begann, die Prozedur vorzubereiten, die damit enden würde, daß acht Milliliter von Pereiras Viruslösung mitten in ihren Tumor gespritzt würden. Pereira hatte darum gebeten, bei allen Injektionen anwesend zu sein. Seinetwegen erklärte Neef, was er gerade tat.

»Ich verteile noch ein bißchen mehr Gel auf ihrem Bauch, um sicher zu gehen, daß wir beim Ultraschall ein gutes Bild haben«, sagte er. Er schmierte das leitende Gel über das freiliegende Gebiet von Rebeccas Bauch und setzte dann die Sonde auf, bewegte sie einige Male hin und her, bis er damit zufrieden war, was er auf dem Monitor vor sich sah. »Da wären wir«, sagte er. »Können Sie die Leber erkennen?«

»Für mich sieht das alles völlig verschwommen aus« erwiderte Pereira. »Tut mir leid.«

»Ich vermute, wir sind daran gewöhnt«, sagte Neef. Er streckte einen Arm zum Bildschrim hin aus und deutete auf etwas. »Das dort ist die Leber«, sagte er. »Und das« – er verschob die Sonde ein wenig, um ein besseres Bild zu bekommen – »ist Rebeccas Tumor.«

Pereira beugte sich näher zum Bildschirm hin, um einen besseren Blick zu haben. »Jetzt sehe ich es«, sagte er. »Ihr benutzt dieses Hilfsmittel heutzutage wohl häufig.«

»In der Tat«, erwiderte Neef. »In vieler Hinsicht hat es die Medizin revolutioniert. Es ist einfach toll, ohne invasive Techniken in den Patienten hineinschauen zu können.«

Im Geiste berechnete Neef, aus welchem Winkel er die Spritze mit dem Virus am besten einführen konnte. Er sagte zu Pereira: »Ich bringe die Ultraschallsonde jetzt in eine Position, daß die Nadel ihren Weg kreuzt und auf dem Bildschirm zu sehen ist. Auf diese Weise können wir ihr Vordringen verfolgen.«

Einen Augenblick herrschte Schweigen, als Neef die Nadel durch Rebeccas Bauchdecke stieß und sie langsam einzuführen begann.

»Ich kann sie sehen!« rief Pereira, als eine dicke weiße Linie auf dem Bildschirm erschien.

Neef trieb die Nadel auf dem Weg zum Tumor weiter vor und beobachtete dabei die ganze Zeit den Monitor und nicht die Patientin. »Beinahe am Ziel«, sagte er, als die Spitze der Nadel den äußeren Rand des Tumors erreichte. »Und jetzt gehen wir hinein.«

Das Volumen des Tumors war auf der Basis von Rebeccas CT- und KST-Aufnahmen berechnet worden, und so wußte Neef, daß er noch einen Zentimeter weiter vordringen mußte, um in den Mittelpunkt des Tumors zu gelangen. Er tat dies, indem er den Hohlraum der Spritze beobachtete, auf dem eine Skala eingetragen war. »Wir sind da«, verkündete er.

»Und jetzt drücken Sie ab«, sagte Pereira.

Neef injizierte das Virus, und die Operation war vorüber. Er zog die Nadel langsam zurück und stieß einen Seufzer aus, als er sie ganz herauszog. »Unsere erste Patientin«, sagte er. »Viel Glück, Rebecca.«

Bis zum Beginn der nächsten Operation blieb eine Zeitspanne von anderthalb Stunden. Pereira hatte sich entschlossen, einen Spaziergang zu machen und etwas frische Luft zu schnappen. Neef fragte sich, ob ihm komisch im Magen war. Wenn Pereira schon Schwierigkeiten hatte mit einer einfachen Spritze, dann würde er heute nachmittag echte Probleme bekommen. Neef fragte im Dienstzimmer nach, ob man von Kate Morse etwas gehört hatte. Schwester Collins schüttelte den Kopf und sagte: »Sie hat erst um zwei Dienst.«

»Ihr Mann ist vergangene Nacht schwerkrank geworden«, erklärte Neef. »Ich dachte, sie hätte vielleicht angerufen, um zu sagen, wie es ihm geht.«

»Ich fürchte nein«, erwiderte die Schwester. »Aber Mr Louradis hat versucht, Sie zu erreichen. Hat die Telefonzentrale Ihnen Bescheid gesagt?«

Neef schüttelte den Kopf, und die Schwester verdrehte die Augen. »Vielleicht sollten Sie ihn anrufen.«

Neef ging in sein Büro zurück und rief Mark Louradis an. Er

hoffte nur, daß es kein Problem gab mit dem Chirurgenteam, das Martin Liddle operieren sollte.

»Mark? Hier ist Micheal Neef. Ich hoffe, es gibt keine Probleme.«

»Überhaupt keine, Michael. Ich dachte nur, ich sage dir, daß ich vorhabe, die ERCP bei Martin Liddle selbst durchzuführen.«

Neef war ein wenig verblüfft. »Wir fühlen uns sehr geeehrt. Aber ist das für einen Chirurgen deines Ranges nicht ein Routineeingriff?«

»Oh, ich wollte nur dabei sein, wenn wir am St George's ein kleines Stück Geschichte schreiben. Unser erster Gentherapieversuch und so. Es macht dir doch nichts aus?«

»Nein, natürlich nicht«, erwiderte Neef, der immer noch ein bißchen verwirrt war. »Ich hoffe, du hast nichts dagegen, wenn Dr. Pereira und ich zuschauen.«

»Überhaupt nicht.«

Neef legte den Hörer auf. Mark Louradis hatte sich tatsächlich angehört, als hätte er gute Laune. Das kam nicht oft vor, überlegte er. Neef warf einen prüfenden Blick auf seine Uhr und sah, daß er noch viel Zeit hatte. Er rief die Notaufnahme der Universitätsklinik an.

»Schwester Mello. Womit kann ich Ihnen helfen?«

»Guten Morgen, Schwester. Hier ist Dr. Neef vom St George's. Vergangene Nacht hatten Sie einen Notfall. Ich wollte gerne wissen, wie es ihm geht.«

»Wir hatten vergangene Nacht zwei, Doktor. An welchem sind Sie interessiert?«

»Charles Morse. Er ist der leitende medizinisch-technische Assistent unserer Pathologie.«

»Mr Morse hatte eine ziemlich schlechte Nacht, fürchte ich. Es geht ihm überhaupt nicht gut.«

»Haben Sie aus dem Labor schon etwas gehört?«

»Vielleicht sollten Sie besser einmal mit Dr. Clelland sprechen, Sir.«

»Vorschriften sind Vorschriften«, murmelte Neef leise, während er wartete. Er mußte nicht lange warten.

»Dr. Neef?«

»Guten Morgen, Herr Kollege. Ich war dafür verantwortlich, daß Charles Morse vergangene Nacht eingewiesen worden ist. Ich hätte gerne gewußt, ob Ihnen schon irgendwelche Laborergebnisse vorliegen.«

»Noch nicht. Einige Symptome sind atypisch, aber wir haben es vorläufig aufgrund der Schwere als eine Klebsiellen-Pneumonie diagnostiziert. Er ist auf Ampicillin gesetzt worden.«

»Ich vermute, es ist noch zu früh, um zu sagen, wie er darauf anspricht«, forschte Neef.

»Wir haben mit Sicherheit bis jetzt noch keine ermutigende Reaktion«, stimmte Clelland ihm zu. »Er ist noch sehr krank, aber, wie Sie sagten, ist es noch sehr früh.«

»Danke, Herr Kollege.«

Neef legte den Hörer auf und dachte über das unangenehme Gefühl von Vorahnung nach, das ihn überfallen hatte. Vielleicht reagierte er ja im Augenblick überempfindlich auf den Begriff Lungenentzündung, aber Clellands zusätzliche Spezifizierung als untypisch hatte sein Unbehagen nur gesteigert. Er dachte einen Moment über den Arzt nach, der Charlies Erkrankung als Grippe bezeichnet hatte, und dann rief er Kate Morse zu Hause an.

»Kate? Ich höre, Charlie geht es nicht so gut.«

»Hallo, Mike. Nett, daß du anrufst. Er ist wirklich sehr krank. Ich glaube, wenn du nicht hergekommen wärst und den Krankenwagen gerufen hättest, hätte er vielleicht die Nacht nicht überlebt. Im Krankenwagen mußten sie ihm Sauerstoff geben. Heute morgen bekommt er ihn immer noch.«

»In der Uniklinik meinen sie, es sei eine Klebsiellen-Pneumonie. Das würde sicherlich erklären, warum sie so schwer ist. Durch das Ampicillin sollte das aber unter Kontrolle kommen. Es geht ihm sicher bald besser.«

»Mein Gott, ich hoffe es, Mike. Ich hatte richtig Angst.«

»Das kann ich mir denken.«

»Ich habe um zwei Dienst. Wir sehen uns dann.«

»Hör mal, Kate, wenn du dich dem heute nicht gewachsen fühlst, kommen wir auch so klar.«

»Ich komme«, sagte Kate. »Herumzusitzen und sich Sorgen zu machen hilft niemandem, am wenigsten Charlie.«

»Wie du möchtest«, sagte Neef. »Wahrscheinlich sehe ich dich erst nach Thomas Downys Operation. Ab halb drei sind wir im OP.«

»Das hatte ich völlig vergessen«, sagte Kate. »Ich hoffe, daß für Thomas alles gut geht. Er ist so ein nettes Kind.«

Pereira kehrte von seinem Spaziergang zurück, und Neef fragte ihn, ob er immer noch an der nächsten Operation teilnehmen wollte.

»Und ob!« erwiderte Pereira.

Neef war nicht ganz überzeugt davon, zuckte aber mit den Achseln und schlug vor, daß sie langsam zum OP gehen sollten. Als sie dort ankamen, war Mark Louradis bereits dabei, sich die Hände zu schrubben. Neef stellte ihn Pereira vor. »Mr Louradis ist unser Chefchirurg hier am St George's. Er wird Martin Liddle das Virus injizieren.«

»Es ist schön, den besten zu haben«, sagte Pereira und rieb sich seine haarigen Arme.

Louradis warf Pereira von der Seite einen Blick zu, als suche er nach Anzeichen von Sarkasmus, fand aber keine. Offensichtlich wollte Pereira, daß man seinen Kommentar als bare Münze nahm. Wie ähnlich das Louradis sah, dies in Zweifel zu ziehen. Ungeachtet seines makellosen Rufes als Chirurg litt Louradis gewaltig unter einem unergründlichen mediterranen Minderwertigkeitskomplex. Manchmal wünschte Neef sich, er bekäme jedesmal einen Fünfer, wenn Louradis' Züge sich voller Mißtrauen verdüsterten wegen etwas, das jeder andere als harmlos betrachtet hätte.

»Was für eine Farbe!« flüsterte Pereira Neef zu, als er Martin Liddles gelbe Haut sah.

»Das kommt von dem Tumor«, erwiderte Neef. »Bauchspeicheldrüsentumore sind berüchtigt dafür, daß sie schon sehr weit fortgeschritten sind, wenn sie diagnostiziert werden. »Der Gallengang wird verschlossen, wenn der Tumor sich ausbreitet.«

»Das ist kein Ultraschall, oder?« fragte Pereira und nickte in Richtung auf den Monitor neben dem OP-Tisch.

»Nein, diesmal ist es ein richtiges Videobild. Seitlich am Ende des Endoskops sitzt eine kleine Kamera.«

Louradis setzte den Endoskopietubus ein, und alle beobachteten, wie er durch Martin Liddles Speiseröhre glitt.

»Jetzt kommen wir zu der komplizierten Stelle«, flüsterte Neef Pereira zu. »Er hat den Zwölffingerdarm erreicht.«

Ganz vorsichtig bewegte Louradis die Kontrollhebel am Kopf des Tubus, bis er eine schwierige Wendung durchgeführt hatte und mit dem Bild auf dem Monitor zufrieden war. »Wir sind fast da, Dr. Pereira«, sagte er. »Ungefähr hier, was meinen Sie?«

Neef spürte Pereiras Unbehagen bei dieser Frage. Offensichtlich hatte er nicht erwartet, nach seiner Meinung gefragt zu werden.

»Was meinen Sie, Mike?« frate Pereira.

Neef lächelte hinter seiner Gesichtsmaske. »Vielleicht noch einen Zentimeter weiter«, sagte er.

»Hier?«

»Prima.«

Louradis injizierte das Virus und begann, den Tubus wieder herauszuziehen.

»Ich brauche eine Zigarette«, sagte Pereira voller Inbrunst, als er und Neef gemeinsam den OP verließen. »Das wär's bis halb drei, richtig?«

»Das stimmt«, sagte Neef. »Zwei sind erledigt, einer kommt noch.«

Nachdem sie Kittel und Handschuhe abgelegt hatten, verschwand Pereira nach draußen, um seine Zigarette zu rauchen, und Neef ging alleine zur Station zurück. Als er den Hof zwischen Gruppen plaudernder Krankenschwestern hindurch überquerte, erregte ein Fahrzeug, das am entgegengesetzten Ende geparkt war, seine Aufmerksamkeit. Es hatte einen Presseaufkleber an der Windschutzscheibe. Zwei Männer mit Notizblöcken standen daneben. Sie redeten mit einem Mann, der eine Kameratasche über die Schulter geschlungen hatte. Was war da los, fragte er sich voller Unbehagen.

Als er in sein Büro zurückkam, rief er den Pressesprecher des Krankenhauses, John Marshall, an. »Sie erinnern sich doch an unsere Vereinbarung, daß es keine Publicity wegen der Gentherapie-Versuche geben sollte, oder?« sagte er.

Von der ersten zögernden Silbe von Marshalls Antwort an wußte er, daß etwas nicht stimmte. In Erwartung, etwas Unangenehmes zu hören, schloß er die Augen.

»Es kam nicht aus diesem Büro, Michael, das versichere ich Ihnen. Aber die Presse hat es irgendwie erfahren. Mr Louradis gibt in diesem Augenblick ein Interview über den Fall Martin Liddle.«

»Oh, Scheiße«, sagte Neef. Er legte den Hörer auf. Deshalb war Louradis also so erpicht darauf gewesen, solch einen Routineeingriff selbst durchzuführen. Offenbar wollte er etwas Aufmerksamkeit der Medien erlangen. Er mußte das ganze selbst ausgeheckt haben. Der Mann nahm dem chirurgischen Team der Uniklinik bitter übel, wieviel Beachtung es in der Presse gefunden hatte. Er mußte dies jetzt als die Chance gesehen haben, etwas von dem Rampenlicht auf sich zu ziehen.

Neefs erster Gedanke war, sich mit Louradis anzulegen und den Schwall von Schimpfwörtern, die ihm in den Sinn kamen, auf ihn loszulassen. Aber er sah bald ein, daß nun einmal passiert war, was passiert war. Wahrscheinlich mußten sie jetzt den Test unter den kritischen Augen der Presse durchführen wie die Uniklinik im Jahr zuvor. Nichts konnte das ändern. Er entschied sich, Louradis nichts zu sagen.

Schließlich rief Louradis ihn zwanzig Minuten später selbst an.

»Michael, ich rufe nur an, um dir zu versichern, daß ich nichts damit zu tun hatte, daß die Presse heute morgen hier war. Ich war genauso überrascht wie alle anderen.«

»Natürlich, Mark.«

»Einige Reporter warteten auf mich, als wir heute morgen mit Martin Liddle fertig waren. Ich habe keine Ahnung, wie sie Wind davon bekommen konnten, aber ich mußte dann ja etwas sagen. Du weißt ja, wie das ist.«

»Genau.«

»Ich weiß, daß du nicht wolltest, daß die Presse über den Versuch informiert wird, bis du weißt, wie er läuft, aber es tut mir leid, so ist es nun mal. Ich konnte nichts machen, wenn ich nicht gerade unhöflich sein wollte. Ich habe es, soweit ich konnte, heruntergespielt. Ich hoffe, du bist nicht sauer?«

»Natürlich nicht.«

»Gut. Ich freue mich darauf zu hören, welche Fortschritte unser junger Freund macht.«

»Ich sorge dafür, daß du auf dem laufenden bleibst.«

Neef hörte, wie die Verbindung abbrach, und machte sich mit einigen seiner Schimpfwörter Luft.

Wer hätte denn sonst die Presse rufen sollen?

8

Neef sah, daß Pereira besorgt dreinschaute, als sie den Haupt-OP betraten, in dem Norman Beavis die neurochirurgische Operation an Thomas Downy vornehmen würde.

»Sind Sie sicher, daß Sie dabei sein möchten?« fragte er. »Das ist nichts für schwach Besaitete.«

»Mir geht's prima«, erwiderte Pereira und fuhr mit der Zunge über seine Lippen, die trocken geworden waren.

Der OP war zweimal so groß wie die kleinere OP-Einheit, die am Morgen benutzt worden war, und war vollgepackt mit viel mehr technischem Gerät und Leuten. Beavis – ein großer ernst aussehender Mann, der randlose Brillen bevorzugte und einen Seitenscheitel trug, der ihn nach Neefs Meinung wie einen Gestapo-Offizier aussehen ließ – hatte völlig die Kontrolle übernommen. In seinem OP herrschte keine Vornamenvertraulichkeit. Die »Ja, Mr Beavis«e und »Nein, Mr Beavis«e erfolgten rasch und laut, als er Fragen auf das versammelte Team abfeuerte.

Thomas wurde mit dem Gesicht nach unten auf den Operationstisch gelegt, sein kleiner Körper war in Operationslaken gehüllt und die Rückseite seines Schädels nahe der Basis als Vorbereitung auf den ersten Einschnitt mit einer gelben antiseptischen Lösung bepinselt. Zwei Techniker nahmen die letzten Einstellungen am Computertomographen vor.

»Ist alles bereit?« fragte Beavis.

Allgemeine Zustimmung.

»Ist irgend jemand noch nicht bereit?«

Schweigen.

»Ist das Virus zur Hand?«

Die OP-Schwester antwortete: »Alles bereit, Sir.« Sie deutete auf ein Glasfläschchen in einem Eiseimer neben ihrem Instrumententablett.

»Dann wollen wir anfangen.«

Beavis schnitt hinten in Thomas Downys Kopf, und Neef beugte sich vor, um Pereira zu erklären, was vor sich ging. »Er schneidet einen Hautlappen aus, um den Schädel freizulegen.«

Pereira nickte stumm.

Beavis legte das Skalpell zur Seite und nahm statt dessen einen elektrischen Bohrer zur Hand, den er zunächst in der Luft ausprobierte, bevor er ihn an Thomas' Schädelbasis ansetzte, um ein Knochenstück herauszubohren. Als er fertig war, roch die Luft stark nach Verbranntem. Er ließ das Knochenstück in eine bereitgehaltene Schale fallen. Neef hörte, wie Pereira schluckte.

»Wird er das wieder einsetzen?« krächzte Pereira.

»Nein«, erwiderte Neef. »Er wird den Hautlappen über die Öffnung legen, im Laufe der Zeit wird sich eine Fibrose bilden und das Loch so von selbst schließen.«

Sanft führte Beavis eine lange Nadel durch die Öffnung in Thomas Downys Schädel ein und hielt inne. »Erste Aufnahme!« befahl er.

Das CT-Scan-Team setzte sich in Aktion, und einige Sekunden später war das Bild des Tomographen auf einem Bildschirm zu sehen. Beavis führte die Nadel tiefer ein und wiederholte seine Bitte. Die Aufzeichnung, wie weit die Nadel vorgedrungen war, wurde auf dem Schirm sichtbar.

»Was geschieht jetzt?« fragte Pereira.

»Bei der Gehirnchirurgie kann man keinen Ultraschall einsetzen, und man kann auch keine Kamera in den Kopf des Patienten einführen, daher müssen wir, während die Operation voranschreitet, eine Reihe von Computertomogrammen machen.«

»Sie bekommen das Bild, *nachdem* es passiert ist?« fragte Pereira.

»Anders geht es nicht«, sagte Neef.

»Mein Gott«, sagte Pereira leise.

Die Nadel suchte sich weiter ihren kontrollierten Weg auf

Thomas Downys Tumor zu, bis Beavis endlich sagte: »Wir sind da. Kann ich bitte das Virus haben?«

Die OP-Schwester streckte ihre behandschuhte Hand aus, um das Glasfläschchen aus dem Eiseimer zu ziehen. Unglücklicherweise war die Außenseite vom Eis feucht, und es entglitt ihrem Griff. Es sprang von der Kante des Instrumententabletts ab und fiel zu Boden, wo es zerschmetterte. Winzige Glasscherben sprangen überall hin, und und wo die Viruslösung ausgeflossen war, entstand ein nasser Fleck. Entsetzt flogen die Hände der OP-Schwester zum Gesicht, ihre Augen oberhalb ihres Mundschutzes waren weit aufgerissen. Beavis konnte den Kopf nicht wenden, um zu sehen, was geschehen war. Seine Hand hielt die Nadel im Schädel des Patienten ruhig. »Was ist da los?« verlangte er zu wissen.

»Wir haben das Virus verloren«, sagte Neef. »Es ist auf den Boden gefallen.« Er machte einen Schritt vorwärts, um leicht eine Hand auf die Schulter der glücklosen Schwester zu legen, da alle anderen vom Schock erstarrt zu sein schienen.

»Besteht irgendeine Gefahr?« rief Beavis.

Neef blickte zu Pereira, der den Kopf schüttelte.

»Keine Gefahr«, sagte Neef. »Der Virus ist inaktiviert worden, aber wir sollten trotzdem besser ein Desinfektionsmittel darauf tun.«

Einer der OP-Pfleger goß eine Desinfektionslösung auf die Lache auf dem Boden und saugte es dann mit Baumwolltupfern auf. Das Glas wurde in einer kleinen Metallschale gesammelt.

»Jetzt haben wir also kein Virus zum Injizieren. Stimmt das?« fragte Beavis. Seine Stimme war beherrscht, aber die Auswirkungen waren jedem klar. Die Operation war eine Zeitverschwendung gewesen. Beavis konzentrierte sich noch immer darauf, die Nadel im Kopf seines Patienten ruhig zu halten, während er auf eine Antwort wartete.

»Es ist noch mehr da«, rief Pereira dazwischen. »In der Krankenhausapotheke ist eine Sicherheitsreserve.«

»Könnte jemand sie bitte holen«, sagte Beavis. »Schnell!« Die Angst in seiner Stimme war nicht zu verkennen. Die Nadel herauszuziehen und sie dann wieder einzuführen stand außer Diskussion. Das Risiko einer schweren Hirnschädigung war viel zu groß. Er stand vor der Aufgabe, die Nadel an Ort und Stelle zu halten, bis das neue Virus eintraf.

Als die Minuten verrannen, sagte Beavis: »Ich glaube, meine Hand beginnt zu zittern. Könnte sich bitte jemand darauf vorbereiten zu übernehmen?« Er sagte das ganz sachlich, aber jeder wußte, wie ernst das war, was er sagte. Wenn die Nadel von einer Hand in die andere wechselte, bestand eine gewisse Gefahr, aber die war immer noch einem Hirnschaden vorzuziehen, der durch ein unwillkürliches Zittern der Hand hervorgerufen wurde. Beavis' Assistent bei dieser Operation kam zu ihm herum und stellte sich an seinen Ellenbogen. »Ich bin bereit, wenn Sie es sind.«

»Das Virus ist da«, verkündete eine der Schwestern hinten im OP.

»Ich glaube, ich komme zurecht«, sagte Beavis. In der Zwischenzeit hatte er einen Stapel von Tupfern unter seine Hand gelegt, um sie etwas zu stützen. Sein Assistent kehrte an die andere Seite des Tisches zurück.

Das Tablett mit den Glasfläschchen wurde durch die OP-Türen gereicht, und eine Schwester brachte sie zum Tisch.

»Welches?« fragte die OP-Schwester.

Pereira ging zum Tisch und wählte eines der Fläschchen aus. »Dieses«, sagte er. »Fünf Milliliter.«

Die Viruslösung wurde im Glaskolben einer Spritze ausgemessen und Beavis gereicht, der ihn an der Nadel befestigte, die bereits in Thomas Downys Tumor eingeführt war. Er übte leichten Druck auf den Kolben aus, bis der Inhalt verschwunden war, dann gestattete er sich einen leichten Seufzer der Erleichterung, als er die Nadel langsam hinten aus dem Schädel seines Patienten herauszog und sie in eine der stählernen Abfallschalen fallen ließ.

Er gönnte sich ein paar Augenblick Ruhe, in denen er sich seine Finger massierte, um die Steifheit zu vertreiben, die sich während des langen Wartens entwickelt hatte. Er nickte seinem Assistenten zu, der übernahm und sorgfältig den Hautlappen über der Öffnung in Thomas' Schädel wieder festnähte.

»Alles erledigt«, sagte er.

»Starker Tobak«, flüsterte Pereira Neef zu und verdrehte die Augen über dem Mundschutz.

»Auf dieses Drama hätten wir verzichten können«, stimmte Neef zu.

Die Schwester, die das Virus hatte fallen lassen, war immer noch ganz rot im Gesicht vor Unbehagen und Verlegenheit. Sie ging auf Beavis zu, während er seine Handschuhe auszog, und sagte: »Mr Beavis, es tut mir so schrecklich leid, daß –«

Beavis unterbrach sie mitten im Satz und sagte: »Machen Sie sich keine Gedanken darüber, Schwester. Das hätte jedem passieren können. Ist ja nichts passiert.«

Neef beschloß, das Gestapo-Offizier-Bild, das er von Beavis hatte, auszulöschen.

Die Erleichterung, die sich an den Augen der Schwester ablesen ließ, war offenkundig. Eine ihrer Kolleginnen legte einen Arm um sie, und als Thomas Downy in den Aufwachraum geschoben wurde, schien es, als entspannte sich der OP plötzlich.

Neef ging mit Max Pereira zur Station zurück. Den ganzen Tag über war Pereira gedämpft gewesen, aber jetzt schien er wieder in Form zu kommen. »Da war mehr dran, als ich dachte«, gestand er. »Ich dachte, Sie könnten einfach eine Nadel hineinstecken, und damit hätte sich der Fall.«

»Also sind wir Medizinmänner doch zu etwas nutze?« lächelte Neef.

»Ich denke, ich brauche euch Jungs wirklich, um die Vektoren hineinzubekommen«, erwiderte Pereira ohne eine Spur von Humor. »Morgen kommen noch zwei?«

»Noch zwei«, bestätigte Neef. »Und dann läuft alles.«

Neef ging direkt zum Dienstzimmer, um mit Kate Morse zu sprechen. »Wie geht es Charlie?« fragte er.

»Nicht gut«, erwiderte Kate. »Das Labor hat die Klebsiellen-Diagnose nicht bestätigen können, und auf die Ampicillin-Behandlung scheint er nicht anzusprechen.«

»Verdammt!« sagte Neef. »Was treiben die da eigentlich?« Er wandte seinen Blick ab, damit Kate nicht sah, daß bei ihm alle Alarmglocken klingelten. Eine atypische Pneumonie, die nicht auf die Behandlung ansprach? Es war wie ein wiederkehrender Alptraum. Er warf von der Seite einen Blick auf Kate und sah, daß sie unter sehr großer Anspannung stand. Sorgenfalten hatten sich um ihre Augen eingegraben.

»Wie war Thomas' OP?« fragte Kate in einem tapferen Versuch, das Thema zu wechseln.

»Ihm geht es gut«, erwiderte Neef. »Die Operation ist nicht ganz glatt verlaufen, aber er hat sie gut überstanden. Jetzt müssen wir für alle das Beste hoffen.«

»Tracy Torrance ist heute nachmittag in der Randolf-Klinik gestorben«, sagte Kate. »Du warst zu der Zeit gerade im OP.«

Neef nickte traurig. »Ich hoffe bei Gott, daß ihre Mutter nicht immer noch glaubt, ich hätte ihr das gewünscht.«

Neef war froh, als er sah, daß die durchgesickerte Geschichte über die Gentherapie-Patienten im St George's trotz der Schlagzeile »NEUE HOFFNUNG FÜR KREBSKINDER« nicht zu reißerisch war. Obwohl er immer noch glaubte, daß Mark Louradis selbst die Publicity gesucht hatte, spielte dieser augenscheinlich die Rolle des zögernden Akademikers, der von einer aufdringlichen Presse interviewt wird. Er hatte die üblichen Plattitüden breitgetreten, daß man sich noch in einem sehr frühen Stadium befinde und daß es noch zu früh sei, etwas zu sagen. Er selbst sei nur Teil eines Teams, und eine Menge engagierter Leute seien beteiligt. Es werde einige Zeit dauern, bis diese Therapie allgemein verfügbar sei.

All dieses geisttötende Zeug, daß die Presse und die Öffentlichkeit schon so oft gehört hatten, dachte Neef. Die Presse wußte jedoch nicht, was wirklich vor sich ging, und daher konnte man mit ihrem andauernden Interesse rechnen.

Am Abend des folgenden Tages brachte der *Citizen* Eves Story über die beiden Krebsmädchen, gestützt auf Mr Lees Beschwerde bei der Zeitung und den Fakten, die sie anschließend recherchiert hatte. Wie versprochen, hatte sie zwei Tage lang gewartet, um zu sehen, ob Lennons Leute irgend etwas herausfinden würden, aber das war nicht der Fall, wie er in einem Interview selbst zugab. Die Geschichte war der Aufmacher: »STADT IN ANGST – KILLERKREBS STELLT WISSENSCHAFTLER VOR RÄTSEL«.

Neef vermutete, daß die Leute vom Gesundheitsamt nicht so begeistert darüber waren, als rätselnde Wissenschaftler dargestellt zu werden, obwohl Lennon anscheinend fair zitiert worden war. Offensichtlich hatte Lennon Eve weitgehend dasselbe gesagt wie auch ihm bei ihrer letzten Unterhaltung, und unglücklicherweise stimmte es, daß die Untersuchung im Moment ins Leere lief.

Neef fand, daß die Fakten genau wiedergegeben waren. Er fragte sich, was jetzt passieren würde. Er vermutete, daß jetzt eine Menge Eltern sehr besorgt waren. Natürlich bestand die Chance, daß es keine weiteren Fälle geben und die Angelegenheit als Vorfall in Vergessenheit geraten würde, bei dem man halt nichts machen konnte.

Aber wenn es noch einen Fall geben sollte, war die Saat der Panik möglicherweise durch diesen Artikel gesät worden.

Am folgenden Montag berichtete Lawrence Fielding Neef, daß Jane Lees gut auf die Behandlung mit Steroiden ansprach und ihre »Lungenentzündung« unter Kontrolle war. »Wie bist du auf die Idee gekommen, daß es sich um eine Immunreaktion handeln könnte?« fragte er.

»Ich war mit der ursprünglichen Diagnose einer viralen Pneumonie bei Melanie Simpson nie richtig glücklich«, erwiderte Neef. »Ich fragte Frank MacSween damals danach. Ich dachte, möglicherweise erweckte der Krebs den Anschein einer viralen Lungenentzündung, während es sich in Wirklichkeit um eine Immunreaktion handelte, eine entzündliche Reaktion auf die Tumore. Frank meinte, der Obduktionsbefund sei charakteristisch für Viren, und ich akzeptierte, was er sagte. Aber dann tauchte Jane Lees mit genau denselben Symptomen wie Melanie Simpson auf und mein Verdacht war wieder geweckt. Ich dachte, ein Versuch mit Steroiden würde sich lohnen.«

»Und du hattest recht«, sagte Fielding. »Die Steroide haben die Lungensymptome unterdrückt.«

»Nicht, daß es ihr viel nützen würde, fürchte ich«, sagte Neef. »Ihr Krebs ist zu weit vorangeschritten.«

»Nein, aber zumindest hat sie in der Zwischenzeit mit Antivulon und den Steroiden weit weniger Beschwerden«, sagte Fielding. »Und, um eine nicht allzu entfernte Quelle zu zitieren: ›Wenn das das Beste ist, was wir tun können . . . tun wir es.‹«

Neef lächelte, als er seine eigene Weisheit zitiert hörte.

Als der Mittwoch ohne weitere Folgen des Louradis-Interviews kam und ging, war Neef recht erfreut. Die Leute wurden zwar noch täglich unter die Lupe genommen, aber das Hauptinteresse an jenem Tag galt Tracy Torrance Beerdigung. Die Berichterstattung des *Citizen* erfolgte unter der Schlagzeile »TAPFERE KLEINE TRACY VERLIERT LETZTE SCHLACHT«; Farbfotos der Kränze mit ihren ergreifenden Botschaften dienten dazu, Gefühle aus zweiter Hand aufzuputschen. »Sie wollen sich schadlos halten für ihre Investition«, formulierte Tim Heaton das, als er Neef anrief, um sich nach den Fortschritten des Gentherapieversuches zu erkundigen.

»So weit, so gut. Morgen werden die Patienten auf Gancyclovir gesetzt«, erwiderte Neef. »Uns bleibt nur, abzuwarten.«

»Ich halte die Daumen«, sagte Heaton. »Damit würden wir in die erste Liga aufsteigen.«

Neef grunzte unverbindlich.

»Haben Sie Ihr amerikanisches Medikament bekommen?« fragte Heaton.

»Antivulon. Wir haben bereits begonnen, es einzusetzen«, sagte Neef. »Es ist noch ein bißchen früh, um etwas darüber zu sagen, aber einer unserer Patienten, John Martin, kommt viel besser damit zurecht als mit seiner vorigen Chemotherapie. Vielen Dank für Ihre Hilfe, es zu beschaffen. Ich weiß das zu schätzen.«

»Nicht der Rede wert«, sagte Heaton. »Darum geht es doch bei Teamarbeit.«

Plötzlich war Neef auf der Hut. Heaton war hinter etwas her.

»Ich habe von John Marshall gehört, daß Sie keine Presseberichte über die Gentherapiepatienten wollen, bis der Versuch vorüber ist?« sagt Heaton.

»Das stimmt. Ich wollte nicht, daß die Eltern der Kinder sich falsche Hoffnungen machen. Diese Leute sind sehr verletzlich.«

»Oh, absolut«, sagte Heaton – wenig überzeugend, wie Neef fand. »Es ist nur, da sowieso vorige Woche etwas an die Öffentlichkeit gedrungen ist – so bedauerlich das auch sein mag –, frage ich mich, ob es keine gute Idee ist, die Zeitungen bei Laune zu halten mit einigen formelleren Ankündigungen, was los ist. Vielleicht eine Pressemitteilung von John und Ihnen? Vielleicht ein oder zwei Fotos? Um sozusagen das ganze einmal klarzustellen?«

»Im Augenblick wäre es mir lieber, daß die Presse überhaupt nicht hineingezogen wird, wenn es sich vermeiden läßt.«

»Das ist der Punkt«, sagte Heaton zögernd. »Ich bin mir nicht sicher, ob das möglich ist. Da die Presse durch Mark Louradis' Interview von dem Versuch weiß, müssen wir ihre Fragen beantworten, sonst nehmen sie noch das Schlimmste an. Und das wollen wir doch nicht, oder?«

»In Ordnung«, räumte Neef ein. »Ich halte Marshall auf dem laufenden, und er kann sie mit Informationen abspeisen. Aber ich will die Presse nirgendwo in der Nähe meiner Station haben.«

»Gut«, seufzte Heaton. »Ich bin sicher, daß John sie im Zaume halten kann, während er die Dinge ins rechte Licht rückt. Ich freue mich, daß Sie Ihr amerikanisches Medikament bekommen haben.«

Neef legte den Hörer auf und fluchte leise. Der Mann verstand es meisterhaft, ihm Schuldgefühle zu vermitteln.

Jane Lees starb früh am Morgen des folgenden Freitags. Ihre Schmerzen waren unter Kontrolle, und ihr Ende war friedlich. Ihre Mutter und ihr Vater waren bei ihr, ebenso der Krankenhausgeistliche Geoffrey Keys. Die Lees waren keine Kirchgänger, waren aber einverstanden damit, daß er anwesend war, und schöpften Trost aus dem, was er ihnen zu sagen hatte.

Hinterher sprach Neef in seinem Büro mit den Eltern. Die Situation unterschied sich völlig vom letzten Mal, als er sie gesehen hatte. Mr Lees' Wut war völlig verraucht und der Trauer über seine Tochter gewichen und dem Grübeln darüber, warum es sie sein mußte.

»Warum?« fragte er mit tränengefüllten Augen. »Warum unsere Janey?«

»Ich wünschte, ich könnte Ihnen das beantworten«, sagte Neef sanft. »Obwohl es in Janes Fall eine Art Antwort geben wird. Es ist nur eine Frage der Zeit, bis die Ermittlungsbeamten der Gesundheitsbehörde herausfinden, warum ihre Tochter sich diese Krankheit zugezogen hat. Es tut mir leid.«

Lees schüttelte schweigend den Kopf. Sein Frau schluchzte in ihr Taschentuch. Neef stieß den Karton mit den Taschentüchern näher zu ihr hin. Eine Schwester kam herein und nickte auf Neefs fragenden Blick hin.

»Schwester Lawrie hat Tee für Sie fertiggemacht, und der Kaplan wird sich zu Ihnen gesellen, um mit Ihnen über Jane zu reden. Ich glaube, Sie werden feststellen, daß das hilft. Halten Sie sich nicht zurück. Erinnern Sie sich an die schöne Zeit zusammen, die Ferien, die Weihnachtsfeste, den Spaß, die verrückten Sachen, die sie gemacht hat. Sprechen Sie darüber. Auf diese Weise bleibt Jane in Ihnen lebendig.«

Als das Paar sich erhob, um der Schwester aus dem Zimmer zu folgen, putzte Mr Lees sich laut die Nase und wandte sich Neef zu. »Ich möchte Ihnen danken für alles, das Sie für Janey getan haben, Herr Doktor. Das letzte Mal, als wir miteinander gesprochen hatten, war ich ein bißchen durcheinander. Nichts davon hatten Sie zu verantworten, und ich war zu wütend, um mich anständig zu bedanken. Ich wußte wirklich nicht, was ich sagte. Wir sind Ihnen beide dankbar, Martha und ich.«

»Ich wünschte nur, ich hätte mehr tun können«, sagte Neef.

Neef beobachtete, wie die Tür sich hinter den Lees schloß. Er starrte sie ein paar Augenblicke lang an, dankbar für die Stille im Raum, während er überlegte, was er noch zu tun hatte, bevor er nach Hause ging. Da klopfte es. Eve Sayers steckte ihren Kopf zur Tür herein. »Kann ich hereinkommen?«

Neef nickte.

»Ich wollte Neil besuchen. Heute nachmittag konnte ich nicht eher kommen. Ich habe Mr und Mrs Lees draußen gesehen«, sagte Eve. »Ist es das, was ich denke?«

»Jane Lees ist vor kurzem gestorben«, sagte Neef.

»Das zweite Opfer«, sagte Eve.

Neef warf ihr einen Blick zu, der ihre Wortwahl in Frage stellte, aber dann betrachtete er sie als gerechtfertigt. »Ja, das zweite Opfer.«

»Wissen Sie, was mir wirklich Sorgen bereitet? Da draußen ist irgend etwas, das diese Kinder umbringt, und jeder in den zuständigen Behörden scheint auf seinem Hintern zu sitzen und auf Nummer drei zu warten.«

»Das ist ganz bestimmt nicht wahr«, sagte Neef.

»Was tut denn das Gesundheitsamt genau?« fragte Eve.

Neef schaute sie ruhig an und zuckte die Achseln, als hätte

er keine recht Lust zu einer Auseinandersetzung. Er dachte immer noch an Jane Lees.

Plötzlich wurde Eve klar, daß sie auf einen Mann eintrat, der am Boden lag. Sie schaute zur Decke, als suche sie nach göttlichem Beistand.

»Tut mir leid«, sagte sie. »Ich habe nicht nachgedacht. Ich bin den ganzen Tag vom Gesundheitsamt hingehalten worden und habe dann einfach keine Pause gemacht, um nachzudenken. Sie hatten auch einen schlimmen Tag, wahrscheinlich einen noch schlimmeren als ich.«

Neef zuckte weise die Schultern. »Ich habe schon bessere gehabt«, meinte er.

»Sie haben erst eins von meinen drei Rezepten kennengelernt. Wollen Sie's mal mit Nummer zwei versuchen?«

Neef entspannte sich ein wenig und lächelte schwach. »Ich bin an der Reihe. Warum soll ich Sie nicht zum Essen ausführen? Wir müßten schon ausgehen, ich kann nämlich nicht kochen.«

»Uns ist doch beiden nicht danach, essen zu gehen«, erwiderte Eve. »Kommen Sie mit mir nach Hause?«

Neef zögerte zuerst, dann nickte er zustimmend. »In Ordnung. Danke«, sagte er.

Als sie auf den Parkplatz kamen, sagte Eve: »Lassen Sie Ihr Auto hier. Ich fahre Sie später nach Hause.«

Neef ließ sich nicht auf einen Wortwechsel ein. Er fühlte sich seltsam distanziert von dem, was geschah, als sei eine emotionale Überlastungssicherung ausgelöst worden. Er war bei dem, was geschah, ein Zuschauer und kein Teilnehmer.

Sie sprachen nicht, als Eve sich durch den Verkehr schlängelte und gewandt durch die Stadt fuhr; dabei nutzte sie die Beschleunigungskraft des Golf GTI, wenn sich vor ihr im Verkehr kleine Lücken auftaten. Sie sprachen immer noch nicht, als sie sich im Fahrstuhl gegenüberstanden, der sie zu Eves Apartment brachte, aber sie schauten einander in die Augen statt auf die Füße oder den Stockwerkanzeiger über den Türen. Das bereitete keinerlei Unbehagen. Eves Blick war freundlich; Neef spürte, daß sein eigener ein wenig verwirrt aussehen mußte.

Eve schloß die Tür auf. Sie stieß die Post beiseite, die dahinter lag und führte Neef zu dem Getränketablett, wo sie ihm einen großen Gin Tonic eingoß. »Trinken Sie den«, sagte sie.

Neef stürzte den Gin hinunter.

»Kommen Sie.«

Eve führte Neef zur Couch, wo sie ihn sanft nach hinten stieß und seine Schuhe auszog. »Entspannen Sie sich jetzt«, flüsterte sie. »Nichts Gräßliches wird Ihnen widerfahren. Ich habe Sie beobachtet, Micheal Neef, und ganz offen gesagt, Sie sind ein Schwindler. Sie haben mir einen Vortrag gehalten, wie man mit dem zerstörerischen Berg von Kummer fertig wird, den Ihr Beruf mit sich bringt, wo doch die Wahrheit ist, daß Sie selbst nicht damit fertig werden. Sie tun nur so. In Wirklichkeit geht es Ihnen sehr nahe, nicht wahr? Vorhin habe ich es plötzlich in Ihren Augen gesehen. Sie können nicht unendlich so weitermachen und alles in sich verschließen. Sie machen sich selbst noch krank. Sie müssen darüber reden, um es loszuwerden. Es ist zuviel, um es alles selbst zu tragen.«

Neef starrte einige Augenblicke lang an die Decke. Dann sagte er einfach: »Früher war es Elaine. Ich konnte ihr alles erzählen, wenn es eine Schinderei war.«

»Elaine?«

»Elaine war meine Frau. Sie starb vor vier Jahren.«

»Das tut mir leid.«

»Ich vermisse sie noch immer«, sagte Neef. Das hörte sich so mitleiderregend unangemessen an, dachte er, all diese Einsamkeit und diesen Schmerz in fünf kleine Worte zu pressen. »Sie war immer da, wenn ich sie brauchte, und dann, plötzlich, war sie es nicht mehr. Ich habe es gelernt, mit den meisten Dingen fertig zu werden, aber gelegentlich, nur gelegentlich befinde ich mich auf einmal in einer Situation . . .«

»Mit der Sie nicht fertig werden.«

»Mit der ich nicht fertig werde«, stimmte Neef langsam zu.

Neef schloß die Augen und lehnte seinen Kopf an die Rücklehne des Sofas.

»Also, ich bin nicht Elaine«, sagte Eve sanft. »Aber Sie sind ein netter Mann, Michael Neef, und wenn Sie eine Schulter brauchen, um sich auszuweinen, nur zu.«

Neef öffnete die Augen und nickte mit einem schwachen Lächeln. »Danke«, sagte er. »Ich weiß das zu schätzen.«

»Sie sollen das nicht zu schätzen wissen«, sagte Eve sanft. »Sie sollen es nutzen. Reden Sie mit mir. Was ist Ihnen heute unter die Haut gegangen? Jane Lees?«

»Nein«, begann Neef zögernd. »Ich weiß, was den Kindern widerfährt, und damit kann ich fertig werden. Darauf bin ich vorbereitet. Ihre Eltern sind es, die mir manchmal unter die Haut gehen. Mit dem Kummer ihrer Eltern kann ich nicht umgehen.«

»Weiter.

»Es ist, als sei es ansteckend. Meistens sind es nette, einfache Leute, die nicht begreifen können, warum es ihrem Kind passiert. Ich kann ihren Schmerz spüren und aus irgendeinem Grund, den ich mir beim besten Willen nicht erklären kann, wird er meiner. Ich weiß, ich sollte das stoppen können, irgendeine Art Barriere dagegen aufrichten, aber manchmal schaffe ich das einfach nicht. Ich sauge es auf wie ein Schwamm, und es zehrt alles auf . . . Energie, Optimismus, Hoffnung.«

Neef schaute Eve direkt an. »Nun, Frau Beraterin? Wie lautet Ihre Antwort darauf?«

Eve schwieg einen Augenblick, während sie über die Frage nachdachte. Schließlich holte sie tief Luft und verkündete: »Ich finde, Sie sollten weglaufen und zum Zirkus gehen.«

Neef lächelte und Eve tat es ihm gleich. »Es gibt keine einfachen Antworten.«

»Zumindest darüber sind wir uns einig.«

»Wie wäre es mit Rezept Nummer zwei?« schlug sie vor.

»Hört sich gut an.«

Kurz nach Mitternacht fuhr Eve Neef nach Hause. Er hatte es voll ausgenutzt, daß er nicht fahren mußte, und wenn er auch nicht völlig betrunken war, so fühlte er sich doch »angenehm relaxed«, wie er es formulierte.

»Haben Sie Ihren Schlüssel?« fragte Eve.

Neef fummelte in beiden Manteltaschen, bevor er ihn triumphierend hochhielt.

»Um wieviel Uhr müssen Sie morgen früh im Krankenhaus sein?« fragte Eve.

»Keine Sorge, ich rufe mir ein Taxi.«

»Ich kann auf dem Weg zum Büro vorbeikommen«, sagte Eve. »Ich hole Sie so um halb neun ab.«

»Ich kann ein Taxi nehmen.«

»Unsinn. Das ist doch alles meine Schuld«, sagte Eve.

»Schuld?« rief Neef. »Ich kann Ihnen gar nicht sagen, wann ich mich das letzte Mal so gut gefühlt habe. Ich bin Ihnen zu großem Dank verpflichtet.«

»Ich freue mich, daß Sie sich amüsiert haben«, sagte Eve sanft. Sie beugte sich herüber und küßte Neef leicht auf die Wange.

Zögernd drehte Neef sich zu ihr um und sagte: »Wissen Sie, sie sind sehr schön.«

»Danke.« Eve lächelte. »Sagen Sie mir das noch einmal, wenn Sie nüchtern sind.«

»Ich bin nicht be-«

Eve legte leicht einen Finger auf seine Lippen. »Sch«, machte sie freundlich. »Sie haben noch etwas zu erledigen wegen eines Geistes. Weg mit Ihnen. Ich weiß nicht, was Dolly sagen wird, wenn sie sieht, in welchem Zustand Sie sind.«

Neef manövrierte sich mit einiger Schwierigkeit aus dem Auto und beharrte erneut darauf, daß er nicht betrunken war.

»Entschuldigung«, sagte Eve. »Angenehm relaxed.«

»Genau«, sagte Neef und drehte sich dabei um, um ins Auto zu schauen.

»Bis halb neun.«

»Ich kann ein –«

»Halb neun.«

Sie akzeptierte nein nicht als Antwort.

Eve hielt Wort. Um Punkt halb neun holte sie Neef ab und brachte ihn zum Krankenhaus. Unterwegs sprachen sie über Neil.

»Ich würde ihn diesen Sonntag gerne mitnehmen, wenn das in Ordnung ist«, sagte Eve.

»Hört sich gut an«, sagte Neef. »Sein Gesundheitszustand ist stabil, und offensichtlich fühlt er sich sehr wohl bei Ihnen. Ich finde, Ihre Besuche tun ihm unheimlich gut.«

»Ich möchte gerne glauben, daß das stimmt«, sagte sie. »Man kann so leicht Zuneigung zu ihm fassen.«

Neef wandte halb den Kopf, als wolle er etwas sagen, aber Eve kam ihm zuvor. »Ich weiß, ich weiß«, sagte sie. »Sie müssen mich wirklich nicht warnen.«

»Entschuldigung«, sagte Neef. »Haben Sie sich überlegt, was Sie beide machen wollen?«

»Die Wettervorhersage für das Wochenende hört sich ganz vernünftig an. Ich dachte, wir könnten es mal mit einem Picknick am Fluß versuchen.«

»Hört sich gut an.«

»Warum kommen Sie nicht mit?«

»Ich?« rief Neef.

»Warum nicht?«

Er kriegte nicht mehr als ein paar Worte heraus, dann hielt er inne und dachte nach. Er sagte: »Ich wollte gerade etwas Wichtigtuerisches darüber sagen, daß man sich nicht auf persönliche Beziehungen mit den Patienten einlassen soll, aber ich habe es mir anders überlegt.«

»Gut. Dann kommen Sie also?«

»Ja, gerne«, sagte Neef. »Was soll ich mitbringen?«

»Nur Sie selbst. Ich mache das Picknick zurecht. Ich werde Neil auch vom Krankenhaus abholen. Sie können uns ja irgendwo treffen. Oder noch besser, wir holen Sie zu Hause ab.«

»Ich freue mich darauf«, sagte Neef.

»Wenn wir keine Gelegenheit mehr haben, uns vorher zu sprechen, sehen wir uns also um halb elf am Sonntagmorgen. Sagen Sie den Schwestern Bescheid?«

»Ich sage es Kate, wenn ich hereinkomme.«

»Schwester Morse?«

»Ja.«

»Ich glaube, sie kann mich nicht leiden.«

»Sie mißtraut Ihren Motiven. Sie sind Journalistin.«

»Ich vermute, damit ist sie nicht alleine«, sagte Eve.

Neef zuckte die Achseln.

Eve setzte ihn vor dem Haupttor ab. Er winkte ihr zu, als sie davonfuhr.

Neef hängte sein Jackett im Büro auf und schaute im Dienstzimmer vorbei, um Kate von Neils Picknick zu informieren. Sie war nicht da. Die Nachtschwester sagte, sie hätte angerufen. Der Zustand ihres Mannes hätte sich verschlechtert. Sie war in der Uniklinik.

Neef rief in der Klinik an und sprach mit einem der Assistenzärzte der Station, auf der Charlie Morse Patient war.

»Mr Morse ist auf die Intensivstation verlegt worden. Er hatte vergangene Nacht schwere Atmungsprobleme.«

Neef spürte, wie sich eine dunkle Wolke über ihm zusammenzog. Er bat darum, mit Clelland zu sprechen, dem Arzt, mit dem er auch beim letzten Mal geredet hatte.

»Ich bitte die Telefonzentrale, ihn anzupiepsen«, erwiderte der Assistenzarzt.

Nach dreißig Sekunden meldete sich die Telefonzentrale: »Wir piepsen Dr Clelland immer noch für Sie an.«

Nach weiteren dreißig Sekunden war Clelland in der Leitung.

»Doktor, hier ist Michael Neef. Ich höre, Charles Morses Zustand hat sich verschlechtert.«

»Er ist sehr krank. Er hat auf die Antibiotikum-Therapie nicht angesprochen.«

»Hat das Labor Ihre Klebsiellen-Diagnose bestätigt?«

»Ich fürchte nicht«, erwiderte Clelland. »Sie fanden überhaupt keinen Hinweis auf die Beteiligung von Bakterien.«

Neef schloß die Augen und rieb sich leicht die Stirn. Er spürte, wie ein Alptraum wahr wurde. »Was haben Sie jetzt weiter vor?« fragte er ruhig.

»Wir können nicht viel tun«, gestand Clelland. »Wenn es nicht bakteriell ist, muß es viral sein. Wir können ihn nur so beschwerdefrei wie möglich halten und hoffen, daß er durchkommt. Natürlich bekommt er ein Breitbandantibiotikum, um sicherzugehen, daß keine Sekundärinfektion einsetzt.«

»Ich glaube nicht, daß er überhaupt eine Lungenentzündung hat«, sagte Neef.

»Entschuldigung, ich glaube, ich verstehe nicht ganz.«

»Ich glaube, ich auch nicht«, sagte Neef. »Aber Charles Morse zeigt genau die gleichen Symptome wie zwei junge Mädchen, die kürzlich an Krebs gestorben sind, nachdem sie einem unbekannten Karzinogen ausgesetzt waren. Sie beide boten das Bild einer schweren Lungenentzündung, aber man konnte keine Bakterien nachweisen, und sie sprachen nicht auf Antibiotika an.«

»Die Geschichte aus der Zeitung?«

»Ja.«

»Habe ich das richtig verstanden? Sie erzählen mir hier, Mr Morse habe Krebs?«

»Ich hoffe bei Gott, daß ich unrecht habe, aber ja, das meine ich. Ich glaube, Sie werden feststellen, daß die Pneumoniesymptome zurückgehen, wenn Sie ihm Steroide statt Antibiotika geben. Sobald die Entzündung abgeklungen ist, können Sie die Tumore durch eine Röntgenaufnahme feststellen.«

»Seine Frau ist im Augenblick hier«, sagte Clelland. »Ich glaube, ich möchte ihr das nicht erzählen, bevor ich nicht mehr weiß. Es ist eine sehr seltsame Situation, wenn Sie verstehen, was ich meine.«

»Ich verstehe das«, sagte Neef. »Ich glaube, ich möchte Kate im Augenblick auch noch nichts sagen. Ich könnte mich irren, aber das wäre ein verteufelter Zufall.«

»Aber wenn Sie recht hätten, würde das bedeuten, daß Morse demselbem Karzinogen ausgesetzt war wie die beiden Mädchen«, sagte Clelland.

»Das würde es wohl«, stimmte Neef zu. »Eine weitere Verbindung, die den Leuten vom Gesundheitsamt etwas zum Nachdenken gibt.«

»Vielleicht erleichtert es ihnen die Arbeit.«

»Vielleicht«, sagte Neef, der zögerte, an Charlies Unglück irgend etwas Gutes zu entdecken. »Werden Sie es einmal versuchen mit den Steroiden?«

»Wir haben nichts zu verlieren.«

»Gut. Ich werde Kate noch nichts sagen, bis Sie es ausprobiert haben. Wenn es nicht funktioniert, wissen wir, daß ich mich geirrt habe. Wenn doch, werde ich es ihr sagen.«

»Es wird das Beste sein, das Sie tun können.«

Wo habe ich das nur schon einmal gehört, dachte Neef.

9

Frank MacSween rief Neef um kurz nach elf an und sagte, er nähme die Obduktion an Jane Lees vor. »Ich dachte, du würdest gerne dabei sein?«

»Ich dächte, du würdest sie erst am Montag machen«, sagte Neef.

»Die Leute vom Gesundheitsamt warten dringend auf den Bericht. Ich sagte, ich würde es heute machen.«

»Ich komme runter«, sagte Neef.

Neef war gerade dabei, die Station zu verlassen, als Kate Morse eintraf. Sie war in Uniform.

»Du solltest nicht hier sein«, sagte Neef.

»Oben in der Uniklinik war ich zu nicht viel nütze«, sagte Kate. »Sie sagten, sie würden mich anrufen, wenn Charlies Zustand sich verändert. Ich verstehe es einfach nicht. Er hat auf die Behandlung überhaupt nicht angesprochen. Ich weiß, es ist lächerlich, aber ich muß ständig an Jane Lees denken. Sie wurde als ein Pneumoniefall aufgenommen und reagierte nicht auf Antibiotika und das andere Mädchen . . . Mary . . . Marlene . . .«

»Melanie«, sagte Neef und fühlte sich unbehaglich, weil er vor Kate etwas geheimhielt. »Melanie Simpson.«

»Ja, Melanie. Sie hatten beide schwere Lungenentzündungen, die auf keine Behandlung ansprachen. Mike, ich habe Angst.«

Neef konnte Kate nicht mit falschen Beschwichtigungen täuschen, aber er wollte ihr seine eigenen Ängste nicht anvertrauen, falls sie sich als grundlos herausstellten. »Vielleicht schafft er heute ja den Durchbruch«, sagte er mit mehr Traurigkeit als Überzeugungskraft in der Stimme. »Ich bin eine Weile unten in der Pathologie, falls jemand mich braucht.«

»Dasselbe wie zuvor«, verkündete MacSween, als Neef den

Obduktionsraum betrat und seinen Kittel zumachte. »Der Krebs ist natürlich weiter fortgeschritten, aber es sind zahlreiche primäre Herde, genau wie bei Melanie Simpson, und keine anderen Organe als die Lunge sind betroffen. Sie ist viel weniger entzündet, aber das liegt an der Steroidtherapie, die du ihr verordnet hast.«

»Würdest du diesen Fall auch als eine echte virale Pneumonie bezeichnen?«

»Schwere Frage«, sagte MacSween und zuckte die Achseln. »Bei Melanie war ich mir ziemlich sicher, aber bei Jane Lees stecke ich ein bißchen in der Klemme. Ohne Zweifel hat sie auf die Unterdrückung der Immunreaktion durch die Steroide reagiert, aber auf der anderen Seite gibt es ganz klare Anzeichen einer viralen Pneumonie.«

»Für welches der beiden entscheidest du dich also?« fragte Neef.

»Für keines von beiden.«

»Keines?«

»Ich bin für beides. Der Zustand der Lunge des Mädchens wurde sowohl von einer viralen Pneumonie als auch von Krebs verursacht.«

»Du bist ein sturer alter Hund«, sagte Neef. »Du bist wild entschlossen, bei deiner viralen Pneumonie zu bleiben.«

»Ich sage nur, was ich sehe«, entgegnete MacSween. »Und das mußt du tun, wenn du Pathologe bist. Hier bekommst du harte Fakten. Wenn du hinter irgendeinem Scheiß her bist, mußt du einen Psychiater fragen.«

»Aber diese Mädchen waren beide einem starken Karzinogen ausgesetzt. Darüber sind sich alle einig, oder?«

»Einverstanden«, sagte MacSween.

»Es muß etwas gewesen sein, das sie eingeatmet haben, weil sich die Krankheit auf die Lungen beschränkt, und es gibt keine Anzeichen einer Verstrahlung auf der Haut.«

»Einverstanden.«

»Dann ist es doch nur vernünftig zu akzeptieren, daß die

Entzündung der Lungen von einer Immunreaktion auf den Krebs hervorgerufen wurde und nicht durch eine virale Pneumonie.«

»Vollkommen vernünftig«, stimmte MacSween zu.

»Warum bestehst du dann auf der viralen Pneumonie-Geschichte?« fragte Neef verwirrt.

»Weil es das ist, was ich sehe. Logik oder Vernunft hat nichts damit zu tun. Es handelt sich nur um meine Beobachtung.«

»Weißt du, was mir daran Sorgen bereitet?« fragte Neef.

»Was?«

»Daß es nicht logisch und nicht vernünftig ist, aber die Ansicht des besten Pathologen, den ich kenne.«

»Vielen Dank.«

»Bis der virologische Laborbericht kommt, und sie haben keine Viren gefunden«, fügte Neef mit einem Lächeln hinzu.

»Der Bericht über Melanie Simpson kam heute morgen«, sagte MacSween.

»Und?«

»Sie fanden Hinweise auf drei oder vier Viren, wie wir es uns gedacht hatten. Das übliche, alltägliche Zeug. Rhinovirus, Adenovirus und so etwas. Nichts Ungewöhnliches. Keine großen Killerviren.«

»Also?«

»Nichts hat sich dadurch verändert«, sagte MacSween. »Ich sehe, was ich sehe.«

»Was würdest du sagen, wenn ich dir erzählte, daß Charlie Morse wohl Fall Nummer drei wird?« sagte Neef.

MacSween schaute vom Obduktionstisch auf, die Falten um seine Augen traten deutlich hervor, als er die Augen zusammenkniff. »Das ist doch nicht dein Ernst?«

»Es gibt zu viele Parallelen, als daß es ein Zufall sein könnte. Ich habe seinem Arzt heute morgen vorgeschlagen, es bei Charlie einmal mit Steroiden zu versuchen.«

»Mein Gott«, sagte MacSween. »Weiß Kate, was du vermutest?«

»Noch nicht. Ich warte, ob er reagiert. Ich hoffe, daß ich mich irre.«

»Das hoffe ich auch«, sagte MacSween. »Hast du das Lennon gegenüber erwähnt?«

»Noch nicht, und zwar aus demselben Grund.«

»Ich finde, du solltest das vielleicht tun. Diese Jungs brauchen jede Hilfe, die sie kriegen können. Sie tappen immer noch im dunkeln.«

»Falls Charlie auf die Steroide reagiert, sollten wir heute nachmittag eine Besserung feststellen. Wenn das der Fall ist, sollten sie auch in der Lage sein, einige anständige Aufnahmen von seiner Lunge zu machen. Wenn er tatsächlich Bronchialkarzinome hat, rufe ich Lennon sofort an. Ich erkundige mich etwa um vier bei der Uniklinik und rufe dich dann zu Hause an, wenn du möchtest.«

»Ich werde nicht da sein«, sagte MacSween. »Ich verbringe das Wochenende bei meiner Tochter und meinem Schwiegersohn in Yorkshire. Eigentlich wäre erst im nächsten Monat wieder ein Besuch fällig gewesen, aber dem kleinen Nigel ging es diese Woche nicht allzu gut, und Betty wollte gerne hinfahren.«

»Ich erwische dich dann am Montag. Genieß dein Wochenende, wenn du kannst.«

»Ich fürchte, dein Verdacht in bezug auf Charlie hat dem ein Ende gemacht«, sagte MacSween. »Wenn ich dir die Telefonnummer meiner Tochter gebe, könntest du mich vielleicht anrufen, wenn es etwas Neues gibt.«

»Natürlich.«

Langsam ging Neef zur Onkologiestation zurück. Er wollte gerade durch die Tür gehen, als David Farro-Jones in seinem Auto vorfuhr und ausstieg.

»Ich bin nur gekommen, um dich zu besuchen«, sagte Farro-Jones. »Ich wollte fragen, wie es deinen Versuchspatienten geht?«

»Komm doch herein. Laß uns einen Kaffee zusammen trinken«, sagte Neef.

»Du hörst dich an, als ob du ihn brauchtest«, sagte Farro-Jones. »Ist das einer dieser Tage, an denen nichts richtig klappt?«

»Anscheinend sind alle ›einer dieser Tage‹«, erwiderte Neef. »Ein verdammter Mist nach dem anderen.«

»Hört sich an, als hätte ich einen schlechten Zeitpunkt für meinen Besuch erwischt«, sagte Farro-Jones. »Vielleicht sollte ich –«

»Nein«, drängte Neef. »Ist schon in Ordnung. Die Versuchspatienten sind alle auf Gancyclovir gesetzt, also können wir laut Max jeden Tag mit einer Verbesserung rechnen.«

»Gestern habe ich versucht, Max anzurufen«, sagte Farro-Jones. »Er war nicht da.«

»Er ist zu seiner Arbeit im Labor zurückgekehrt«, sagte Neef. »Wie gesagt, für ihn gibt es hier nicht viel zu tun, bis wir Ergebnisse sehen. Abgesehen davon ist die Situation zwischen uns ein bißchen schwierig, seit ich dich bitten mußte, die Viruspräparate zu kontrollieren.«

Farro-Jones verzog sein Gesicht und sagte: »Ich habe mir schon gedacht, daß das der Fall sein könnte, aber ich bin mir sicher, daß du das Richtige getan hast. Man kann einfach nicht vorsichtig genug sein. Mach dir keine Sorgen um Max, der kriegt sich schon wieder ein. Leute von seiner Art tun das immer. Vielleicht könnte ich einen Blick auf die Versuchspatienten werfen, bevor ich gehe.«

»Natürlich«, sagte Neef. Sein Blick mußte verraten haben, daß er ein wenig verblüfft war, denn Farro-Jones lächelte und sagte: »Als Molekularbiologe habe ich ein persönliches Interesse daran, wenn es auf meinem Arbeitsgebiet Fortschritte gibt, selbst wenn ich nicht persönlich daran beteiligt bin.«

Neef begleitete Farro-Jones auf einem spontanen Rundgang durch die Abteilung und stellte ihn den Gentherapiekindern vor. Das war ein großer Erfolg. Die Kinder fanden sofort Gefallen an dem großen blonden Mann, der wie der Prinz aus dem Märchen aussah. Er verfügte über persönlichen Charme, der auch Kindern, die normalerweise niedergeschlagen waren, ein Lächeln entlockte. Neef und die Schwester, die bei Thomas Downy gewesen war, lächelten einander zu, als er sah, wie Thomas wie verrückt anfing zu kichern, weil Farro-Jones ihm etwas zugeflüstert hatte.

»Du mußt öfter kommen«, sagte Neef, als Farro-Jones schließlich gehen wollte. »Du bist gut für die Moral.«

»Ich habe eine ähnliche Zuneigung zu Hunden und Betrunkenen«, sagte Farro-Jones lächelnd. »Aber ich würde gerne wiederkommen und sehen, wie es ihnen geht, wenn dir das recht ist?«

»Natürlich. Jederzeit.«

»Bestell Max schöne Grüße, wenn du ihn siehst. Jane und ich würden ihn gerne zum Dinner einladen, wenn er Zeit dazu findet.«

»Ich werde es ihm ausrichten«, sagte Neef. »Aber anscheinend arbeitet er die ganze Zeit.«

Neef wollte Kate Morse gerade erzählen, daß Eve Neil Benson am Sonntag zu einem Picknick mitnehmen würde, als er sah, daß sie in ein Gespräch mit Lawrence Fielding vertieft war. Er konnte nicht hören, was gesagt wurde, spürte aber, daß etwas nicht stimmte. Beide sahen in seine Richtung und hörten auf zu reden. Kate kam auf ihn zu. »Könnte ich mit dir sprechen?« fragte sie. »Allein?«

»Natürlich.«

Neef warf Fielding einen Blick zu, als er sich umdrehte, um Kate in sein Büro zu folgen. Er fand, er sah aus, als wolle er sich wegen irgend etwas entschuldigen.

»Ich habe gerade in der Uniklinik angerufen. Charlie ist auf Steroide gesetzt worden«, sagte Kate mit anklagendem Blick. »Ich habe das Lawrence gegenüber erwähnt, und er meinte, das sei wahrscheinlich deine Idee. Stimmt das?«

»Ich fürchte ja, Kate«, sagte Neef leise.

»Du glaubst, Charlie hat dasselbe wie die beiden Mädchen, nicht wahr?«

»Ich weiß es nicht, Kate«, sagte Neef entschuldigend. »Deshalb habe ich dir auch früher nichts gesagt. Ich wollte warten, welche Wirkung die Steroide zeigen. Ich wollte dich nicht unnötig aufregen.«

»Ich hatte also recht«, sagte Kate. »Es bestehen Ähnlichkeiten mit Jane Lees und dem anderen Mädchen, nicht wahr?«

»Die gibt es. Deshalb habe ich mit Clelland gesprochen. Ich behaupte nicht zu verstehen, wie das alles passiert ist, aber es gibt ganz klare Ähnlichkeiten.«

Kate sank auf den Stuhl vor Neefs Schreibtisch und rieb sich nervös die Stirn. »Mein Gott, Charlie. Er wird sterben, nicht?«

»Ich könnte mich immer noch irren.«

Wehmütig schüttelte Kate den Kopf. »Aber du tust es nicht«, sagte sie. »Ich spüre es. Mein Charlie wird sterben.«

Neef fühlte sich völlig hilflos. Kate wußte genauso gut wie er selbst, welche Chancen Charlie hatte, einen ausgedehnten Lungenkrebs zu überleben. Sie waren praktisch gleich null. »Ich weiß nicht, was ich sagen soll, Kate«, gestand er. »Ich kann dir keinen Mist erzählen. Du weißt zuviel.«

»Wann werden sie es sicher wissen?«

»Ich werde Clelland um vier Uhr anrufen.«

Kate nickte und stand auf, um zu gehen. »Wirst du es mir sagen?«

Neef sah die nackte Verletzlichkeit auf Kate Morses Gesicht und spürten einen Kloß in seinem Hals. »Natürlich.«

Lawrence Fielding kam herein, als Kate gegangen war. Er schaute sehr unbehaglich drein. »Ich fürchte, ich habe etwas Falsches gesagt.«

»War nicht dein Fehler«, sagte Neef. »Wenn man versucht, vor einem Freund etwas geheimzuhalten, selbst mit den besten Absichten, ist das normalerweise zum Scheitern verurteilt.«

»Du glaubst also wirklich, daß Charlie dasselbe hat wie Jane Lees.?«

Neef nickte. »Ich fürchte schon, obwohl ich im Augenblick alles hergeben würde, um unrecht zu haben.«

»Amen. Die Statistik spricht allerdings dafür, daß du unrecht hast.«

»Wie meinst du das?«

»Wenn Charlie Morse dieselbe Erkrankung hat wie Jane Lees und Melanie Simpon, bedeutet das, er ist demselbem Karzinogen ausgesetzt gewesen.«

»Ja.«

»Hältst du es nicht für einen äußerst seltsamen Zufall, daß die dritte Person mit diesem Krankheitsbild ausgerechnet einer von unseren Mitarbeitern ist, wenn es theoretisch jeder in der Stadt hätte sein können?«

Neef nickte und sagte: »Ich glaube, du hast gerade den Finger auf den wunden Punkt gelegt, der mir bei dieser ganzen Angelegenheit entschieden Unbehagen bereitet. Wenn Charlie Morse wirklich der dritte Fall ist, stimmt irgend etwas nicht.«

»Es wäre etwas anderes, wenn Krebs ansteckend wäre, aber das ist er nicht«, sagte Fielding.

»Nein«, stimmte Neef zu. »Insgesamt wäre alles viel einfacher, wenn ich mich geirrt hätte.«

»Stimmt«, sagte Fielding.

»Am späten Nachmittag werden wir es wissen. Wie geht es unseren Patienten?«

»Ich habe gerade ihre Aufnahmen kontrolliert«, sagte Fielding. »Ich denke, es ist noch ein wenig zu früh, um endgültige Schlüsse zu ziehen, aber ich würde sagen, daß vier von ihnen noch keinerlei Zeichen einer Besserung zeigen, während einer hoffnungsvoller aussieht.«

»Wer?«

»Thomas Downy. Ich glaube, sein Tumor könnte sich ein wenig verkleinert haben.«

»Das ist die erste gute Nachricht seit langem«, sagte Neef. »Kann ich die Aufnahmen sehen?«

»Ich hole sie«, sagte Fielding. Er verließ das Zimmer und war binnen weniger Augenblicke mit den CT-Aufnahmen zurück. Er hatte auch ein durchsichtiges Plastiklineal dabei. Die Sachen breitete er auf Neefs Schreibtisch aus, wo ein wenig Platz dafür gemacht worden war.

»Wenn du Thomas' Tumor entlang dieser Achse mißt«, sagte Fielding und legte das Lineal auf die Aufnahme, »ist er dreizehn Millimeter groß. Sie wurde vor der OP gemacht, bei der der Menogen-Virus injiziert worden ist. Wenn du jetzt den Tumor auf dieser Aufnahme, die heute morgen gemacht worden ist, entlang derselben Achse mißt, wirst du feststellen, daß er etwas kleiner ist.«

Neef legte das Lineal auf das Bild des Tumors und maß nach. »Elfeinhalb, vielleicht zwölf?« sagte er.

»Aber nicht dreizehn«, sagte Fielding.

»Definitiv nicht dreizehn«, stimmte Neef erfreut zu. »Eine Regression!«

»Sieht so aus, obwohl es auch am Winkel des CT liegen könnte. Wir werden es genau herausfinden, wenn wir nächsten Dienstag die nächste Aufnahme machen.«

»Ich persönlich bin entschlossen zu glauben, daß es sich um eine echte Regression handelt. Ich brauche auch mal eine gute Nachricht in meinem Leben. Schade um die anderen, aber, wie du bereits sagtest, es ist ja noch Zeit.«

»Wirst du es Max sagen?«

»Wenn ich ihn sehe«, erwiderte Neef. »Vielleicht sollten wir das noch nicht verbreiten, damit Tim Heaton nicht Wind davon bekommt und es in die Sonntagszeitungen setzt.«

»Ein guter Hinweis«, stimmte Fielding zu. »Er würde einfach über die Tatsache hinwegsehen, daß wir noch vier weitere Patienten haben, die überhaupt keine Fortschritte machen.«

»Genau. Wenn sich bei allen fünf die Tumore in Regression befinden, können wir immer noch die Presse rufen.«

»Das wäre einfach toll«, sagte Fielding mit soviel offensichtlicher Begeisterung, daß Neef lächeln mußte. »Das wäre es ganz gewiß«, stimmte er zu.

Neef stellte fest, daß er immer nervöser wurde, als es auf vier Uhr zuging. Er wollte gerade den Hörer abnehmen, als es an der Tür klopfte. Es war Max Pereira.

»Darf ich hereinkommen?«

Neef schaute auf den Hörer in seiner Hand und beschloß, den Augenblick noch ein wenig hinauszuzögern. »Natürlich«, sagte er. »Ich habe mich schon gefragt, wann wir Sie wiedersehen würden.«

»Ich bin in mein Labor gegangen und habe etwas gearbeitet. Ich vermute, ich hatte Entzugserscheinungen.«

»Woran arbeiten Sie denn?« fragte Neef.

»An der nächsten Generation von Virusvektoren.«

»Sind Sie mit denen, die Sie haben, nicht zufrieden?«

»Nicht auf lange Sicht«, erwiderte Pereira. »Wenn man den Hinterkopf eines Kindes öffnen muß, um den Vektor dorthin zu transportieren, wo man ihn hinhaben will, gibt es noch viel Raum für Verbesserungen.«

»Wenn man es so sieht . . .« stimmte Neef zu.

»Das wirkliche Ziel ist es, Gentherapie durch eine einfache Injektion in den Arm anzuwenden und das Gen dann durch den Blutstrom zu genau der richtigen Stammzellen transportieren zu lassen, so daß das neue Gen nur in den Zellen auftritt, in denen Sie es haben wollen, und daß es in diesen Zellen auch für den Rest des Lebens der Patienten erhalten bleibt.«

»Wie weit sind Sie davon noch entfernt?« fragte Neef.

»Da der Wettbewerb so hart ist und der Preis so hoch, würde ich vermuten drei bis fünf Jahre.«

»So bald?«

»Ich glaube schon. Viele Jungs arbeiten bis spät in die Nacht.«

»Aus den falschen Gründen«, sagte Neef.

»Wie ich schon sagte, ist das egal. Wenn Sie der Patient sind, was kümmert Sie das, welches die Motive waren? Hören Sie auf, gegen die menschliche Natur anzukämpfen, Mike. Es ist leichter, sich damit abzufinden. Erwarten Sie nicht zuviel von

Ihren Mitmenschen, dann werden Sie auch nicht enttäuscht – zumindest nicht so oft.«

»Ich werde versuchen, daran zu denken«, sagte Neef.

»Wie geht es unseren Versuchskaninchen?«

»Eines unserer Versuchskaninchen zeigt bereits Anzeichen einer Tumorregression. Bei den anderen tut sich noch nichts.«

»Welcher Tumor?«

»Der Kleinhirntumor, Thomas Downy.«

»Wow«, sagte Pereira. »Ich hätte nicht gedacht, daß er der erste ist. Ich dachte vielleicht das Hepatom. Gibt's Aufnahmen?«

Neef deutete auf die CTs, die auf seinem Schreibtisch lagen. »Es ist noch nicht viel, aber ich glaube, es ist definitiv.«

Pereira, der immer noch sein Barett aufhatte, stieß es ein wenig zurück, so daß er seine Brille aufsetzen konnte. Er benutzte ein Lineal und ein Vergrößerungsglas. »Ungefähr anderthalb Millimeter, stimmt's?«

»Das haben wir auch gemessen«, stimmte Neef zu.

»Volltreffer«, sagte Pereira.

»Volltreffer«, stimmte Neef mit einem Lächeln zu.

»Geht es dem Kind gut? Ich meine, hat es keine schlimmen Nachwirkungen der Operation oder der Injektion?« fragte Pereira.

»Es scheint ihm gut zu gehen«, sagte Neef. »David Farro-Jones kam vorbei und erkundigte sich, wie es so läuft. Thomas lachte und alberte mit ihm herum. David läßt Sie übrigens grüßen. Er und seine Frau laden Sie zum Essen ein.«

»Das ist nett.«

Neef warf einen Blick auf die Wanduhr und sah, daß es fünf nach vier war. Pereira bemerkte das und stand auf. »Ich lasse Sie jetzt wieder in Ruhe«, sagte er. »Ich stehle Ihnen nur Ihre Zeit.«

»Ich habe nur einige Anrufe zu erledigen«, sagte Neef. »Warum bleiben Sie nicht noch hier? Vielleicht könnten wir zusammen etwas trinken. Thomas' Fortschritt feiern.«

»Okay.«

Neef rief Clelland in der Universitätsklinik an. »Hier ist Michael Neef. Wie hat Charles Morse reagiert?«

»Der Zustand seiner Lunge hat sich in bemerkenswerter Weise verbessert«, erwiderte Clelland. »Die Entzündung hat sich gelegt. Wir konnten einige anständige Röntgenaufnahmen machen.«

»Und?«

»Ich schaue mir gerade eine an«, sagte Clelland. »Ich fürchte, Sie hatten recht.«

»Er hat Lungenkrebs?«

»Seine Lunge ist übersät davon.«

Neef atmete in einem langen Seufzer aus.

»Gerade das wollten Sie nicht hören«, sagte Clelland entschuldigend.

»Genau«, sagte Neef, der sich fühlte, als hätte man ihn gerade ausgewaidet.

»Sie sagen es seiner Frau?«

»Ich sage es ihr.«

Kate hatte ihm den Rücken zugewandt und sprach gerade mit einer der Schwestern, als Neef sie fand. Er wollte warten, bis sie fertig waren, aber die andere Schwester schaute ihn über Kates Schulter hinweg an, und Kate drehte sich um. Neef sah sofort, daß sie in seinen Augen gelesen hatte, was er ihr zu sagen hatte. Sie beendete das Gespräch mit der Schwester und folgte ihm in sein Büro.

»Du hattest recht? Charlie hat Krebs?«

»Ich fürchte ja«, sagte Neef leise. »Es tut mir so leid.«

Kate legte die Hand auf den Mund, als hätte sie Angst zu sprechen, dann sagte sie zögernd: »Ich glaube, ich habe den ganzen Tag gewußt, daß ich mich an die Hoffnung geklammert habe, alles sei nur ein dummer Fehler. Charlie würde sich erholen und wir würden weiter unser normales Leben führen. Ich habe das schon so oft bei anderen Leuten beobachtet, aber dennoch verhalte ich mich nicht anders, jetzt wo mir das passiert.«

Neef nickte. »Keiner von uns tut das«, sagte er.

»Ich glaube, ich möchte Charlie jetzt gerne sehen, wenn das in Ordnung ist«, sagte Kate.

»Natürlich«, sagte Neef. »Wenn es irgend etwas gibt, das ich tun kann, mußt du es nur sagen. Das weißt du.«

Kate nickte und sagte: »Ich weiß.«

Neef beobachtete, wie Kate sein Büro verließ, und wünschte sich, er könnte mehr für sie tun. Er rief Lennon an und erzählte ihm, daß Charles Morse der dritte Fall sei.

»Einer vom Personal, sagen Sie?« rief Lennon.

»Er ist der leitende medizinisch-technische Assistent in unserem Pathologielabor«, erwiderte Neef. »Er ist Ende dreißig, seine Frau ist Oberschwester in meiner Station.«

»Großer Gott«, sagte Lennon. »Von allen Leuten in der Stadt, die es hätte treffen können, ist es ausgerechnet jemand vom Krankenhauspersonal.«

»Sie sind nicht der erste, der darauf hinweist«, sagte Neef. »Mein Oberarzt, Lawrence Fielding, machte denselben Kommentar. Was meinen Sie denn?«

»Reiner Zufall, vermute ich«, sagte Lennon. »Aber das könnte der entscheidende Hinweis sein, den wir brauchen. Es kann nicht viele Dinge geben, die ein siebenunddreißigjähriger Mann und zwei Teenager an Gewohnheiten und Vorlieben gemeinsam haben. Wir müßten herausfinden können, wo ihre Wege sich kreuzten, vorausgesetzt, wir können mit dem Mann sprechen?«

»Vielleicht nicht heute«, sagte Neef. »Seine Frau ist gerade zu ihm gegangen. Vielleicht morgen, wenn sie beide Zeit hatten, damit fertig zu werden.«

»Ich gehe dann morgen früh in die Uniklinik«, sagte Lennon. »Ich hoffe bei Gott, daß wir diesmal die Quelle entdecken. Es treibt uns noch in den Wahnsinn.«

»Das kann ich mir vorstellen«, sagte Neef.

»Weiß die Presse bereits davon?« fragte Lennon.

»Von mir nicht, und ich glaube nicht, daß die Leute von der Uniklinik etwas sagen werden. Die Wahrheit ist, daß wir es selbst gerade erst herausgefunden haben.«

»Gut«, sagte Lennon. »Nach all der Aufmerksamkeit in der vergangenen Woche könnten wir eine Verschnaufpause gut gebrauchen.«

»Ich kann mir vorstellen, daß das nicht allzu angenehm war«, sagte Neef. »Wir hatten auch so unsere Erlebnisse mit der Presse.«

»Sie können sich nicht vorstellen, was wir nach dem Bericht für Anrufe bekamen«, sagte Lennon. »Leute erzählten uns, Marsmenschen seien im Park gelandet. Die Abgase ihrer Raumschiffe verursachten den Krebs.«

»Daran hatte ich natürlich nicht gedacht«, sagte Neef trokken.

»Eine Frau meinte, die Regierung würde das Wasser vergiften. Eine andere glaubte, die zunehmende Menge an Hundescheiße sei das Problem. Sie sagte, der Geruch an sonnigen Tagen hätte bei den Kindern den Krebs ausgelöst.«

»Mit Anrufen von Verrückten hatte ich nicht gerechnet«, sagte Neef.

»Sie wissen ja nicht mal die Hälfte.«

»Da macht man sich wirklich Sorgen, was da draußen so rumläuft«, sagte Neef.

»Das können Sie laut sagen«, sagte Lennon. »Gott weiß, was passiert, wenn die Presse wegen Fall Nummer drei auf den Panikknopf drückt.«

»Wollen wir hoffen, daß sie nichts davon erfahren.«

»Das wäre ein echter Glücksfall.«

»Lassen Sie mich wissen, wie Sie vorankommen. Morgen habe ich frei, aber am Montag bin ich wieder da.«

»Sie Glücklicher«, sagte Lennon. »Ich hatte keinen einzigen freien Tag, seit diese Geschichte losgegangen ist.«

Neef suchte den Zettel mit der Telefonnummer von Frank

MacSweens Tochter. Er fand ihn in der zweiten Tasche, die er durchsuchte, und wählte die Nummer. Keine Antwort. Er faltete ihn wieder zusammen und steckte ihn in die Brusttasche seines Hemdes. Er würde es später noch einmal versuchen. Es wurde langsam Zeit, Max Pereira zu suchen, vorausgesetzt er war überhaupt noch da. Er fand ihn im Dienstzimmer, wo er eine der Zeitschriften der Schwestern las.

»Tut mir leid, daß es so lange gedauert hat. Haben Sie noch Lust auf den Drink?«

»Das ist der einzige Grund, warum ich noch hier bin«, erwiderte Pereira.

»Was war denn mit Schwester Morse los?« fragte Pereira, als sie das Krankenhaus verließen und zur Kneipe an der Ecke hinübergingen. Das »Two Dragons« war das Lokal, in das das Personal des St. George's ging. »Sie schien ziemlich außer sich zu sein, als sie ging.«

»Sie hatte gerade erfahren, daß ihr Mann Krebs hat.«

»Scheiße. Welche Art?«

»Lunge.«

»Scheiße. Starker Raucher?«

»Siebenunddreißig Jahre alt, hat nie im Leben geraucht.«

»Verdammtes Pech«, sagte Pereira.

»Pech hat nichts damit zu tun. Es ist die gleiche Sache wie bei Jane Lees. Erinnern Sie sich? Sie haben die Aufnahmen gesehen.«

»Das Kind in ihrer Abteilung? Klar, ich erinnere mich daran. Eine böse Geschichte.«

»Ich weiß es zu schätzen, wenn Sie das im Augenblick für sich behalten würden. Die Leute vom Gesundheitsamt haben es ohnehin schwer genug.«

»Klarer Fall.« Pereira trank einen Schluck Bourbon. Neef konnte fast spüren, wie er nachdachte. »Wissen Sie«, sagte Pereira, »das hört sich wie ein verdammt komischer Zufall an.«

»Das ist uns nicht entgangen«, sagte Neef. »Aber wir werden nicht schlau daraus. Sie?«

Pereira spielte mit dem Lederband seines Baretts, während er überlegte. »Ich glaube nicht«, sagte er. »Wonach suchen die Jungs von eurem Gesundheitsamt denn eigentlich?«

»Etwas, das Gas absondert«, sagte Neef. »Der Krebs ist in allen drei Fällen auf die Lunge beschränkt, und es gibt keine Anzeichen für Strahlungsschäden der Haut.«

»Wie ist es mit Asbest?« schlug Pereira vor.

»In den Lungen haben sich keine Fasern befunden; deshalb glaubt die Gesundheitsbehörde, es müsse ein Gas oder irgendwelche Dämpfe gewesen sein. Sie suchen nach einer Chemikalie, die illegal entsorgt worden ist.«

»Das muß ja wie die Suche nach einer Nadel im Heuhaufen sein«, sagte Pereira.

»Sie hoffen, daß Kate Morses Mann ihnen helfen wird, die Möglichkeiten einzuschränken.«

»Ich wünsche ihnen viel Glück. Noch einen Drink?«

»Ja, danke, noch einen Gin«, sagte Neef.

Pereira kam mit den Drinks von der Theke zurück.

»Wie werden Sie denn Ihren Sonntag verbringen?« fragte Neef.

»Im Labor«, antwortete Pereira.

Neef lächelte und fragte: »Wann finden Sie denn die Zeit, tauchen zu gehen?« Er nickte in Richtung auf das Motiv auf Pereiras T-Shirt, das für wieder eine andere Tauchschule Reklame machte. Diesmal war es eine israelische am Roten Meer.

»Jedes Jahr zwei Wochen im Februar.«

»Wie ist es denn mit Sommerferien?«

»Ich mache keine.«

»Aber Sie müssen doch zu wissenschaftlichen Kongressen fahren. Normalerweise werden die doch in ganz netten Orten abgehalten.«

»Da fahre ich nicht hin«, erwiderte Pereira. »Wenn jemand etwas zu sagen hat, das der Rede wert ist, veröffentlicht er es in den Zeitschriften. Manche Jungs hören einfach nur gerne ihre eigene Stimme. Sie verbringen ihr halbes Leben damit, mit demselben kleinen Club um die Welt zu reisen und über Arbeit zu reden, ohne welche zu tun. Ich bin nicht einer von denen. Mit so einem Scheiß kann man an der Universität davonkommen, aber nicht in der Wirtschaft. Stellen Sie sich vor, jedes Mal, wenn ich etwas über Vektoren veröffentliche, bekomme ich von einem halben Dutzend dieser Kerle Post, in der sie eine ›Zusammenarbeit‹ vorschlagen.«

»Die Sie ablehnen«, stellte Neef fest.

»Verdammt richtig. Sie können es als Trittbrettfahrer bei einem anderen Typen versuchen.«

»Das hört sich nach einer ziemlich mönchischen Existenz an«, sagte Neef.

»Ich mag das so.«

»Noch einen Drink?«

»Nein, ich muß noch ein paar Kulturen kontrollieren. Ich gehe jetzt besser.«

»Sehen wir uns am Montag?«

»Ja. Ich komme herein. Wenn der Gehirntumor bereits reagiert, kann es bei den anderen nicht mehr lange dauern.«

»Ich hoffe, Sie haben recht«, sagte Neef.

»Vertrauen Sie mir.« Pereira lächelte, als er aufstand und sich seine Lederjacke über eine Schulter warf.

Die Ironie dieser Bemerkung entging Neef nicht.

Neef fuhr nach Hause, füllte Dollys Futternapf und rief dann Frank MacSweens Tochter erneut an. Wiederum antwortete niemand. Er zuckte die Achseln und ging, um sich etwas zu essen zu suchen. Dies bedeutete, unter den Tiefkühlmahlzeiten im Gefrierschrank auf die Jagd zu gehen. Bei seinen monatlichen Ausflügen in den Supermarkt kaufte er sie stapelweise. Er suchte sich eine mit Hühnchen aus und las die Anweisungen, nachdem er sich ein kaltes Bier aus dem Kühlschrank geschnappt hatte.

Zu seiner Überraschung entschloß Dolly sich, seine Anwesenheit heute abend zur Kenntnis zu nehmen, und sprang zu ihm auf die Couch. Sie lag ausgestreckt da mit ihrem Kopf auf seinem rechten Oberschenkel.

»Ja, ja, ja«, murmelte Neef. »Ich fühle mich sehr geehrt, Fräulein Tagtraum.« Er kraulte Dolly hinter den Ohren, und bald schnurrte sie dankbar.

»Ich hoffe, du hattest eine bessere Woche als ich, meine kleine Freundin«, seufzte Neef.

Neef überlegte, ob er die Katze zur Seite schieben sollte, damit er Musik auflegen oder den Fernseher anmachen konnte, entschied sich aber dagegen. Dolly verschenkte ihre Zuneigung nicht leicht oder oft. Diesen Augenblick mußte man genießen. Neef lehnte seinen Kopf auf die Couch und schloß die Augen. Er versuchte, an nichts zu denken, aber die Ereignisse der vergangenen Woche, nicht zuletzt Charlie Morses Krebs drangen immer wieder auf ihn ein. Er wollte sich nicht vorstellen, was Kate und Charlie Morse in diesem Augenblick durchmachten, aber das war unmöglich. Eve Sayers hatte recht gehabt mit ihrer Beobachtung, daß er zuviel auf seinen Schultern trug und es ihn krank machen würde, wenn er keinen Weg fände, damit umzugehen.

Welche Wahl hatte er, fragte er sich. Alkohol war die leichteste, aber auch eine der gefährlichsten Lösungen. Im Laufe der Zeit hatte er eine Menge Ärzte gesehen, die sich mit Trinken ihre Last erleichterten. Der Pathologe der Uniklinik, Eddie Miller, war ein solcher Fall. Transzendentale Meditation? Östliche Religionen? Vielleicht ein Urlaub? Irgendwo weit weg, wo es blauen Himmel und endlose Strände gab, an denen er auf einem Felsen sitzen und den ganzen Tag angeln oder vor scharlachroten Sonnenuntergängen Rumpunsch schlürfen konnte.

Es war schon lange her, daß er einen richtigen Urlaub gemacht hatte, und er wußte auch warum. Er konnte es nicht ertragen, allein zu fahren. Sein letzter Urlaub war mit Elaine in Mexiko gewesen. Es waren drei fantastische Wochen gewesen, in denen sie nur die Gesellschaft des anderen genossen hatten, weit entfernt von den Sorgen der Welt. Es war so eine Garten-Eden-Geschichte gewesen, eine sorgfältig gehütete Erinnerung. Nichts und niemandem war gestattet worden, dort einzudringen. Aber vielleicht war die Zeit gekommen, ein wenig loszulassen. Der Schmerz und die Schuldgefühle, die mit einem solchen Gedanken verbunden waren, wurden diesmal gemildert durch beharrliche Logik. Elaine war schon lange tot, und sie kam nie wieder zurück. Irgendwann mußte er loslassen.

Diese Gedankengänge brachten Neef auf Eve Sayers. Er fühlte sich sicherlich von ihr angezogen, aber irgend etwas schien ihn stets daran zu hindern, weiterzudenken. Vielleicht war es Elaines Geist oder vielleicht war auch mehr dran, wenn er ehrlich mit sich selbst war. Eve war viel unabhängiger als Elaine, eine Karrierefrau mit starken eigenen Ansichten, eine intelligente herausfordernde Frau, wogegen Elaine sich damit begnügt hatte, ihm ein Heim zu schaffen und in seiner Karriere die zweite Geige zu spielen. Er war sich überhaupt nicht sicher, wie er in einer Beziehung mit einer wie Eve zurechtkam. Vielleicht ängstigte ihn das sogar ein wenig.

Um zehn Uhr dreißig, kurz bevor er früh zu Bett gehen wollte, entschloß Neef sich, Frank MacSweens Tochter ein letztes Mal anzurufen. Diesmal wurde das Gespräch entgegengenommen, aber nicht von Franks Tochter sondern von seiner Frau Betty.

»Betty? Hier ist Michael Neef. Frank bat mich, ihn anzurufen. Ich versuche es schon seit fünf Uhr.«

»Tut mir leid, Micheal, wir waren nicht da.«

Augenblicklich fühlte Neef sich alarmiert, als er ein Schluchzen in Bettys Stimme hörte. »Stimmt etwas nicht?« fragte er.

»Es ist unser Enkel Nigel«, erwiderte Betty. »Er ist vorige Woche krank geworden. Hauptsächlich deshalb sind wir so bald nach Clares Besuch bei uns nach Yorkshire gefahren. Aber heute so gegen fünf ging es ihm schlechter, und er wurde ins Krankenhaus gebracht.«

»Es tut mir leid, das zu hören«, sagte Neef.

»Vor einer Stunde ist er gestorben«, sagte Betty.

»Oh, Betty, das tut mir furchtbar leid. Das ist ja entsetzlich. So eine grauenhafte Woche voller Horrornachrichten. Wissen sie, was es war?«

»Noch nicht«, sagte Betty. »Natürlich gibt es eine Obduktion, aber ich kann es selbst noch nicht glauben. Er war solch ein prächtiges Baby. Wir waren alle ganz vernarrt in ihn.«

»Ich werde jetzt nicht länger stören, Betty«, sagte Neef.

»Soll ich Frank eine Nachricht übermitteln? Ich glaube nicht, daß er jetzt mit jemandem sprechen kann.«

»Das kann warten«, sagte Neef.

10

Am nächsten Morgen um halb elf hielt Eve Sayers mit Neil an Bord vor der Tür von Neefs Cottage. Das Gesicht des Jungen war gegen die Scheibe gedrückt, als Neef herauskam , und er lächelte schief. Eve hatte ihm offensichtlich erzählt, wen sie abholen wollten.

»Hallo, Tiger«, sagte Neef und zerzauste das Haar des Jungen, als er neben ihm einstieg. »Ich glaube, es ist wohl schon eine Weile her, seit einer von uns ein Picknick gemacht hat.«

»Damit wären wir schon drei«, fügte Eve hinzu. »Sagt mir denn keiner hallo?«

»Hallo, Eve«, sagte Neef und beugte sich vor, um sie auf die Wange zu küssen.«

Neil kicherte, und die Stimmung war für den Tag festgelegt.

»Ich dachte, wir könnten nach Floxton Mill fahren«, sagte Eve. »Falls du nicht lieber woanders hin möchtest.«

»Ich bin mit allem einverstanden«, erwiderte Neef. »Ich glaube nicht, daß ich den Ort kenne.«

»Du wirst ihn mögen«, sagte Eve, als sie sich umdrehte, um sich aufs Fahren zu konzentrieren. Sie trug ein weißes Hemd und blaue Jeans, das Haar fiel ihr offen auf die Schultern. Sie wirkte entspannt, und dadurch fühlte Neef sich wohl in seiner Haut. Er brauchte einen Tag ohne Streß, möglichst einen, an dem das Krankenhaus überhaupt nicht erwähnt wurde, aber besonders nicht das letzte Krebsopfer.

Floxton Mill war nur etwas über eine Stunde Fahrt von der Stadt entfernt, und sein Anblick raubte Neef den Atem. Es wirkte pittoresker, als erlaubt war. Außerdem schien die Sonne, und es waren keine anderen Leute in der Nähe.

»Woher kennst du diesen Ort?« fragte Neef mit staunender Stimme.

»Ich komme schon her, solange ich mich erinnern kann«, erwiderte Eve. »Siehst du das weiße Cottage da drüben?« fragte sie und deutete durch die Weidenbäume auf ein kleines weißgekalktes Haus mit einem Strohdach.

»Ja.«

»Meine Eltern und ich haben dort immer die Ferien verbracht, als ich noch klein war und die Mühle noch arbeitete. Wir kamen jeden Juli für zwei Wochen her. Vor etwa zehn Jahren stellte die Mühle ihren Betrieb ein und wurde mit dem Land drum herum verkauft, um sie in eine Privatwohnung umzuwandeln. Ich setzte mich mit den Besitzern in Verbindung und erklärte ihnen, wieviel dieser Ort mir bedeutet. Sie waren damit einverstanden, daß ich zu Picknicks herkommen darf, wann immer ich Lust dazu habe. Es ist vier Jahre her, seit ich zum letzten Mal hier war.«

»Wollen wir hoffen, daß die Besitzer sich an dich erinnern«, sagte Neef.

»Ich habe sie gestern angerufen«, sagte Eve.

Neef dachte darüber nach, daß er hätte wissen müssen, daß Eve das tun würde.

»Wer hat Hunger?« fragte Eve.

Neil und Neef riefen so dissonant im Chor »Ich!«, daß Eve lachen mußte. Zum ersten Mal hörte Neef, wie sie laut auflachte. Der Ton gefiel ihm.

Eve hatte das Essen bereits ausgeladen. Dabei lag der Schwerpunkt besonders auf Dingen, die kleine Jungen mögen, Würstchen im Teigmantel und Knuspersnacks gab es zuhauf. Ein Tohuwabohu aus bunten Packungen und Tüten wurde von eifrigen Fingern geöffnet. Neef beteiligte sich daran mit großer Begeisterung. Als er und Neil soviel gegessen hatten, wie sie konnten, legte Neef sich auf den Rücken und hielt sich den Bauch, als wolle er platzen. Neil beschloß, dasselbe zu tun und so kugelten sie sich beide auf der Erde herum, als seien sie unfähig aufzustehen, und stöhnten dabei laut. Eve tat so, als sei sie verärgert darüber, was sie nur zu größeren Anstrengungen anstachelte, und schließlich platzten sie los vor Lachen.

»Ich finde, wir sollte alle ein Nickerchen im Sonnenschein machen«, schug Eve vor. »Dann kann unsere Verdauung sich etwas erholen.«

»Gute Idee«, stimmte Neef zu. Er lag flach da, sein Kopf berührte Neils. Neil tat das gleiche, da er es als ein Spiel ansah. Eve gesellte sich zu ihnen, und sie lagen alle wie ein dreistrahliger Stern flach auf dem Boden. Der Himmel über ihnen war wolkenlos und die Sonne warm auf ihren Gesichtern. Das anfängliche Geplauder erstarb, und ein langes Schweigen folgte. Neef schaute direkt in die Sonne, daher mußte er die Augen geschlossen halten. Dies schärfte seine anderen Sinne. Er war sich des Summens der Insekten bewußt, wenn sie vorüberflogen, und er konnte riechen, daß das Gras um die Mühle herum vor kurzem geschnitten worden war.

»Neil«, flüsterte Eve.

Keine Antwort.

»Neil, bist du wach?«

Keine Antwort.

»Er schläft fest«, sagte Eve. »Es geht ihm doch gut, oder?«

Neef rollte sich auf den Bauch und stützte sich auf einen Ellenbogen, um Neil zu betrachten. »Es geht ihm prima«, versicherte er Eve. »Er hat nur zuviel gegessen, wie ich auch. Das war ein ausgezeichnetes Picknick.«

»Ich freue mich, daß du es genossen hast. Ich bin so froh, daß du dich entschlossen hast, heute mitzukommen. Es ist doch alles perfekt, oder?«

»Vollkommen«, sagte Neef.

»Was bereitet dir also Sorgen?« fragte Eve.

Neef sah überrascht aus. »Nichts«, sagte er. »Wieso sagst du das?«

»Deine Augen«, erwiderte Eve. »Sie verraten dich unfehlbar.«

Neef schaute Eve an und wollte sich schon über ihre Bemerkung lustig machen, als ihr stetiger Blick ihn seine Meinung ändern ließ. »Erinnerst du dich an den Tag, an dem wir bei

Frank MacSween zu Mittag gegessen haben? Dort war doch auch ein Baby, Nigel, Franks Enkel.«

»Natürlich.«

»Er starb vergangene Nacht.«

»Mein Gott, was ist denn passiert?« fragte Eve.

»Sie wissen es noch nicht. Frank und Betty waren über das Wochenende nach Yorkshire gefahren, um es bei Clare und Keith zu verbringen. Ich sprach gestern abend mit Betty. Gestern nachmittag wurde der Junge ins Krankenhaus eingeliefert; binnen weniger Stunden starb er dann.«

»Wie entsetzlich«, sagte Eve. »Seine Eltern müssen ja am Boden zerstört sein.«

Neef nickte. »Auch Frank wird es sich sehr zu Herzen nehmen. Er war völlig vernarrt in seinen Enkel. Er hatte ihm bereits eine Hütte im Garten gebaut.«

»Armer Frank«, sagte Eve. »Und arme Betty. Sie ist so nett.«

Neef nickte.

»Was für eine Art Krankheit tötet ein Baby denn so rasch?« fragte Eve.

»Ich möchte eigentlich keine Vermutung äußern«, sagte Neef. »Aber sehr kleine Kinder erliegen manchmal sehr schnell einer Infektion. Ich vermute, daß dies hier der Fall gewesen sein muß.«

»Werden sie eine Obduktion durchführen?«

»Ja, sie müssen die Todesursache für den Totenschein feststellen.«

Eve schauderte und sagte: »Ich fände es entsetzlich, wenn jemand mein Baby auf diese Weise aufschneiden würde. Die Vorstellung erscheint so schrecklich.«

Neil wachte auf und Eve machte ein großes Theater mit ihm, indem sie ihn damit aufzog, zuviel zu essen. Sie tat so, als könnte sie jedes einzelne Nahrungsmittel in seinem Bauch spüren. »Hier ist ein Würstchen im Teigmantel«, sagte sie. »Und hier ist noch eins . . . und noch eins! Wieviele hast du denn davon gegessen?«

Neil kicherte und versuchte, sich gegen Eves tastende Finger zu wehren. »Hilf mir!« bat er Neef.

»Ich glaube, du mußt weglaufen, Neil. Schnell!« Neef streckte die Hand aus, Neil packte sie und riß sich von Eve los. Er rannte auf den Fluß zu und hielt dabei immer noch Neefs Hand fest, als Eve so tat, als wolle sie ihn jagen. »Ich komme und hole dich«, knurrte sie.

Neil und Neef rannten bis an den Rand des Wassers und ließen sich dort auf den Bauch fallen, um in die langsam fließende Strömung zu blicken. Dort lagen sie eine Minute lang, ohne ein Wort zu sagen.

»Was kannst du da sehen?« fragte Neef.

Neil schaute sorgfältig nach, dann streckte er aufgeregt den Finger aus und sagte: »Fische!«

Neef sah, daß er recht hatte. Drei oder vier Stichlinge schossen hin und her. »Gut erspäht«, sagte er. »Mit deinen Augen ist alles in Ordnung.« Er schaute zur Seite auf Neil, während der Junge damit beschäftig war, weitere Fische zu entdecken, und konzentrierte sich darauf, das Wachstum in seinem Gesicht zu untersuchen. Da war irgend etwas, das ihn störte. Irgendwie war es anders. Er hoffte bei Gott, daß er sich das nur einbildete, aber es schien ein bißchen größer geworden zu sein. Neil merkte, daß Neef ihn anstarrte. Fragend schaute er ihn an.

»Ich glaube, wir sollten ein Bootsrennen veranstalten. Was meinst du dazu?« sagte Neef, besorgt darum, daß nichts diesen Tag ruinierte.

Neils Augen leuchteten zustimmend auf.

»Also, los. Als erstes müssen wir unsere Boote aussuchen.« Neef streckte den Arm aus und brach ein langes Schilfrohr ab, das am Wasserrand stand. Er bog es zurecht, bis es nur noch etwa fünfzehn Zentimeter lang war. »In Ordnung, ich habe meins«, sagte er. »Wie ist es mit dir?«

Neil brach ein Schilfrohr ab, genau wie Neef es getan hatte, und bereitete es genauso vor. Er nickte.

»In Ordnung, wenn ich jetzt das Kommando gebe, werfen

wir sie beide hinein und folgen ihnen bis zur Brücke. Wer als erster an der Brücke ist, ist der Champion. Alles klar?«

Neil nickte begeistert. »Achtung, fertig . . . los!«

Beide Schilfrohre trafen auf der Wasseroberfläche auf und begannen, schnell abwärts zu treiben, begleitet von Neefs und Neils Anfeuerungsrufen. Eve kam herunter, um zu sehen, was für ein Lärm das war. »Ich sage, wer der Gewinner ist«, sagte sie und lief vor zu der Fußgängerbrücke, wo sie sich in der Mitte aufstellte und sich über das Geländer beugte. Sie stützte das Kinn auf die Hände, während sie sich auf die herannahenden Schilfrohre konzentrierte.

»Und der Gewinner ist . . . Neil!«

Neef tat so, als sei er enttäuscht, während Eve jubelte und Neil vor Freude auf und ab tanzte.

Als sie zu der Decke und dem Picknickkorb zurückgingen, hüpfte Neil vorneweg und Eve sagte zu Neef: »Ich kann mich nicht erinnern, wann ich mich das letzte Mal so amüsiert habe.«

»Ich auch nicht«, stimmte Neef zu und legte ihr den Arm um die Schultern. Es erschien völlig natürlich.

Und es wäre ein vollkommener Augenblick gewesen, wenn er nicht den entsetzlichen Zweifel hegen würde, daß Neils Remission ein Ende gefunden hatte.

Am folgenden Dienstag sah Neef seine schlimmsten Befürchtungen hinsichtlich Neils Tumor bestätigt: er hatte wieder begonnen zu wachsen. Lawrence hatte ein breites Spektrum von Tests an dem Jungen durchgeführt, nachdem Neef ihm von seinem Verdacht erzählt hatte, und jetzt gab es keinen Zweifel mehr: Neils Remission war vorüber. Wahrscheinlich würde es keine weitere geben.

Neef hatte natürlich die ganze Zeit gewußt, daß dies früher oder später passieren mußte, aber dennoch fühlte er, wie eine große Traurigkeit ihn überkam, als ihm klar wurde, daß alles, was er für Neil noch tun konnte, war, ihn so beschwerdefrei wie möglich zu halten, während das Unausweichliche näherrückte.

Er freute sich ganz und gar nicht darauf, es Eve zu sagen. Sie würde es schlecht verkraften. Trotz der Warnungen hatte sie eine große Zuneigung zu Neil entwickelt. Aber bei einem Kind mit solch einer Ausstrahlung wie Neil war es beinahe unvermeidlich, daß dies geschehen würde. Einen Augenblick lang fragte er sich, ob es klug gewesen war, Eve zu erlauben, Neil überhaupt zu besuchen, aber der Zweifel wurde rasch vertrieben, als er sich daran erinnerte, wie die beiden beim Picknick miteinander gespielt hatten. Es war das Richtige gewesen. Dessen war er sich absolut sicher.

Im Laufe des Morgens hörte Neef, daß Frank MacSween wieder bei der Arbeit war. Nach dem Mittagessen ging er in die Pathologie hinunter, um zu kondolieren. Er fand MacSween in seinem Büro neben dem Obduktionssaal vor. Da es sich im Kellergeschoß befand, hatte das Zimmer keine Fenster und wurde durch das gleiche taghelle Neonlicht beleuchtet wie der Obduktionssaal selbst. MacSween schien besonders bleich zu sein, grau-weiße Stoppeln bedeckten seine Wangen und den Unterkiefer. Er wirkte distanziert und geistesabwesend.

»Ich bin gekommen, um dir zu sagen, wie leid mir das mit deinem Enkel tut«, sagte Neef. »Eine Tragödie.«

MacSween nickte und Neef stellte fest, wie gehetzt sein Blick war. Das beunruhigte ihn. MacSween hätte nicht so schnell wieder zur Arbeit kommen sollen. Offensichtlich brauchte er medizinische Hilfe, um diese Krise zu überstehen.

»Bist du in Ordnung, Frank?« fragte Neef sanft.

MacSween starrte ihn an, und einen Augenblick lang dachte Neef, er hätte ihn überhaupt nicht gehört.

»Dieser kleine Bursche hat mir so viel bedeutet«, sagte MacSween. »Ich weiß, er war nur ein Baby, aber irgendwie symbolisierte er für mich die Zukunft.

Neef dachte an das Versteck in der Hecke in MacSweens Garten und seine Pläne für das Baumhaus.

»Wenn ich ihn in den Armen hielt, war es, als hielte ich die Kraft des Lebens selbst. Sie schien in ihm zu vibrieren, in seinen winzigen Armen und Händchen zu knistern. Kannst du dir vorstellen, wie es ist, das zu spüren, wenn du die meiste Zeit deines Lebens damit verbringst, totes Fleisch anzufassen?«

Unsicher schüttelte Neef den Kopf. Er hatte gewußt, daß MacSween der Tod seines Enkels sehr mitnehmen würde, aber nicht so sehr.

»Und sein Atem. Hast du je den Atem eines Babys gerochen, Mike? Er ist wunderbar ... einfach wunderbar. Und weiß du was?«

»Was?« fragte Neef ruhig.

»Ich habe ihn umgebracht.«

»Was hast du getan?« rief Neef, den diese Bemerkung völlig verblüffte.

»Ich habe ihn umgebracht«, sagte MacSween. »Ich weiß nicht wie und ich weiß nicht genau wann, aber ich weiß, daß ich es getan habe.«

»Frank, ich finde, du solltest wirklich nicht arbeiten. Du hast einen entsetzlichen Schock erlitten und du brauchst Zeit –«

MacSween hielt eine Hand hoch und schaute Neef gerade in die Augen. »Ich habe nicht den Verstand verloren, Mike. Ich weiß nur, was ich getan habe. Weißt du, gerade bevor du hereinkamst, erhielt ich einen Telefonanruf.«

»Was für einen Anruf?« fragte Neef, als MacSween innehielt und seine Augen glasig zu werden schienen.

»Er war von dem Krankenhaus oben in Yorkshire, in das sie Nigel gebracht hatten. Sie hatten die Obduktionsergebnisse.«

»Und?« half Neef nach.

»Doppelseitige Pneumonie ... die extensive Bronchialkarzinome überdeckte.«

»Mein Gott«, rief Neef. »Was zum Teufel geht hier eigentlich vor?«

»Ich weiß es nicht«, sagte MacSween distanziert. »Aber es

besteht keine Möglichkeit, daß ein Baby versehentlich einem Karzinogen ausgesetzt wird wie Melanie Simpson oder Jane Lees. Der karzinogene Wirkstoff muß noch in den Körpern der Mädchen gewesen sein, und irgendwie muß ich ihn mit nach Hause genommen und Nigel damit angesteckt haben.«

»Das ergibt doch keinen Sinn, Frank. Alles deutet darauf hin, daß das Einatmen von Dämpfen dafür verantwortlich ist.«

»Dann muß das eben falsch sein«, sagte MacSween.

»Aber wenn es irgendwelche Partikel gewesen wären, hätten deine Leute sie gefunden, als sie die Gewebeschnitte unter dem Mikroskop untersuchten. Da war aber nichts Außergewöhnliches. Keine Partikel, keine Fasern.

»Das ist kein Zufall«, beharrte MacSween. »Das widerspräche jedem gesunden Menschenverstand.«

»Du hast recht«, stimmte Neef leise zu. »Aber dir selbst die Schuld zu geben ist keine Antwort.« Er dachte an Charlie Morse. MacSween wußte noch nicht, daß Charlies Krebsverdacht bestätigt worden war. Es sträubte sich alles in ihm bei dem Gedanken, MacSween noch mehr Elend aufzuhalsen, aber er hatte das Gefühl, er mußte es tun. »Ich hatte noch keine Gelegenheit, dir von Charlie zu erzählen«, sagte er.

MacSween schaute ihn seltsam an, als verstünde er seine Worte nicht. »Mein Gott, Charlie hatte ich ja ganz vergessen«, sagte er. »Er hat es auch?«

Neef nickte und sagte: »Ich fürchte ja. Charlie ist übersät davon, so ihre Worte.«

»Verdammt noch mal, was ist denn eigentlich los?« rief MacSween. Seine Stimme war eine heisere Mischung aus Wut und Frustration.

»Besser holen wir die Leute vom Gesundheitsamt sofort her«, sagte Neef. »Wir müssen versuchen, einen Sinn in die Sache zu bekommen, bevor es zu einem größeren Ausbruch kommt.«

»Einem größeren Ausbruch von was?« fragte MacSween und sah so verwirrt aus, wie er sich anhörte.

Neef verstand MacSweens Dilemma. Er hatte diese Formulierung ohne nachzudenken benutzt. Es gab Ausbrüche von Lebensmittelvergiftungen, aber nicht von Krebs. »Um die Wahrheit zu sagen, ich habe nicht die blasseste Ahnung.«

Neef kehrte in sein eigenes Büro zurück und rief Lennon im Gesundheitsamt an. Er befand sich nicht im Gebäude, aber als sie hörten, wer anrief, gaben sie ihm eine Handy-Nummer. Als Lennon antwortete, hörte man Verkehrslärm im Hintergrund.

»Ich glaube, wir sollten uns sobald wie möglich treffen«, sagte Neef. »Es hat eine weitere Entwicklung gegeben.«

»Ein weiterer Fall?«

»Ja, ein Baby in Yorkshire.«

»Könnten Sie das noch einmal wiederholen?«

»Sie haben richtig gehört. Das Baby war der Enkel unseres Pathologen Frank MacSween.«

»Verdammte Scheiße«, sagte Lennon. »Ich kann etwa um fünf da sein.«

»Das ist gut. Wir müssen uns unbedingt unterhalten.«

Neef schaute auf seine Uhr. Es war halb vier. Wenn Eve heute nachmittag kam, um Neil zu besuchen, würde er ihr sagen, daß die Remission vorüber war. Neil hatte sich am Morgen nicht allzu wohl gefühlt. Vermutlich hatte sie sowieso den Verdacht, daß etwas nicht stimmte. Besser sagte man es ihr gerade heraus. Er rief das Dienstzimmer an und fragte die diensthabende Schwester, ob Eve auf der Station sein.

»Miss Sayers ist etwa um drei Uhr gekommen«, erwiderte die Schwester.

Neef ging zu Neils Zimmer und blieb stehen, als er Eve durch die Glasscheibe sah. Sie las Neil eine Geschichte vor. Er war nicht wie sonst. Ruhig lag er unter den Decken auf seinem Bett, seine Augen spähten über das obere Ende. Sie wichen nicht von Eve.

Leise betrat Neef das Zimmer und näherte sich dem Bett. »Hallo, ihr beiden«, sagte er leise und hockte sich neben Eve, die auf einem Stuhl saß, das Geschichtenbuch auf den Knien. »Vermutlich störe ich mal wieder wie üblich«,

»Ganz sicher«, erwiderte Eve. »Wir kommen gerade an die Stelle, wo der Wolf anfängt vor Wut zu schnauben.«

Neef schaute Eve an und sah an ihren Augen, daß sie wußte, daß etwas nicht stimmte. Sie schaupielerte nur.

»In dem Fall will ich nicht weiter stören«, sagte Neef. »Vielleicht könnten wir noch miteinander sprechen, bevor du gehst«, sagte er zu Eve.

Eve nickte, etwas wie Verdacht im Blick. »Natürlich«, sagte sie.

»Bis später, Neely«, sagte Neef zu Neil, der als Antwort zwinkerte.

Neef nutzte die Zwischenzeit, um Lawrence Fielding von Frank MacSweens Enkel zu erzählen.

»Irgendetwas ist faul an dieser ganzen Sache«, sagte Fielding. »Daß Charlie Morse es bekommen hat, war schon kaum noch ein Zufall, aber jetzt Frank MacSweens Enkel, ein Baby . . . Da kommt man auf die Idee, daß wir alle gefährdet sind . . . durch etwas, das wir nicht wirklich verstehen.«

Neef nickte. »Ich empfinde das genauso, falls das irgendein Trost ist.« Er erzählte Fielding von der Besprechung um fünf Uhr. »Ich möchte gerne, daß du auch kommst«, sagte er. »Aber kein Wort zu irgend jemandem. Eine Panik unter dem Personal ist das letzte, was wir brauchen.«

Es klopfte leicht an der Tür, und Neef wußte, daß es Eve war. »Komm herein«, sagte er leise.

Sie trat ein und kam zu seinem Schreibtisch herüber, als ginge sie auf heißen Kohlen. »Neils Remission ist vorbei, nicht?« sagte sie ruhig.

»Ich fürchte ja«, erwiderte Neef. »Ich vermutete es, als ich am Sonntag am Fluß die Seite seines Gesichtes anschaute. Lawrence Fielding hat es bestätigt. Der Tumor hat wieder zu wachsen begonnen.«

»Was für ein Gott ist das denn, der einem Kind wie Neil so etwas zustoßen läßt? Das ergibt doch keinen Sinn«, sagte Eve. »Es gibt einem das Gefühl, das Leben sei so sinnlos.«

Neef nickte und sagte: »Ich weiß, wie du dich fühlst. An dem Punkt war ich selbst schon hundertmal angelangt.«

Eve schaute ihn an und schüttelte den Kopf. »Ich habe es schon mal gesagt, aber ich sage es noch einmal. Ich verstehe wirklich nicht, wie du das tagein, tagaus aushältst.«

»Neil braucht dich jetzt mehr denn je«, sagte Neef. »Bist du dem gewachsen?«

»Ich habe es versprochen«, sagte Eve. »Es wird mir das Herz brechen, aber ich werde bei jedem Schritt auf seinem Weg für ihn dasein.«

»Gut, und ich werde für dich dasein.«

Eve streckte ihre Hand aus und legte sie auf Neefs. »Ich glaube, ich werde dich brauchen. Ich sagte, ich sei dem gewachsen, aber um die Wahrheit zu sagen, bin ich mir dessen überhaupt nicht sicher. Gibt es gar nichts, was du tun kannst, um ihm zu helfen?«

»Nein, nicht was eine Behandlung anbelangt, aber wir können uns um die Schmerzen kümmern.«

»Ich glaube nicht, daß ich mich schon jemals im Leben so gefühlt habe«, sagte Eve. »Ich bin so voller Wut und Frustration, aber ich weiß nicht, wem ich die Schuld geben soll. Ich weiß nicht, an wem ich das ablassen soll. Am liebsten möchte ich etwas oder jemanden treffen, aber da ist nichts und niemand. Was soll ich tun?«

Neef zuckte die Achseln und sagte: »Man muß seinen eigenen Weg finden, damit fertig zu werden. Tut mir leid. Das ist keine große Hilfe.«

»Vielleicht bearbeite ich meinen Chefredakteur. Bringe ihn dazu, eine Kampagne zu starten, um eine Stiftung in Neils Namen zu schaffen. Ich will nicht, daß Neil vergessen wird. Das wäre nicht richtig.«

Neef nickte. Er konnte spüren, wie verletzt Eve war.

»Hast du Frank MacSween schon gesehen?« fragte Eve.
»Ja, heute.«
»Wie wird er damit fertig?«
»Schlecht.«
»Der ärmste. Haben sie schon herausgefunden, woran das Kind gestorben ist?«
»Noch nicht«, log Neef. Es führte kein Weg daran vorbei. Dies war das erste Mal, daß er Eve glatt belogen hatte. Er fühlte sich dabei schlecht, aber er wollte nicht, daß sie über die letzte Entwicklung Bescheid wußte. Er wandte seinen Blick ab. Er spürte, wie Eve ihn anschaute, fragend, abschätzend – oder war es nur sein schlechtes Gewissen, das ihn anklagte?
»Ich gehe jetzt besser«, sagte sie. »Gehst du auch bald?«
»Ich habe noch eine Besprechung. Anscheinend haben wir heutzutage mehr und mehr Besprechungen«, sagte Neef.
»Dann also gute Nacht«, sagte Eve. »Wahrscheinlich sehen wir uns morgen.«

Lennon kam zehn Minuten zu spät zu der Besprechung, die Frank MacSween im Vorlesungssaal der pathologischen Abteilung anberaumt hatte, da er hoffte, daß sie nicht allzuviel Aufmerksamkeit auf sich ziehen würde, wenn sie dort abgehalten wurde. Der halbkreisförmige Raum, dessen Sitzreihen fast bis zur Decke reichten, befand sich in einem der ältesten Teile des Gebäudes. Die Holzbänke waren von den Kehrseiten von Generationen von Medizinstudenten blank poliert worden. Auf Bodenniveau befand sich eine Tafel, vor der ein langer Tisch und ein Stehpult standen. Der Raum war schlecht beleuchtet durch einzelne Glühbirnen, die an langen Drähten hingen. Das einzige Zugeständnis an moderne Zeiten war ein Tageslichtprojektor.
»Verdammter Verkehr«, sagte Lennon, als er eintrat. »Entschuldigen Sie bitte, daß ich zu spät komme.«
Neef stellte Lennon Lawrence Fielding vor und sagte: »Wir

sind nur zu viert. Es war keine Zeit, etwas Größeres auf die Beine zu stellen.«

»Das kommt noch«, sagte Lennon. »In der Zwischenzeit ist es wichtig, daß wir unsere Informationen und Meinungen austauschen. Vielleicht sollte ich damit anfangen aufzuschreiben, was wir wissen?«

»Gute Idee«, sagte Neef.

Lennon deponierte seinen Mantel und seine Aktentasche auf dem Tisch vor der Tafel und fuhr mit der Hand die Rinne vor der Tafel entlang, bis er Kreide gefunden hatte.

»Bis jetzt hat es vier Fälle gegeben: Melanie Simpson, Jane Lees, Charles Morse und . . .?«

Neef schaute MacSween fragend an, der darauf sagte: »Nigel Barnes.«

Lennon schrieb die Namen an die Tafel. »Vier Menschen, die einem sehr starken Karzinogen ausgesetzt waren. Wir wissen nicht, was oder wo es ist, aber wir vermuten, daß es sich um irgendeine Art Gas handelt. Dies ist jetzt in Zweifel gezogen worden.«

»Richtig«, sagte MacSween. »Es besteht keinerlei Möglichkeit, daß mein Enkel chemischen Dämpfen ausgesetzt war. Er muß durch mich kontaminiert worden sein. Ich muß etwas auf meiner Kleidung nach Hause getragen haben.«

»Es könnte Charlie Morse gewesen sein«, sagte Neef, als ihm klar wurde, daß sie das übersehen hatten.

MacSween schaute ihn fragend an.

»Nigel kam bei einem Essen, das du und deine Frau an einem Wochenende vor ein paar Wochen gegeben hatten, mit Charlie in Berührung. Ich erinnere mich daran, wie Charlie versuchte, ihn zum Schlafen zu bringen. Er ging auf und ab mit ihm auf den Schultern. Erinnerst du dich?«

MacSween schwieg, während er dies verdaute.

»Gentlemen, ich muß darauf hinweisen, daß Sie darüber reden, als sei Krebs eine übertragbare Krankheit. Krebs ist weder ansteckend noch übertragbar. Man kann ihn nicht von jemandem fangen. Alle vier Menschen müssen Kontakt gehabt haben mit der primären Quelle, der krebserregenden Substanz selbst.«

»Deshalb sagen wir ja, daß es keine Art Gas gewesen sein könnte«, sagte MacSween. »Es muß etwas sein, das man durch die Kleidung oder den Menschen weitertransportiert.«

»Ich stimme Ihnen zu, daß ein Gas jetzt unwahrscheinlich erscheint«, gab Lennon zu. »Was schlagen Sie also vor?«

»Ich habe die Obduktionen sowohl an Melanie Simpson als auch an Jane Lees durchgeführt«, sagte MacSween.

»Und?«

»Ich muß mich mit dem Karzinogen kontaminiert haben. Wahrscheinlich war es in den Lungen der Mädchen.«

»Aber Sie haben in den Lungen der toten Mädchen nichts gefunden«, erinnerte Lennon ihn. »Auch nach umfassender mikroskopischer Untersuchung ist kein fremdes Material gefunden worden.«

Frustriert schüttelte MacSween den Kopf. »Da muß doch was gewesen sein«, sagte er.

»Ich denke, wir sollten Charlie Morse auf alle Fälle isolieren«, sagte Neef.

»Mit der Begründung, daß sich bei ihm möglicherweise ein unsichtbares Karzinogen eingenistet hat, das bei ihm Krebs ausgelöst hat?« sagte Lennon.

»Aus Mangel an einer besseren Begründung, ja«, sagte Neef.

»Ich stimme ihm zu«, sagte Fielding. »Bei so einer Geschichte wie dieser können wir kein Risiko eingehen.«

»Was immer es sein mag«, sagte Neef.

»Das faßt es gut zusammen«, sagte MacSween. »Wir haben wirklich keine Ahnung. Oder?«

Im Raum herrschte Schweigen, aber das sprach Bände.

»Ich bin mir sicher, daß wir der Sache bald auf den Grund kommen«, sagte Lennon. »Wir wollen nicht zu schwarz sehen.«

Neef nickte, aber mehr aus Hoffnung als aus Überzeugung. MacSween starrte einfach nur zu Boden.

»Was sage ich denn der Presse?« fragte Lennon.

»Ich glaube, da müssen Sie improvisieren. Versuchen Sie es soweit wie möglich herunterzuspielen.«

»Ich denke auch«, stimmte Lennon zu. »Ich wünschte nur, uns würde der Durchbruch gelingen, bevor sie es erfahren.«

»Wie kann denn solch ein Durchbruch erzielt werden?« fragte Fielding.

Lennon sagte: »Wenn stimmt, was Dr. MacSween sagte, und entweder er oder Charles Morse haben das Baby mit Spuren der krebserregenden Substanz verseucht, die sie von Melanie Simpson oder Jane Lees aufgegriffen haben, sollten wir in der Lage sein, diese Substanz durch gründlichere Suche und Analyse aufzuspüren. Hat Jane Lees Beerdigung bereits stattgefunden?«

»Nein«, erwiderte MacSween. »Ihre Leiche ist noch in der Leichenhalle.«

»Gut«, sagte Lennon. »Und Charles Morse lebt ja noch, also haben wir zwei Chancen, das Karzinogen zu identifizieren. Ich werde dafür sorgen, daß ein Team medizinisch-technischer Assistenten, die auf forensische Pathologie spezialisiert sind, Ihnen helfen werden, Herr Doktor. Morgen sind sie da. Ich schlage vor, daß wir uns am Freitag wieder treffen.«

»Wir werden der Uniklinik sagen müssen, was los ist«, sagte Neef. »Sie behandeln Charlie Morse.«

»Natürlich«, sagte Lennon. »Wir brauchen ihre volle Unterstützung. Sobald wir hier fertig sind, werde ich mich mit ihnen in Verbindung setzen.« Und ohne eine Spur von Vorahnung fügte er hinzu: »Und ich finde, bei der nächsten Besprechung sollten wir alle interessierten Parteien der beiden Krankenhäuser einbeziehen.«

Neef war überrascht, Kate Morse im Dienstzimmer vorzufinden, als er auf die Station zurückkehrte. Sie war nicht in Uniform, saß aber hinter ihrem Schreibtisch.

Neefs erster Gedanke war, all die unter diesen Umständen üblichen Dinge zu sagen, aber er unterließ es. Dafür kannte er Kate zu gut. Er wußte, sie sollte nicht da sein; sie wußte, sie sollte nicht da sein. Daher bestand keinerlei Notwendigkeit, das auch noch zu sagen. Er sagte einfach: »Hallo, Kate. Möchtest du reden?«

Mit einem schwachen Lächeln nickte Kate. »Man sollte doch annehmen, daß jemand mit meinem Hintergrund damit besser umgehen kann«, sagte sie. »Das kann ich aber nicht. Es macht mich völlig fertig.«

»Es ist etwas anderes, wenn es dich selbst betrifft«, sagte Neef.

»In einem Augenblick ist alles ganz normal. Unser Leben läuft wie üblich, und dann liegt Charlie plötzlich im Krankenhaus und stirbt. Darauf war ich nicht vorbereitet.« Kate legte ihre Hand an den Kopf und hielt inne, als versuche sie, ihre Gedanken zu sortieren. »Am schlimmsten ist, daß man es nicht verstehen kann. In Ordnung, Krebs kann jeden jederzeit treffen, aber etwas sagt mir, daß das bei Charlie nicht der Fall ist. Da steckt mehr dahinter. Die Tatsache, daß er dasselbe hat wie Melanie Simpson und Jane Lees legt nahe, daß er . . . es von ihnen hat?« Kate schaute Neef an, als sei es ihr gelungen, etwas auszusprechen, das sich ihr entzogen hatte. »Ich weiß, daß das nicht möglich ist, aber ich habe trotzdem Angst. Sag mir, daß es nicht möglich ist.«

»Wir haben überlegt, daß die krebserregende Substanz bei Melanie und Jane noch vorhanden war, vielleicht in ihren Lungen, als die Autopsie durchgeführt wurde, und Charlie damit verseucht wurde, während er im Labor arbeitete.«

»Ich verstehe«, sagte Kate.

»Sie werden Charlie isolieren, während sie eine weitere Analyse der Proben von Jane Lees durchführen.«

»Wie lange wird das dauern?«

»Sie bringen Hilfe mit. Bis Freitag sollten wir Bescheid wissen. Dann haben wir eine weitere Besprechung angesetzt.«

Kate nickte und sagte wehmütig: »Charlie nutzt das alles doch nichts mehr.«

»Ich fürchte nicht«, sagte Neef. »Ich weiß nicht, ob du es weißt, aber Charlie war nicht der einzige, der auf sekundärem Wege in Mitleidenschaft gezogen wurde.«

»Was meinst du damit?«

»Frank MacSweens Enkel.«

»Nigel? Oh, nein.«

»Er starb am Wochenende.«

»Oh, Mike«, seufzte Kate. »Wie schrecklich. Was, um Himmels willen geht denn hier nur vor?«

»Ich wünschte, ich wüßte es«, sagte Neef.

Neef füllte Kaffee aus dem Glas auf dem Brett über der Spüle in den Filter der Kaffeemaschine und goß Wasser ein. Dann schaltete er sie an.

»Wie ich sehe, ist Neils Remission vorüber«, sagte Kate ruhig, während sie die Krankenakten vor sich durchschaute.

»Ich fürchte ja«, sagte Neef.

»Das tut mir leid. Er ist etwas Besonderes für dich.« Neef leugnete das nicht. »Und den Versuchspatienten geht es nicht so gut.«

»Außer Thomas Downy. Er entwickelt sich überraschend gut. Sein Tumor schrumpft immer noch.«

»Bedeutet das jetzt, der Versuch war ein Erfolg oder ein Fehlschlag?« fragte Kate.

»Einer von fünf hört sich nicht so toll an, aber es ist immer noch besser als gar keiner, und Thomas Downys Chancen vor dem Versuch waren gleich null.«

»Was hält Dr. Pereira denn davon?« fragte Kate.

»Ich habe ihn seit einigen Tagen nicht gesehen. Er scheint die ganze Zeit im Labor an neuen Virusvektoren zu arbeiten.«

»Das ist doch wahre Hingabe«, sagte Kate.

»Er gibt sich der Aufgabe hin, reich und berühmt zu werden.«

»Zumindest gibt er nicht irgend etwas anderes vor«, sagte

Kate. »Das spricht zu seinen Gunsten, und wenn das, was er tut, sich für die Patienten auszahlt, spielt es dann wirklich eine Rolle?«

»Du hörst dich genau wie Max an«, lächelte Neef.

»Es ist mal ein Unterschied zu der traditionellen britischen Heuchelei.«

»Du hörst dich an, als stündest du mit der Obrigkeit auf Kriegsfuß«, sagte Neef.

»Gestern abend habe ich im Fernsehen unseren Gesundheitsminister gesehen«, sagte Kate. »Ich glaube, es würde mir nicht soviel ausmachen, wenn Politiker ehrlich wären in bezug auf das, was sie tun. Was mich wirklich auf die Palme bringt, ist ihr ständiges Bedürfnis, beschissene Ziele mit hochtönenden Motiven zu verbrämen. Findest du nicht auch?«

»Ich habe aufgehört, darüber nachzudenken«, gestand Neef. »Ich habe aufgehört, Energie damit zu verschwenden, wütend zu werden. Ich trage meine Kämpfe für die Station aus, und damit hat sich der Fall. Meine Welt beginnt und endet an dieser Tür. Dies sind die Menschen, um die ich mich kümmere.« Neef deutete mit seinem Arm auf die Kinder.

»Das ist schlimm, Mike«, sagte Kate. »Du solltest auch draußen Interessen haben. Du *brauchst* Interessen außerhalb.«

»Du bist nicht die erste, die mir das in der letzten Zeit gesagt hat«, sagte Neef.

»Laß mich raten. Miss Sayers?« Neef lächelte und nickte. »Ihr beide versteht euch also?«

»Ich denke ja«, sagte Neef.

»Du denkst es bloß?«

»Ich bin mir einfach nicht sicher«, sagte Neef. »Neil spielt eine große Rolle in unserer Beziehung. Es ist schwer zu sagen, eine wie große.«

Kate sagte: »Ich habe meine Meinung über Miss Sayers revidieren müssen. Ich hatte ja bezweifelt, daß sie Neil gegenüber eine Verpflichtung eingehen würde, aber ich habe mich geirrt. Ich höre, daß sie nie einen Besuch ausläßt und daß Neil sie absolut anbetet.«

»Sie hängt sehr an ihm«, sagte Neef.

»Oh«, sagte Kate langsam. »Die Warnungen sind auf taube Ohren gestoßen.«

»Bei einem Kind wie Neil mußte das passieren«, sagte Neef.

»Und jetzt fühlst du dich dafür verantwortlich?«

»Nein«, erwiderte Neef fest. »Ich habe darüber nachgedacht, aber ich bedauere es nicht. Es war gut für beide, einander gekannt zu haben.«

»Gut«, sagte Kate. »Ich bin sicher, daß du recht hast.«

»Gibt es irgend etwas, das ich für dich tun kann?« fragte Neef.

»Ich glaube nicht, Mike, aber danke. Ich gehe jetzt besser nach Hause. Mrs Redpath paßt auf die Kinder auf.«

11

Max Pereira rief im Laufe der Woche einige Male auf der Station an, um sich nach den Kindern im Gentherapieversuch zu erkundigen, kam aber erst am folgenden Freitagmorgen, an dem er sich mit Neef und Fielding treffen wollte. David Farro-Jones, der sein Interesse an den Versuchspatienten aufrechterhalten hatte, wurde ebenfalls eingeladen.

»Ich verstehe es einfach nicht«, sagte Pereira, als sie die Überprüfung der Aufnahmen und biochemischen Tests beendet hatten. Derjenige, von dem ich dachte, daß es am wenigsten gut klappt, entwickelt sich wirklich fantastisch, während bei den anderen überhaupt keine Besserung eintritt.«

»Von wem hätten Sie denn gedacht, daß er sich am besten entwickelt?« fragte Neef.

»Rebecca Daley«, erwiderte Max, ohne zu zögern. »Ich hätte meinen Hintern darauf verwettet, daß das Hepatom erledigt worden wäre.«

»Mach dir einen Plan, sei ein großes Licht, was, Max?« sagte Farro-Jones, der als Reaktion darauf verwirrt von Pereira angeschaut wurde.

»Die Frage ist, wie lange fahren wir mit der Behandlung der Kinder fort, die nichts davon haben . . . bis jetzt?« sagte Neef.

»Persönlich glaube ich nicht, daß es bei ihnen funktionieren wird«, sagte Fielding. »Ich glaube, wir wären besser dran – oder besser gesagt, sie wären besser dran –, wenn wir sie auf Antivulon setzen. John Martin macht sich gut und die anderen auch. Es erweist sich als viel weniger toxisch als die konventionelle Therapie, daher fühlen sich die Kinder besser.«

»Was meinst du, David?« fragte Neef.

»Ich bin geschmeichelt, daß ich gefragt werde«, erwiderte Farro-Jones. »Ich muß sagen, ich glaube, Lawrence könnte recht haben. Wenn die Gentherapie angeschlagen hätte, würden wir mittlerweile schon Erfolge sehen. Tut mir leid, Max.«

»Du mußt es so sagen, wie du es siehst«, sagte Pereira. »Ich denke, ich muß dir sogar zustimmen. Ich verstehe es nicht, aber zumindest hat Thomas etwas davon.«

»Es ist schade, daß der Mißerfolg der anderen davon ablenkt«, sagte Neef. »Thomas Downys Fortschritte sind wirklich bemerkenswert.«

»Unglücklicherweise ist er ein Einzelfall«, sagte Farro-Jones. »Statistisch gesehen, meine ich.«

»Ich glaube, ich kann dir nicht folgen«, sagte Neef.

»Ich meinte nur, wenn man die Therapie auf ihre Wirksamkeit überprüft, ist es bei nur einem Erfolg unmöglich mit Sicherheit zu sagen, daß die Gentherapie dafür verantwortlich war. Die Medizin könnte es für einen Zufall halten. Ich schätze, du wartest immer noch auf den Durchbruch, Max.«

»Ich schätze auch«, sagte Pereira.

»Ich glaube nicht, daß sich Thomas Downys Eltern allzu viel Gedanken über Statistiken machen werden«, sagte Neef. »Ich vermute, daß sie wegen des Erfolgs ihres Sohnes völlig aus dem Häuschen sein werden, und das mit Recht. Mich kann nämlich niemand davon überzeugen, Max, daß das reiner Zufall war. Die Gentherapie hat das geschafft. Gut gemacht.«

»Danke, Mike. Ich gehe wohl besser ins Labor zurück. Ich habe viel zu tun.«

»Immer noch hinter der Million her, Max?« fragte Farro-Jones lächelnd.

»Ich bin bereit, dafür zu arbeiten«, sagte Pereira. Er wandte sich Neef zu und fragte: »Haben Sie etwas dagegen, wenn ich auf dem Weg nach draußen einen Blick auf Thomas Downy werfe?«

»Natürlich nicht«, erwiderte Neef. »Dank Ihnen ist er ja noch hier.«

Pereira verließ das Zimmer und Farro-Jones sagte: »Ihr geht

beide heute abend zu der Besprechung mit den Gesundheitsamtsgurus?«

»Wir werden da sein«, sagte Neef.

Pereira blieb am Fuß von Thomas Downys Bett stehen und wartete, bis der Junge ihm seine Aufmerksamkeit schenkte. Thomas setzte gerade ein Puzzle zusammen. Auf dem Deckel, der neben ihm auf dem Bett lag, war zu sehen, daß es Tiere an einem Wasserloch waren.

»Wer sind Sie?« fragte Thomas unsicher, als er schließlich aufblickte und Pereira dort stehen sah. Pereira trug wie üblich ein T-Shirt und Jeans. Seine Lederjacke hing über einem Arm, und das Barett hielt er zusammengequetscht in der rechten Faust.

»Niemand Besonderes, Kind. Ich wollte nur sehen, wie es dir geht.«

»Sind Sie ein Doktor?«

»Nicht so wie du meinst.«

»Ich fühle mich sehr gut, danke, Sir«, sagte Thomas und wandte sich wieder seinem Puzzle zu.

»Gut zu hören, Kind«, sagte Pereira und wandte sich mit einem Achselzucken zum Gehen. Eine Schwester stand in der Tür. »Ich schätze, der Rattenfänger kann nachts noch schlafen«, sagte er, als er an ihr vorbei ging. Als er den Ausgang erreichte, stieß er auf Eve Sayers, die draußen die Treppe hochkam. Er lächelte sie halb an, wie man es tut, wenn man sich nur vom Sehen kennt, und Eve lächelte zurück. »Dr. Pereira?« sagte sie.

»Ja.«

»Hätten Sie wohl einen Augenblick Zeit für mich?«

»Entschuldigen Sie, ich weiß –«

»Ich bin Eve Sayers.«

»Natürlich«, rief Pereira. »Sie sind die Journalistenfreundin von Michael Neef.«

»Wie wäre es mit einer Tasse Kaffee?«

Pereira zuckte die Achseln. »Warum nicht.«

Die beiden gingen zum Krankenhauscafé und setzten sich. »Wie läuft der Versuch?« fragte Eve.

»Fragen Sie als Journalistin?«

Eve schüttelte den Kopf. »Mike und ich haben ein Abkommen. Wenn ich auf seiner Station bin, ist alles, was ich höre, vertraulich.«

»Schön, daß ihr Jungs euch so vertrauen könnt. Eines der Kinder erholt sich richtig gut, die anderen nicht.«

»Ich kann verstehen, daß Sie enttäuscht sind.«

»Ich dachte, es würde bei allen gut laufen, aber vielleicht war ich ein bißchen zu optimistisch. Das ist ein Fehler von mir.«

»Vielleicht ist ja noch Zeit«, sagte Eve und spielte mit dem Löffel auf ihrer Untertasse.

Pereira schaute sie abschätzend an und sagte: »Kommen Sie jetzt zum Punkt, Miss Sayers?«

Achselzuckend gab Eve nach. »Ich weiß, ich sollte das nicht sagen, und Michael wäre sehr ärgerlich, wenn er es herausfände, aber als ich Sie da drüben sah, hatte ich das Gefühl, ich müßte Sie einfach persönlich fragen.«

»Mich was fragen?«

Eve blickte Pereira gerade in die Augen und platzte heraus: »Können Sie absolut nichts tun, um Neil Benson zu helfen?«

»Das ist das Kind mit dem Melanom, stimmt's?« Eve nickte. »Im Augenblick nicht. Wir arbeiten an Vektoren für diese Art Tumor, aber sie sind noch nicht fertig. Tut mir leid.«

»Ich wußte wohl, daß Sie das sagen würden«, sagte Eve. »Ich mußte Sie einfach von Angesicht zu Angesicht fragen, nur um sicherzugehen, absolut alles getan zu haben, was ich kann.«

»Neil Benson ist für Sie etwas ganz Besonderes, hm?«

»Ja«, stimmte Eve zu.

»Das ist hart, aber ich vermute, man hat Sie von vornherein gewarnt, was Sie zu erwarten haben.«

»Oh, ja«, pflichtete sie ihm bei. »Ich bin gewarnt worden.«

Sie begann in ihrer Handtasche nach einem Taschentuch zu kramen. »Michael hat mich gewarnt, und Schwester Morse auch. Aber ich sitze hier und heule wie ein Schulmädchen.« Sie preßte ein Papiertaschentuch gegen ihre Augen.

»Schwester Morse weint im Augenblick selbst eine Menge«, sagte Pereira.

»Wie meinen Sie das?« fragte Eve.

»Ihr Mann liegt im Sterben«, sagte Pereira. »Krebs.«

»Michael hat überhaupt nichts davon erwähnt«, sagte Eve und sah verwirrt drein. »Wie seltsam«, murmelte sie nachdenklich.

Ein unbehaglicher Ausdruck erschien in Pereiras Augen. Gerade hatte er sich daran erinnert, daß Michael Neef ihn gebeten hatte, nichts über Charles Morses Krebs zu sagen.

Neef war nicht klar gewesen, daß die Besprechung am Freitagabend in so großem Kreise stattfinden würde. Etwa zwanzig Leute waren bereits im Hörsaal, als er dort ankam, aber von Lennon keine Spur. Er nickte Tim Heaton und Frank MacSween zu, als er sich durch eine Gruppe von Leuten schlängelte. Als er sich hinsetzte, um zu warten, gesellte sich David Farro-Jones zu ihm. Farro-Jones beugte sich vor, um ihm ins Ohr zu flüstern: »Es heißt, daß sie nichts Neues herausgefunden haben. Sie sind keinen Zentimeter weiter gekommen.«

»Wer sind all diese Leute?« fragte Neef.

»Viele von ihnen sind Wissenschaftler von außerhalb der Stadt. Das Gesundheitsamt ist, glaube ich, auch vertreten.«

»So ernst ist die Sache«, rief Neef.

»Sieht so aus. Anscheinend warten wir alle auf den guten Dr. Lennon.« Er sah auf seine Uhr. »Er kommt bereits fünfzehn Minuten zu spät. Wollen wir hoffen, daß das bedeutet, er ist auf etwas gestoßen. Wir reden später noch mal miteinander.«

Farro-Jones verließ Neef und ging wieder zu der Gruppe der Universitätsklinikärzte zurück. Einen von ihnen erkannte

Neef als Charlie Morses Arzt Mark Clelland. Er nickte ihm zu. Frank MacSween hatte sich mit Eddie Miller unterhalten, kam aber zu Neef, als jemand sagte: »Lennon ist da.«

Einige Minuten später betrat Lennon, der zermürbt aussah, den Raum. Er warf seinen Mantel beiseite und bat alle, Platz zu nehmen.

»Meine Damen und Herren«, verkündete er, »ich wurde von der Presse aufgehalten. Die Katze ist aus dem Sack. Sie haben die Geschichte. Als ich heute abend in mein Büro zurückkam, wartete Eve Sayers auf mich.«

Neef war das äußerst peinlich. Am liebsten hätte er jedem im Raum versichert, daß er nichts damit zu tun hatte. Er spürte, wie Frank MacSween ihm einen mißtrauischen Seitenblick zuwarf.

»Miss Sayers schien zu wissen, daß Charles Morse das dritte Opfer des Karzinogens ist. Ich empfand es als sinnlos zu versuchen, das zu leugnen. Ich erzählte ihr gerade heraus, daß es tatsächlich vier Opfer gibt. Sie weiß jetzt von dem Baby. Ich mußte ihr ebenfalls mitteilen, daß unsere Bemühungen, das Karzinogen aufzuspüren, zu nichts geführt haben.«

Enttäuschtes Gemurmel lief durch den Raum.

»Ich fürchte, es stimmt«, sagte Lennon. »Ein ganzes Team von Pathologielaboranten hat vergeblich versucht, einen Hinweis auf die Natur des Karzinogens zu finden. Tatsächlich bestätigten sie die früheren Befunde von Dr. MacSweens eigenem Labor.«

»Schwacher Trost«, murmelte MacSween.

»Die Frage ist, wie machen wir jetzt weiter?« sagte Lennon.

»Wir hatten gehofft, daß Sie uns das sagen können«, sagte Tim Heaton. »Die schlechte Publicity schadet uns allen.«

»Ich dachte eigentlich mehr an den Krebs«, sagte Lennon.

»Natürlich«, sagte Heaton, der durch diesen Kommentar einen Dämpfer bekommen hatte. »Aber die Öffentlichkeit wird wahrscheinlich in Panik ausbrechen, wenn dieses verdammte Weib das letzte aus dieser Geschichte herausholt, wie diese

Leute das tun. Ich finde, unsere PR-Leute sollten sich darauf vorbereiten, etwas Beruhigendes zu veröffentlichen.«

»Wie können wir die Leute beruhigen, wenn wir selbst nicht wissen, womit wir es zu tun haben?« sagte Neef. Heatons Bemerkung über »dieses verdammte Weib« hatte ihn verärgert.

»Das ist doch nicht der entscheidende Punkt«, sagte Heaton, aber er spürte, daß alle anderen im Raum das dachten. Er hörte auf zu reden.

Lennon sagte: »Ich habe eine Zusammenfassung der Ereignisse vorbereitet, die auf dem neuesten Stand ist. Wenn jemand mir mit dem Projektor helfen könnte . . .«

Einer von Frank MacSweens Laboranten kam nach vorne, um den Projektor in die richtige Position zu bringen und die nötigen elektrischen Verbindungen herzustellen. Lennon rückte die erste Folie mit der Handfläche zurecht und griff dann zu einem Zeigestock.

»Melanie Simpson war unser erster Fall. Dreizehn Jahre alt, Schülerin an der Longhill High School. Sie wurde mit schwerer doppelseitiger Lungenentzündung in die Uniklinik aufgenommen. Den Rest kennen Sie.«

Lennon wechselte die Folie, legte die neue zunächst kopfüber auf, drehte sie dann aber hastig herum.

»Unser zweiter Fall war Jane Lees, ebenfalls dreizehn, Schülerin der Forest Green High School. Sie wohnte im Polton-Court-Wohnblock, der, wie Sie sehen werden« – Lennon legte jetzt eine handgezeichnete Karte auf – »nicht im entferntesten in der Nähe des Langholm Crescent ist, wo Melanie wohnte. Soweit wir das bestimmen konnten, gab es keinerlei Gemeinsamkeiten, daher konnten wir kein Gebiet ausmachen, auf dem die Mädchen auf das Karzinogen hätten stoßen können.

»Unser dritter Fall ist natürlich Charles Morse, der leitende medizinisch-technische Assistent der Pathologie hier im St George's, der Gott sei Dank noch lebt. Und unser vierter ist Nigel Barnes, der kleine Enkel von Dr. MacSween, dem Pathologen hier im St George's. Er starb am vergangenen Wochenende. Wir gehen von der Annahme aus, daß die beiden letzten sekundäre Fälle sind und von Spuren des Karzinogens verursacht wurden, die noch in den Lungen der Mädchen waren, als diese pathologisch untersucht wurden. Eine eingehende Untersuchung der Lungen hat diese These jedoch nicht bestätigen können. Dies wirft die Frage auf, wie man sich mit einer Substanz kontaminieren kann, die überhaupt nicht existiert.«

»Beschränkte sich die Suche auf Proben von Jane Lees, oder sind auch welche von Charlie Morse genommen worden?« fragte Neef.

»Uns standen Proben einer Bronchoskopie bei Mr Morse zur Verfügung«, erwiderte Lennon.

»Nichts gefunden?«

»Nichts.« Es wurde still im Raum. »Ich habe Unterlagen mit allen pathologischen Details zusammenstellen lassen für alle, die daran interessiert sind.« Er hielt eine Reihe von Papieren in Plastikheftern hoch. »Bedienen Sie sich bitte nachher auf dem Weg nach draußen.«

»Wir haben es also mit einer unsichtbaren, unauffindbaren krebserregenden Substanz zu tun, auf die noch nie zuvor jemand gestoßen ist. Stimmt das?« fragte Alan Brooks, der Dekan der medizinischen Fakultät.

»Mit einem Wort, ja«, erwiderte Lennon. »Es sei denn, jemand hätte eine bessere Idee.«

»Nein, aber ich habe das sichere Gefühl, es muß eine geben«, sagte Neef.

»Der Meinung bin ich auch«, sagte Brooks. »Wahrscheinlich stehen wir mit der Nase davor, und wir können nur den Wald vor lauter Bäumen nicht sehen.«

»Lassen Sie es mich bitte wissen, falls Sie den Wald sehen sollten«, sagte Lennon. Er konnte damit keinen großen Lacherfolg verbuchen.

Als das Treffen zu Ende ging, war Neef fest entschlossen, herauszufinden, wie Eve das mit Charlie Morse herausgefunden hatte. Hatte sie Fragen gestellt, als sie auf der Station war, um Neil zu besuchen? Hatte sie seine privaten Papiere durchgeschnüffelt, als er sich abgewandt hatte? Neef stützte die Ellenbogen auf den Schreibtisch und ließ seinen Kopf auf die Handflächen sinken. Seine Einbildungskraft drohte mit ihm durchzugehen.

Die Wahrheit war, daß ihm immer noch einige der vorwurfsvollen Blicke wehtaten, die ihm während der Besprechung aufgefallen waren, als Lennon verkündet hatte, in welchem Maße die Presse involviert war. Eve hatte mit ihm eine Vereinbarung getroffen, daß sie nicht arbeiten würde, wenn sie auf der Station war. Er hatte keinen Grund, ihr Wort zu bezweifeln.

Oder doch?

Er spürte, daß er sie fragen mußte. Er mußte es sicher wissen. Er wählte Eves Nummer zu Hause. Gerade als er auflegen wollte, wurde abgehoben.

»Eve Sayers.«

»Hallo, Eve, hier ist Michael. Ich dachte schon, du wärst nicht zu Hause.«

»Ich war unter der Dusche«, sagte Eve.

»Ich war gerade bei einem Treffen mit Leuten vom Gesundheitsamt. Sie sagten, du hättest die Sache mit Charlie Morse herausgefunden und wolltest die Geschichte jetzt bringen.«

»Das stimmt«, sagte Eve.

Neef spürte einen Kloß im Hals, als er merkte, daß sie sich wieder streiten würden. Er hörte die Schärfe in Eves Stimme.

»Wir hatten eine Vereinbarung«, sagte Neef. »Du hattest versprochen, daß alles, was du auf der Station oder vom Stationspersonal erfährst, vertraulich behandelt wird.«

»Die haben wir noch«, sagte Eve.

»Wie hast du es herausgefunden?« fragte Neef.

»Ich glaube nicht, daß ich dir das erzählen möchte«, sagte Eve. »Bestimmt nicht von dir, nicht wahr? Du hast mich über Nigels Tod belogen. Du wußtest ganz genau, wie er gestorben war, als ich dich danach fragte.«

»Ich war in einer schwierigen Position«, sagte Neef linkisch. »Ich wollte dich nicht auch in eine bringen.«

»Vielen Dank.«

»Du wirst es mir also nicht sagen?«

Es folgte eine lange Pause, dann seufzte Eve und sagte: »Die Wahrheit ist, daß ich es selbst herausgefunden habe. Max Pereira war herausgerutscht, daß Charles Morse an Krebs stirbt, und da fragte ich mich, warum du das nicht eher erwähnt hattest. Ich zählte zwei und zwei zusammen und probierte meine Hypothese bei Dr. Lennon aus. Ich sagte ihm, ich wüßte, daß Charles Morse der dritte Fall sei, und er bestätigte es. Er gab auch zu, daß es einen vierten Fall gab, Franks Enkel Nigel.«

»Max Pereira erzählte dir, daß Charlie Krebs hat?« rief Neef. »Ich wußte gar nicht, daß du ihn kennst.«

»Wir kennen uns vom Sehen. Ich habe ihn heute nachmittag zu einer Tasse Kaffee eingeladen.«

»Um ihm Informationen zu entlocken.«

»Nein, verdammt!« rief Eve. »Ich wollte ihn fragen, ob er nicht irgend etwas für Neil tun könnte. Ich war bereit, vor ihm auf die Knie zu gehen und ihn darum zu bitten, wenn du es schon wissen willst. Irgendwie rutschte ihm im Laufe der Unterhaltung heraus, daß Kate Morses Ehemann Krebs hat, und plötzlich wurde mir klar, warum du mir nichts davon erzählt hast. Du hast mir nicht genug vertraut.«

»Ich wollte dich nicht in eine schwierige Lage bringen.«, sagte Neef.

»Hast du eine Ahnung, wie bombastisch du dich anhörst?« fragte Eve.

»Ich finde, was du getan hast, entsprach nicht dem Geist unseres Abkommens«, sagte Neef.

»Wenn ihr Leute genauso viel Energie investieren würdet, diese Geschichte zu erforschen, wie ihr benötigt, um alles zu vertuschen, wüßten wir mittlerweile vielleicht, was zum Teufel eigentlich los ist«, sagte Eve.

Sie legte auf.

Langsam legte Neef den Hörer zurück auf die Gabel und lehnte sich auf dem Stuhl zurück. Er schloß die Augen und wünschte, er hätte diesen Anruf nie getätigt. Er versuchte sich selbst einzureden, er hätte jedes Recht, verärgert zu sein, aber das befriedigte ihn nicht. Einen Augenblick mußte er sogar darüber nachdenken, daß Eve recht hatte mit ihrer Behauptung, daß sie die Dinge ruhig halten wollte. Genauere Überprüfung und Publicity zu vermeiden war ein Charakterzug der britischen Gesellschaft, und für ihn bestand kein Zweifel, daß Geheimhaltung häufig von unfähigen Leuten benutzt wurde, um sich selbst zu schützen. Mindestens die Hälfte der Umschläge, die auf seinem Schreibtisch landeten, trugen die Aufschrift »Streng vertraulich«, wenn gar keine Notwendigkeit dafür bestand. Je weniger wußten, wie das Gesundheitswesen wirklich funktionierte, desto besser für die höchsten Ränge.

Aber ganz gewiß war es eine völlig andere Geschichte, wenn Leute vom Gesundheitsamt ihre Untersuchungen ungestört von der vollen Aufmerksamkeit der Öffentlichkeit durchführen wollten. Oder nicht? Neef hatte keine entschiedene Meinung mehr dazu. Tatsache war, daß ihre Untersuchungen zu nichts geführt hatten, und es sah nicht so aus, als ob sich das in naher Zukunft ändern würde. Er nahm sein Exemplar der Zusammenfassung, die er bei der Besprechung mitgenommen hatte, und steckte es zusammen mit anderen Kleinigkeiten von seinem Schreibtisch in die Aktentasche. Er würde es später lesen. Er war niedergeschlagen. Er würde nach Hause fahren, Dolly von seinen Problemen erzählen und sich ein paar Drinks genehmigen, bevor er früh zu Bett ging.

Neefs Plan hatte nur bis zum Auto Bestand, dann änderte er seine Meinung. Eine Sache bei seinem Gespräch mit Eve ließ ihm keine Ruhe. Nämlich ihre Behauptung, sie hätte selbst herausgefunden, daß Charlie Morse das dritte Opfer war. Stimmte das wirklich, oder beschützte sie Max Pereira? Es war gut möglich, daß Pereira noch im Labor war. Er würde dorthin fahren und das mit ihm klären, bevor er nach Hause ging. Er öffnete seine Aktentasche auf dem Beifahrersitz und sah seine Papiere durch, bis er etwas mit Menogen-Briefkopf fand. Die Menogen Research befand sich in der Langholm Road 14.

Neef parkte den Wagen in einer Nebenstraße der Langholm Road, etwa zweihundert Meter von den Menogen-Gebäuden entfernt. Er nahm seine Aktentasche vom Beifahrersitz, schloß das Auto ab und näherte sich dem Gebäude. Es war ein moderner niedriger Bau, geschützt durch einen stabilen Zaun. Draußen war keine großartige Beschilderung, nur eine grüne Tafel, auf der Menogen Research stand. Dies wiederholte sich auf einem Messingschild an der Wand neben einer Gegensprechanlage. Neef konnte sehen, daß drinnen Lichter brannten. Er drückte auf die Klingel auf dem Schild und wartete. Er mußte dies noch ein zweites Mal wiederholen, bevor er Pereiras unverkennbare Stimme hörte: »Ja?«

»Max, hier ist Michael Neef.«

»Ja.«

»Kann ich reinkommen?«

Die Tür wurde automatisch geöffnet, und Neef trat in ein Foyer, wo er erneut vor einer verschlossenen Tür stand. Pereiras Stimme, die aus einem Lautsprecher in der Decke drang, wies ihn an, auf ein mit Desinfektionsmittel getränktes Tablett zu treten, um seine Schuhe zu desinfizieren. Er tat dies, und die Tür vor ihm öffnete sich, so daß er einen kleinen Umkleideraum betreten konnte.

»Ziehen Sie sich einen Kittel und Stiefel an, Mike«, sagte Pereira. »Das ist hier die Regel. Ich bin in Labor fünf.«

Neef ließ seine Schuhe und seinen Mantel im Umkleideraum zurück, griff sich seine Aktentasche und ging in einem grünen Kittel und weißen Gummistiefeln den Gang entlang zu Labor fünf. Er klopfte einmal und trat ein. Pereira saß auf einem Hocker vor einer Sterilbank mit Laminarluftströmung. Er war gerade dabei, eine rosa Flüssigkeit in eine Zellkulturflasche zu injizieren.

»Einen Augenblick noch«, sagte er hinter seinem Mundschutz.

Neef schaute sich um und sah Regale, die mit Flaschen und Reagenzgläsern beladen waren. Für ihn sah es aus wie irgendein Labor, aber sehr modern und ordentlich.

Pereira ließ die Spritze, die er benutzt hatte, in einen speziellen Abfallbehälter fallen und streifte seine Handschuhe ab. Mit dem rechten Fuß öffnete er einen Tretabfalleimer und ließ sie mit einer theatralischen Geste hineinfallen.

»Was kann ich für Sie tun, Mike?« fragte er und zog seinen Mundschutz herunter.

»Die Presse hat Wind von der Tatsache bekommen, daß es einen dritten Krebsfall gibt, der von dem mysteriösen Erreger hervorgerufen worden ist, und daß Charlie Morse der betreffende Patient ist. Eve Sayers bringt die Geschichte.«

»Oh«, sagte Pereira und blickte auf seine Füße.

Neef hielt dies für ein Schuldeingeständnis. »Ich hatte Sie doch ausdrücklich darum gebeten, nicht darüber zu sprechen, als ich Ihnen davon erzählt habe«, sagte Neef.

»Tut mir leid, Mike«, sagte Pereira. »Ich traf Eve heute nachmittag, und mir rutschte das so heraus, daß Charlie Morse Krebs hat. Ich habe einfach nicht nachgedacht. Weiter war das nichts, ehrlich. Sie muß sich den Rest zusammengereimt haben. Sie sagte, es sei seltsam, daß Sie nichts erwähnt hätten. Sie schien anzudeuten, daß Sie beide ein Übereinkommen hätten, ehrlich miteinander zu sein.«

Neef lächelte schief über Pereiras bissigen Kommentar. Er seufzte: »Oh welch verworrenes Netz weben wir, wenn wir uns daran begeben zu betrügen.«

»Shakespeare, stimmt's?«

»Walter Scott.«

»Tut mir leid, wenn ich dafür verantwortlich bin«, sagte Pereira. »Es geschah unabsichtlich.«

»Ist nicht Ihre Schuld«, seufzte Neef. »Wenn ich es ihr direkt erzählt hätte, würde sie es aufgrund unseres Abkommens wahrscheinlich nicht benutzen. Tatsächlich sind es sogar vier Fälle. Die Leute vom Gesundheitsamt haben ihr reinen Wein eingeschenkt.«

»Vier!« rief Pereira. »Und diese Typen sind der Frage, wo dieses Zeug herkommt, noch kein bißchen näher gekommen?«

Neef schüttelte den Kopf und sagte: »Es ist unsichtbar und unauffindbar.«

»Das glaube ich einfach nicht«, sagte Pereira.

»Ich auch nicht«, sagte Neef mit einem Achselzucken.

»Es muß doch bei vier Fällen irgendwelche verbindenden Faktoren geben, um Himmels willen«, sagte Pereira.

Neef öffnete seine Aktentasche und nahm die Zusammenfassung heraus, die Lennon vorbereitet hatte. »Dann schauen Sie mal, ob Sie sie entdecken können«, sagte er.

Pereira nahm seine Lesebrille, die an einem Halsband festgehakt auf seinem T-Shirt baumelte, und setzte sie auf. Seine nackten Ellenbogen stützte er, während er las, auf die Arbeitsplatte.

»Mein Gott«, sagte Pereira, als er fertig war. »Und ihr Jungs sucht nach einer Chemikalie?«

»Warum sagen Sie das so?« fragte Neef.

»Weil ihr nach der falschen Sache sucht.«

»Was meinen Sie damit?« fragte Neef. Er konnte sehen, daß Pereira beunruhigt war durch das, was er gelesen hatte.

»Das ist doch sonnenklar. Es ist ein Virus«, sagte Pereira. »Es ist ein verdammtes Virus, das ihr suchen solltet.«

Neef fühlte sich durch diese Vorstellung verunsichert. Er versuchte, vernünftig zu bleiben und sich nicht von Pereiras Annahme mitreißen zu lassen. »Viren verursachen keinen Krebs. Krebs kann man nicht fangen. Es ist keine übertragbare Krankheit«, sagte Neef.

»Hier nicht«, sagte Pereira. »Sie suchen nach einem Virus, das bei diesen Leuten Krebs ausgelöst hat. Es steht doch alles da, Mann. Es springt Ihnen doch direkt ins Auge. MacSween hat bei beiden Fällen, die er obduziert hat, doppelseitige Lungenentzündung festgestellt . . .«

»Ich dachte, das sei eine Immunreaktion auf den Krebs.«

»Ich glaube, Sie hatten unrecht. Es war von beidem etwas.«

Neef schaute Pereira an. Er dachte gerade daran, wie stur Frank MacSween darauf beharrt hatte, daß seine Funde sowohl mit Lungenentzündung als auch mit Krebs vereinbar waren. »Aber es gibt kein solches Virus«, sagte er.

»Kein bekanntes Virus«, verbesserte Pereira ihn. »Sie haben es hier mit einem neuen zu tun.«

»Ein Virus, das Krebs verursacht«, sagte Neef langsam, als bereiteten ihm die Worte Schmerzen. »Sie irren sich«, flüsterte er. »Sie müssen sich einfach irren.«

»Sehen Sie's doch mal von der positiven Seite«, sagte Pereira. »Es ist nicht sehr ansteckend, sonst hätten wir mehr Fälle. Ich vermute, daß man 'ne ganz schöne Menge Viruspartikel einatmen muß, damit die Krankheit ausbricht, und vielleicht gibt es sogar einen gewissen Grad an natürlicher Immunität dagegen.«

»Aber das Labor hat Melanie Simpson und Jane Lees vor und nach dem Tod auf Viren getestet. Sie haben kein neues Virus gefunden.«

»Sie haben nicht nach einem neuen Virus gesucht«, entgegnete Pereira. »Sie suchen nach Antikörpern, die von bekannten Viren hervorgerufen werden. So arbeitet die diagnostische Virologie nun mal.«

»Aber Sie glauben –«

»Nicht unbedingt«, unterbrach Pereira ihn. »Die Menschen, selbst erfahrene Wissenschaftler, erkennen nur sehr zögernd etwas Neues, selbst wenn es ihnen ins Auge springt. Krankheiten können schon bis zu einigen Jahren im Umlauf sein, bevor die Labors beginnen, miteinander zu reden, und eines von ihnen zugibt, Ergebnisse zu haben, die sie sich nicht erklären können, dann sagt ein anderes dasselbe, und von dort aus geht es dann weiter.«

»Aber wo könnte ein neues Virus herkommen?« sagte Neef.

»Neue Viren entwickeln sich ständig, Mike. Das wissen Sie. AIDS, Lassa-Fieber, Ebola. Ständig tauchen neue auf.«

»Ich dachte, die Theorie laute, sie seien gar nicht neu, sondern die ganze Zeit bereits dagewesen. Und erst dadurch, daß Dschungelgebiete Afrikas erschlossen werden und die modernen Transportsysteme so einfach sind, gelangen sie an eine breite Öffentlichkeit und lösen einen Ausbruch der Krankheit aus.«

»Das ist eine der Theorien«, sagte Pereira bedeutungsvoll. »Es gibt auch andere. Eins ist aber sicher.«

»Was?«

»Hieran ist das gute alte Afrika nicht schuld.«

»Ich muß über diese Sache nachdenken, Max. Ich kann Ihre Theorie nicht so ohne weiteres auf einer Routinebesprechung wiedergeben. Wenn wir uns jetzt schon Sorgen gemacht haben wegen einer möglichen Panik, würde dies es noch tausendmal schlimmer machen.«

»Noch ist es nur eine Theorie«, sagte Pereira. »Aber darauf würde ich wetten. Es wäre nicht schlecht, Charles Morse zu isolieren.«

»Das ist bereits geschehen«, sagte Neef. »Wenn auch nicht aus diesem Grund. Wären Sie bereit, im Team mitzuarbeiten, sozusagen?« fragte Neef. »Ich glaube, das Gesundheitsamt könnte Hilfe gebrauchen.«

Pereira zuckte die Achseln und sagte: »Ich glaube nicht, daß ich allzu willkommen wäre, aber ich bin für Sie da, wenn Sie mich um irgend etwas bitten wollen.«

»Warum sagen Sie das?«

»Wir wollen mal sagen, frühere Erfahrungen mit dem britischen Medizinestablishment waren nicht allzu . . . positiv. Meine Nase paßt ihnen nicht.«

»Das muß Ihnen das Leben schwer gemacht haben«, sagte Neef.

»Das kann man wohl sagen«, stimmte Pereira zu. »Wir wollen mal sagen, niemand tut uns von Menogen irgendeinen Gefallen. Alles, was wir tun, muß buchstabengetreu erfolgen, wird doppelt kontrolliert, registriert, lizensiert, aufgezeichnet, was Sie wollen. Da draußen gibt's 'nen Haufen Leute, die es gerne sähen, wenn wir auf die Nase fielen. Wir haben eine Vollzeitsekretärin, die nur dafür zuständig ist, daß unser ganzer Papierkram in Ordnung ist. In unserem Labor finden in einem Jahr mehr Inspektionen statt als in einem eurer Unilabors in zehn, und Gott helfe uns, wenn irgendeine der Sicherheitsmaßnahmen versagt.« Neef nickte. »Aber Sie und ich wissen ganz genau, daß ich in irgendein anderes Labor in diesem Land hineinmarschieren und mich bedienen könnte.«

»Sie haben also das Gefühl, daß man Ihnen übel mitspielt«, sagte Neef.

»Im Gegenteil«, sagte Pereira. »Wir werden richtig behandelt, aber diese Regeln sollten für die akademischen Institute auch gelten. Diese Clowns machen, was sie wollen, und niemand sagt etwas. Wenn man irgendwelche Regeln auch nur erwähnt, werfen sie die Hände in die Luft und schreien, ihre akademische Freiheit werde beschnitten. So ein Scheißdreck! Aber es funktioniert immer.«

»Darf ich fragen, woran Sie gerade arbeiten?« fragte Neef.

»An einem neuen Vektor. Ich glaube, er könnte bei Melanomen funktionieren. Außerdem versuche ich herauszufinden, was bei denen nicht geklappt hat, die für die vier Kinder im Versuch eingesetzt worden sind. Ich verstehe es noch immer nicht.«

Neef wurde hellhörig, als er das Wort »Melanom« hörte. »Glauben Sie, daß dieser neue Überträger Neil Benson helfen könnte?«

»Das wollte Eve wissen, als sie mich heute nachmittag ansprach«, sagte Pereira. »Ich entwickle ihn gerade. Er ist noch nicht genehmigt.«

»Aber er würde funktionieren?«

»Ich schätze, er hat eine gute Chance«, erwiderte Pereira.

»Neil wird binnen eines Monates sterben«, sagte Neef.

»Ich hoffe, daß Sie mich nicht fragen werden, was Sie, glaube ich, fragen wollen«, sagte Pereira. »Nach dem, was ich Ihnen gerade erzählt habe?«

»Ich glaube nicht«, sagte Neef. »Es ist nur solch eine Schande ... Wie weit sind Sie denn mit dem Genehmigungsverfahren?«

»Es ist brandneu«, sagte Pereira.

»Es besteht also keine Chance, die Genehmigungsprozedur zu beschleunigen?«

»Zu beschleunigen? Sie machen wohl Witze? Wir sind hier bei Menogen, erinnern Sie sich? Eine häßliche kommerzielle Angelegenheit. Das Establishment stellt für uns Extrahürden auf, es schiebt sie nicht beiseite.«

»Mein Gott, es ist so ärgerlich zu wissen, daß es etwas gibt, das Neil helfen könnte, und wir können nichts tun«, sagte Neef.

»Vielleicht würde es ja nicht funktionieren, Mike«, tröstete Pereira ihn. »Ich hätte mein Geld darauf verwettet, daß das Hepatom des anderen Kindes darauf reagieren würde, tat es aber nicht.«

»Danke, Max«, sagte Neef mit einem Seufzer. »Ich gehe jetzt besser und lasse Sie weitermachen.«

»Ich bringe Sie zur Tür.«

Neef warf einen Blick zurück auf das Menogen-Gebäude, nachdem er die Straße überquert hatte. Er sah Max Pereira durch das Laborfenster. Er zog sich gerade den Kittel an, um weiterzuarbeiten.

Nach zwei Gin Tonic war Neef immer noch nervös. Er fand es schwierig, Pereiras Virusidee einfach abzutun. Sie erschien ihm sogar immer glaubwürdiger, je mehr er darüber nachdachte. Er dachte daran, Lennon anzurufen, wenn er seine Privatnummer irgendwo auftreiben könnte. Aber was würde das schon bezwecken? Charles Morse befand sich bereits in Isolation, und er war der einzige lebende Patient. Sie konnten nichts anderes unternehmen, als nach dem Virus selbst zu suchen. Morgen früh würde er das Krankenhauslabor anrufen und nach den Berichten über Melanie Simpson und Jane Lees fragen. Er würde fragen, ob ihnen irgend etwas Ungewöhnliches aufgefallen war. Er erinnerte sich daran, daß Frank MacSween irgendwann einmal gesagt hatte, er hätte einen virologischen Bericht über Melanie Simpson gesehen. Er erinnerte sich auch daran, daß nichts Besonderes darin erwähnt wurde, aber er würde ihn sich morgen einmal anschauen, wenn er noch zur Verfügung stand.

Gleich als erstes am nächsten Morgen ging Neef in die Pathologie hinunter, um Frank MacSween aufzusuchen. Er bereitete gerade die erste Obduktion des Tages vor.

»Hallo, Michael, was kann ich für dich tun?«

Neef fiel auf, wie sehr MacSween sich seit dem Tod seines Enkels verändert hatte. Es war, als hätte er an nichts mehr großes Interesse. Er absolvierte die Verrichtungen des täglichen Lebens ohne innere Anteilnahme.

»Ich wollte wissen, ob du noch eine Kopie des virologischen Berichtes über Melanie Simpson hast«, sagte Neef. »Ich würde ihn mir gerne noch einmal anschauen.«

»Müßte ich eigentlich«, sagte MacSween. Er ging zu seinem Büro und öffnete einen Aktenschrank. Er zog einen rosa Pappordner heraus und blätterte ihn auf. Dann zog er ein einzelnes Blatt heraus und reichte es Neef.

»Ist es in Ordnung, wenn ich das eine Weile behalte?« fragte Neef.

»Aber gerne«, sagte MacSween. Er fragte nicht, warum Neef es haben wollte. Und Neef machte sich nicht die Mühe, ihm von sich aus den Grund zu erläutern. Er wollte Frank etwas als Freund sagen, wußte aber nicht, wo er anfangen sollte. »Frank . . .«

»Hm.«

Neef sah, daß MacSweens Augen trüb und sein Blick distanziert waren. »Ach nichts . . . Wir sehen uns später.«

Neef kehrte in sein Büro zurück und las den virologischen Bericht über Melanie Simpson durch. Drei Typen von Viren hatte man in ihren Lungen gefunden: Adenovirus, Rhinovirus und Para-Adenovirus. Keiner von ihnen trat in einer großen Zahl auf, was auf eine Infektion hingewiesen hätte. Sie wurden nur als vorhanden aufgeführt. Daß ein unbekannter Virus gefunden worden wäre, wurde nicht erwähnt. Neef brauchte nicht in seinem Virenhandbuch nachzuschlagen. Adenoviren und Rhinoviren waren etwas ganz Gewöhnliches. Sie verursachten Erkältungen und grippeartige Erkrankungen, aber auf viele Menschen, die sie in sich trugen, hatten sie überhaupt keine Auswirkungen. Nichts in dem Bericht stützte Max Pereiras These eines neuen Virus, aber sie beunruhigte Neef immer noch. Er entschloß sich, David Farro-Jones anzurufen; der war ein Experte auf diesem Gebiet. Daran hätte er schon früher denken sollen.

»David? Hier ist Michael Neef. Ich wollte wissen, ob ich nicht herüberkommen könnte,um mit dir ein bißchen zu plaudern?«

»Natürlich. Hat es bis elf Uhr Zeit?«

»Ja, prima. Also bis dann.«

12

Es regnete heftig, als Neef in der Nähe der medizinischen Fakultät einen Parkplatz suchte. Eine Mischung aus Kondenswasser und Regen machte es schwierig, in den einen leeren Platz zurückzusetzen, den er bei seiner dritten Runde um den Block vorfand. Er war sehr eng; vorher hatte ein Fiat Panda dort geparkt, und er benötigte zwei Versuche, um den Discovery hineinzubekommen. Das paßte dem Fahrer des Wagens hinter ihm nicht, der seine wachsende Ungeduld durch Hupen dokumentierte. Neef warf einen Blick zur Seite, als der andere Wagen vorbeifuhr, und sah, daß es eine Frau war. Sie warf ihm einen sauren Blick zu und schüttelte den Kopf. Als Erwiderung lächelte er freundlich.

Neef zog die Schultern zum Schutz gegen den Regen hoch und rannte über die Straße in den Innenhof hinein. Auf dem Kopfsteinpflaster, das trügerisch aussah, verlangsamte er seine Schritte, aber als er zu der langen Treppe kam, die zu dem hohen, gewölbten Portal führte, beschleunigte er sein Tempo wieder und nahm zwei Stufen auf einmal. Drinnen hielt er inne, um sich den Regen von Haar und Schultern zu streifen, und ging dann rasch an dem Empfangsschalter vorbei quer durch die Eingangshalle. Zwei Männer waren am Empfang, schenkten ihm aber keinerlei Beachtung. Er marschierte geradewegs an ihnen vorbei in den Aufzug hinein.

David Farro-Jones' Labor befand sich im vierten und obersten Stock des Gebäudes, das Ende des neunzehnten Jahrhundert errichtet und seither häufig verändert worden war. Seine ursprünglichen hohen Decken hatte es behalten, durch die Menschen und Gegenstände winzigklein wirkten, aber die Wände trugen die Dellen und Narben ständig geänderter Innenaufteilung. Neef fand Farro-Jones, der sich gerade mit einem jungen Mann mit Stoppelbart und Brille unterhielt, die seine Augen riesengroß erscheinen ließen. Er trug ein Sweatshirt mit dem Logo einer Brauerei in Devon und Sandalen an nackten Füßen. Neef wartete, bis sie fertig waren, bevor er sich näherte.

»Ach, Michael, ich bin gleich bei dir«, sagte Farro-Jones. Er nahm ein Drahtgestell mit vielen Reihen von Reagenzgläsern und sagte: »Ich stelle die nur eben in den Kühlschrank.«

Neef stand an der Tür und schaute auf Fotografien, die an einer Korktafel an die Wand gepinnt waren. Es waren Elektronenmikroskopaufnahmen von Viren, die gewaltig vergrößert worden waren. Eines sah aus wie ein Raumschiff von einem anderen Stern.

»Entschuldigung«, sagte Farro-Jones, der endlich zu ihm kam. »Komm mit in mein Büro. Kaffee?«

»Schwarz, ohne Zucker.«

Farro-Jones gab die Bitte an jemanden vor der Tür, den Neef nicht sehen konnte, weiter. Ein paar Minuten später erschien eine Frau in mittleren Jahren, deren graues Haar zu einem strengen Knoten zurückgebunden war, mit dem Kaffee.

»Danke, Marge«, sagte Farro-Jones.

»Gern geschehen, Doktor«, erwiderte Marge mit walisischem Akzent und einem begrüßenden Lächeln zu Neef.

»Also dann, was kann ich für dich tun?« fragte Farro-Jones, der seine Füße mit geübter Leichtigkeit auf die Ecke seines Schreibtisches schwang. »Weitere Probleme mit Max?«

»Nicht wirklich«, sagte Neef. »Es geht um diese Karzinogen-Geschichte. Gestern abend unterhielt ich mich mit Max. Ich zeigte ihm die Zusammenfassung, die wir von den Leuten vom Gesundheitsamt erhalten hatten. Max meint ...« Neef machte eine Pause, als zögerte er, die Worte auszusprechen.

»Max meint was?« half Farro-Jones nach.

»Er glaubt, wir haben es mit einem Virus zu tun.«

Das Lächeln verschwand von Farro-Jones' Gesicht. »Ein Virus?« rief er. »Das kann doch nicht dein Ernst sein?«

»Max war es ernst«, erwiderte Neef.

»Aber das ist doch verrückt. Krebs ist doch keine Infektionskrankheit. Wie kann es denn da ein Virus sein?«

»Ich weiß, ich weiß. Wir sind das gestern abend alles durchgegangen, aber Max hat mich beinahe überzeugt. Er glaubt, es ist ein neues Virus, und Tatsache ist, daß er viel mehr Ahnung von Viren hat als ich. Deshalb bin ich hier. Du bist auch ein Experte; du bist außerdem medizinisch qualifiziert. Ich schätze deine Meinung.«

Farro-Jones setzte sich gerade hin und legte seine Hände über Mund und Nase zusammen. »Was soll ich dazu sagen? Ich finde, die Idee ist lächerlich. Ich vermute, da Charles Morse und Frank MacSweens Enkel auf irgendeine sekundäre Weise Krebs bekommen haben, sieht es so aus, als ob ein infektiöser Erreger im Spiel ist, aber Tatsache ist, daß es viel mehr Fälle geben würde, wenn das stimmte.«

»Pereira glaubt, daß es sich um ein Virus mit niedriger Infektionsrate handelt«, sagte Neef. »Man muß viel davon einatmen. Er dachte auch an die Möglichkeit, daß einige Menschen von Natur aus dagegen immun sind.«

»Auf so was muß man sich dann natürlich berufen«, meinte Farro-Jones, dessen Stimme verriet, wie skeptisch er immer noch war. »Aber in den Laborberichten über die Patienten, die gestorben sind, wurde keinerlei neues Virus erwähnt.«

»Darauf habe ich auch hingewiesen«, sagte Neef. »Max erklärte mir, daß Krankenhauslabors Proben auf Antikörper gegen bekannte Viren untersuchen, nicht auf die Viren selbst. Er schien der Ansicht zu sein, daß sie etwas Neues nicht finden würden.«

»Da ist etwas dran«, gab Farro-Jones zu. »Der große Rastertest sucht nach Antikörpern gegen bekannte Viren, ein indirekter Hinweis auf eine Infektion, wenn du so willst.«

»Man könnte also etwas nicht auf Antikörper gegen etwas testen, von dem man gar nicht weiß, daß es existiert?«

»Ganz genau«, stimmte Farro-Jones zu.

»Wie würdest du denn vorgehen, wenn du ein neues Virus identifizieren willst?« fragte Neef.

»Man müßte Proben direkt unter dem Elektronenmikroskop untersuchen. Man müßte nachschauen, ob etwas, daß einem Virus ähnelt, da ist.«

»Kann man das machen?«

»Natürlich.«

»Ich dachte an Proben von Charlie Morse. Meinst du, es lohnt sich, einen Blick darauf zu werfen?«

»Wenn du möchtest«, sagte Farro-Jones ohne viel Begeisterung. »Hast du das den Leuten vom Gesundheitsamt gegenüber erwähnt?«

»Noch nicht. Ich dachte, ich sehe erst mal, was du meinst.«

Farro-Jones nickte und sagte: »In Ordnung. Wenn du dich dann besser fühlst, warum soll ich nicht diskret ein paar Proben von Charles Morse untersuchen, wie du es vorschlägst, und mal sehen, was dabei herauskommt. Wenn nichts da ist, wie ich vermute, brauchen wir das Gesundheitsamt nicht mit Max' verrückter Idee zu beunruhigen. Kannst du dir die Panik vorstellen, wenn das herauskäme? Ein Virus, das Krebs überträgt . . .«

»Nicht auszudenken«, sagte Neef.

Eves Geschichte, die vom dritten und vierten Krebsopfer berichtete, erschien am Samstagabend, und fast unmittelbar darauf begann Neefs Telefon zu klingeln. Der erste war Tim Heaton, der vor Wut schäumte.

»Verdammt noch mal! Ich habe die überregionalen Zeitungen am Telefon gehabt, Radio und Fernsehen. Alle wollen wissen, was das St George's wegen dieser Situation unternehmen wird. Das ist ein Problem des öffentlichen Gesundheitswesens!« rief er. »Aber dieses Weib hat es so klingen lassen, als sei das St George's schuld. Können Sie wegen ihr nichts unternehmen?«

»Was würden Sie vorschlagen, Tim?« fragte Neef kühl.

»Ich weiß es nicht. Denken Sie sich etwas aus. Sie ist doch eine Freundin von Ihnen, oder? Das tut dem Krankenhaus absolut nicht gut. Genau so etwas können wir im Moment überhaupt nicht gebrauchen.«

»Eve glaubt, daß sie nur ihre Arbeit macht«, sagte Neef. »Es gibt ein Problem, und wir wissen nicht, wodurch es verursacht wird. Sie berichtet nur Tatsachen.« Ihm war unbehaglich zumute, weil er Eve verteidigen mußte, obwohl er nicht voll und ganz dahinterstand. Es war ein bißchen so, als müsse er im Debattierklub der Uni eine Position vertreten, weil er dafür ausgewählt worden war. So mußten sich wohl Rechtsanwälte oft fühlen.

»Aber das ist nicht unser Problem!« beharrte Heaton. »Es ist Angelegenheit des Gesundheitsamtes, diese Geschichte zu klären. All dieses Zeug, daß die Ärzte im St George's vor einem Rätsel stehen, ist furchtbar schlechte Publicity für uns.«

»Bei allem Respekt, Tim, bei einem Mitarbeiter auf der Schwelle des Todes und dem Tod des Enkels eines anderen ist es unser Problem. Es ist jedermanns Problem.«

»Wir müssen unsere Politik aufeinander abstimmen.«

»Wenn Sie das sagen.«

»Ich instruiere unsere PR-Leute gerade, alle Presseanfragen zu dem Thema direkt an das Gesundheitsamt zu verweisen und dadurch deutlich zu machen, daß es ihre Untersuchung ist, nicht unsere. Alle anderen weise ich an, nichts zu sagen.«

Neef verstand, daß »alle anderen« in diesem Zusammenhang ihn einschloß. »Wie Sie wünschen.«

»Ich nehme nicht an, daß es gute Neuigkeiten über den Gentherapieversuch gibt, die wir nutzen könnten, um abzulenken, oder?«

Neef mußte Heatons eingleisige Hingabe an das, was er als seinen Job betrachtete, bewundern. Er sagte: »Im Augenblick sieht es nach einem Treffer und vier Fehlschlägen aus.«

Heaton seufzte, dann sagte er: »Ich glaube, ich werde Mr Louradis grünes Licht geben.«

»Wofür?« fragte Neef beklommen.

»Er ist von einer der Zeitungen gebeten worden, einen Gentherapie-Leitfaden für Laien zu schreiben.«

»So vage?« fragte Neef.

»Nicht ganz. Die Zeitung möchte, daß er genau erklärt, was Sie und Menogen in dem laufenden Versuch testen.«

»Warum geht Louradis nicht gleich zur Bühne, und damit hat sich der Fall«, fauchte Neef.

»Ich habe schon befürchtet, daß Sie das so sehen würden«, sagte Heaton beinahe entschuldigend. »Aber was kann es denn schon schaden? Niemand vom Personal oder von den Patienten wird beim Namen genannt werden, und es könnte dem Krankenhaus ein positiveres Image verschaffen.«

»Wenn Sie das sagen«, sagte Neef.

»Verdammt. Wissen Sie, daß diese Sache mich wirklich ärgert?« fuhr Heaton fort. »Die Uniklinik kommt ungeschoren davon! Abgesehen von der Tatsache, daß sie einen unserer Mitarbeiter behandeln, werden sie überhaupt nicht erwähnt! Sie stehen wieder mit blütenweißer Weste da. Sie sind das Starkrankenkaus. Und wir sind die ratlosen Esel!«

»In ein paar Wochen ist das wahrscheinlich längst Geschichte«, sagte Neef. »Ich glaube, wir sollten versuchen, das in ruhiger Würde durchzustehen. Wenn wir jetzt eine Schlammschlacht anfangen, nutzt das niemandem.«

»Oh, absolut«, sagte Heaton. »Ich würde nicht im Traume daran denken, das jemand anderem als Ihnen zu sagen. Sie würden ja denken, ich sei paranoid oder so was.«

Neef grinste. Er sagte nichts, damit man seiner Stimme nicht anmerkte, wie sehr er sich amüsierte.

»Da ist noch etwas, Michael.«

»Ja?«

»Ich habe mich gefragt, ob es nicht vielleicht eine gute Idee wäre, Miss Sayers in Zukunft den Zutritt zum Krankenhaus zu untersagen. Schließlich hat sie dort nichts verloren, oder?«

Neef biß sich auf die Zunge. Heaton zu sagen, wohin er ihn

wünschte, war im Augenblick vielleicht keine so glänzende Idee. »Ich glaube nicht, daß das klug wäre, Tim«, sagte er. »Eve hat überhaupt nichts gegen uns. Sie glaubt, sie berichte die Fakten. Ich erschaudere bei dem Gedanken, wie es wohl wäre, wenn sie uns plötzlich als Feind sehen würde.«

»Hm, daran hatte ich gar nicht gedacht«, gab Heaton zu. Nach ein paar Augenblicken des Nachdenkens sagte er: »Vielleicht haben Sie recht.«

»Abgesehen davon hat sie eine sehr große Zuneigung zu einem Kind auf meiner Station gefaßt. Sie besucht es täglich.«

»Also gut. War nur ein Gedanke.«

Neef schloß die Augen und verspürte Erleichterung.

»Ich werde mich mit George Lancing von der regionalen Gesundheitsbehörde in Verbindung setzen«, sagte Heaton. »Ich möchte, daß er auf das Gesundheitsamt Druck ausübt, damit diese Angelegenheit mit oberster Priorität behandelt wird. Ich glaube, Lennon ist dieser Aufgabe nicht gewachsen.«

»Im Augenblick ist das für jeden ein äußerst schwieriger Job«, sagte Neef. »Es gibt nichts, auf dem man aufbauen könnte.«

»Ich glaube, etwas zusätzliche Hilfe könnte nichts schaden. Jetzt muß gehandelt, nicht Verständnis gezeigt werden.«

»Wie Sie meinen«, sagte Neef, und das Gespräch war beendet. Als nächste rief Eve Sayers an.

»Ich versuche schon seit Ewigkeiten, dich zu erreichen«, sagte sie.

»Ich hatte Tim Heaton an der Leitung. Er ist unser Verwaltungschef.«

»War nicht sehr erfreut, was?«

»Das kann man wohl sagen.«

»Bist du sehr böse?«

»Eher benommen als wütend«, erwiderte Neef.

»Ich habe nur die Fakten wiedergegeben, Mike.«

»Heaton findet, du hast uns wie Esel aussehen lassen.«

»Das war nicht meine Absicht.«

»Ich weiß.«

»Er wird mich nicht aus dem Krankenhaus verbannen, oder?«

»Nein, nichts dergleichen«, erwiderte Neef ohne weitere Erklärung. »Du darfst nur nicht damit rechnen, von ihm eine Weihnachtskarte zu bekommen.«

»Werde ich denn von dir eine bekommen?«

»Vielleicht.«

»Es tut mir leid, daß ich aufgelegt habe, als wir das letzte Mal miteinander telefoniert haben.«

»Wir waren beide ganz schön wütend, wenn ich mich recht erinnere.«

»Frieden?«

»Frieden«, willigte Neef ein.

»Willst du herüberkommen?«

»Wenn du nicht zu pingelig mit dem Essen bist, warum kommst du dann nicht zu mir, und ich suche uns eine delikate Packung aus der Tiefkühltruhe.«

»Was gibt es denn?« fragte Eve eine Stunde später, als sie hereinkam und anerkennend schnupperte.

»Etwas mit einem appetitanregenden Bild auf der Packung«, sagte Neef.

»Darin sind sie alle ziemlich gut«, sagte Eve.

»Mir gefiel besonders der begeisterte Gesichtsausdruck der Leute auf der Packung«, sagte Neef.

Eve nahm die leere Packung und betrachtete sie. »Unwiderstehlich«, stimmte sie zu. »Sieht aus, als hätten sie gerade miteinander geschlafen statt Lachs in Blätterteig zu essen.«

Das Mahl war nicht überwältigend, aber genießbar und wurde mit einem guten Wein hinuntergespült, den Eve mitgebracht hatte.

»Hast du Neil heute gesehen?« fragte Neef.

Eve nickte. »Es ging ihm nicht allzu gut. Ich glaube, Lawrence hat seine Dosis heraufgesetzt. Ich las ihm eine Feuerwehrmann-Geschichte vor, und er nickte dabei immer wieder ein und hielt meine Hand. Es war schön, als brauchten wir nicht miteinander zu reden.«

Neef nickte.

»Das Leuchten ist aus seinen Augen verschwunden. Es ist, als ob man beobachtet, wie eine Kerze anfängt zu flackern und dann verlischt. Mein Gott! Ich würde alles dafür geben, ihm helfen zu können. Wirklich.«

Neef legte seine Hand auf Eves. »Bleib bei der Stange«, sagte er sanft. »Ihm zuliebe.«

»Natürlich. Entschuldigung«, sagte Eve, zog ein Papiertaschentuch aus ihrer Handtasche und putzte sich die Nase. »Laß uns über etwas anderes reden.«

Wie aufs Stichwort hatte Dolly den ersten Auftritt des Abends und ging quer durch das Zimmer, um ihren gewohnten Platz vor der Verandatür einzunehmen.

»Glaubst du, sie ist eifersüchtig auf mich?« fragte Eve.

»Das bezweifle ich«, sagte Neef. »Dolly ist zu egoistisch und selbstbewußt, um sich auch nur vorzustellen, jemand könnte ihre Rivalin sein.«

»Was für ein angenehmes Gefühl das sein muß«, sagte Eve. »Wie kann ich mit ihr in Kontakt treten?«

»Der orange Fisch«, sagte Neef.

»Wie bitte?«

»Das ist ihr neues Spielzeug. Ich habe ihn ins Sofa gestopft.«

Eve ging zum Sofa und zog den orange Fisch heraus, vollständig mit Angel und Schnur. Sie hielt die Angel in der rechten Hand und ließ den Fisch an Dollys Seite hin- und herbaumeln. Dolly reagierte sofort darauf und begann den Fisch zu jagen, den Eve im Zimmer umherschwang.

»Nun komm, Dolly!« drängte Eve, als sie den Fisch noch schneller bewegte, und Dolly stellte ihre katzenhaften Fähigkeiten zur Schau, als es zu einer Jagd kam. »Die kann sich aber bewegen.«

»Katzen sind nun mal so«, sagte Neef und setzte sich zu ihr

auf die Couch. »Ihre Behendigkeit kann einen manchmal wirklich überraschen.«

»So wie dies, meinst du«, sagte Eve, richtete sich gerade auf und küßte Neef voll auf die Lippen. Dann zog sie sich leicht zurück, als wartete sie unsicher auf eine Reaktion. In ihrem Blick war ein Anflug von Verletzlichkeit. Neef schlang seine Arme um sie und küßte sie lange und hart, seine Sinne waren geschärft durch Begierde, die ihn plötzlich überkam. Es war so lange her. »Wenn du möchtest«, sagte er.

»Ich möchte«, erwiderte Eve.

Eve rollte sich auf den Bauch und stützte sich auf die Ellenbogen auf, um in Neefs Gesicht zu schauen. Seine Augen waren geschlossen, aber er hatte ein Lächeln auf den Lippen, das bewies, daß er nicht richtig schlief. Sie schob die Haare aus seiner Stirn und sagte: »Das ist natürlich auch eine Möglichkeit, mit Streß und Anspannung fertig zu werden.«

»Ich glaube, das gefällt mir«, murmelte Neef.

»Wirklich?« neckte Eve ihn. Sie fuhr mit ihren Fingern leicht über seine geschlossenen Augenlider.

»Gott, ja.«

Eve blickte auf die Spur aus Kleidungsstücken und Unterwäsche, die sich bis durch die Tür des Schlafzimmers erstreckte. Sie legte ihren Kopf auf Neefs Brust und sagte: »Ich muß sagen, ich fühle mich selbst auch ganz entspannt.«

Das Telefon klingelte kurz vor drei Uhr morgens. Desorientiert nahm Eve es und hob beinahe den Hörer ab, als sie sich erinnerte, wo sie war, und es an Neef weiterreichte.

»Neef.«

»Hier ist Lennon. Es gibt einen weiteren Fall.«

»Wer?«

»Ein Elektriker vom St George's.«

»Noch ein Mitarbeiter«, murmelte Neef. »Pereira muß recht haben.«

»Recht haben womit?« fragte Lennon.

»Ich sprach am Freitagabend mit Max Pereira. Er ist der Wissenschaftler, der unseren Gentherapie-Versuch durchführt. Er ist ein Experte für Viren. Er sagte, unser Problem sähe aus, als sei ein Virus dafür verantwortlich und keine Chemikalie.«

»Ein Virus?« rief Lennon. »Aber wie?«

»Ich weiß, ich weiß«, seufzte Neef.

»Haben Sie das irgend jemandem von der Universität gegenüber erwähnt?« fragte Lennon.

»Ich habe David Farro-Jones nach seiner Meinung gefragt.«

»Was sagte er?«

»Genau wie Sie hielt er nicht viel von der Idee, willigte aber ein, sich einige Proben von Charlie Morse unter dem Elektronenmikroskop anzuschauen, um zu sehen, ob er irgendwelche Spuren eines neuen Virus finden könne.«

»Ich verstehe«, sagte Lennon.

Neef entdeckte eine gewisse Reserviertheit in diesem Kommentar und fügte hinzu: »Ich wollte Ihnen davon erzählen, wenn er etwas gefunden hätte. Es erschien mir solch eine verrückte Idee, daß ich Sie nicht damit belästigen wollte, bevor wir sie nicht belegen können, aber jetzt, da es fünf Fälle gibt . . .«

»Wann liegen Dr. Farro-Jones die Ergebnisse seiner Untersuchung vor?«

»David dachte, am Montag, aber ich könnte ihn am Morgen anrufen und fragen, ob er das ganze nicht beschleunigen kann.«

»Ich bin sicher, daß die Vorstellung einer infektiösen Quelle die ganze Zeit durch unsere Köpfe gegeistert ist, aber daß wir sie nicht weiter verfolgt haben, weil es einfach nicht möglich ist«, sagte Lennon. »Krebs kann nicht von Mensch zu Mensch übertragen werden.«

»In der Vergangenheit gewiß nicht«, sagte Neef. Er dachte daran, was Pereira ihm gesagt hatte über Leute, die nichts Neues in Betracht ziehen wollten. »Zum gegenwärtigen Zeitpunkt sollten wir wirklich offen sein für alles«, sagte er.

»Natürlich«, erwiderte Lennon.

»Aber wir wollen hoffen, daß Max unrecht hat.«

»Ich bin sicher, daß das der Fall sein muß.«

»Was haben Sie angesichts des neuen Falles unternommen?« fragte Neef.

»Ich habe eine allgemeine Warnung an alle Krankenhäuser ausgegeben, daß sie bei Fällen von viraler Pneumonie auf der Hut sein sollen.«

»Gut«, sagte Neef.

»Ich werde außerdem versuchen, für heute Nachmittag ein weiteres Treffen im großen Kreise anzuberaumen, um die Auswirkungen des neuen Falles zu diskutieren.«

»Was ist mit der Presse?« fragte Neef. Er schaute auf die »Presse«, die neben ihm im Bett lag und mit weit aufgerissenen Augen der Unterhaltung folgte.

»Ich glaube nicht, daß es sich lohnt, auch nur zu versuchen, den jüngsten Fall zu verschweigen«, sagte Lennon, »aber ich finde, wir sollten die Virus-These ganz entschieden geheimhalten.«

»Einverstanden«, sagte Neef, der Eve nicht aus den Augen ließ.

Nachdem er Lennon gute Nacht gewünscht hatte, reichte Neef Eve das Telefon zurück, die es wieder auf den Nachttisch stellte. »Hast du gehört?« fragte er.

Eve nickte. Neef wartete darauf, daß sie etwas sagte.

»Ich habe es gehört. Ich werde nichts davon benutzen, falls es das ist, worüber du dir Sorgen machst.«

»Was mir Sorgen macht, ist keine Zeitungsgeschichte«, sagte Neef. »Es ist die sehr realistische Möglichkeit, daß ein Virus umgeht, der Lungenkrebs verbreiten kann, als wären es Windpocken.«

»Dann glaubst du also die Virus-Hypothese?«

»Ich mache mir auf jeden Fall verdammt mehr Sorgen darüber, als Lennon es anscheinend tut.«

»Was kannst du denn tun, wenn es ein Virus ist?«

»Sehr wenig«, gab Neef zu. »Für Leute, die es bereits haben, können wir überhaupt nichts tun. Unsere einzige Hoffnung liegt darin zu versuchen, es einzudämmen und seine Ausbreitung zu verhindern. Wir müssen die Opfer isolieren, die Gesundheitsbehörde muß all ihre Kontaktpersonen aufspüren, aber am wichtigsten ist, die Quelle des Ausbruchs zu bestimmen und zu eliminieren. Das ist leichter gesagt als getan. Meines Wissens nach hat man noch nie herausgefunden, wo ein neues Virus herkam.«

»Oh, Mike«, sagte Eve und kuschelte sich an Neef. »Ich habe solch ein schlechtes Gefühl wegen dieser Geschichte.«

Neef gab es nicht zu, aber er dachte genau dasselbe. »Schlaf ein bißchen«, flüsterte er.

Um acht Uhr war Neef im Krankenhaus. Alle Vorstellungen, einen entspannten Sonntag mit Eve zu verbringen, waren durch Lennons mitternächtlichen Telefonanruf zunichte gemacht worden. Es war nicht so, als hätte er einen Plan, wie er vorgehen wollte – er hatte einfach das Gefühl, er sollte da sein. Er war sehr nervös. Lennon rief um halb zehn wieder an. »Ich glaube, ich weiß, wie der Elektriker es bekommen hat«, sagte er. »Sein Arbeitsblatt zeigt, daß er in die Pathologie gerufen wurde, um ein fehlerhaftes Abzugsgebläse zu reparieren. Der Antrag wurde von Charles Morse gestellt.«

»Gut gemacht«, sagte Neef.

»Es gibt noch mehr. Ich hatte ein bißchen Glück.«

»Das war auch lange überfällig«, sagte Neef.

»Ich ging heute morgen in die Pathologie, um mich umzuschauen, und während ich dort war, kam die diensthabende Laborantin herein. Sie erzählte mir, daß Morse und dem Elektriker Cooper ein Mißgeschick widerfahren war, als die Reparatur ausgeführt wurde. Offensichtlich löste sich die Verkleidung des Gebläses und überschüttete beide mit Dreck, der sich drinnen angesammelt hatte. Er traf sie voll ins Gesicht, und nach dem, was sie sagte, ist es recht wahrscheinlich, daß sie eine Menge davon eingeatmet haben.«

»Ich verstehe.«

»Damals hielten sie es für witzig, aber bei näherer Untersuchung fand ich heraus, daß dieses Gebläse über Tisch vier im Obduktionssaal ist, und dort hatte Frank MacSween die Autopsien an Melanie Simpson und Jane Lees durchgeführt.«

»Diesen Tisch bevorzugt er«, sagte Neef.

»Ich vermute jetzt, daß sich das Karzinogen wegen des fehlerhaften Gebläses im Dreck hinter der Verkleidung gesammelt hat. Trägt MacSween bei der Arbeit einen Mundschutz?«

»Immer wenn er es mit einer Infektionskrankheit zu tun hat«, erwiderte Neef.

»Also hat er auch bei Simpson und Lees einen getragen?«

»Ich weiß, daß er es getan hat«, antwortete Neef. »Ich war nämlich bei beiden Gelegenheiten für eine kurze Zeit anwesend.«

»Sie trugen auch einen?«

»Ja. Wir nahmen an, daß es sich um virale Pneumonie handelt.«

»Wie auch immer«, sagte Lennon. »Ich lasse den Dreck aus dem Abzugsrohr auf karzinogene Substanzen untersuchen.«

Oder ein Virus, dachte Neef, als er den Hörer auflegte. Er dachte über diese letzte Information nach. Es bedeutete, daß Frank wahrscheinlich seinem Enkel die Krankheit nicht weitergegeben hatte. Es war doch Charlie gewesen.

»Beinahe sicher«, sagte Pereira, als Neef ihn anrief, um ihm von der jüngsten Entwicklung zu erzählen.

»Aber was wir immer noch nicht wissen ist, wie Melanie Simpson es an Jane Lees weitergegeben hat, wenn sie einander nicht kannten – und am allerwichtigsten ist, wie Melanie Simpson es überhaupt bekommen hat.«

»Wird Lennon im Dreck aus dem Rohr nach einem Virus suchen?« fragte Max.

»Er sagte, er würde es auf karzinogene Substanzen untersuchen lassen«, erwiderte Neef. »Da habe ich angenommen, er würde auch das virologische Labor einen Blick darauf werfen lassen.«

»Wenn Sie das sagen«, meinte Pereira. Er hörte sich nicht überzeugt an.

»Warum kommen Sie nicht auch zu der Besprechung heute nachmittag?« schlug Neef vor.

»Ich bin hier im Labor erst nach zwei fertig.«

»Ich hole Sie um drei ab. Was meinen Sie dazu?«

»In Ordnung.«

Er versuchte Farro-Jones zu Hause anzurufen, aber seine Frau Jane sagte, daß er in die Uni gegangen sei. Neef rief ihn im Labor an, und Farro-Jones antwortete.

»David? Hier ist Michael Neef. Ich habe versucht, dich zu Hause zu erreichen. Jane sagte mir, daß du arbeitest.«

»Ich überprüfe die Proben von Charles Morse«, erwiderte Farro-Jones. »Ich dachte, je eher, je besser.«

»Gut, deshalb rufe ich auch eigentlich an«, sagte Neef. Er erzählte Farro-Jones von dem neuen Fall.

»Das sieht mehr und mehr nach einem Alptraum aus.«

»Lennon fragte, ob es möglich sei, daß du die Ergebnisse bis zur Besprechung heute Nachmittag vorliegen hast? Ich glaube, er hat vor, hinterher eine Presseerklärung abzugeben.«

»Ich kann es nicht versprechen«, sagte Farro-Jones. »Aber ich werde bestimmt mein Bestes tun.«

Neef holte Max um drei Uhr an den Menogen-Labors ab. Er war aufgeregt. »Der neue Melanom-Überträger sieht wirklich gut aus«, verkündete er. »Wie gesagt, es besteht keine Möglichkeit, daß wir den Papierkram rechtzeitig erledigt bekommen, um eurem Kind zu helfen, aber ich dachte, vielleicht könnt ihr das.«

»Das verstehe ich nicht«, sagte Neef.

»Wenn das Krankenhaus einen speziellen Antrag stellen

würde, ein Medikament zu lizensieren, besteht vielleicht die Chance, daß sie darauf hören.«

»Das ist sicher einen Versuch wert«, sagte Neef. »Sie müssen mir sagen, was ich tun muß, an wen ich mich wenden muß, all diese Sachen.«

»Wenn ich zurück bin, rufe ich Lovely Lillie zu Hause an und sorge dafür, daß sie Sie anruft. Sie kann Ihnen alles sagen, was Sie wissen wollen.«

»Lovely Lillie?«

»Sie heißt Miss Langtry«, sagte Pereira. »Sie ist die Dame, die sich um unsere Genehmigungsanträge kümmert.«

Die Besprechung war in letzter Minute vom St George's in die Büroräume des Gesundheitsamtes verlegt worden. Darauf hatte Tim Heaton bestanden, der die Genehmigung, Krankenhausräume zu benutzen, zurückgezogen hatte, als er erfuhr, daß hinterher eine kurze Presseerklärung abgegeben werden sollte. Er hatte dies getan, weil er der Meinung war, daß die ständige Verbindung des St George's mit einem öffentlichen Gesundheitsproblem dem Ruf des Krankenhauses nicht gut täte.

Da es Sonntag war, gab es glücklicherweise nur wenig Verkehr, und Neef und Pereira kamen nur fünf Minuten zu spät zum Sutton Place. Als sie auf dem Weg zum Gesundheitsamt waren, sah Neef Eve mit einer Gruppe anderer Journalisten draußen auf dem Bürgersteig stehen. Er fing ihren Blick auf, und sie lächelte. Er deutete auf seine Uhr, um zu signalisieren, daß sie spät daran waren, und machte die Mundbewegungen von: »Wir sehen uns später.« Eve nickte als Antwort.

»Ich muß mich dafür entschuldigen, daß es heute nachmittag hier so beengt ist«, verkündete Lennon, »aber wir hatten in letzter Minute einige Probleme, mit denen wir fertig werden mußten.«

Der Raum, der jetzt für die Zusammenkunft benutzt wurde, war ein wenig klein für die etwa zwanzig Personen, die daran teilnahmen. Neef fand es unangenehm heiß und stickig dort drinnen.

»Einige von ihnen sind natürlich über die jüngste Entwicklung informiert, aber andere vielleicht nicht. Es hat einen weiteren Fall gegeben: einen Elektriker vom St George's. Wir glauben zu wissen, wie dieser Mann sich infiziert hat, und deshalb ist es unhaltbar geworden, von einer Kontamination an einer Primärquelle auszugehen. Wir müssen in Betracht ziehen, daß das Karzinogen noch an oder in den Patienten vorhanden war, als sie ins Krankenhaus eingeliefert wurden.

»Eine äußerst interessante und unglücklicherweise sehr beunruhigende Alternative ist von Dr. Max Pereira von Menogen Research vorgeschlagen worden, der in jüngster Zeit bei einem Gentherapie-Versuch an Krebspatienten mit dem St George's zusammenarbeitet. Dr. Pereira schlägt vor, daß wir nach einem brandneuen Virus als Auslöser dieses Ausbruchs suchen sollen.«

Plötzlich herrschte ein Tumult im Raum, als die Leute, die diese Idee zum ersten Mal hörten, all die Einwände vorbrachten, die bereits geäußert worden waren. Lennon hob die Hände, um für Ruhe zu sorgen.

»Ich weiß, meine Damen und Herren, daß das ketzerisch klingt, aber der Vorschlag wurde von jemandem gemacht, der, wie ich höre, ein Experte in solchen Dingen ist, daher ist es nur richtig, ihn in Betracht zu ziehen.«

Erneut brach ein Tumult aus.

»In der Zwischenzeit habe ich eine Warnung an alle Krankenhäuser herausgegeben, in der ich darum bitte, alle verdächtigen Fälle viraler Pneumonie zu isolieren und sich umgehend mit dem Gesundheitsamt in Verbindung zu setzen, so daß alle Kontaktpersonen aufgespürt und beraten werden können.«

»Finden Sie nicht, daß dies alles ein bißchen voreilig ist?« fragte ein Mann, der, wie Neef wußte, der regionalen Gesundheitsbehörde angehörte. »Wenn Sie vorschlagen wollen, es handele sich um ein Virus, das der medizinischen Wissenschaft bis jetzt völlig unbekannt ist, finden Sie nicht, Sie sollten damit warten, bis Sie zumindest die Spur eines Beweises vorlegen können?«

Zustimmendes Gemurmel folgte auf diesen Kommentar. »Alles, was Sie anscheinend haben, ist das Wort von diesem Kerl Pereira.«

»Ich glaube, Dr. Pereira ist anwesend«, sagte Lennon, der den kleinen dunkelhäutigen Mann erblickt hatte, der neben Neef stand.

»Ich bin hier«, sagte Pereira.

»Vielleicht möchten Sie einen Kommentar dazu abgeben«, schlug Lennon vor.

»Wissen Sie, wie lange das Medizinestablishment gebraucht hat, um die Existenz des AIDS-Virus anzuerkennen?« fragte Pereira.

»Sie wollen doch sicher nicht behaupten, daß dies etwas wie –«

»Wer weiß das schon?« unterbrach Pereira ihn. »Ich finde, ein paar Vorsichtsmaßnahmen beweisen nur gesunden Menschenverstand. Finden Sie nicht auch?«

»Es besteht ein himmelweiter Unterschied zwischen Vorsichtsmaßnahmen gegen ein bekanntes Risiko und dem Verursachen einer öffentlichen Panik wegen etwas, daß Sie sich nur zusammengereimt haben!« erwiderte der Vertreter der regionalen Gesundheitsbehörde. Neef bemerkte, daß der Mann rot im Gesicht angelaufen war. Pereira hatte ein unübertroffenes Talent dafür, Leute vor den Kopf zu stoßen. »Ich bin gegen alles, das unnötige öffentliche Unruhe verursacht«, sagte der Mann.

Zustimmendes Gemurmel in der Runde.

»Ja, ja, der Pilzzugang zur Öffentlichkeit«, sagte Pereira.

»Was haben denn Pilze damit zu tun –«

»Halte sie im Dunklen und füttere sie mit Scheiße.«

»Meine Herren, bitte«, unterbrach Lennon sie. »Wir alle wollen, daß diese Angelegenheit sobald als möglich geklärt wird. Aufeinander herumzuhacken hilft uns dabei nicht. Ist

Dr. Farro-Jones hier?« fragte er. Er war es nicht. »Der Grund, warum ich frage, meine Damen und Herren, ist, daß Dr. Farro-Jones eine elektronenmikroskopische Untersuchung an Lungengewebsproben von Charles Morse durchführt, um ein etwa vorhandenes neues Virus aufzuspüren. Er arbeitet bereits den ganzen Tag daran. Ich hoffte, er würde mit Neuigkeiten herkommen, aber offensichtlich ist dies nicht der Fall. In der Zwischenzeit informiere ich Sie über die Einzelheiten des neuen Falles und seine Beziehung zu den alten. Ich entschuldige mich für die behelfsmäßig zusammengeschusterte Leinwand. Kopien der Zusammenfassung können Sie beim Herausgehen mitnehmen.«

Als die erste Overhead-Projektion auf der Leinwand erschien, flüsterte Pereira Neef zu: »Ich bin weg, wir sehen uns morgen.«

Neef nickte. Er sah, daß David Farro-Jones hereinkam, als Pereira die Tür öffnete, um zu gehen. Die zwei flüsterten kurz miteinander, dann ging Pereira, und Farro-Jones glitt leise in den Raum. Er gesellte sich zu Neef, um die Overheadfolien zu verfolgen.

Neef hatte das Gefühl, sie mittlerweile auswendig zu kennen. Er blickte einen Moment zur Seite, sah dann aber den Ausdruck auf Farro-Jones Gesicht. Offensichtlich hatte er auf der Leinwand etwas gesehen, daß ihn zutiefst schockierte.

13

Lennon beendete seine neuesten Informationen über die betroffenen Personen und fragte, ob es Fragen oder Kommentare gäbe.

»Es sieht tatsächlich unheimlich nach dem Werk eines infektiösen Urhebers aus«, sagte Alan Brooks, der Dekan der medizinischen Fakultät. Aus der darauf folgenden Stille ließ sich schließen, daß dieser Kommentar nicht besonders populär war.

»Aber zwischen dem ersten und zweiten Fall läßt sich keine Verbindung nachweisen«, sagte Lennon und erfaßte damit die Stimmung des Treffens. »Das ist absolut entscheidend, und wir haben intensiv gesucht, glauben Sie mir. Wir sind ziemlich sicher, daß sich diese beiden Mädchen nie begegnet sind.«

Niemand anderes schien Lust zu haben, die These des infektiösen Urhebers zu unterstützen.

Neef sagte: »Dr. Farro-Jones ist gekommen.«

Lennon schaltete das Licht wieder an und wandte sich von der Leinwand ab. »Ah, Doktor, irgendwelche Neuigkeiten?«

Farro-Jones sagte reserviert: »Ich habe den ganzen Tag damit verbracht, Präparate der Lungensekrete von Charles Morse zu untersuchen. Ich habe keinerlei Hinweis auf die Anwesenheit eines neuen Virus gefunden.«

Der Raum war erfüllt von allgemeinem Gemurmel der Erleichterung. Neef teilte diese Erleichterung nicht; er fragte sich, was Farro-Jones zuvor gesehen hatte. Er wirkte immer noch geistesabwesend.

Lennon sagte: »Ich denke, ich kann für alle hier sprechen, wenn ich sage, daß ich äußerst erleichtert bin, das zu hören, Doktor. Nach diesem Treffen werde ich eine Mitteilung an die Presse geben, und meine größte Sorge war die Vorstellung, die Geburt eines Alptraumes in Form eines weiteren neuen Virus, mit dem die Menschheit fertig werden muß, zu verkünden.«

Es ertönte Gelächter, als die Stimmung im Raum sich entspannte.

»Meine Funde sind natürlich nicht absolut endgültig«, sagte Farro-Jones. »Wenn man nach etwas absolut Neuem sucht, besteht natürlich immer die Möglichkeit, daß die Färbebedingungen nicht ganz richtig waren oder daß ein Schnitt in der Präparatherstellung nicht so war, wie er sein sollte.«

Neef fand Farro-Jones' Einschränkung etwas verwirrend. Die Vorstellung eines neuen Virus hatte ihm von Anfang an nicht gefallen. Warum war er jetzt so vorsichtig wegen seines negativen Fundes?

»Natürlich, Doktor«, sagte Lennon. »Aber ich bin sicher, daß ihre Funde korrekt sind. Wir sind Ihnen sehr dankbar.«

»Hast du in den Proben irgend etwas anderes gefunden?« fragte Neef. Es ärgerte ihn, wie bereitwillig die Versammlung die Virustheorie beiseiteschob.

»Zum Beispiel?« fragte Farro-Jones.

»Fasern oder Partikel.«

»Ein guter Punkt«, meinte Lennon und nickte.

»Nein, nichts«, erwiderte Farro-Jones.

»Nichts, das so aussah, als könne es das Karzinogen sein?«

»Nein.«

»Dann sind wir nicht weitergekommen«, beharrte Neef.

»Ich fürchte nicht«, stimmte Farro-Jones zu.

»Haben Sie noch ein Argument vorzubringen, Dr. Neef?« fragte Lennon.

»Wir sind sicher alle erleichtert, daß es kein Anzeichen eines neuen Virus gab, aber auf der anderen Seite gab es ebenfalls keinerlei Hinweise auf irgendwelche Partikel. Wir sind der Antwort auf die Frage, was bei den Mädchen Krebs verursacht hat, kein bißchen näher gekommen, daher können wir es uns nicht leisten, eine der beiden Vorstellungen völlig aufzugeben. Es ist ganz wesentlich, daß wir für alles offen bleiben.«

»Solange offen bleiben nicht bedeutet, Schauergeschichten an die Presse weiterzuleiten!« sagte der Vertreter der regionalen Gesundheitsbehörde, der den Zusammenstoß mit Pereira gehabt hatte. Neef wußte jetzt, daß es sich um Peter Baroda handelte. Er hatte einen der Männer, die neben ihm standen, gefragt, nachdem Pereira gegangen war. Es hörte sich an, als fände Baroda reichlich Unterstützung im Raum.

»Wir müssen unnötigen Alarm vermeiden«, sagte eine Frauenstimme.

Neef erkannte nicht, wer es war, aber er fragte sich ungnädig, ob irgend jemand je definiert hatte, was nötiger Alarm war. Für ihn war der Kommentar der Frau Teil des Hintergrundgeräusches britischen öffentlichen Lebens, das nach einer »eingehenden öffentlichen Untersuchung« ruft und verlangt, daß »etwas getan« wird.

»Da wir gerade von unnötigem Alarm reden, meine Damen und Herren«, sagte Lennon. »Nach unserer Zusammenkunft treffe ich die Presse. Ich werde sie informieren müssen, daß es jetzt fünf Fälle gibt, und ihnen die Details geben, um wen es sich handelt. Aber ich halte es nicht für nötig, die Virus-Theorie zu erwähnen, da Dr. Farro-Jones sie zumindest für den Augenblick entkräftet zu haben scheint. Auf der anderen Seite werde ich in den sauren Apfel beißen und zugeben müssen, daß es uns bis jetzt noch nicht gelungen ist, die Quelle des Problems zu identifizieren. Ich werde natürlich betonen, daß wir unsere Nachforschungen mit aller Kraft weiterführen werden.«

Neef verließ die Besprechung verwirrt und voller Befürchtungen. Trotz seines Einspruchs, die Virus-Theorie nicht so ohne weiteres von der Hand zu weisen, hatte er das Gefühl, daß die Anwesenden wenig dafür übrig gehabt hatten. Sie wollten einfach nichts Neues in Betracht ziehen. Selbst Lennon, der vorher offen genug gewesen war, sie zu untersuchen, hatte auf Grundlage von Farro-Jones' negativem Befund diese Hypothese beiseitegeschoben. Er hatte das Gefühl, daß eine Menge Köpfe bequem in den Sand gesteckt worden waren.

David Farro-Jones holte ihn ein, als er zum Auto zurückging. »Wir mussen miteinander reden«, sagte er. »Ich habe meine Meinung geändert.«

»Wie das?«

»Ich glaube, an der Virus-Theorie ist doch etwas dran.«

»Was hast du denn gesehen, daß du deine Meinung geändert hast?«

»Etwas auf Lennons Skizze.«

»Was?«

Farro-Jones zögerte einen Augenblick, bevor er sagte: »Ich möchte hier auf der Straße nicht darüber reden.«

»Mach doch auf dem Rückweg einen Zwischenstopp am St George's. Wir können uns in meinem Büro unterhalten.«

Farro-Jones nickte. »Bis dann.«

Er folgte Neef zum Krankenhaus zurück und parkte neben ihm vor der Station. Neef ging nach drinnen vor und führte Farro-Jones in sein Büro.

»Heute bei dem Treffen ist mir etwas klar geworden, das mir große Furcht einflößt«, sagte Farro-Jones. »Es hat meinen Widerstand gegen die Vorstellung, daß ein Virus im Spiel sein könnte, völlig über den Haufen geworfen. Ich glaube, ich weiß sogar, wo es herkommen könnte.«

»Was!« rief Neef.

»Als Lennon uns seine OHP-Folien vorführte, bemerkte ich, daß Melanie Simpson im Langholm Crescent wohnte.«

»Ja und?« fragte Neef, der nicht folgen konnte.

»Die Menogen Research Labors sind in der Langholm Road, direkt um die Ecke.«

Neef starrte ihn mit offenem Mund an. »Mein Gott, du willst doch nicht etwa sagen, das Simpson-Mädchen sei durch etwas infiziert worden, das aus Max Pereiras Labor entkommen ist?«

»Neue Viren zu entwickeln ist Menogens Geschäft.«

»Aber es sind Übertragungsvektoren, die nur dem Transport dienen . . . keine –«

»Wie ich schon sagte, je wirkungsvoller der Vektor, desto größer ist das Risiko – und das Risiko besteht darin, daß sie Krebs verursachen.«

»Ja, aber –«

»Es könnte Zufall sein«, gab Farro-Jones zu. »Aber ich glaube, ich sollte in der Zwischenzeit weiter nach einem Virus suchen. Was meinst du?«

»Natürlich«, erwiderte Neef. »Aber ich finde, es wäre äußerst unfair, etwas darüber zu sagen, bis ein Beweis vorliegt. Verdammt noch mal, es war doch Max Pereira, der auf die Idee gekommen ist. Er würde doch kaum davon sprechen, wenn er glaubte, die Möglichkeit bestünde, daß etwas aus seinem eigenen Labor entwichen ist. Abgesehen davon habe ich gesehen, wie Menogen arbeitet. Es ist sehr gut geführt. Sie sind unter ständiger Aufsicht und Überwachung.«

»Verstecken kann man immer etwas«, sagte Farro-Jones. »Und Menogen steht unter hohem Erfolgsdruck.«

»Scheiße«, seufzte Neef.

»Aber du hast ganz recht«, sagte Farro-Jones. »Wir sollten nichts sagen, bis es irgendeinen Beweis gibt. Ich glaube nicht, daß irgend jemandem sonst der geographische Faktor aufgefallen ist, das gibt uns etwas Zeit. Ich werde ein Team von Laboranten an die Arbeit setzen.«

Als Farro-Jones gegangen war, ging Neef in Ann Miles' Büro hinüber und fand einen Stadtplan in dem Regal hinter ihrem Stuhl. Er nahm ihn mit in sein eigenes Büro und suchte den Langholm Crescent. Er machte eine kleine Skizze von seiner Lage im Verhältnis zur Langholm Road und, nachdem er die Hausnummer von Melanie Simpson in den Unterlagen nachgeschaut hatte, die Lennon verteilt hatte, fügte er ein Kreuz hinzu. Er war gerade dabei, als es an der Tür klopfte.

»Herein.«

Eve steckte den Kopf zur Tür herein. »Ungünstige Zeit?«

»Natürlich nicht. Komm herein.«

»Die Presseerklärung ging vor zehn Minuten zu Ende. Ich bin gekommen, um Neil zu besuchen.«

Neef nickte. »Wie war es bei der Pressekonferenz?«

»Lennon berichtete uns von dem neuen Fall und gab mehr oder weniger zu, daß sie nicht weitergekommen sind. Er appellierte an unser Verständnis und unsere Kooperationsbereitschaft, erwähnte Max' Virus-Theorie jedoch nicht. Bedeutet das, sie hat keine Chance?«

»Die Leute mochten sie nicht«, sagte Neef. »Um die Wahrheit zu sagen, glaube ich, sie mochten Max auch nicht. David Farro-Jones untersuchte eine Anzahl Proben von Charlie Morse und fand keinen Hinweis auf ein neues Virus.«

»Ich verstehe«, sagte Eve. »Wir müssen die Stadt also doch nicht evakuieren. Was machst du da?« Sie schaute auf die Skizze auf dem Schreibtisch.

»Ich . . .«, Eve hielt seinem Blick stand. »Ich . . .«

»Du willst es mir nicht sagen, stimmt's?«

»Es ist nicht so, daß ich es dir nicht erzählen wollte. Es ist einfach, daß du Journalistin bist, und das macht die Dinge schwierig.«

»Man kann mir nicht trauen?«

»Das habe ich nicht gemeint. Es ist einfach nur, daß –«

»Du mußt es nicht erklären. Das wird immer zwischen uns stehen, nicht wahr?«

Neef schüttelte den Kopf und sagte leise: »Ich möchte das nicht. Wirklich nicht. David ist heute bei dem Treffen etwas aufgefallen. Vielleicht ist nichts dran, aber wir müssen die Folgen bedenken.«

Eve riß die Augen weit auf, als Neef den Grund für seine Skizze erklärte. »Das ist echtes Dynamit!« rief sie.

»Es ist streng vertraulich.«

»Natürlich. Mein Gott! Ich hoffe, er hat unrecht.«

»Glaub mir, das tue ich auch. Max Pereira ist nicht gerade der charmanteste Mensch auf Erden, aber ich glaube, er ist aufrichtig und verantwortungsbewußt, was seine Arbeit anbelangt. Als er mir von den Regeln und Beschränkungen erzählte, mit denen er sich abfinden muß, hat er sich nicht beklagt. Er wollte nur, daß sie auf alle Forscher gleichermaßen angewendet werden.«

Neefs Telefon klingelte, und Eve nahm das zum Anlaß zu gehen. Sie winkte leicht, als sie die Tür schloß.

»Neef.«

»Dr. Neef, mein Name ist Jean Langtry. Dr. Pereira bat mich, Sie anzurufen. Er sagte, es sei sehr dringend. Sie benötigen Informationen über Genehmigungsverfahren.«

»Ja, Miss Langtry, nett von Ihnen anzurufen. Was müssen wir tun?«

Neef machte sich eine Reihe von Notizen auf seinem Schreibtischblock, während Jean Langtry sprach. Zum Schluß dankte er ihr für ihre Hilfe.

»Viel Glück, Herr Doktor.«

Neef rief in Tim Heatons Büro an, aber niemand natwortete. Er versuchte es mit seiner Privatnummer, die er aus seiner Schreibtischablage herauszog.

»Tim?« Hier ist Michael Neef. Ich brauche Ihre Hilfe. Ich möchte, daß das Krankenhaus einen Eilgenehmigungsantrag stellt, um bei einem meiner Patienten einen neuen Menogen-Vektor zu benutzen. Ich habe alle Einzelheiten, die Sie für den Antrag brauchen, hier.«

»Es ist Sonntagabend, Michael.«

»Die Sonntage gehen für meinen Patienten insgesamt zu Ende, Tim«, sagte Neef. »Vielleicht hilft ihm dies.«

Heaton gab dieser moralischen Erpressung nach, wie Neef sich sicher gewesen war. »In Ordnung«, sagte er. »Ich komme, aber woher wollen Sie wissen, daß dieser Vektor erfolgreicher ist als die anderen?«

»Ich weiß es nicht«, gestand Neef.

»In Ordnung«, gab Heaton zu, »war eine unfaire Frage.«

Neef fertigte aus seinen Notizen eine saubere Zusammenfassung dessen, was benötigt wurde, an und tippte sie mit Ann Miles' PC für Tim Heaton ab. Er fügte aus Neil Bensons Krankenakte einige Details hinzu und steckte die beiden Blätter in einen großen Umschlag. Dann ging er zum Verwaltungstrakt hinüber und ließ das Kuvert vor Tim Heatons Büro liegen. Er wußte, es bestand keine Chance, daß der Antrag mit allem, was erforderlich war, noch heute abend losgeschickt wurde, aber wenn Heaton sich im Laufe des Abends mit allen Erfordernissen vertraut machte, sollte er am Montag fertig sein, um abgesandt zu werden. Neef kehrte auf die Station zurück und suchte Eve. Sie war immer noch bei Neil.

Er beobachtete sie einen Augenblick lang durch die Glastür. Eve wandte ihm den Rücken zu. Er konnte sehen, daß sie eines von Neils Feuerwehrautos neben sich hatte, und es sah aus, als erzählte sie ihm eine Geschichte darüber. Neil hörte zu, hatte aber nicht die Kraft, mehr zu tun. Die Tage, an denen er mit seinen geliebten Feuerwehrautos spielte, neigten sich dem Ende zu. Seine Medikamente dämpften all seine Sinne ebenso wie den Schmerz. Neef schluckte und holte tief Luft, bevor er den Raum betrat. »Hallo, ihr beiden«, sagte er fröhlich. »Was macht ihr gerade?«

»Eine Geschichte lesen«, sagte Eve heiter und ging damit auf Neefs Mr-Lustig-Rolle ein.

»Zufällig über einen Feuerwehrmann?«

»Über wen denn sonst?« lächelte Eve. »Seine Name ist Maxwell. Maxwell Gunn.«

»Und was macht Maxwell heute?«

»Er rettet eine Katze namens Dolly aus einem hohen Baum, der über einen Fluß wächst.«

»Meine Dolly?« rief Neef.

»Ja, aber mach dir keine Sorgen, ihr geht es gut. Maxwell hat sie mit seiner Drehleiter sicher zu Boden gebracht.«

»Gott sei Dank«, sagte Neef. »Ich glaube, Neil wußte gar nicht, daß ich eine Katze namens Dolly habe«, sagte Neef.

Neil nickte langsam.

»Doch«, sagte Eve. »Ich habe es ihm erzählt. Dolly kommt oft in unseren Geschichten vor.«

»In dem Fall wird es Zeit, daß Neil die echte Dolly kennenlernt. Was meinst du?«

Neil nickte wieder langsam.

»Sobald du dich ein bißchen besser fühlst, Tiger, werde ich ... werden wir dich mit zu Dolly nehmen. Ruh dich jetzt etwas aus. Ich sehe dich morgen früh.«

Eve folgte Neef aus dem Zimmer in sein Büro. »Er schwindet dahin«, sagte sie.

»Zum Teil liegt es an den Medikamenten«, sagte Neef. »Sie machen ihn schläfrig.«

»Wie lange hat er noch?«

»Ein paar Wochen, nicht viel länger.«

»Weißt du, was ich getan habe, als du heute morgen zum Krankenhaus gefahren bist?« fragte Eve.

»Sag es mir.«

»Ich bin in die Kirche gegangen.«

Neef fühlte sich unbehaglich. Er wußte nicht, was er sagen sollte.

»Es war das erste Mal, seit ich die Schule verlassen habe, abgesehen von Hochzeiten und Beerdigungen und so etwas. Ich habe für Neil gebetet. Bist du religiös?«

»Nein«, erwiderte Neil.

»Ich auch nicht. Es schien mir einfach eine gute Idee zu sein. Ich nehme an, wenn du dir etwas verzweifelt genug wünschst, tust du alle möglichen merkwürdigen Dinge, versuchst einfach alles.«

»Das nehme ich auch an«, sagte Neef. Dann wechselte er das Thema, weil er noch nichts von Pereiras neuem Überträger erzählen wollte. Er wollte keine falschen Hoffnungen wecken. »Ich bin hungrig«, sagte er. »Wie ist es mit dir?«

»Ein bißchen.«

»In der Ayton Road gibt es ein gutes chinesisches Restaurant. Was hältst du davon?«

»Dazu hätte ich Lust«, sagte Eve.

Sonntagsabends war es ruhig in dem Restaurant. Nur ein anderes Paar war dort. Das Klingeln der chinesischen Musik war angenehm gedämpft. Neef trank einen Gin Tonic und Eve einen Campari, während sie sich die Speisekarte anschauten. »Was kannst du empfehlen?« fragte Eve.

»Alles mit schwarzer Bohnensauce.«

»Ich werde es versuchen«, sagte Eve. Sie warf einen Blick auf ihre Uhr, und Neef bemerkte es.

»Tut mir leid«, sagte er. »Bist du unter Vorspiegelung falscher Tatsachen hier?«

»Nein, überhaupt nicht«, sagte Eve. »Aber ich muß meine Geschichte noch schreiben, und nicht nur für den *Citizen*.«

Neef zog die Augenbrauen hoch.

»Einer der überregionalen Zeitungen hat meine erste Geschichte über die Krebsbedrohung gut gefallen, daher haben sie mich eingeladen, eine Fortsetzung zu schreiben. Ich möchte, daß sie gut wird. Das könnte eine große Gelegenheit sein.«

»Ist es das, was du gerne machen würdest«, fragte Neef, »für eine der großen überregionalen Zeitungen arbeiten?«

»Ich wäre gerne Chefredakteurin einer dieser Zeitungen«, sagte Eve lachend.

»Du bist ehrgeizig«, sagte Neef. »Wie Max.«

Eves Lächeln verblaßte ein wenig. »Daran ist doch nichts falsch, oder?«

»Natürlich nicht, solange du davon nicht zu sehr angetrieben wirst.«

Sie verfielen einige Augenblicke lang in Schweigen.

»Glaubst du, der Ehrgeiz treibt Max zu sehr an?« fragte Eve ruhig.

Neef verzog das Gesicht und erwiderte: »Er ist ganz offen darin, was er vom Leben will, und er arbeitet extrem hart, um es zu erreichen. Was David Farro-Jones beunruhigt, ist, daß wir nicht wissen, zu wievielen Abkürzungen er und Menogen bereit sind.«

»Würdest du ein gebrauchtes Auto von Max Pereira kaufen?« fügte Eve hinzu.

»Genau so was«, erwiderte Neef.

»Aber du hast doch selbst gesagt, daß es eine Menge Kontrollen und Sicherheitsvorkehrungen in dem Geschäft gibt«, sagte Eve.

»Gibt es auch«, stimmte Neef zu. »Ich war neulich abends da. Ich war beeindruckt. Es schien mir ein wohlorganisierter Betrieb zu sein. Max hat den Fimmel, daß die Universitäten nicht dieselben Regeln einhalten müssen wie kommerzielle Unternehmen. Er findet, sie kommen zu leicht davon.«

»Stimmt das?«

»Offen gesagt, ja.«

»Wenn nun das Schlimmste passiert und sich herausstellt, daß der Krebs durch ein neues Virus aus Max' Labor verursacht wurde? Was dann?«

»Max wird den Wölfen zum Fraß vorgeworfen werden«, erwiderte Neef.

»So ohne weiteres? Keine mildernden Umstände?« sagte Eve. »Nach allem, was ich höre, hat seine Arbeit dem jungen Thomas Downy das Leben gerettet.«

»Keine«, sagte Neef entschieden. »Wenn sich zeigt, daß Menogen für den Tod von Melanie und den anderen verantwortlich ist, können sie den Laden schließen und die Schlüssel einschmelzen, was mich betrifft.«

»Versteh mich nicht falsch, Michael«, sagte Eve, »ich weiß, daß du mich für gefühllos halten wirst, aber wenn das Schlimmste sich als wahr herausstellen sollte, würdest du mich dann von unserer Vereinbarung entbinden und mir erlauben, die Story zu bringen, bevor es ein anderer tut?«

»Ich denke schon«, sagte Neef. »Aber das wird nicht passieren.«

»Natürlich nicht.«

Das Essen kam.

Seinen ersten Anruf am Montagmorgen erhielt Neef von Frank MacSween. Er rief von Zuhause an. »Betty und ich wollen gerade zum Lake District aufbrechen«, sagte MacSween. »Ich habe mich entschlossen, etwas Urlaub zu nehmen. Die Pathologiearbeit übernimmt die Uni für eine Weile.«

»Ich bin froh, daß du mal eine Pause machst«, sagte Neef. »Es wird euch beiden unendlich gut tun.«

»Ich rufe eigentlich an, um dich um einen Gefallen zu bitten.«

»Schieß los«, sagte Neef.

»Die pathologische Abteilung der Uniklinik veranstaltet heute abend ein Abschiedsbankett für Eddie Miller, der in den Ruhestand geht. Ich werde nicht hingehen, aber ich wäre dir dankbar, wenn du an meiner Stelle gehen würdest. Ich glaube, vom St George's gehen nicht allzu viele hin, wenn überhaupt, und es wäre eine Schande, wenn nur wenige Gäste kämen. Ich weiß, daß sein Abschied ein wenig überschattet ist, aber wenn es irgendeinen Beruf gibt, der eine kleine Affäre mit der Flasche entschuldigt, dann ist es die Pathologie. Ich kenne Eddie schon sehr lange. Zu seiner Zeit war er sehr gut.«

»Wenn du das möchtest«, sagte Neef.

»Kennst du ihn?«

»Nicht so gut«, erwiderte Neef. »Aber wir sind uns im Laufe der Jahre ein paar Mal begegnet.«

»Das Bankett wird in den Connaught Rooms der Universität abgehalten. Abendgarderobe, halb acht bis acht.«

»Ich werde da sein und Eddie deine guten Wünsche ausrichten.«

»Tu das«, sagte MacSween.

»Verdammt«, sagte Neef, als er den Hörer auflegte und Ann Miles mit einigen Papieren hereinkam.

»Probleme?« fragte sie.

»Als ich meinen Smoking das letzte Mal angeschaut habe, sah er aus wie ein besonders beliebter Ferienort für Motten.«

»Leihen Sie sich einen«, sagte Ann.

»Dazu muß man die Zeit finden«, sagte Neef.

»Sagen Sie mir Ihre Größe. Ich rufe dort an, wo mein Mann auch immer hingeht. Sie werden ihn schicken.«

»Toll«, sagte Neef. Er erklärte Ann, was er wollte.

Tim Heaton rief an, um zu fragen, ob Neef Mark Louradis' Artikel in der Mail gelesen habe. Neef erwiderte, das habe er nicht.

»Er ist ausgezeichnet«, sagte Heaton. »Es ist eine gute halbe Seite mit Diagrammen, um zu erklären, was die Menogen-Vektoren bewirken sollen. Das ist genau die Art Berichterstattung, die das St George's braucht. Dadurch erfahren die Leute, daß wir zu den Vorreitern der Medizin gehören.«

»Gut«, sagte Neef ungerührt.

Neef kam um viertel vor acht in der Universität an. Die Connaught Rooms befanden sich im dritten Stock des ältesten Gebäudes und wurden bei allen formellen Anlässen benutzt, wo eine Aura akademischer Würde wünschenswert erschien. Das Abschiedsbankett eines Mitgliedes des Lehrkörpers war eine solche Gelegenheit. Die Eingangshalle selbst war schon beeindruckend, ja selbst furchteinflößend, dachte Neef, als er zu dem Uniformierten am Auskunftsschalter hinübersah, dem einzigen Lebewesen unter all den Porträts früherer Kanzler und königlicher Gönner. Der Mann sah von seiner Zeitung auf, bemerkte Neefs Smoking und winkte ihn mit einem »Guten Abend, Sir« hinauf.

»'n Abend«, erwiderte Neef. Er überquerte den gewaltigen Marmorfußboden zu der riesigen Treppe, die in den ersten Stock führte. Die Stufen waren aus weißem italienischem Marmor, teilten sich nach dem ersten Dutzend und wanden sich links und rechts zu dem ersten offenen Treppenabsatz hinauf. Hoch über dem zentralen Treppenhaus flutete während des Tages Licht durch eine Glaskuppel. Abends erstrahlte ein schmiedeeiserner Leuchter.

In den Connaught Rooms befanden sich dreißig bis vierzig

Leute, als Neef dort eintraf. Sie standen in einem kleinen Raum vor dem Hauptspeisesaal und tranken Sherry. Kellnerinnen, die schwarz trugen und aussahen, als seien sie in einem Tearoom der dreißiger Jahre eher zu Hause, kreisten mit scharfem Blick und leerem Gesichtsausdruck durch die Menge und waren ständig auf der Hut vor achtlos ausgebreiteten Armen und plötzlichen Schritten rückwärts.

»Ein Drink, Sir?« fragte eine.

Mit einem Lächeln nahm Neef an und schaute sich nach einem freundlichen Gesicht um. MacSween hatte recht gehabt: es waren nicht viele Leute vom St George's da. Als spürte er seine Einsamkeit, kam David Farro-Jones mit seiner Frau Jane am Arm zu ihm herüber. Jane war so hübsch wie Farro-Jones gutaussehend war. Außerdem war sie charmant.

»Ich wußte nicht, daß du auch kommst«, sagte Farro-Jones.

»Hallo, Michael, ich habe dich ja seit Ewigkeiten nicht gesehen«, sagte Jane. »Ich sage David ständig, daß du mal zum Essen kommen mußt.«

»Das wäre nett«, sagte Neef mit einem Lächeln. »Tatsächlich bin ich hier unter Vortäuschung falscher Tatsachen. Frank MacSween fragte mich, ob ich nicht an seiner Stelle kommen könnte. Er nimmt sich etwas frei. Der Tod seines Enkels ist ihm sehr zu Herzen gegangen.«

»Armer Frank«, sagte Jane.

»Eine echte Tragödie«, sagte Farro-Jones.

»Tatsächlich«, vertraute Jane ihm an, »sind, glaube ich, eine Menge Leute unter Vorspiegelung falscher Tatsachen hier. Ich nehme an, die Pathologieabteilung wird froh sein, den alten Eddie von hinten zu sehen. Wir sind alle nur hier, um den Schein zu wahren.«

Für Neef nahm der Abend einen surrealen Charakter an, als sie sich durch das Essen kämpften, das größtenteils ungenießbar war. Das Fleisch war zäh, das Gemüse matschig und das ganze kalt, weil die Küche sehr weit vom Speisesaal entfernt lag. Die Leute taten so, als wäre alles in Ordnung, weil sie Eddie an seinem letzten Abend nichts verderben wollten. Klagen gingen über Blickwechsel und hochgezogene Augenbrauen nicht hinaus. Ansonsten wurde viel schweigend gekaut.

Dieselben wissenden Blicke erfolgten während der Reden, als der Dekan Eddies herausragende Dienste für die Universität im allgemeinen und die Pathologieabteilung im besonderen lobte. Seine selbstlose Hingabe an die Pflicht wurde allen als Beispiel hingestellt, besonders den jungen, von denen niemand anwesend war, wie Neef bemerkte. Die Lobrede gipfelte darin , daß der Konrektor Eddie eine Uhr überreichte und Eddies Frau Trudy einen Blumenstrauß. Eddie, der während der ganzen Prozedur mit niedergeschlagenen Augen und einem strahlenden Lächeln auf den Lippen dagesessen hatte, erhob sich, um zu antworten, und kippte beinahe rückwärts. Er war bereits betrunken. Jetzt waren die Kellnerinnen an der Reihe, sich wissende Blicke zuzuwerfen. Die Dinnergäste warteten mit starrem Lächeln und vor Verlegenheit zusammengekniffenen Hinterbacken darauf, daß Eddie etwas sagte.

»Freunde«, begann Eddie mit einer undeutlichen Aussprache, die den Verdacht der Kellnerinnen bestätigte. »Ich weiß nich', was ich sagen soll.«

Tränen der Rührung liefen Eddie über die Wangen, als er sich in eine Dankesrede stürzte, die jeden Oscar-Preisträger hinsichtlich ihrer Länge und Langeweile in den Schatten stellte. Jeder war zutiefst dankbar, als der Konrektor eine Pause in Eddies Vortrag nutzte und »For He's a Jolly Good Fellow« anstimmte. Voller Inbrunst stimmten alle ein, entschlossen, daß Eddie nicht mehr zu Wort kommen sollte. »Ist es wirklich vorbei?« flüsterte Jane Neef zu.

»Ich bitte zu Gott«, erwiderte Neef.

Die Leute begannen umherzugehen, und Farro-Jones nutzte die Gelegenheit, kurz mit Neef über die Virusjagd zu reden.

»Noch nichts«, vertraute er ihm an. »Aber alle drei Elektronenmikroskope arbeiten daran.«

»Was hast du deinen Mitarbeitern denn gesagt?« fragte Neef.

»Ich habe die Präparate selbst vorbereitet, es weiß also niemand, daß die Proben von Charlie stammen. Ich habe nur um einen Bericht über alle sichtbaren Viren gebeten.«

»Gut.«

»Worüber tuschelt ihr beide denn?« sagte eine laute Stimme hinter Neef, der zusammenschrak. Eine schwere Hand klammerte sich um seine Schulter. Es war Eddie.

»Ich bin mir nicht sicher, ob ihr beide einander kennt«, sagte Farro-Jones linkisch.

»Sagen Sie nichts«, sagte Eddie und wedelte mit einem Finger unsicher vor Neef hin und her. »Onkologie Eins, St George's ... Neef.«

»Das stimmt«, sagte Neef. »Wir sind uns schon ein paarmal begegnet. Frank MacSween bat mich, heute abend herzukommen und ihn bei Ihnen zu entschuldigen, Eddie. Er und Betty sind zum Lake District gefahren, um mal Pause zu machen.«

»Armer Frank, auf diese Weise seinen Enkel zu verlieren«, nuschelte Eddie.

»Sehr traurig«, stimmte Neef zu.

»Wann kommen diese Arschlöcher vom Gesundheitsamt der verdammten Quelle endlich auf die Spur?« fragte Eddie.

»Sie machen ihre Sache nicht besonders gut«, stimmte Neef zu.

»Nicht gut?« wiederholte Eddie und zog theatralisch die Augenbrauen hoch. »Ein Blinder in einer nebligen Nacht könnte das besser.«

»Kann ich dich für eine Minute entführen, Liebling?« fragte Jane Farro-Jones, die anscheinend aus dem Nichts auftauchte, den Arm ihres Mannes ergriff und ihn sanft in einer Rettungsaktion zur Seite zog. Neef, das einzige Opfer dieses Manövers, blieb allein mit Eddie zurück.

»Es gelingt ihnen absolut nicht herauszufinden, wie die erste Patientin sich kontaminierte«, sagte Neef.

»Ersse Patientin?« nuschelte Eddie.

»Melanie Simpson«, sagte Neef und fragte sich, warum in Gottes Namen diese Unterhaltung überhaupt stattfand.

Eddie klopfte sich dreimal auf die Nase und schüttelte den Kopf. »Nich die ersse«, sagte er.

Neef spürte, wie er im Genick eine Gänsehaut bekam, aber Eddies Aussprache war so undeutlich, daß er sich auch verhört haben konnte. »Wie bitte?«

»Ich war das«, verkündete Eddie mit einem Ausdruck stillen Triumphes. »Ich hatte die ersse Patientin.«

»Was sagen Sie da, Eddie?« fragte Neef. »Sie hatten bereits solch einen Fall vor Melanie Simpson?«

Eddie nickte übertrieben mit dem Kopf. »Aber sicher.«

»Wer war das?« fragte Neef. Eddie schaute sich nach einem weiteren Drink um. Er begann sich zu langweilen. »Wer war dieser Patient? Wann war das, Eddie?« beharrte Neef.

»Vor'n paar Wochen.« Eddie wurde immer aufgeregter, weil er seinen nächsten Drink nicht erspähen konnte.

Neef unterdrückte sein Bedürfnis, ihn gegen die Wand zu drängen und die Antwort aus ihm herauszuwürgen. »Soll ich Ihnen nicht einen Drink besorgen, Eddie?« sagte er freundlich. Seine Gedanken rasten. Das würde nicht leicht. Niemand wollte mit Eddie reden, aber sobald er ihn allein ließ, würde sich sicher jemand verpflichtet fühlen, sich zu dem Ehrengast zu gesellen, und der Augenblick wäre vorüber. Er mußte die Informationen jetzt aus Eddie herausholen. Er konnte es nicht riskieren, jetzt an die Bar zu gehen; das würde zu lange dauern. Er warf einen Blick zur Seite und sah, daß die drei Leute, die dort standen, ihre Getränke auf einem kleinen Tisch deponiert hatten. Das Tischchen stand vor einem der Marmorpfeiler. Neef machte drei Schritte um die Säule herum, ging in die Knie, griff um die Säule und nahm einen der Drinks vom Tisch. Als er das tat, verließ ihn das Glück. Die Frau, die ihm am nächsten stand, schaute nach unten und sah, was er tat. »Na so was!« rief sie.

Neef zuckte linkisch die Schultern und gesellte sich wieder zu Eddie, während die Frau ihren Freunden berichtete, was geschehen war. Weil dies die Universität war, verließ Neef sich darauf, daß die Dinge nicht weiter gehen würden. Reden, aber nichts tun, war die Norm. Er drückte Eddie den Drink in die Hand.

»Danke, Neefy, alter Junge«, sagte Eddie.

»Eddie, habe ich das richtig verstanden? Es gab einen Fall vor Melanie Simpson, und Sie haben damals Bronchialkarzinome in ihren Bericht geschrieben?«

»Nicht offiziell. Offiziell war es Lungenkongestion, aber ich habe die Tumore gesehen. Ich habe sie entdeckt.«

»Wer war der Patient, Eddie?«

»Mädchen.«

»Ein Mädchen? Jung? In Melanies Alter?«

»Ungefähr.«

»Warum haben Sie die Tumore nicht erwähnt, Eddie?«

Eddie nahm sich einen Drink und sah Neef an. »Kommen Sie schon, Neefy«, sagte er. »Dassis meine Party. Ich soll mich hier amüsieren. Kommen Sie und lernen Sie meine Frau Trudy kennen. Hat mir durch dick und dünn zur Seite gestanden.« Er machte eine unsichere Bewegung vorwärts.

Neef hielt ihn sanft auf. »Erzählen Sie mir doch nur, warum Sie von den Tumoren nichts berichtet haben, Eddie.«

»Lassen Sie sich von mir was sagen, Neefy«, vertraute Eddie ihm an. »Das Geheimnis eines ruhigen Lebens ist ... ihnen zu sagen, was sie hören wollen. Das ist es, mein Sohn ... erzähl ihnen, was sie hören wollen. Er wollte nichts von Tumoren hören, daher habe ich nichts von Tumoren in den Bericht reingeschrieben. Ganz einfach. Machte sowieso keinen Unterschied.« Eddie hatte einen gewaltigen Schluckauf, bevor er mit seinem undeutlichen Monolog fortfuhr. »Kleine Kind war sowieso tot. Würde sie doch nicht wieder lebendig machen.«

»Wer wollte nichts von Tumoren hören, Eddie?«

Eddie schaute Neef an, als sei es ganz einfach. »Er wollte es nicht«, rief er.

»Wer ist er, Eddie?«

»Entschuldigen Sie bitte, alter Junge«, sagte eine gereizte männliche Stimme hinter Neef. Dies wurde begleitet von einem Klaps auf die Schulter. »Meine Frau sagt, Sie haben ihren Drink weggenommen. Die Bar ist da drüben, wissen Sie.«

»Verpiß dich«, zischte Neef durch zusammengebissene Zähne, und der Mann zuckte zurück. »Na so was«, rief er.

»Was ist denn das für 'ne Geschichte, daß Sie jemandem den Drink weggenommen haben?« erkundigte Eddie sich. Er stieß Neef mit dem Unterarm beiseite und rief dem gereizten Mann zu: »Was ist los, Harold? Ich besorge euch allen einen Drink. Das ist meine Party. Niemand muß bei meiner Party ohne einen Drink auskommen.«

Neef sah, wie der Augenblick vorüberging, während Eddie auf die drei Leute zuschwankte, die ihn mit Blicken durchbohrten. Es war ihm äußerst peinlich, und er wandte sich ab. Er ging zur Bar herüber und kaufte sich einen großen Gin Tonic, den er in zwei Schlucken hinunterstürzte.

»So schlimm?« sagte eine Stimme an seiner Schulter. Es war David Farro-Jones.

Neef schüttelte den Kopf, konnte aber nichts sagen.

»Was du brauchst, ist eine Frau wie Jane«, sagte Farro-Jones. »Sie ist darauf trainiert, mich bei all solchen Gelegenheiten zu retten.«

»Das ist mir aufgefallen«, sagte Neef.

»Komm mit zu uns.«

»Eddie sagt, Melanie Simpson sei nicht die erste Patientin gewesen«, sagte Neef.

»Was?« rief Farro-Jones.

»Er sagt, es gab einen früheren Fall, aber er hat darüber nicht Bericht erstattet.«

»Warum nicht, um Gottes willen?«

»Er sagt, jemand wollte das nicht hören.«

»Warum? Warum?«

»Ich konnte keinen richtigen Sinn hereinbekommen. Er ist sturzbesoffen.«

»Während der letzten achtzehn Monate ist er ständig besoffen«, sagte Farro-Jones. »Bist du sicher, daß er nicht nur Schrott erzählt?«

»Vielleicht«, gab Neef zu. »Aber ich glaube, wir müssen der Sache nachgehen.«

»Absolut«, stimmte Farro-Jones zu. »Er sagte früher, daß er morgen kommen würde, um seinen Schreibtisch auszuräumen und allen auf Wiedersehen zu sagen. Wir sollten ihn erwischen, solange er noch relativ nüchtern ist, und sehen, ob wir etwas Vernünftiges aus ihm herausbekommen.«

»Ich komme so gegen zehn herüber«, sagte Neef.

»Was heckt ihr beiden denn aus?« fragte Jane Farro-Jones, als sie sich zu ihnen gesellte und ihre Arme bei ihnen einhängte.

»Wie wir diesen lustigen Abend beenden können«, erwiderte Farro-Jones mit einem lauten Flüstern.

»Möglichst bald«, bat Jane.

Eddie wurde jetzt von zwei seiner Kollegen aus der Pathologie gestützt, einem auf jeder Seite. Sie brachten ihn in die Mitte des Raumes, und der Konrektor gab – mit einer lauten Stimme, die zu einem Konrektor und Fahrer eines Volvo Kombi paßte – die Anweisung, einen Kreis zu bilden.

Nervös verbanden sich fremde Hände, und der Dekan stimmte »Auld Lang Syne« an. Wie ein ausgebeintes Hühnchen hing Eddie zwischen den Männern, die ihn hielten, während eine Woge von Akademikern auf ihn zu und wieder wegschwappte. Es fehlt jetzt nur noch, daß er sich erbrach, dachte Neef. Aber Gott sei Dank geschah das nicht, und der Abend endete in einem allgemeinen Schulternklopfen, Mantelanziehen und »Fantastischer Abend!«-Ausrufen in den Marmorhallen. Die Luft draußen roch sehr angenehm, als Neef in die Nacht hinaustrat. Er würde sich bald ein Taxi nehmen, aber jetzt mußte er erst mal allein sein.

Hinter der Tür lag ein Zettel von Eve. Sie war zum Cottage gekommen, hatte ihn aber nicht angetroffen. Ein Exemplar der Zeitung mit ihrer Story über die Krebsbedrohung hatte sie ihm da gelassen. Neef schimpfte mit sich, daß er Eve nicht erzählt hatte, daß er zu Eddies Abschiedsessen ging, aber wenn er aufrichtig mit sich war, mußte er zugeben, daß es nicht nur ein Versehen war. Er war ein wenig eingeschnappt, daß Eve am Abend zuvor so schnell davongeeilt war, um ihre Story zu schreiben. Er wußte, das war kindisch, aber er hatte das Bedürfnis empfunden, seine Unabhängigkeit zu dokumentieren. Jetzt nach diesem gräßlichen Abend verspürte er diesen Wunsch nicht mehr. Er wünschte, sie wäre da.

Er nahm die Zeitung und setzte sich hin, um ihr Werk zu lesen.

14

Gleich als erstes am Montagmorgen hatte Neef eine Verwaltungskonferenz. Es gab wenig zu diskutierten, obwohl Carol Martin, die Leiterin des Pflegedienstes, um mehr Nachtschwestern bat. Carol versuchte schon seit einigen Wochen, einzelne Fachärzte dabei auf ihre Seite zu bringen. Zuviel Verantwortung entfiele auf zu wenige Schwestern, behauptete sie. Neef hatte versprochen, sie zu unterstützen, und tat es dann auch. Heaton und der schlaksige Phillip Danziger sagten, sie wollten sehen, was sie tun könnten.

Tim Heaton beglückwünschte Mark Louradis zu seinem Artikel über Gentherapie.

»Das nenne ich positiven Journalismus«, sagte Heaton. »Er verbindet das St George's in der öffentlichen Wahrnehmung mit brandaktueller Forschung. Allgemeinmediziner werden erkennen, daß wir ein fortschrittliches Krankenhaus sind. Sie werden uns nur zu gerne ihre Patienten überweisen.«

Neef fiel auf, daß Louradis während der ganzen Konferenz den Augenkontakt mit ihm vermied. Es verschaffte ihm eine gewisse Befriedigung, daß er Schuldgefühle hatte, weil er nach Publicity für seine eigene Person trachtete. Neef war über so etwas nicht länger wütend. Gleichmütig akzeptierte er, daß manche Menschen einfach so waren.

Heaton war besonders erfreut darüber, daß sich die Aufmerksamkeit der Öffentlichkeit in der Krebspanik-Geschichte vom St George's zum Gesundheitsamt verlagert hatte, wo sie seiner Meinung nach hingehörte. Er brachte das Thema zur Sprache, und man applaudierte ihm wegen seines festen Standpunktes bezüglich der Pressekonferenz am Sonntag.

»Was hielten Sie übrigens von der Berichterstattung über die Krebsbedrohung?« fragte Heaton.

»Zum größten Teil Panikmache«, sagte Carol Martin. »Man

könnte denken, das Karzinogen sei ein grünes schleimiges Monster, das in dunklen Gassen lauert, um unachtsame Menschen zu überfallen.«

»Wäre vielleicht leichter, wenn das so wäre«, sagte Neef. »Zumindest wüßten wir dann, womit wir es zu tun haben.«

»Was halten Sie von der Berichterstattung, Michael?« fragte Heaton.

»Die zuständigen Stellen wurden wohl als nicht besonders brillant charakterisiert, aber das ist heutzutage beinahe ein nationaler Zeitvertreib. Ich fand, es war nicht besonders unfair.«

»Ich finde aber, sie sind mit den Leuten vom Gesundheitsamt sehr unfair umgesprungen«, sagte John Marshall. »Die haben im Augenblick einen alles andere als leichten Job.«

»Aber die unangenehme Tatsache bleibt, daß sie der Ursache des Ausbruchs seit dem ersten Bericht kein bißchen näher gekommen sind«, sagte Neef.

»Das ist nicht notwendigerweise ihre Schuld«, sagte Marshall.

»Das behaupte ich ja nicht«, konterte Neef. »Ich stimme Ihnen sogar zu, aber das ändert nichts an der Tatsache. Sie machen keinerlei Fortschritte.«

Neef sah auf die Uhr. Es war neun Uhr fünfundreißig. Um zehn sollte er in der Uni sein.

»Viel zu tun heute, Michael?« fragte Heaton, dem die Geste nicht entgangen war.

»Haben wir das nicht alle?« erwiderte Neef.

»Also, wenn niemand sonst etwas zu berichten hat . . .«

Allgemeines Kopfschütteln.

»Dann wollen wir die Woche beginnen.«

Heaton kam zu Neef herüber und erzählte ihm, daß er den Eilgenehmigungsantrag auf den Weg gebracht hatte.

»Ich bin Ihnen sehr dankbar«, sagte Neef.

»Sie glauben wirklich, daß das diesmal funktionieren könnte?«

»Ich bin optimistisch. Ich muß es sein.«

Heaton grinste. »Ich vermute, in Ihrer Stellung kann man sich etwas anderes gar nicht leisten, oder man wird verrückt. Das ist bestimmt nicht leicht, aber ich glaube, Sie sagten, als ich das letzte Mal mit Ihnen sprach, bei dem Versuch habe es einen Erfolg gegeben.«

»Thomas Downy«, sagte Neef. »Ein Kleinhirntumor, der auf ganz bemerkenswerte Weise zurückgegangen ist. Heute morgen wird erneut ein CT von ihm gemacht. Ich halte Sie auf dem laufenden, welche Fortschritte er macht.«

»Ja, bitte«, sagte Heaton begeistert. »Diese Art Geschichte wäre die perfekt Fortsetzung von Marks Artikel. Die erfolgreiche Anwendung von Gentherapie bei Krebs würde uns in die vorderste Front der medizinischen Wissenschaft stellen. Das St George's wäre in der ganzen Welt als herausragendes medizinisches Zentrum angesehen. Wir stünden in einer Reihe mit den besten. Das Geld würde nur so fließen. Patienten drängten sich an unseren Pforten.«

»Fantastisch«, sagte Neef in unverbindlichem Ton.

»Ernsthaft, Michael, wenn diese Gentherapie-Geschichte im Falle dieses Kindes zu einer vollständigen Heilung führt, sollten wir daran denken, es der Presse zu präsentieren. Das Krankenhaus braucht gute Publicity. Was meinen Sie?«

Neef amüsierte es, daß Heaton sich seine Gefälligkeit vom Sonntagabend so schnell vergelten ließ. »Ich stimme Ihnen zu, Tim«, sagte er. »Wenn es eine vollständige Heilung und nicht nur eine Remission ist, verdienen wir und Menogen wohl etwas Aufmerksamkeit.«

Heaton schien verblüfft zu sein, daß Neef so leicht und ohne jegliche Vorbehalte zustimmte. »Ausgezeichnet«, begeisterte er sich. »Ich lasse John Marshall einen vorläufigen Entwurf schreiben und Ihnen hinüberschicken.«

Es war fünf nach zehn, als Neef David Farro-Jones' Labor betrat.

»Gerade rechtzeitig für einen Kaffee, Michael.«

»Miller ist noch nicht da?« fragte Neef.

»Ich habe ein paarmal angerufen. Keine Antwort. Wenn man bedenkt, in welchen Zustand er gestern abend war, ist es ein Wunder, wenn er überhaupt aufwacht!«

Neef lächelte und sagte: »Ich glaube, der lange und glückliche Ruhestand, von dem der Dekan sprach, muß wohl Wunschdenken bleiben. Er ist mittlerweile bestimmt bei einer Flasche pro Tag.«

»Mehr«, sagte Farro-Jones. »Er kann von Glück sagen, wenn er dieses Jahr überlebt.«

»Wie wird seine Frau damit fertig?«

»Trudy? Ich glaube, sie wartet darauf, daß Eddie stirbt, damit sie ihr Leben weiterleben kann oder das, was davon übrig geblieben ist. Sie haben einen Sohn in Neuseeland. Wahrscheinlich wird sie dorthin ziehen.«

Farro-Jones' Sekretärin kam mit dem Kaffee herein. »Schwarz, ohne Zucker, nicht wahr, Herr Doktor?«

»Was für ein Gedächtnis«, sagte Neef. »Danke.«

»Marge beschämt sogar Elefanten«, sagte Farro-Jones.

»Ich bin mir nicht so sicher, was ich davon halten soll, Doktor«, sagte Marge. »Und dabei bin ich doch auf Diät.«

Die beiden Männer lachten, und Marge ging hinaus.

»Vielleicht sollten wir in die Pathologie hinuntergehen und auf ihn warten«, schlug Farro-Jones vor, als sie ihren Kaffee ausgetrunken und alles gesagt hatten, was sich über das Alptraum-Bankett am vergangenen Abend sagen ließ.

»Gute Idee«, sagte Neef.

Die pathologische Abteilung der Universitätsklinik war viel größer als die des St Geroge's aufgrund der Tatsache, daß sie auch zu Lehrzwecken benutzt wurde. Medizinstudenten im ersten Studienjahr kamen dorthin, um ihre Anatomie- und Physiologiekurse zu vervollständigen, daher mußte es für sie ausgedehnten Laborraum geben. Farro-Jones nahm eine Abkürzung zu Eddies Büro durch den Hauptsektionsraum, ein langgestreckter Raum mit niedriger Decke und Milchglasfenstern. Dort konnten vierzig Studenten in Paaren arbeiten. Bei dem Formaldehydgeruch zog Neef die Nase kraus.

»Jemand zu Hause?« fragte Farro-Jones, nachdem er an Eddies Tür geklopft hatte. Er stieß die Tür auf und ging hinein. Neef folgte ihm.

»Noch nicht da«, sagte Farro-Jones.

»Sein Jackett ist da«, sagte Neef, der sah, daß es an der Rückseite der Tür hing.

»Vielleicht läßt er das hier«, meinte Farro-Jones.

»Seine Aktentasche auch«, sagte Neef und deutete auf einen schwarzen Aktenkoffer, der in der Ecke des Zimmers neben dem Aktenschrank lag.

»Seltsam. Vielleicht sagt er gerade auf Wiedersehen.«

»Wir fragen mal rund.«

Neef klopfte an einer Tür neben Eddies.

»Herein«, sagte eine Stimme mit indischem Akzent.

»Ich suche nach Eddie Miller. Haben Sie ihn heute morgen schon gesehen?«

»Ich habe ihn vor einer halben Stunde gesehen. Wer sind Sie bitte?«

Farro-Jones steckte seinen Kopf zur Tür hinein und sagte: »Es ist alles in Ordnung, Vijay, er ist mit mir zusammen. Wir sind gekommen, um Eddie auf Wiedersehen zu sagen.«

»Ach, David. Eddie ist irgendwo in der Nähe.«

»Geht es ihm gut?« fragte Farro-Jones.

»Er hat einen dicken Kopf, glaube ich.«

»Danke, Vijay. Wir suchen weiter.«

Neef und Farro-Jones arbeiteten sich durch die ganze Abteilung. Etliche Leute hatten Eddie gesehen, aber nicht während der letzten halben Stunde. Sie kehrten in Eddies Büro zurück und sahen, daß sein Jackett und die Aktentasche immer noch da waren. Da beschlossen sie zu warten, bis er zurückkam. Zehn Minuten vergingen, und noch immer war nichts von Eddie zu sehen.

»Nun komm schon, Eddie«, sagte Farro-Jones und sah auf seine Uhr. »Ich habe zu arbeiten.«

»Komm, wir wollen noch mal nach ihm suchen«, schlug Neef vor. »Vielleicht wandert er umher und wirft noch einen letzten wehmütigen Blick auf alles. Wir könnten uns trennen und treffen uns dann hier wieder.«

»Immer noch besser als herumzusitzen«, stimmte Farro-Jones zu.

Neef ging im Uhrzeigersinn durch die Abteilung. Die erste Station war das pathologische Lehrmuseum, ein stiller Raum voller polierter Mahagony-und-Glas-Vitrinen, in denen menschliche Organe zur Schau gstellt wurden, die von Krankheit und Mißbildung entstellt waren. Vor einem besonders geschädigten Fetus blieb er stehen und las die Unterschrift »Strahlungsschaden«.

Ein kleiner gebeugter Mann in der Uniform eines Universitätsdieners saß an einem Schreibtisch am Kopf des Raumes. Neef sagte: »Ich suche nach Dr. Miller. Haben Sie ihn gesehen?«

»Ich habe ihn vorhin gesehen«, erwiderte der Mann mit einem hohen asthmatischen Pfeifen. »Vor etwa einer Stunde.«

Neef ging weiter durch das Museum, dann den Gang entlang, der zum Obduktionssaal führte, den die Krankenhauspathologen benutzten, und zu dem Bereich des forensischen Dienstes. Hier war Studenten der Zutritt verboten. Er schaute hinein. Eine Pathologin war bei der Arbeit. Sie schaute von der Leiche, die sie sezierte hoch und fragte: »Wer sind Sie?«

Neef schaute die große rothaarige Frau mit dem blühenden Gesicht und dem Skalpell in der Hand entschuldigend an. Die Tatsache, daß sie nicht lächelte, bereitete ihm Unbehagen. »Entschuldigen Sie bitte die Störung,« sagte er. »Ich bin Michael Neef vom St George's. Ich suche Eddie Miller.«

»Er ist nicht hier«, sagte die Frau und machte sich wieder an die Arbeit.

»Nein, das sehe ich«, sagte Neef und zog sich leise durch die

Tür zurück. Mit einem Seufzer atmete er tief aus. Erneut wurde er daran erinnert, daß er die Pathologie nicht mochte und das, was sie den Leuten antat, die sie ausübten. Die Anspannung, unter der die Frau stand, war beinahe greifbar gewesen. Kein Wunder, daß Eddie so geendet hatte.

Neef ging durch den Leichenkühlraum mit seinen Reihen schwerer Kühlschranktüren auf beiden Seiten. Einen Moment blieb er stehen, weil er den starken Drang verspürte, eine der Türen zu öffnen und den Inhalt zu untersuchen, aber er überwand diese Vorstellung als lächerlich und ging weiter. Es war dieser Ort, er machte ihn nervös. Er hatte genug davon, umherzuwandern. Er erinnerte sich an den Weg zurück zu Eddies Büro durch den Obduktionsübungsraum und nahm ihn.

Als er halb durch den Raum gegangen war, blieb er plötzlich stehen, da er ein metallisches Klicken hörte. Nach ein paar Sekunden hörte er es wieder. »Ist dort jemand?« fragte er. Es kam keine Antwort. Das Geräusch ertönte wieder, und Neef ging auf die Stelle zu, aus der es zu kommen schien. Er war Facharzt, aber in dieser Umgebung war er fast so nervös wie ein Medizinstudent, der kurz davor stand, totes Fleisch zum ersten Mal zu sehen. Dieses Gefühl ärgerte ihn. In seinen Augen war es eine Schwäche. Aber auf der anderen Seite war er überzeugt, daß etwas nicht stimmte. Er konnte es bis in die Knochen spüren, obwohl es auf seiner Haut sichtbar zutage trat, als ihm eine Gänsehaut den Nacken hochkroch.

An der Stirnseite des Raumes war ein Trennschirm. Das Geräusch kam von dahinter. Langsam umrundete er ihn und stieß auf eine Reihe von etwas, das wie Badewannen aussah. Es waren Formalinbehälter zur Aufbewahrung von Leichen, die von den Studenten benutzt wurden. Als Neef die Reihe entlang schaute, hörte er plötzlich ein metallisches Klicken oberhalb des letzten Behälters, das seinen Herzschlag einmal aussetzen ließ. Er blickte auf und sah, daß das Entlüftungsfenster nicht richtig geschlossen war. Der Wind packte es und ließ es gegen den Rückhaltestab klappern. Das war die Ursache des Geräusches.

Seine Nervosität war ihm ein wenig peinlich. Neef ging ans Ende der Reihe und schaute sich nach etwas um, auf das er sich stellen konnte, um das Entlüftungsfenster zu schließen. Da war nichts Geeignetes. Vielleicht die Ecke der Wanne, dachte er, aber als er darauf hinunterblickte, stiegen plötzlich Blasen an die Oberfläche des Formalins auf, und Neef hielt die Luft an. Als sie sich wieder legten, sah er in das bleiche tote Gesicht von Eddie Miller. Ein weiterer Rülpser von Blasen entwich aus Eddies Mund. Luft, die sich in der Lunge gefangen hatte, stieg an die Oberfläche.

»Mein Gott«, flüsterte Neef, außerstande, die Augen von diesem entsetzlichen Anblick abzuwenden. Die Worte des Dekans von einem »langen und glücklichen Ruhestand« kamen ihm plötzlich wie ein teuflischer Scherz ins Gedächtnis.

Neef machte sich rasch auf die Suche nach Farro-Jones und erzählte ihm, was er gefunden hatte. Gemeinsam kehrten sie an den Ort zurück.

»Jesus«, sagte Farro-Jones. »Was für eine Art, abzugehen. Aber wie ist es geschehen?«

Neef blickte zu dem klappernden Entlüftungsfenster hoch, als es wieder vom Wind ergriffen wurde. Er sagte: »Eddie muß hinaufgeklettert sein, um es zu befestigen, und den Halt verloren haben. Wahrscheinlich fiel er rückwärts in den Behälter und schlug mit dem Kopf an der Kante auf.«

Farro-Jones nickte. »Was für ein gräßliches Pech«, sagte er.

»Woran sind wir jetzt also?« fragte Neef.

»Wir wissen immer noch nicht, ob stimmt, was Eddie gesagt hatte«, sagte Farro-Jones.

»Richtig«, sagte Neef. »Es wäre schön gewesen, ihn damit zu konfrontieren, wenn er nüchtern ist. Ich kann mir nicht vorstellen, warum er sich sowas ausdenken sollte, selbst wenn er sinnlos besoffen war.«

»Nein«, stimmte Farro-Jones ihm zu.

»Also«, sagte Neef und blickte auf den treibenden Leichnam nieder. »Jetzt werden wir es nie erfahren.«

»Warum soll ich nicht einen Blick in Eddies Obduktionsakten werfen?« schlug Farro-Jones vor. »Ich könnte sehen, ob es irgendwelche möglichen Kandidaten gab für das, was er behauptete. Er nannte dir vermutlich keinen Namen?«

»Nein, ich habe ihn dauernd gefragt«, sagte Neef, »aber alles, was ich aus ihm herausbringen konnte, war, daß es ein Mädchen etwa in Melanie Simpsons Alter war.«

»Das sollte genügen«, sagte Farro-Jones. »Einen Versuch ist es wert.«

Erst nach der Mittagszeit konnte Neef in seine Abteilung zurückkehren, nachdem er alle Fragen beantwortet hatte, die die Polizei ihm gestellt hatte, und den Papierkram in Form eines Universitätsklinik-Unfallfragebogens erledigt hatte. Farro-Jones fragte ihn, ob er essen gehen wollte, aber das lehnte er ab, weil er meinte, daß er bereits zuviel Zeit vergeudet hätte. Als er endlich zurückkam, wartete Lawrence Fielding auf ihn.

»Schau dir das an«, sagte Fielding aufgeregt. »Das sind Thomas Downys neueste Aufnahmen.«

Neef sah sofort, warum Fielding so aufgeregt war. Thomas' Tumor war auf Erbsengröße geschrumpft. »Absolut fantastisch«, sagte Neef.

»Um ganz ehrlich zu sein«, sagte Fielding. »Ich hätte wirklich nicht gedacht, daß das passiert. Natürlich hatte ich gehofft, daß es klappt, wirklich geglaubt habe ich es allerdings nicht. Aber jetzt . . .«

Neef lächelte und fragte: »Was ist mit den anderen?«

»Eine Enttäuschung, fürchte ich. Nicht einer von ihnen zeigt irgendwelche Anzeichen einer Verbesserung. Ich muß noch einmal sagen, daß wir sie alle entweder auf konventionelle Chemotherapie oder auf Antivulon setzen sollen, wo es angemessen erscheint.«

»In Ordnung«, sagte Neef. »Wir wollen es nicht länger hinausschieben. Genau das tun wir.«

»Mußt du das nicht mit Max Pereira oder dem Verwaltungsrat absprechen?«

»Nein, das Wohlergehen der Patienten fällt in meine Verantwortung, und für den einen Fall sind wir mehr als dankbar. Wir haben einen Erfolg und vier Fehlschläge . . . aber was für einen Erfolg.«

Fielding lächelte. »Bei diesem Tempo«, sagte er, »wird der Tumor nächste Woche völlig verschwunden sein. Ich habe gehört, daß Thomas' Eltern heute nachmittag kommen. Würdest du gerne mit ihnen sprechen?«

»Mach du das«, sagte Neef. »Es kommt hier nicht oft vor, daß wir Gelegenheit haben, frohe Botschaften zu verkünden.«

»Danke«, sagte Fielding. »Es ist einfach so verdammt gut.«

Neef grinste. Es war das erste Mal, das er Lawrence Fielding fluchen hörte. »Max Pereira hat einen neuen Vektor entwikkelt. Er glaubt, er könnte Neil Benson vielleicht helfen. Das Krankenhaus hat einen Eilgenehmigungsantrag gestellt, so daß wir ihn benutzen können.«

»Ich verstehe«, sagte Fielding. Seine Augen verrieten seine Zweifel.

»Ich weiß«, seufzte Neef. »Es ist schon ziemlich spät für Neil, aber ich werde es trotzdem versuchen.«

Fielding nickte. »Recht hast du.«

»Ich habe es Eve noch nicht gesagt. Ich wollte keine falschen Hoffnungen wecken. Sie macht wegen Neil schon genug durch.«

»Ich werde daran denken«, sagte Fielding.

»Irgend was Neues von Kate Morse?«

»Ich sprach heute Morgen mit ihr. Sie ist sehr niedergeschlagen. Ich glaube nicht, daß Charlie noch lange hat.«

»Vielleicht ist es das Beste«, sagte Neef.

»Es geht das Gerücht, daß ein Mitarbeiter der Uniklinik heute Morgen gestorben ist«, sagte Fielding.

»Hat sich schnell rumgesprochen«, sagte Neef. »Es war Eddie Miller, der Pathologe. Er schloß gerade ein Fenster im Sektionsübungsraum, als er ausglitt und rückwärts in eine Wanne mit Formaldehyd stürzte.«

»Mein Gott.«

»Ich war gestern Abend bei seinem Abschiedsbankett. Er kam heute morgen nur noch, um ein paar persönliche Habseligkeiten abzuholen«, sagte Neef.

»Man weiß nie, was einen erwartet, nicht wahr«, sagte Fielding.

Kurz nach vier rief Neef Farro-Jones an, um ihn zu fragen, ob er Glück gehabt hatte bei der Jagd nach einem Virus.

»Ich fürchte nicht«, sagte Farro-Jones.

»Also ist Menogen reingewaschen?«

»Nicht ganz. Bloß weil wir kein neues Virus im konventionellen Sinne gefunden haben, bedeutet das nicht, daß da nicht irgend etwas ist.«

»Das verstehe ich nicht«, sagte Neef.

»Es könnte eine andere Form eines infektiösen Partikels sein.«

»Zum Beispiel?«

»Als ich das sagte, dachte ich gerade an Prionen«, sagte Farro-Jones. »Wie du weißt, sind diese Dinge bei BSE im Spiel – oder Rinderwahnsinn, wie unsere Freunde von der Presse es gerne nennen – und natürlich bei seinem sogenannten menschlichen Äquivalent, der Creutzfeldt-Jakob Krankheit ...«

»Ich weiß natürlich etwas über Prionen, David, obwohl das mehr dein Spezialgebiet ist als meins, aber –«

»Was ich sagen will, Michael«, unterbrach Farro-Jones ihn, »ist, daß BSE eine Infektionskrankheit ist, bei der nie ein Bakterium oder Virus nachgewiesen werden konnte. Gut, wir wissen, daß diese Prione – diese proteinartigen infektiösen Partikel – weder unter einem Mikroskop gesehen, noch künstlich gezüchtet werden können. Dennoch sind sie da. Momentan vertritt man die Ansicht, daß ein Prion verantwortlich ist für BSE, Creutzfeldt-Jakob und das, was man bei Schafen findet –«

»Scrapie.«

»Genau.«

»Du willst doch nicht sagen, daß Max Pereira im Labor so was gezüchtet hat, und es ist entwichen?«

»Das hört sich ein bißchen nach Science Fiction an«, sagte Farro-Jones. »Aber wenn man in Reagenzgläsern mit DNA herumspielt, können wir selbst bei all unseren Vorsichtsmaßnahmen nicht hundertprozentig sicher sein, was eigentlich vor sich geht. Das ist per Definition das Wesen von Forschung, vermute ich. Ständig testet man das Unbekannte.«

»Mein Gott«, seufzte Neef. »Und es gibt wohl keine Möglichkeit, so etwas in das schuldige Labor zurückzuverfolgen, vermute ich?«

»Nein.«

»Glaubst du wirklich, daß sich so etwas ereignet haben könnte?«

»Die Vorschriften sind gut, aber wenn du wirtschaftlichen Druck und Ehrgeiz mit in die Gleichung einbeziehst, hast du eine gefährliche Mixtur.«

»Das kann ich mir denken«, sagte Neef. »Wirst du weiter suchen?«

»Noch einen Tag«, sagte Farro-Jones. »Abgesehen von allem anderen können wir keine weiteren Proben von Charles Morse entnehmen. Ich fürchte, er ist auf seinen letzten Metern.«

»Das habe ich gehört«, sagte Neef. »Du hattest wohl noch keine Gelegenheit, dir Eddie Millers Obduktionsberichte anzuschauen?«

»Noch nicht. Heute Morgen haben wir soviel Zeit mit der Polizei und dem Ausfüllen von Formularen verschwendet, daß ich immer noch dabei bin, mein heutiges Pensum aufzuholen. Sobald ich kann, werde ich mich darum kümmern.«

Neef legte den Hörer auf, stützte die Ellenbogen auf dem Schreibtisch auf und rieb sich die Augen. Als er sie wieder öffnete, stand Eve vor ihm. »Ich habe geklopft«, sagte sie. »Bin ich willkommen oder gehst du mir immer noch aus dem Weg?«

»Ich bin dir nicht aus dem Weg gegangen«, beharrte Neef, der aufstand und um den Schreibtisch herumging, um sie zu begrüßen. Er küßte sie sachte. »Gestern Abend mußte ich zu einem Abschiedsbankett. Es war eine Angelegenheit in letzter Minute. Ich ging anstelle von Frank MacSween. Es war ein Alptraum, und um der Sache die Krone aufzusetzen, machte der Ehrengast heute Morgen einen Köpper in eine Wanne mit Formaldehyd und brachte sich um.«

»Ist das dein Ernst?« rief Eve.

»Ich fürchte ja. Den größten Teil des Morgens habe ich mit der Polizei verbracht.«

»Warum du?«

»Ich habe ihn gefunden«, sagte Neef. »Ich ging heute Morgen zu ihm, weil ich ihn wegen etwas, das er gestern Abend gesagt hatte, fragen wollte.«

»Wie schrecklich für dich.«

Neef nickte und sagte: »Es war nicht sehr angenehm. Bist du bei Neil gewesen?«

Eve nickte. »Es geht ihm heute nicht sehr gut«, sagte sie. »Die Krankenschwester erzählte mir, daß ihm vergangene Nacht häufig schlecht war.«

»Das habe ich gehört.«

»Aber er wollte noch eine Geschichte hören. Maxwell Gunn war heute im Hafen und rettete Kapitän Kabeljaus Fischerboot, nachdem es Feuer gefangen hatte. Kapitän Kabeljau war so dankbar, daß er Maxwell einen großen Fisch schenkte, den er mit auf die Feuerwache nehmen sollte ...« Eve schaute zur Seite und zog ein Papiertaschentuch aus ihrer Handtasche. Sie hielt es kurz an ihr Gesicht, bevor sie es mit einem beinahe trotzig tapferen Blick Neef wieder zuwandte.

Neef spürte einen Kloß im Hals. »Vielleicht könnten wir nach Hause gehen«, schlug er leise vor.

»Das wäre schön«, sagte Eve.

»Du hast gar nicht gesagt, was du von meiner Story hältst«, sagte Eve später, als sie zusammenlagen. Regen hatte gerade begonnen gegen die Scheiben des Cottage zu klatschen, und Dolly war auf ihrem Weg von der Diele zur Küche an der Schlafzimmertür stehengeblieben. Sie warf ihnen einen mißbilligenden Blick zu, bevor sie weiterging.

»Ich fand sie gut«, sagte Neef. »Sachlich und nicht zu fantasievoll.«

»Welch ein Lob aus berufenem Munde«, sagte Eve. »Der Zeitung hat es gefallen.«

»Der überregionalen?«

»Ja. Ich glaube, sie bieten mir vielleicht eine Stelle an.«

»Was würde das bedeuten?«

»Den *Citizen* zu verlassen. Wahrscheinlich wegzuziehen.«

»Ich verstehe. So bald?«

»Sie haben mir noch keinen Job angeboten«, protestierte Eve. »Ich habe nur die eine Story geschrieben.«

»Aber wenn sie es täten?«

»Dann sofort, aber mach dir keine Sorgen. Ich denke nicht daran, irgendwo hinzugehen, solange Neil mich noch braucht.«

Neef grunzte und sagte: »Ich wollte dir das eigentlich nicht sagen, aber ich werde es doch tun, weil ich nicht alles alleine auf meinen Schultern tragen kann. Vor nicht allzu langer Zeit sagte mir jemand das.«

Eve lächelte und sagte: »Offensichtlich hast du deine Lektion gelernt.«

»Max Pereira hat einen neuen Vektor entwickelt, der seiner Meinung nach Neil helfen könnte. Menogen hat keine Chance, ihn auf den üblichen Kanälen schnell genug genehmigen zu lassen, daher stellt das Krankenhaus einen Eilantrag auf eine Lizenz. Heute wurde er eingereicht.«

»Michael, das ist ja wunderbar«, rief Eve und setzte sich kerzengerade auf.

Neef legte ihr einen Finger auf die Lippen. »Nicht so schnell«, sagte er. »Es ist wirklich schon sehr spät für Neil. Die Chancen stehen immer noch sehr schlecht für ihn ... und für uns. Außerdem funktioniert der Vektor vielleicht nicht. Vier von fünf im offiziellen Test funktionierten nicht.«

»Aber bei Thomas Downy hat es geklappt«, sagte Eve.

»Ja.«

»Warum wolltest du es mir nicht sagen?«

»Ich wollte nicht, daß du verletzt wirst, indem ich dir Hoffnungen mache, die dann wieder zerstört werden, wenn die Therapie nicht wirkt.«

»Ich bin froh, daß du es mir gesagt hast«, sagte Eve und legte ihren Kopf auf das Kissen zurück. »Was Neil betrifft, sollten wir alles miteinander teilen. Er bedeutet uns beiden so viel. Glaubst du, du bekommst die Genehmigung?«

»Ich wüßte nicht, warum nicht«, erwiderte Neef. »Es ist nur die Frage, wie lange es dauert.«

»Ich würde darauf wetten, daß du dich bereits besser fühlst, weil du es mir gesagt hast«, sagte Eve.

»Du hast recht«, sagte Neef. »Das tue ich.«

»Gibt es sonst noch irgend etwas, das du mir anvertrauen möchtest, solange ich hier bin?« Sie deutete auf ihre Schultern. »Sie sind nicht sehr breit, können aber 'ne Menge vertragen.«

»'ne Menge«, sagte Neef lächelnd. »David hat in den Proben, die sie untersucht haben, keinerlei Anzeichen auf ein neues Virus gefunden.«

»Heißt das, Max ist außer Verdacht?«

»Ich dachte das, aber David warf die Möglichkeit einer neuen Art infektiöser Partikel auf, die unter dem Mikroskop nicht zu sehen sind.«

»Der Verdacht bleibt also bestehen?«

»Ich fürchte ja, aber ich zögere sehr zu glauben, daß Max absichtlich etwas Gefährliches oder Unverantwortliches tun würde.«

»Es ist eine schwierige Situation, wenn Menogen weder freigesprochen noch überführt werden kann«, sagte Eve. »Die Leute werden denken, daß es ohne Feuer keinen Rauch gibt.«

»Deshalb haben wir das für uns behalten«, sagte Neef. »Es wäre Menogen gegenüber nicht fair, auf die räumliche Verbindung hinzuweisen. Die Leute kämen zwangsläufig zu diesem Schluß.«

»Wird David noch weiter suchen?«

»Noch einen Tag lang. Es sieht so aus, als würden sie nichts herausfinden.«

»Bedrückt dich sonst noch etwas?«

»Was ist das?« fragte Neef in gespieltem Protest. »Die spanische Inquisition.«

»Das ist nur zu deinem Besten«, beharrte Eve. »Ich bringe dir bei, deine Sorgen zu teilen. Das ist gut für dich.«

»Ich habe dir nicht gesagt, warum ich heute Morgen in die Uniklinik hochgegangen bin.«

»Nein. Warum?«

Neef erzählte Eve von Eddie Millers Abschiedsbankett und Millers Behauptung, daß er einen früheren Fall als Melanie Simpson gesehen habe.«

»Was?« rief Eve. »Aber das würde ein völlig anderes Licht auf alles werfen.«

»Das würde es«, stimmte Neef zu.

»Aber er starb, bevor du ihn darüber befragen konntest?«

»Richtig, aber wahrscheinlich war an seiner Geschichte gar nichts dran. Ich konnte keinen Namen aus ihm herausbekommen, und er schien stärker daran interessiert, mich davon zu überzeugen, daß es gegen ihn eine Art Verschwörung gab. Wahrscheinlich war das nur das paranoide Geschwafel eines alten Säufers. David kontrolliert Eddies Unterlagen nur für den Fall, daß etwas dran sein sollte.«

»Möchtest du mir sonst noch etwas beichten?« fragte Eve.

»Ich glaube, du hast absolut alles aus mir herausgeholt«, sagte Neef.

»Und fühlst du dich jetzt nicht besser?«

»Ich glaube schon«, sagte Neef. »Mußt du heute nacht nach Hause gehen?«

»Nicht, wenn du es nicht möchtest«, sagte Eve.

»Ich möchte es nicht.«

Am Nachmittag des folgenden Tages kam Max Pereira auf die Station und war hocherfreut, als er er die Verbesserung auf Thomas Downys Aufnahme sah.

»Lawrence hat sie gestern gemacht«, sagte Neef.

»Er tut seine Arbeit«, sagte Pereira und grinste dabei über das ganze Gesicht.

»Er hat seine Arbeit schon fast ganz getan«, sagte Neef. »Nächste Woche ist der Tumor völlig verschwunden.«

»Sie hätten alle so sein sollen«, sagte Pereira und schüttelte den Kopf. »Ich habe alle anderen Vektoren kontrolliert, bis ich im Gesicht blau angelaufen bin, und sie sind in Ordnung. Aber warum haben sie nicht funktioniert? Das möchte ich gerne wissen.«

Neef schüttelte den Kopf und sagte: »Es gibt mehr Dinge zwischen Himmel und Erde, Horatio, als sich unsere Schulweisheit träumen läßt.«

»Kann ich das als ein ›ich weiß es nicht‹ verstehen?« fragte Pereira.

»Das können Sie«, sagte Neef.

»Was ist mit Ihrem öffentlichen Gesundheitsproblem?« fragte Pereira. »Haben diese Kerle mittlerweile das Virus aufgetischt?«

»Sie hielten nicht besonders viel von Ihrem Vorschlag.«

»Dieser Typ Lennon könnte nicht mal seinen Schwanz in seiner Hose finden«, sagte Pereira. »Wenn wir ein Elektronenmikroskop hätten, hätte ich für Sie nachgeschaut. Hat niemand anders das getan?«

Neef fühlte sich unbehaglich. »Doch«, erwiderte er. »David Farro-Jones hat sich Lungenproben von Charlie Morse genau vorgenommen.«

»Und?«

»Nichts, fürchte ich.«

»Scheiße. Es muß einfach ein Virus sein. Das sage ich Ihnen, Mann.«

»Ich glaube, Sie haben recht«, sagte Neef vorsichtig. Er beobachtete Pereira, ob sich irgendein Anzeichen von Befangenheit feststellen ließ. »Aber es ist viel schwieriger zu beweisen als zu behaupten.«

»Ich wüßte nicht warum«, sagte Pereira.

Neef fragte sich, was für ein Mann das war, dem er gegenüberstand. Offensichtlich wußte er nicht, daß Melanie Simpsons Haus so nahe bei den Menogen Labors war. Und die Tatsache, daß er die Virus-Theorie immer weiter vertrat, legte nahe, daß er keinen Moment daran gedacht hatte, sein eigenes Labor könne für die Schaffung eines neuen und tödlichen Virus verantwortlich sein. Oder war Pereira nur ein unglaublich guter Schauspieler? Vielleicht rührte sein Selbstbewußtsein daher, daß niemand das Problem zu Menogen zurückverfolgen konnte. Neef wollte das nicht glauben, aber er konnte diese Vorstellung auch nicht völlig von der Hand weisen.

»Ich habe diese hier mitgebracht«, sagte Pereira. Er zog zwei Glasfläschchen aus seiner ramponierten Aktentasche.

»Der neue Vektor?«

»Ja. Sie können ihn genauso gut hier im Kühlschrank aufbewahren, damit Sie es dem Kind so schnell wie möglich geben können, wenn Sie die Genehmigung erhalten.«

»Das war sehr umsichtig«, sagte Neef.

»Ich würde vorschlagen, daß Sie eins auf der Station behalten und das andere als Reserve unten in der Krankenhausapotheke, wie beim letzten Mal.«

Neef lächelte schief, als er sich an das zerbrochene Fläschchen im OP erinnerte.

»Mach ich.«

Pereira ging, und Neef wurde von seinen gemischten Gefühlen über diesen Mann hin- und hergerissen. Es war so leicht, sich über seine allgemeine Unhöflichkeit und seinen Mangel an Einfühlungsvermögen aufzuregen, aber auf der anderen Seite sagte er normalerweise nur, was er dachte, ohne seine Äußerungen auf gesellschaftliche Umgangsformen hin zu kontrollieren. Dadurch wurde ihm klar, wie selten andere Leute dies tatsächlich taten.

Das Telefon klingelte und unterbrach seinen Gedankengang. Es war Tim Heaton.

»Ich fürchte, ich habe schlechte Nachrichten.«

»Genau die kann ich nicht gebrauchen«, sagte Neef müde. »Erzählen Sie's mir.«

»Ihr Antrag auf eine Eillizenz für eine Gentherapie ist gestoppt worden.«

»Was?« rief Neef. Er hatte das Gefühl, sein Kopf würde gleich explodieren. »Warum?«

»Er mußte zunächst dem Unterausschuß der regionalen Gesundheitsbehörde vorgelegt werden, bevor ich ihn weiterleiten konnte. Ich dachte, sie würden ihn einfach abstempeln, aber da hatte ich mich geirrt. Sie lehnten den Antrag ab, weigerten sich, ihn zu billigen.«

»Unsere eigene verdammte Gesundheitsaufsicht?« rief Neef.

»Sie sagten, einen Dringlichkeitsantrag könne man nicht auf die leichte Schulter nehmen. Menogen sei bereits beträchtlicher Freiraum im St George's eingeräumt worden. Sie wollten einen umfassenden Bericht über den ersten Gentherapie-Versuch vorgelegt bekommen, bevor sie in Betracht zögen, eine Ausweitung der Genehmigung zu beantragen. Tut mir leid, Michael.«

»Mein Gott«, sagte Neef. »Ich habe den Vektor im Kühlschrank. Er könnte Neil Bensons Leben retten, und ein Haufen alter Furze blöken herum, sie wollten einen umfassenden

Bericht und könnten es nicht auf die leichte Schulter nehmen.«

»Es tut mir wirklich sehr leid«, sagte Heaton.

»War da noch etwas?« fragte Neef.

»Wie meinen Sie das?«

»Erzählen Sie mir alles, oder war da noch etwas?«

Es trat eine lange Pause sein, die Neefs Frage beinahe beantwortete, bevor Heaton sagte: »Es wurde von nur einem Mitglied abgelehnt. Die anderen hätten den Antrag passieren lassen, aber dieser eine Mann entschied sich, eine große Sache daraus zu machen.«

»Kennen Sie seinen Namen?«

Eine weitere Pause. »Wenn ich es Ihnen sage, werden Sie doch nichts Verrücktes tun, oder?«

»Nein, das verspreche ich.«

»Peter Baroda.«

»Mein Gott! Das war persönlich!«

»Wie meinen Sie das?«

»Baroda und Max Pereira hatten beim letzten Treffen im Gesundheitsamt einen kleinen Zusammenstoß. Sie konnten sich nicht ausstehen. Baroda muß Pereiras Namen auf dem Antrag gelesen haben. Deshalb hat der Bastard ihn blockiert.«

»Das dürfte schwer zu beweisen sein«, sagte Heaton. »Aber wenn das der Grund ist, warum Baroda den Antrag gestoppt hat, stimme ich Ihnen zu. Er ist ein Bastard.«

»Oh Gott«, seufzte Neef, als er sah, wie Neils letzte Chance sich in Luft auflöste. »Was für eine Welt.«

»Es tut mir leid«, wiederholte Heaton. »Ich muß Sie nicht daran erinnern, daß es außer Frage steht, den neuen Vektor ohne Genehmigung anzuwenden.«

»Nein, das müssen Sie nicht«, erwiderte Neef.

Neef saß da und hatte den Kopf in die Hände gestützt, als Ann Miles mit einigen Briefen zum Unterschreiben hereinkam. »Ist mit Ihnen alles in Ordnung?« fragte sie.

»Mir geht es gut«, sagte Neef.

»Kaffee?«

»Bitte. Und Ann?«

»Ja?«

»Würden Sie nachschauen, ob Miss Sayers auf der Station ist, und sie bitten vorbeizukommen?«

»Natürlich.«

Die Zeit schien für Neef stillzustehen, als er während der nächsten dreißig Sekunden in die Luft starrte. Er hörte Eves Stimme, als sie mit Ann zurückkehrte.

»Melde mich ordnungsgemäß zur Stelle«, sagte Eve lächelnd. »Es geht ihm heute ein bißchen besser. Was gibt es für ein Problem?«

Das Lächeln verschwand aus Eves Gesicht, und ihre Augen füllten sich mit Fragen. »Es stimmt etwas nicht, oder? Hat es mit Neil zu tun?«

»Die Gesundheitsbehörde hat sich geweigert, den Dringlichkeitsantrag für eine Lizenz zu billigen.«

Eve stand der Mund auf. Ungläubig schüttelte sie den Kopf. »Aber warum?« fragte sie.

»Offiziell finden sie, daß es keine gute Idee ist, weitere Vektoren von Menogen zu benutzen, bevor wir das Ergebnis des ersten Versuchs nicht abschließend beurteilt haben.«

»Ich verstehe«, sagte Eve. »Und inoffziell?«

»Bei dem letzten Treffen mit den Leuten vom Gesundheitsamt ist Max Pereira einem Mitglied der regionalen Gesundheitsbehörde unangenehm aufgefallen. Damit zahlt er es ihm jetzt heim.«

»Wegen so etwas läßt er einen kleinen Jungen sterben?« fragte Eve, die Augen ungläubig aufgerissen.

»Wahrscheinlich sieht er das nicht so«, sagte Neef. »Max hat so eine Art, Leute auf die Palme zu treiben.«

»Wer ist dieses Gremiumsmitglied?« fragte Eve.

Mißtrauisch schaute Neef sie an. »Du hast doch nichts vor, oder?« fragte er.

»Offen gesagt, würde ich ihm die Eier abschneiden, wenn

das Neil helfen würde, aber wahrscheinlich würde es das nicht, also nein, ich habe nichts vor. Ich wollte es nur wissen.«

»Sein Name ist Baroda.«

»Peter Baroda?«

»Du kennst ihn?«

»Ich habe von ihm gehört«, erwiderte Eve. »Eine große Nummer in der hiesigen Geschäftswelt, aber kein Arzt.«

»Das muß man auch nicht sein, um in diesem Gremium zu sitzen«, sagte Neef.

»Nur ein großes Tier in der Stadt?«

»So ähnlich.«

»Ich kann es einfach nicht glauben«, sagte Eve kopfschüttelnd. »Wir können nicht zulassen, daß so etwas verhindert, daß Neil seine letzte Chance bekommt. Hast du den neuen Vektor?«

»Ja, aber das kannst du vergessen. Ohne Genehmigung können wir ihn nicht benutzen.«

»Warum nicht?« wollte Eve wissen.

»Weil es nicht nur darum geht, ein Stück Papier zu bekommen. Der Antrag muß von Experten begutachtet werden, die möglicherweise einen Fehler entdecken, der uns entgangen ist. Darum geht es in der Gentherapie-Überprüfung.«

»Aber ohne Behandlung wird Neil sterben!« protestierte Eve.

»Darauf brauchst du nicht hinzuweisen«, entgegnete Neef. »Mach nicht alles noch schlimmer.«

Eve stand auf und schaute Neef an, als hätte sie plötzlich allen Respekt für ihn verloren. Ohne ein weiteres Wort drehte sie sich auf dem Absatz um und ging.

Neef ging alleine nach Hause, saß mit einem Drink in der Hand da und schaute in den Garten hinaus. Er machte sich nicht die Mühe, sich etwas zum Essen zuzubereiten. Er hatte zu gar nichts Lust. Obwohl er wußte, daß er recht hatte mit dem, was er gesagt hatte, quälte ihn der Ausdruck des Abscheus auf Eves Gesicht, bevor sie gegangen war. In ihren Augen ließ er Neil sterben, obwohl er in der Lage war, ihn zu retten. Vielleicht hätte er den Helden spielen sollen, der in Filmen so beliebt war – der Mann, der sagte, zum Teufel mit allen Regeln und Vorschriften, und seinen Weg ging.

Scheiße! Wenn jeder das täte, würde Anarchie herrschen. Die Medizin wäre voller Scharlatane, die bedenkenlos ihre neuesten Elixire und Wundermittel injizierten. Etwas anderes wäre es vielleicht, wenn ihm noch jemand anders als Max Pereira versichert hätte, daß das Virus sicher war, aber da dieser Verdacht über Pereira hing, war das aussichtslos.

Nach zwei Drinks schlief er im Sessel ein. Als er aufwachte, lag Dolly auf seinem Schoß. Er kraulte sie hinter den Ohren und sagte: »Du hast mich wenigstens noch nicht verlassen, kleiner Kumpel . . . oder denkst du auch daran zu gehen?«

Dolly war ganz entschieden in der Stimmung für etwas Zuwendung. Als Einladung an Neef, ihren Bauch zu kraulen, rollte sie sich herum. Seine Aufmerksamkeit wurde unterbrochen, als das Telefon klingelte.

»Neef.«

»Hier ist Eve. Es tut mir leid, ich hätte nicht so lostoben sollen. Es war nur . . . ich war so . . .«

»Ich weiß«, sagte Neef. »Laß es uns vergessen.«

»Ich habe Neuigkeiten.«

»Was denn?«

»Der Antrag wir jetzt doch weitergeleitet.«

»Was?« rief Neef.

»Ich habe mich bei meinen Kollegen ein wenig nach Baroda umgehört, und einer wußte etwas Nützliches. Ich habe es einfach benutzt.«

»Was meinst du damit, du hast es benutzt?« fragte Neef unbehaglich.

»Ich rief Baroda an und sagte ihm, ich arbeitete gerade an einer Story über Saunen, die als Aushängeschild für Bordelle dienen. Ich fragte ihn, ob er mir sagen wollte, warum sein grüner Jaguar regelmäßig vor der Executive Sauna am Melton Place parkt.«

»Guter Gott.«

»Im Endeffekt kamen wir zu einer Vereinbarung. Er zieht seine Bedenken gegen den Antrag zurück, und ich erleide einen Gedächtnisverlust, was seinen Wagen betrifft.«

»Das ist Erpressung.«

»Ja.«

»Gut gemacht.«

»Er sagte, der Antrag werde morgen weitergeleitet werden. Ich sagte, es wäre schöner, wenn er noch heute mit der Post wegginge.«

»Erschreckend«, sagte Neef.

»Was?«

»Du, wenn du hinter etwas her bist, das du wirklich willst.«

»So ist die Welt nun mal«, sagte Eve.

»Du hörst dich von Tag zu Tag mehr wie Max Pereira an.«

»Auf jeden Fall tut mir mein Verhalten vorhin leid. Sehe ich dich morgen?«

»Bis morgen«, stimmte Neef zu.

Plötzlich war Neef hungrig.

15

Charles Morse starb am folgenden Morgen um elf Uhr. Kate war bei ihm. Neef war von Mark Clelland von der Uniklinik gewarnt worden, daß dies geschehen werde, und nahm die Gelegenheit wahr, hinüberzugehen, um für Kate dazusein, falls sie ihn brauchte. Als Kate Charlies Zimmer verließ und Neef dort stehen sah, kam sie auf ihn zu, legte ihre Hände auf seine Brust und ließ zu, daß er die Arme um sie legte. Ihre Tränen flossen ungehemmt.

»Es tut mir so leid, Kate«, füsterte Neef.

Kate nickte stumm an seiner Schulter. Clelland nahm seine Anwesenheit mit einem dankbaren Nicken zur Kenntnis.

Eine Krankenschwester führte sie in einen kleinen Aufenthaltsraum und brachte ihnen Tee. Neef goß ein, und Kate faßte sich allmählich. »Ich kann es immer noch nicht fassen«, sagte sie. »Es ging alles so schnell.« Langsam stand sie auf und ging mit der Tasse in der Hand zum Fenster hinüber.

»Schau dir das an«, sagte sie. »Busse, Autos, Taxen, Leute gehen ihren Geschäften nach, als sei nichts geschehen. Aber das ist es. Mein Charlie ist tot. Warum ist ihnen das nicht klar?«

Neef stand auf, um auf sie zuzugehen, aber Kate drehte sich um und hielt ihn auf. »Es ist in Ordnung, Mike, wirklich. Ich habe mich darauf vorbereitet. Es sieht vielleicht nicht so aus, aber das habe ich. Laß mir nur ein paar Augenblicke Zeit.«

Kate atmete langsam und gleichmäßig ein, während sie versuchte, ihre Fassung wiederzugewinnen, aber es gelang ihr nicht; erneut begannen die Tränen über ihre Wangen zu strömen. »Oh, Mike«, schluchzte sie. »Was soll ich bloß ohne ihn anfangen. Er war alles für mich, er war der Grund meines ganzen Daseins. Was für einen Zweck hat es, ohne Charlie weiterzumachen?«

»Ich weiß, ich weiß«, tröstete Neef sie und schlang seinen Arm um ihre Schultern. »Du brauchst Zeit, Kate.«

Allmählich beruhigte Kate sich und nahm einen Schluck Tee. »Sind sie der Sache, wie Charlie Krebs bekommen hat, schon näher gekommen?« fragte sie mit einer Stimme, die darum kämpfte, das Zittern zu unterdrücken. Mit dem Fingernagel schnippte sie ein eingebildetes Staubkörnchen vom Knie.

Neef schüttelte den Kopf. »Nein, man untersucht es noch immer.«

Einen Augenblick lang schwieg Kate, dann sagte sie: »Um Himmels willen, erzähl mir etwas Schönes.« Halb lachte, halb schluchzte sie dabei.

Neef entschloß sich, sie beim Wort zu nehmen. »Thomas Downys Kleinhirntumor ist fast völlig verschwunden.«

»Ist das dein Ernst?«

»Ja. Es besteht kein Zweifel.«

»Ich nehme alles zurück, was ich über Dr. Pereira gedacht habe«, sagte Kate.

Neef nickte. »Vielleicht waren wir ein bißchen streng mit ihm. Mit Sicherheit verdankt Thomas Downy ihm sein Leben.«

»Gott sei Dank gibt es noch gute Neuigkeiten auf der Welt«, sagte Kate und versuchte, durch ihre Tränen zu lächeln.

»Komm, ich fahre dich nach Hause«, sagte Neef.

Als Neef auf die Station zurückkam, erzählte Ann Miles ihm, daß Tim Heaton versucht hatte, ihn zu erreichen. »Das hatte ich mir schon gedacht«, erwiderte er. Er rief Heaton zurück und hoffte, daß er überrascht klingen würde, wenn er mußte.

»Michael, ich habe gute Neuigkeiten für Sie. Offensichtlich hat Peter Baroda seine Meinung geändert. Ihr Antrag ist doch noch weitergeleitet worden.«

»Wirklich?« rief Neef, dem plötzlich klar wurde, daß eine Schauspielerkarriere nichts für ihn war. »Das ist fantastisch.«

»Ich weiß nicht, warum er seine Meinung geändert hat, aber er hat es getan, und das ist die Hauptsache.«

»Absolut«, stimmte Neef ihm zu. »Das sind wunderbare Neuigkeiten.«

»Dachte mir doch, daß Sie das freuen würde. Ich vergaß gestern zu fragen, was Ihr Hirntumorpatient für Fortschritte macht. Sind die Fortschritte immer noch zufriedenstellend?«

Neef verzog das Gesicht. Heaton hatte nicht vergessen zu fragen – wie Heaton genau wußte. Er hatte vergessen, Heaton anzurufen und es ihm zu sagen.

»Tim, in der Aufregung habe ich das völlig vergessen«, sagte er. »Der Fortschritt ist mehr als zufriedenstellend. Der Tumor ist bis auf Erbsengröße geschrumpft. Mit ein bißchen Glück ist er bis nächste Woche völlig verschwunden.«

»Hervorragend!« sagte Heaton. »John Marshall arbeitet an einer Presseerklärung, die ich ihn gebeten hatte, auf alle Fälle zu entwerfen.«

»Gut«, sagte Neef.

»Genau das braucht das Krankenhaus jetzt«, sagte Heaton. »Ein Heilmittel gegen Krebs.«

»Einen Augenblick . . .«

»Es ist ein Anfang«, sagte Heaton. »Das können Sie nicht leugnen.«

»Ich glaube nicht«, stimmte Neef zu.

»Ich lasse es Sie wissen, sobald ich etwas über den Antrag höre.«

Neefs letzter Anruf an dem Tag kam von David Farro-Jones.

»Ich habe Eddie Millers Autopsieberichte der letzten drei Monate durchgesehen. Da ist absolut nichts zu finden, das seine Geschichte bestätigen würde.«

»Das ist eine Erleichterung«, sagte Neef.

»Das kann man wohl sagen«, stimmte Farro-Jones zu.

»Und immer noch kein neues Virus?«

»Kein neues Virus. Wir werden mit der Suche aufhören müssen. Sie nimmt zuviel Zeit in Anspruch.«

An nächsten Tag entfachte Charles Morses Tod die Aufmerksamkeit der Medien. TOTENGLOCKE ERTÖNT, BEHÖRDEN TAPPEN IMMER NOCH IM DUNKELN lautete die Schlagzeile des *Citizen,* und buchstäblich alle anderen folgten seinem Kurs. Einer der Zeitungen war es gelungen, den örtlichen Parlamentsabgeordneten in die Enge zu treiben und ihn in Verlegenheit zu bringen. Er versicherte seinen Wählern, daß er dem Gesundheitsminister geschrieben habe und daß der ihm versichert habe, geeignete Schritte würden unternommen.

Im Laufe des Tages sollte Neef entdecken, was das bedeutete. Lennon rief an, um ihm sagen, daß er nicht länger die Untersuchung leite. Ein Team von Spezialisten des Gesundheitsministeriums war eingetroffen, um die Sache in die Hand zu nehmen. Unter ihnen war auch ein Wissenschaftler aus Porton Down, dem Regierungsinstitut für chemische und biologische Verteidigung.

»Sie haben auch Charles Morses Leichnam mitgenommen«, sagte Lennon. »Sie wollen ihre eigenen pathologischen Untersuchungen durchführen.«

»Können sie das denn machen?« fragte Neef.

»Nach ihren Richtlinien können sie verdammt noch mal tun und lassen, was sie wollen«, sagte Lennon. »Sie haben hier am Sutton Place buchstäblich alles an sich gerissen und eine Nachrichtensperre verhängt. Ich wage zu behaupten, daß Sie sie bald kennenlernen werden. Ein Mann namens Little ist verantwortlich.«

Zwei Stunden später verkündete Ann Miles, daß Dr. Little und Dr. Waters draußen seien.

»Schicken Sie sie herein.«

Little, ein großer dünner Mann mit einem vorstehenden Adamsapfel, der über dem steifen Hemdkragen beunruhigend auf und ab hüpfte, erschien als erster und streckte die Hand aus. »John Little.« Er wirkte weder freundlich noch unhöflich, sondern einfach geschäftsmäßig. Sein Gefährte, einen Kopf kleiner, mit hängenden Schultern und herabgezogenem linkem Mundwinkel, der auf einen leichten Schlaganfall in der jüngsten Vergangenheit hindeutete, stellte sich als Malcolm Waters vor. Keiner von beiden lächelte.

»Vielen Dank, daß Sie uns so kurzfristig empfangen, Doktor«, sagte Little. »Wie Sie wahrscheinlich wissen, leiten wir ein Team, das vom Gesundheitsministerium hergesandt wurde, um sich mit Ihrem Problem zu beschäftigen.«

»Mir wäre es lieber, wenn Sie es nicht mein Problem nennen würden«, sagte Neef und hoffte, dadurch die Atmosphäre aufzulockern.

»Sicher«, sagte Little ohne eine Spur von Humor. »Ich meinte mit ›Sie‹ die Gegend im allgemeinen. Wir machen uns gerade mit den Medizinern und Wissenschaftlern vor Ort bekannt, die bis jetzt mit der Untersuchung befaßt waren. Ich habe von Dr. Lennon gehört, daß Sie die Möglichkeit aufgebracht haben, ein Virus könnte für den Krebsausbruch verantwortlich sein.«

»Einer meiner Kollegen machte diesen Vorschlag«, verbesserte Neef ihn. »Ich habe ihn nur weitergegeben.«

»Das wäre . . .« Little machte einen Pause, während er einen Stapel Papiere durchblätterte. »Dr. Pereira.«

»Das stimmt.«

»Weshalb kam Dr. Pereira der Verdacht, es könne sich um einen Virus handeln?«

Neef zuckte die Achseln und sagte: »Die Struktur des Falles, glaube ich; außerdem war es unmöglich, irgendeine andere Ursache festzustellen.«

»Wenn alles andere ausscheidet, gib einem Virus die Schuld«, sagte Waters mit einem affektierten Grinsen.

Neef und MacSween hatten schon oft denselben Kommentar abgegeben, aber von Waters erschien er irgendwie beleidigend. Er faßte eine Abneigung gegen den Mann.

»Da gab es auch noch andere Dinge«, sagte Neef. »Aber Sie müssen Dr. Pereira fragen, er ist der Fachmann für Viren, nicht ich.«

»Aber Sie sind so weit gediehen, daß Sie tatsächlich nach diesem vermuteten Virus gesucht haben«, sagte Little.

»Nicht persönlich«, sagte Neef. »Ein anderer meiner Kollegen nahm elektronenmikroskopische Untersuchungen an Lungenproben von Charles Morse vor. Er fand nichts.«

»Das wäre ...« Little wandte sich wieder seinen Notizen zu. »Dr. Farro-Jones von der medizinischen Fakultät.«

»Das stimmt.«

»Ist Dr. Pereira im Augenblick hier?« fragte Waters.

Neef verneinte. »Dr. Pereira gehört nicht zum Krankenhauspersonal. Er ist ein Angestellter von Menogen, einer kommerziellen biotechnischen Firma. Wir führen im Augenblick einen Versuch mit ihren Gentherapie-Vektoren durch.«

»Das wissen wir«, sagte Waters. »Ich dachte nur, er wäre vielleicht da.«

»Er kommt nur ein paarmal die Woche«, sagte Neef.

»Warum wurde Dr. Pereira überhaupt nach seiner Ansicht gefragt?« wollte Little wissen.

»Das Thema ergab sich bei einer Unterhaltung, glaube ich«, sagte Neef.

»Bei einer Unterhaltung?« sagte Little. »Diskutieren Sie häufig vertrauliche medizinische Angelegenheiten mit Außenseitern, Doktor?«

»Ich betrachte Dr. Pereira als einen Kollegen. Außerdem ist er ein Virologieexperte, der zu einer Zeit, als niemand anders dazu in der Lage war, eine fundierte Ansicht vertreten hat. Ich bin sicher, daß auch Dr. Lennon seinen Beitrag zu schätzen wußte.«

»Dr. Lennon ist nicht länger mit dieser Untersuchung beauftragt«, sagte Little kalt.

Neef zog es vor, dazu keinen Kommentar abzugeben.

»Wir müssen darauf hinweisen, daß ein vertrauliches Problem auf dem Spiele steht«, sagte Little. »Dr. Pereira ist ein Außenseiter.«

»Das verstehe ich nicht«, sagte Neef. »Inwiefern ist das ein Problem?«

»Das Ministerium hat uns angewiesen, eine totale Nachrichtensperre zu verhängen, solange wir unsere Untersuchung durchführen. Keinem Mitglied des Krankenhauspersonals und keinem Angehörigen der Universität wird es gestattet sein, der Presse irgendetwas mitzuteilen, und Sie dürfen natürlich keinerlei Aspekt des Problems mehr mit Dr. Pereira diskutieren.«

Neef mußte einen Augenblick nachdenken, bevor ihm dämmerte, welche Auswirkungen das hatte, was Little ihm sagte. »Sonst?« forderte er ihn heraus.

»Ich hoffe aufrichtig, daß es dazu nicht kommen wird, Doktor«, sagte Little. »Das geschieht alles nur zum besten. Ich bin sicher, das letzte, was wir alle wollen, ist, unnötige Furcht und Panik in der Öffentlichkeit hervorzurufen.«

Geht das schon wieder los, dachte Neef. »Sie glauben also auch, daß es ein Virus ist«, sagte er und warf Little einen feindseligen Blick zu.

»Auf solche voreiligen Äußerungen können wir gut verzichten, Doktor.«

»Sind Sie hier, um das Problem zu untersuchen oder es zu vertuschen?« fragte Neef, der wütend wurde.

»Dem Ministerium liegt nur das öffentliche Interesse am Herzen«, sagte Little.

»Welcher Trost«, sagte Neef.

»Ich hatte gehofft, daß wir ein besseres Arbeitsverhältnis entwickeln würden, als es anscheinend der Fall ist«, sagte Little.

»Seit Sie hereingekommen sind, haben Sie doch ständig nur gesagt, daß ich meinen Mund halten soll«, sagte Neef. »Warum haben Sie sich überhaupt die Mühe gemacht, herzukommen?«

Little und Waters wechselten Blicke. »Wir hören, daß Sie eine Beziehung zu einer Journalistin haben«, sagte Little. Er ließ das Wort obszön klingen.

»Miss Eve Sayers«, fügte Waters hinzu, nachdem er wieder in seine Notizen geschaut hatte.

»Ja und?«

»Wir wollten nur ganz sicher gehen, daß Sie begreifen, für wie wichtig das Ministerium Vertraulichkeit in dieser Angelegenheit betrachtet und als wie ernst es unwillkommene Publicity ansehen würde.«

»Nur damit es kein Mißverständnis gibt«, fügte Waters hinzu.

Neef fiel es schwer, die Beherrschung nicht zu verlieren, aber er schaffte es. Statt sich zu streiten, schaute er auf die Uhr und sagte: »Sie müssen mich jetzt entschuldigen. Ich habe ziemlich viel zu tun.«

»Vielleicht möchten wir noch einmal mit Ihnen sprechen«, sagte Waters.

»Meine Sekretärin, Mrs Miles, wird einen Termin mit Ihnen vereinbaren«, sagte Neef kurz angebunden.

Waters lächelte schief, und Little sagte: »Danke, daß Sie sich Zeit für uns genommen haben, Doktor.« Sie gingen.

Neef griff zum Telefon und rief Farro-Jones an. »Ich bin gerade von der gottverdammten Gestapo verhört worden«, sagte er.

»Little und Waters? Das sind nicht gerade Morecambe und Wise, was?«

»Eingebildete Arschlöcher«, sagte Neef. »Was sind sie eigentlich genau?«

»Little ist Epidemiologe des Gesundheitsministeriums. Er leitet die Untersuchung. Waters ist Virologe aus Porton Down.«

»Auf der Suche nach seiner nächsten Verteidigungswaffe«, höhnte Neef.

»Vorsicht, das Telefon könnte angezapft sein«, flüsterte Farro-Jones im Scherz.

»Würde mich nicht überraschen«, sagte Neef. »Du hast doch nichts über die Langholm-Connection gesagt, oder?« fragte Neef.

»Das wäre Max gegenüber nicht fair«, sagte Farro-Jones. »Wir haben keinerlei Beweise gefunden, daher sah ich keinen Sinn darin, es ihnen zu erzählen. Natürlich könnten sie auch von selbst drauf kommen.«

»Also wenn sie alle Leute so vor den Kopf stoßen wie mich, werden sie wohl alles selbst herausfinden müssen«, sagte Neef.

»Warten wir ab, was passiert«, sagte Farro-Jones.

Neef entdeckte, daß Eve schon früher bei Neil gewesen war. Er hatte sie verpaßt, aber sie hatte einen Zettel dagelassen, daß sie ihn zum Essen einlud. Wenn er es nicht schaffte, sollte er ihr eine Nachricht auf dem Anrufbeantworter hinterlassen. Er schaffte es, also bestand keine Notwendigkeit dazu. Es war etwas, auf das er sich während der nächsten Stunden freuen konnte, während er sich durch Papierkram hindurch kämpfte, den er zum größten Teil für überflüssig hielt.

Schade, dachte er, daß niemand in der Regierung hatte vorhersehen können, was der lobenswert klingende Ausdruck »exakte Leistungskontrolle« in der Praxis tatsächlich bedeutete – Beurteilungen, Bewertungen, Prüfungen, Tests, endloses Formularausfüllen. Die Ausübung der ärztlichen Heilkunst war zweitrangig geworden gegenüber ihrer Verwaltung.

Als Neef in Eves Apartment kam, tobte sie vor Wut.

»Was zum Teufel ist eigentlich los?« fragte sie.

»Erst einmal Hallo«, erwiderte Neef.

»Tut mir leid«, sagte Eve mit einem schuldbewußten Blick. »Es war nur solch ein frustrierender Tag. Ich ging zum Sutton Place, um das Neueste über meine Story in Erfahrung zu bringen, und dort hatte ein Staatsstreich stattgefunden. Lennon leitet die Untersuchung nicht länger, und die Leute vom Ministerium sagen nichts. Hat es eine dramatische neue Entwicklung gegeben?«

»Nicht daß ich wüßte«, sagte Neef. »Die Leute vom Ministerium, wie du sie nennst, wurden als Reaktion darauf entsandt, daß ein Parlamentsmitglied Taten sehen wollte. Sie kamen heute Nachmittag zu mir und warnten mich, den Mund zu halten, besonders was dich betrifft.«

»Und die Leute nennen dies ein freies Land«, sagte Eve. »Je mehr ich von Regierungsbehörden sehe, desto mehr gelange ich zu der Überzeugung, daß niemand, der dort arbeitet, eigentlich weiß, was er tut. Sobald das Rampenlicht auf sie fällt, suchen sie mit schlackernden Knien nach einer Möglichkeit, es auszudrehen, statt der Öffentlichkeit zu zeigen, wie gut sie mit den Dingen zurechtkommen.«

»Was wirst du also tun?« fragte Neef.

»Ich werde eine Geschichte schreiben, in der ich gegen unnötige Heimlichtuerei der Regierung protestiere. Die anderen Zeitungen werden dasselbe tun, und die herrschenden Kräfte werden in einem viel größeren Schlamassel enden, als wenn sie direkt mit uns gesprochen hätten«, sagte Eve.

»Ich meine, ich hätte mal gehört, daß es in der Macht der Regierung steht, die Presse daran zu hindern, irgend etwas über bestimmte Dinge zu schreiben, wenn es ihnen in den Sinn kommt«, sagte Neef.

»Sie müssen wirklich einen guten Grund haben, um ein Veröffentlichungsverbot verhängen zu können. Sie müssen eine ganze Menge mehr über diese Sache wissen, als sie zugegeben haben. Stimmt das?«

»Ich glaube nicht«, sagte Neef. »Aber ich habe so das Gefühl, daß sie auch glauben, es sei ein Virus. Einer der Leute, die ich heute kennengelernt habe, war aus Porton Down.«

»Diese biologische Kriegsführungssache?«

»Das Verteidigungsinstitut«, korrigierte Neef sie.

»Auf der Suche nach neuem Spielzeug?« sagte Eve.

»Das dachte ich auch«, sagte Neef.

»Du solltest mir das doch nicht erzählen«, sagte Eve.

»Wir beide haben eine Vereinbarung«, sagte Neef. »Ich erzähle dir, was ich will.«

»Die sind dir wirklich schwer auf die Nerven gefallen, was?«

»Ja.«

Als sie beim Essen saßen, sagte Eve: »Ich werde morgen nicht kommen, um Neil zu besuchen. Ich habe es ihm heute gesagt. Er versteht es. Übermorgen bin ich wieder da.«

»Du bist jeden Tag dagewesen, seit du angefangen hast«, sagte Neef.

»Und ich werde auch jeden Tag kommen, bis es ihm wieder besser geht«, sagte Eve. »Morgen habe ich nur etwas ganz Besonderes zu erledigen.«

»Oh?«

»Der *Express* will mit mir ein persönliches Gespräch führen. Ich glaube, sie wollen mir einen Job anbieten.«

»Wunderbar«, sagte Neef. »Genau das hast du dir doch gewünscht.« Seine Stimme verriet Enttäuschung.

»Mach dir keine Sorgen«, sagte Eve sanft. »Wir lassen uns etwas einfallen. Freust du dich für mich?«

»Natürlich«, sagte Neef. »Viel Glück.«

Neef hatte gehofft, daß er am nächsten Tag die Genehmigung erhalten würde, bei Neil Benson Pereiras neuen Vektor anzuwenden, aber er bekam sie nicht. Er bat Tim Heaton, ob er das Verfahren nicht durch einige Anrufe beschleunigen könnte. Heaton sagte, er wolle sehen, was er tun könne, aber am Ende des Tages gab es noch nichts Neues. Man hörte nichts vom Gesundheitsamt, wie die neuen Leute die Untersuchung führen wollten, und Eve rief nicht an, um zu erzählen, wie ihr Bewerbungsgespräch gelaufen war. Ein ganz und gar unaufregender und unbefriedigender Tag, dachte Neef, als er die Station verließ.

Dolly war die einzige, die von Neefs ruhigem Tag profitierte. Da er in Gedanken mit nichts anderem beschäftigt war, dachte er daran, auf dem Nachhauseweg ins Tiergeschäft zu gehen, um einen Vorrat an Katzenfutter und Streu zu kaufen. Außerdem kaufte er ihr ein neues Spielzeug; die Faszination des orangen Fisches ließ langsam nach.

Wenn Neef gewußt hätte, was der folgende Morgen ihm

brachte, hätte er sicher mit Freuden einen weiteren ereignislosen Tag hingenommen. Auf dem Weg zum Krankenhaus hielt er an, um die Morgenzeitung zu kaufen; da erregte ein Bild auf der Titelseite des *Express* seine Aufmerksamkeit. Er glaubte das Gebäude auf dem Foto zu erkennen. Als er näher hinschaute, wußte er, daß er recht hatte. Es war das Gebäude von Menogen Research. TÖDLICHER KREBSERREGER AUS FORSCHUNGSLABOR ENTKOMMEN schrie die Schlagzeile.

Neef wußte überhaupt nicht, welches Gefühl die Oberhand hatte – Schock, Betrogensein, Furcht, Bestürzung. Er kaufte die Zeitung und ging zum Auto zurück, um den Rest zu lesen. Die Geschichte wurde »Unserem Sonderberichterstatter« zugeschrieben; darin hieß es, nicht genannte Mitglieder der offiziellen Untersuchungskommission zögen die Möglichkeit in Betracht, daß der jüngste Ausbruch von Krebsfällen durch ein Virus verursacht werde, das aus den Menogen Research Labors in der Langhoem Road entwichen sei. Es wurde darauf hingewiesen, daß das erste Opfer Melanie Simpson gewesen war, die im Langhoem Crescent gelebt hatte. Offizielle Quellen weigerten sich, diesen Bericht zu bestätigen oder abzustreiten, und hatten eine völlige Nachtrichtensperre über diese Angelegenheit verhängt. Die Zeitung hatte jedoch in Erfahrung gebracht, daß ein Mitglied der von der Regierung eingesetzten Untersuchungskommission ein Virusexperte aus dem Verteidigungsinstitut Porton Down war. Steven Thomas, der Geschäftsführer von Menogen, hatte die Vorwürfe als »lächerlich« zurückgewiesen.

Neef war ganz übel. War Eve ihre Karriere so wichtig, daß sie das getan hatte? Er fühlte sich gleichzeitig dumm und verletzt. Verzweifelt versuchte er, eine andere Erklärung zu finden. War es denkbar, daß Little und Waters die Verbindung Langholm Road – Langholm Crescent gesehen und die Geschichte hatten durchsickern lassen? Aber warum? Sie versuchten doch, die Angelegenheit aus den Zeitungen herauszuhalten. Es sei denn ... sie sahen die Möglichkeit, auf einen

Schlag Menogen die gesamte Schuld anzulasten und Gesundheitsamt und Gesundheitsministerium reinzuwaschen.

Überrascht über die Verschlagenheit seiner eigenen Gedanken versuchte Neef Lennon anzurufen, sobald er im Büro war. Nicht allzu überraschenderweise war besetzt. Er bat Ann Miles, es weiter zu versuchen, aber es dauerte dreißig Minuten, bevor er Lennons West Country Akzent am Ende der Leitung hörte.

»Ich weiß, daß die Untersuchung offiziell nicht mehr in Ihren Händen liegt«, sagte Neef. »Aber es gibt etwas, das ich wirklich gerne wissen möchte.«

»Schießen Sie los«, sagte Lennon.

»Seit wann wissen Little und Waters von der Verbindung zwischen Menogens Adresse und der von Melanie Simpson?«

»Seit sie heute morgen die Zeitung gelesen haben«, sagte Lennon bissig.

Genau das hatte Neef zu hören befürchtet. »Sind Sie sicher, daß sie es nicht wußten?«

»Völlig sicher. Vielleicht kann ich Sie etwas fragen?«

»Nur zu.«

»Wußten Sie's?«

Neef schloß die Augen. Unter den gegebenen Umständen war das eine vernünftige Frage, und es war ihm peinlich, Lennon im dunkeln gelassen zu haben. »Ich wußte es«, gestand er. »Aber es gab nicht den Funken eines Beweises, der belegt hätte, daß es mehr als ein Zufall war. Den gibt es immer noch nicht.«

»Offensichtlich ist da jemand anderer Meinung als Sie«, sagte Lennon. Das Wort »jemand« betonte er so, daß für Neef klar war, an wen Lennon dachte.

»Was geschieht jetzt?«

»Ich bin mir nicht sicher, ob ich Ihnen das unter den gegebenen Umständen sagen soll«, sagte Lennon.

»Ich verstehe«, sagte Neef schwach. »Falls es irgendein Trost für Sie ist, ich bin genauso schockiert wie Sie. Ich wußte nichts von der Story.«

»Little und Waters gehen dem weiter nach. Ich glaube, sie sind nicht allzu unglücklich, wenn die Öffentlichkeit denkt, sie hätten dies herausgefunden. Es ist zu schön für sie, um es einfach zu übergehen.«

»Ich verstehe nicht ganz«, sagte Neef.

»Wenn sie ihre Karten richtig ausspielen, kommen sie als Asse aus dieser Geschichte heraus. Binnen zwei Tagen haben sie das Geheimnis aufgeklärt. Sie haben etwas entdeckt, was dem dämlichen Typen vor Ort – mir – entgangen war. Und Menogen wird wahrscheinlich den Flammen des öffentlichen Zorns geopfert.«

»Aber Little und Waters haben doch überhaupt nichts entdeckt!« protestierte Neef. »Und wahrscheinlich ist überhaupt nichts aus den Menogenlabors entwichen!«

»Sie haben wirklich nicht viel Ahnung von der menschlichen Natur, was, Neef?« sagte Lennon, bevor er den Hörer auflegte.

Neef dachte darüber nach, was Lennon gesagt hatte. Der Mann hatte recht. Er hatte wirklich keine Ahnung.

Neefs erste Post des Tages kam und mit ihr die Genehmigung, Menogens neuen Vektor an Neil zu erproben. Er las die Berichte, die mit der offiziellen Genehmigung gekommen waren, und sah, daß beide Wissenschaftler von Pereiras neuem Übertragungsvektor begeistert waren. Einer hatte seine Arbeit »brillant« genannt, der andere »in höchstem Maße genial«. Er fragte sich, wie Max Pereira sich jetzt wohl fühlte. Er rief bei Menogen an, aber niemand antwortete, es gab nicht einmal eine Ansage auf einem Anrufbeantworter.

Neef wollte Neil den Vektor sofort injizieren. Er ging in das Schwesterndienstzimmer, um Schwester Williams, Kate Morses vorübergehendem Ersatz, Bescheid zu sagen, und fand statt dessen Kate selbst vor. Sie trug Uniform und lächelte ihn an, als er hereinkam.

Neef verdrehte die Augen.

Kate sagte: »Mir geht es gut, Mike. Ich bin lieber hier, als zu

Hause herumzusitzen und mich zu fragen, wann sie mir gestatten werden, meinen Mann zu beerdigen.«

»Das habe ich gehört«, sagte Neef.

»Charlie ist von mir gegangen, und ich habe das akzeptiert. Ich habe zwei Kinder, eine Hypothek und einen Beruf, also bin ich hier, um weiterzumachen.«

»Gut«, sagte Neef. »Wir haben dich vermißt.« Er erzählte Kate von dem neuen Vektor für Neil Benson.

»Hört sich gut an«, sagte Kate.

Plötzlich wurde Neef klar, daß sie die Geschichte in der Zeitung nicht gelesen hatte. Das Lächeln schwand von seinem Gesicht. Das würde nicht leicht sein. »Kate, da ist etwas, das du lesen solltest. Eine Zeitungsstory.«

Neef kehrte in sein Büro zurück und kam mit der Zeitung wieder. Er reichte sie Kate und stand daneben, während sie las.

»Ist das wahr?« fragte Kate mit einem kaum hörbaren Flüstern, als sie fertig war.

»Ich glaube es nicht«, sagte Neef. »Die einzige Tatsache in der Geschichte ist der Zufall mit den Adressen. Der Rest ist ein äußerst unverantwortlicher und in höchstem Maße schädlicher Haufen Dreck.«

Kate schaute Neef an, als versuchte sie sich eine Meinung zu bilden. »Wenn ich mir vorstellen müßte, daß dieser kleine Bastard für den Tod von meinem Charlie verantwortlich ist . . .«

»Ich weiß, daß Pereira nicht der liebenswürdigste Mensch auf der Welt ist, Kate, aber trotz alledem habe ich gelernt, ihm zu vertrauen.

»Na gut«, sagte Kate. »Wer hat die Story geschrieben?«

Neef konnte nicht antworten. Er schaute beiseite und machte mit den Händen eine Geste der Hilflosigkeit.

»Nicht Eve Sayers?« sagte Kate. Neef zuckte die Achseln. »Oh, Mike, es tut mir so leid.«

Neef nickte. Er lächelte schief und sagte: »Zu Neil Benson. Kannst du ihn vorbereiten?«

Neef stellte gerade auf der Grundlage des momentanen Volumens von Neils Tumor seine endgültigen Berechnungen an, wieviel Viruslösung er injizieren sollte, als Ann Miles ankündigte, daß Max Pereira draußen sei.

»Schicken Sie ihn herein.«

Pereira hatte ein Exemplar der Morgenzeitung in der Hand und war wütend. »Haben Sie diese Scheiße gesehen?« tobte er los. »Die Bastarde haben den Betrieb geschlossen! Können Sie das verdammt noch mal glauben?«

»Beruhigen Sie sich, Max«, sagte Neef. »Erzählen Sie mir, was passiert ist.«

»Die beschissenen Behörden haben all unsere Lizenzen widerrufen. Sie haben den Betrieb geschlossen und eine umfassende Untersuchung angedroht. Die Tore sind behördlich verschlossen. Was denn für ein Killervirus, um Himmels willen?«

Pereira legte die Hände an den Kopf, als stünde er kurz vor dem Zusammenbruch. »Okay, okay«, sagte er. »Ich glaube, daß ein Virus verantwortlich ist, aber in den Menogenlabors gibt es nichts, was auch nur im entferntesten als Kandidat in Frage käme, und selbst wenn, gibt es so viele Sicherheitsbestimmungen, daß es keine Möglichkeit, Mann, überhaupt keine Möglichkeit gibt, daß etwas herauskommen könnte.«

»Ich glaube Ihnen«, sagte Neef.

»Gott sei Dank wenigstens einer.« Max deutete auf die Zeitung. »Wer schreibt so eine Scheiße?«

Wieder konnte Neef nicht antworten und blickte zur Seite.

»Sie machen Witze«, sagte Pereira. »Doch nicht Eve. Scheiße, ich dachte wir wären Freunde.«

»Willkommen im Club.«

Kate Morse kam herein, um zu bestätigen, daß für Neils Injektion alles vorbereitet war. Sie erstarrte, als sie Pereira dort sitzen sah, faßte sich aber schnell, obwohl ihr Gesicht einer Maske glich. Neef stellte fest, daß man Pereira überhaupt kein Schuldgefühl oder ein Gefühl der Peinlichkeit anmerkte.

»Es hat mir leid getan, das von ihrem Mann zu hören«, sagte Pereira.

»Danke«, sagte Kate kalt. Sie wandte sich Neef zu, schaute ihm in die Augen und sagte: »Wenn du dir deiner Sache ganz sicher bist, ist Neil soweit.«

Neef nickte.

»Neil?« rief Pereira. »Neil Benson? Das Kind mit dem Melanom?«

»Die Genehmigung kam heute morgen«, sagte Neef.

»Dann bringe ich mich jetzt doch noch nicht um«, sagte Pereira. »Das sind gute Nachrichten.« Er sah, wie Kate Morse ihn anschaute, und sein Lächeln verblich. Er sagte: »Sie haben heute morgen die Story in der Zeitung gelesen, nicht? Und jetzt fragen Sie sich, ob ich Ihren Mann umgebracht habe. Das habe ich nicht, und auch niemand anders bei Menogen. Auch wenn Sie sonst nichts in Ihrem Leben glauben, Lady, glauben Sie mir das.«

»Ich werde es versuchen, Doktor«, sagte Kate. Sie drehte sich auf dem Absatz, und verließ den Raum.

Einige Augenblicke lang schien Pereira völlig in Gedanken versunken, dann wandte er sich Neef zu und sagte: »Ich wäre gerne dabei, wenn Sie dem Kind die Spritze geben, falls das okay ist.«

»Aber natürlich«, erwiderte Neef. »Es ist ja eigentlich Ihre Arbeit, um die es hier geht.«

Das Virus war aus dem Kühlschrank der Station genommen worden, Neef und Pereira zogen sich gerade Kittel an, als Ann Miles mit einem Memo in der Hand auf sie zukam. »Ich glaube, Sie sollten das lesen«, sagte sie zu Neef.

Neef las die Notiz und fluchte. »Es ist von Tim Heaton«, sagte er. »Die Gesundheitsbehörden haben bei allen Menogen-Produkten die Notbremse gezogen«, sagte er. »Ein totales Verbot.«

Pereira nahm ihm die Notiz aus der Hand und las sie ebenfalls. »Sieht so aus, als hätten sie uns den Prozeß gemacht und uns verurteilt, bevor wir auch nur eine Chance hatten, etwas zu sagen«, sagte er. Er begann seinen Kittel auszuziehen. Neef tat es ihm nach, hielt aber mittendrin inne und zog ihn wieder an. »Wir machen weiter«, sagte er.

»Haben Sie den Verstand verloren?« rief Pereira. »Das können Sie nicht machen. Sie ruinieren Ihre Karriere, Mann.«

»Ich habe die wissenschaftlichen Expertisen gelesen, die zusammen mit der Genehmigung heute morgen kamen«, sagte Neef. »Sie waren ausgezeichnet. Das sind die Meinungen, die wirklich wichtig sind, nicht die dämlichen Reflexhandlungen eines von der Regierung gesponserten Clowns als Reaktion auf eine verdammte Zeitungsgeschichte.«

»Tun Sie es nicht, Mike. Dämlich oder nicht, die Schreibtischhengste dieser Welt werden Sie ruinieren.«

»Wenn Neil dann noch lebt, ist es das wert.«

»Wow«, sagte Pereira leise. »Und ich dachte, ihr Jungs kümmert euch einen Dreck um eure Patienten.«

»Mache ich es alleine oder sind Sie dabei?«

»Sie können auf mich zählen«, sagte Pereira.

Kate Morse und eine andere Schwester waren mit Neil im Nebenraum, als Neef und Pereira hereinkamen. Neil lag auf einer Untersuchungscouch; er hatte bereits ein Beruhigungsmittel bekommen und schien friedlich zu sein. Der entstellende Tumor auf einer Seite seines Gesichtes hob sich wie ein gräßlicher Parasit aus einer anderen Welt von dem OP-Tuch ab, in das er eingehüllt war.

Neef nahm die Viruslösung von der Lernschwester entgegen und zog die Spritze auf. Er sagte zu Pereira: »Ich habe das Volumen auf derselben Grundlage berechnet wie letztes Mal mit derselbem Formel. Als Ergebnis erhielt ich sechs Komma fünf Milliliter.«

»Hört sich in Ordnung an«, sagte Pereira. »Sind Sie sicher, daß Sie das durchziehen wollen?«

»Ich bin mir sicher.«

»Dann möchten Sie vielleicht, daß die Schwestern gehen.«

Neef schaute ihn an, dann dämmerte es ihm. »Natürlich«, sagte er. »Daran habe ich überhaupt nicht gedacht.«

Kate Morse, die völlig verwirrt aussah, wandte sich an die Lernschwester und sagte: »Danke, Schwester. Ich glaube, wir brauchen Sie nicht mehr.« Das junge Mädchen verließ das Zimmer. Kate sagte: »Würde mir jemand bitte erklären, was hier vor sich geht.«

Neef sah aus, als ringe er nach Worten. Pereira kam ihm zuvor. »Entgegen meinem Rat ist Ihr Boß hier dabei, einen meiner Virusvektoren in dieses Kind zu injizieren, obwohl er weiß, daß die Genehmigung zurückgezogen worden ist. Wenn Sie in diesem Raum bleiben, Schwester, könnten auch Sie zur Verantwortung gezogen werden, sollte es ein Nachspiel geben. Deshalb schlug ich vor, daß die Schwestern hinausgehen.«

»Stimmt das?« fragte Kate Neef.

»Ja.«

»Dann mußt du gute Gründe haben, das zu tun. Wenn du nichts dagegen hast, möchte ich bleiben.«

Pereira hob seinen Blick gen Himmel. »Wißt ihr Jungs eigentlich, was ihr meinem Zynismus antut, für den ich ein Leben lang gebraucht habe, um ihn aufzubauen.«

»Los jetzt«, sagte Neef.

Nach der Injektion wurde Neil in sein eigenes Bett zurückgebracht, und Neef und Pereira kehrten in Neefs Büro zurück. Neef bat Kate Morse, zu ihnen zu kommen.

»Ich habe ein Gefühl, als hätten wir gerade eine Bank ausgeraubt«, sagte Kate.

»Dies ist wahrscheinlich schlimmer«, sagte Pereira.

»Es war meine Entscheidung, meine Verantwortung«, sagte Neef. »Ich werde Ann ein Dokument aufsetzen lassen, in dem festgehalten wird, daß dies der Fall ist, du mir aus Loyalität assistiert hast, Kate, und daß ich es gegen Ihren ausdrücklichen Rat tat, Max. Das werde ich unterschreiben.«

Eine mögliche Reaktion von Pereira oder Kate wurde durch

ein Klopfen an der Tür unterbrochen. Ann Miles sagte: »Miss Sayers ist hier, Doktor.«

Die drei warfen einander ungläubige Blick zu.

Pereira schüttelte den Kopf und sagte: »Sie hat Mumm, das muß ich ihr lassen.«

»Ich kann es nicht glauben«, sagte Kate.

»Ich auch nicht«, sagte Neef.

Kate und Pereira standen auf, um zu gehen. Kate führte Pereira durch eine Tür hinaus, die in die Station führte statt in Ann Miles' Büro, wo sie Eve getroffen hätten. »Wir sind im Dienstzimmer«, sagte sie.

Einige Augenblick später stand Eve in der Tür. »Kann ich hereinkommen?« fragte sie.

»Ich bin mir nicht sicher, ob wir uns noch etwas zu sagen haben«, sagte Neef. Im Vergleich zu seinem Gesicht hätte selbst die Sphinx noch lebhaft gewirkt.

»So wenig Vertrauen, Neef?« fragte Eve.

Neef sah, daß ihr Blick ruhig und unnachgiebig war. »Was meinst du damit?«

»Ich habe die Story nicht geschrieben.«

Neefs Gesicht war ein einziger Ausdruck des Unglaubens. »Klar«, sagte er.

»Ich habe die Story nicht geschrieben«, wiederholte Eve mit monotoner Stimme.

Neef sagte: »Nur drei Leute wußten von der Langholm-Adressen-Verbindung.«

»Noch jemand muß es gewußt haben«, sagte Eve.

»Hast du den Job bekommen?«

»Ich habe ihn nicht genommen.«

»Warum nicht?«

»Sie zeigten mir die Story, die sie über Menogen bringen wollten, und baten mich, die Fortsetzungen zu schreiben. Ich weigerte mich.«

»Du weigertest dich?«

»Ich sagte ihnen, daß ich die Menogen-Story für unverantwortlichen Journalismus hielte. Sie wären dabei, den guten Ruf einer Firma ohne jeglichen Beweis zu zerstören. Daraufhin wiesen sie mir die Tür.«

»Warum hast du mich gestern abend nicht angerufen?«

Eve sagte: »Es war schon spät, als ich nach Hause kam, und mein verdammtes Telefon funktionierte nicht. Ich war so deprimiert, daß ich mich nicht aufraffen konnte, rauszugehen zu einer Telefonzelle. Ich nahm eine Schlaftablette und ging ins Bett.«

»Mein Gott! Was für ein Tag«, sagte Neef, ließ sich in seinen Schreibtischsessel zurückfallen und legte die Hände hinter den Kopf.

»Kann ich Neil jetzt besuchen?« fragte Eve.

»Nein, mir wäre es lieber, du tätest das nicht«, sagte Neef.

Eve sah plötzlich verletzt aus, als hätte er sie geschlagen. »Du willst mich doch nicht daran hindern, ihn weiter zu sehen?«

»Nichts dergleichen«, sagte Neef. »Er hat nur gerade eine Spritze mit dem Menogen-Virus bekommen.«

»Du hast die Genehmigung?« fragte Eve, während ihr ganzer Gesichtsausdruck sich veränderte.

»Ja . . . und nein«, erwiderte Neef. Er erzählte Eve, was er getan hatte.

»Du hast ihm also ohne Genehmigung eine Injektion gegeben?« rief Eve. »Aber du hast doch gesagt, daß du das nie tun würdest.«

»Ich sagte, ich könnte es nicht tun, ohne daß der Antrag von Experten begutachtet worden ist. Er wurde von ihnen geprüft und gebilligt. Das hat mir gereicht. Das Verbot wurde von Politikern als Reaktion auf deine . . . auf die Geschichte in den Zeitungen ausgesprochen. Das hat mir nicht gereicht, und Neil auch nicht.«

»Gott sei Dank«, sagte Eve.

»Max Pereira ist draußen im Dienstzimmer bei Kate Morse. Sie glauben beide, du hättest die Geschichte geschrieben.

Heute Morgen glaubte Kate, Pereira hätte ihren Mann umgebracht. Ich glaube, daß Max befürchtet, er könnte nie wieder arbeiten.«

Eve schloß die Augen. »Was soll ich nur sagen?« sagte sie.

»Nichts«, sagte Neef. »Wenn du die Story nicht geschrieben hast.«

16

Neef ließ Eve warten, während er Pereira in sein Büro zurückrief. Kate Morse war weggegangen, um sich um ein Problem auf der Station zu kümmern.

Pereira schaute Eve an, als sei sie ein seltsames Wesen von einem anderen Stern.

»Sie hat die Story nicht geschrieben«, sagte Neef.

»Und ich spiele in der nächsten Saison bei den Giants Quarterback«, sagte Pereira leise.

»Es ist mein Ernst«, sagte Neef.

»Ich habe sie nicht geschrieben«, sagte Eve. »Ich wußte, daß sie erscheinen würde; sie baten mich, die Fortsetzung zu schreiben, aber ich habe die Story, die heute in der Zeitung erschien, nicht geschrieben.«

»Aber wer dann? Wie viele heimliche Journalisten haben Sie in diesem verdammten Krankenhaus noch in Diensten?« fragte Pereira.

»Sie haben die Geschichte nicht von einem Journalisten bekommen«, sagte Eve. »Sonst hätten sie mich doch nicht gebeten, sie weiterzuführen. Ein Insider gab ihnen die Information, und ein Mitarbeiter des *Express* schrieb sie.«

»Wer von den Mitarbeitern würde gerne so eine Geschichte ans Licht bringen?« dachte Neef laut.

»Und warum?« fragte Pereira.

»Tim Heaton ist ständig auf der Suche nach Publicity«, sagte Neef, »aber das hier würde keinen Sinn ergeben. Die Geschichte gereicht dem St George's in keiner Weise zum Vorteil. Der Louradis-Artikel über Gentherapie hat das St George's in der Öffentlichkeit bereits mit Menogen in Verbindung gebracht. Die ganze Sache wird für uns so verhängnisvoll wie für Menogen.«

»Aber vielleicht nicht so teuer«, sagte Pereira. »Sie glauben nicht, daß es Louradis selbst war, oder?«

»Aber warum?« fragte Neef.

»Als er seinen ›Gentherapieführer für den einfachen Mann‹ schrieb, rief er mich an, um mich ein paar Dinge zu fragen. Dieser Mann sehnt sich offenbar nach der Aufmerksamkeit der Presse. Er kam mir vor wie jemand, der alles sagen würde, nur um im Rampenlicht zu bleiben.«

»Ich glaube, er wußte nicht, daß Melanie in der Nähe von Menogen wohnte«, sagte Neef. »Abgesehen davon fällt es mir schwer einzusehen, wie diese Geschichte Louradis bei seinem Streben nach Starruhm helfen könnte.«

»Also suchen wir immer noch nach einem Motiv«, sagte Eve. »Vielleicht wollte jemand Menogen ernsthaften Schaden zufügen. Haben Sie jemanden so sehr verärgert, Max?«

Pereira zuckte die Achseln.

»Oder vielleicht war es ein Ablenkungsmanöver«, sagte Neef. Er dachte an Heatons Taktik in der Vergangenheit, gute Neuigkeiten zu benutzen, um den Schaden durch schlechte Publicity wiedergutzumachen.

»Aber ein Ablenkungsmanöver von was?« sagte Eve.

»Das müssen wir herausfinden«, sagte Neef. »Eins nach dem anderen. Wenn jemand Menogen die Schuld an dem Krebsausbruch zuschieben will, könnte es doch sein, daß der gleiche jemand den wahren Grund kennt und ihn vertuschen will.«

»Aber niemand hat an eine Alternative gedacht, oder?« fragte Eve.

»Nein«, gab Neef zu.

»Ich vermute, es besteht keine Möglichkeit, von der Zeitung zu erfahren, von wem sie die Story haben?« fragte Pereira Eve.

Eve schüttelte den Kopf und sagte: »Überhaupt keine. Sie werden ihre Quelle schützen. Abgesehen davon haben wir uns nicht gerade freundschaftlich getrennt.«

»Warum denken wir nicht in Ruhe darüber nach und treffen uns morgen wieder?« schlug Neef vor und schaute auf die Uhr. »Morgen früh machen wir Thomas Downys letzte Computertomographie. Wahrscheinlich wollten Sie dann sowieso dabei sein, Max?«

»Ja«, erwiderte Pereira. »Ich freue mich darauf.« Er stand auf, um zu gehen.

»Was hast du vor, Eve?« fragte Neef, als die Tür sich geschlossen hatte.

»Jetzt gehe ich erst mal zum Sutton Place. Ich vermute, daß die Geschichte heute Morgen die Herren Little und Waters zum Handeln zwingen wird. Sie werden irgendeine Presseerklärung abgeben müssen. Ich werde dafür sorgen, daß ihnen das in unangenehmer Erinnerung bleibt.«

»Schön für dich«, sagte Neef. »Sehe ich dich später?«

»Wenn du möchtest.«

Sie vereinbarten, daß Eve zu Neefs Cottage kommen würde, wenn sie ihre Geschichte für den *Citizen* fertig hatte.

Kurz nach vier rief Tim Heaton an. Er hatte keine besonders gute Laune.

»Den ganzen verdammten Tag habe ich damit zugebracht, etwas Vernünftiges aus diesen Ministeriumsleuten herauszubekommen, und es ist mir nicht gelungen. Sie gaben zu, daß sie vor der Zeitungsstory nicht gegen Menogen Research ermittelt hatten, aber sie weigern sich, die Geschichte zu dementieren. Als wollten sie, daß die Öffentlickeit sie glaubt.

»Es nimmt sie aus der Schußlinie«, sagte Neef.

»Aber das St George's wird mit Menogen in Verbindung gebracht!« rief Heaton. »Gerade als wir kurz davor standen, aus dem Fundament, das Mark Louradis gelegt hatte, Kapital zu schlagen und mit unserem Krebsheilerfolg an die Öffentlichkeit zu treten, mußte das passieren! Alles für die Katz. Der Universitätskliniktrust wird uns für Witzfiguren halten. Welcher Allgemeinmediziner, der recht bei Verstand ist, wird denn jetzt noch Patienten an uns überweisen, da wir mit einer Firma in Verbindung gebracht werden, die so in Mißkredit geraten ist wie Menogen?«

»Die Geschichte hat der Firma auch nicht ausgesprochen genützt«, sagte Neef. »Sie sind sich absolut sicher, daß nichts aus ihren Labors diesen Ausbruch verursacht haben könnte. Das Problem ist nur, daß niemand auf sie hören wird.«

»Verdammte Zeitungen.«

»Bevor Sie fragen, Eve Sayers hat die Story nicht geschrieben.«

»Das ist schon mal was. Sie haben mein Memo über das Verbot von Menogenprodukten erhalten?«

»Ja.«

»Ich weiß, daß Sie dieses letzte sehr gerne ausprobiert hätten, aber so kann's gehen.«

»Ja«, sagte Neef. Jetzt war nicht der rechte Zeitpunkt, Heaton zu erzählen, was er getan hatte. Nicht autorisierte Behandlung eines Patienten am St George's mit einem experimentellen Produkt von Menogen Research war nicht gerade der Lichtblick, nach dem er suchte. Die Tatsache, daß der Patient ein kleiner Junge ohne Vater und Mutter war, würde ihn für die Medien nur zu einem mißbrauchten hilflosen Versuchskaninchen machen. Die Wahrheit spielte keine Rolle.

Eve kam gegen acht im Cottage an.

»Hast du Hunger?« fragte Neef.

»Ich habe Nudeln gegessen, bevor ich meinen Bericht geschrieben habe«, erwiderte Eve.

»Hast du am Sutton Place irgend etwas Brauchbares aufgeschnappt?«

»Little sprach mit uns. Er sagte, daß die Untersuchungen noch andauerten. Jeder wollte über das Killervirus Bescheid wissen, und wie es aus den Menogenlabors entkommen ist. Little und Waters flüchteten sich in ihre beschissene Routine; sie hatten nicht mal den Anstand zuzugeben, daß es keinerlei Beweis für all dies gibt, also habe ich ihnen die Hölle heiß gemacht.«

»Wie?«

»Ich fragte sie in aller Öffentlichkeit, ob sie von der Langholm-Adressen-Verbindung gewußt hatten, bevor es in der Zeitung erschien. Little redete eine Weile um den heißen Brei herum, aber am Ende hatte ich ihn festgenagelt, und er gab zu, daß sie es nicht gewußt hatten. Der Berichterstatter des *Express* witterte dann seine Chance und versuchte Little dazu zu bringen zuzugestehen, daß seine Zeitung einen wertvollen Hinweis für diese Untersuchung geliefert hätte. Ich sagte, es gäbe keinerlei Beweise, um seine Behauptungen zu stützen, und die Story des *Express* sei eher bösartig als hilfreich.«

»Guter Punkt für dich«, sagte Neef.

»Der Mann vom *Express* war nicht besonders erfreut darüber«, sagte Eve. »Fragte mich, auf welcher Seite ich denn eigentlich stünde. Da fragte ich Little, ob er eine vollkommen verantwortungsbewußte Firma einzig und allein aufgrund der unbegründeten Behauptungen eines Zeitungsberichtes geschlossen habe. Er sagte nein. Ich fragte ihn nach seinen Gründen. Er sagte, er könne sie im Augenblick nicht preisgeben. Dies sei nicht im öffentlichen Interesse.«

»Das heißt, er hat sich noch keine ausgedacht.«

»Darauf würde ich auch tippen«, sagte Eve. »Um das Maß voll zu machen fragte ich ihn dann noch, ob es stimme, daß Menogen Research gegen die Schließung Rechtsmittel eingelegt hätten.«

»Haben sie das?«

»Keine Ahnung, aber an ihrer Stelle würde ich es tun. Freund Little wurde noch eine Spur blasser und sagte, er könne dazu keinen Kommentar abgeben.«

Neef goß zwei Gin Tonic ein und reichte Eve einen. »Hört sich an, als seist du gegen alle zu Felde gezogen«, sagte er.

»So fühle ich mich auch«, sagte Eve und nahm einen Schluck von ihrem Drink. »Weißt du, eins läßt mir den ganzen Tag keine Ruhe.«

»Was denn?«

»Du sagtest, daß nur drei Leute von der Adressenverbindung wußten?«

»Ja.«

»Du, ich . . . und David Farro-Jones?«

»Ja.«

»Angenommen, David Farro-Jones hat die Story durchsikkern lassen.«

Neef schaute sie einen Augenblick lang schweigend an. »Das kann doch nicht dein Ernst sein«, sagte er.

Eve zuckte die Achseln. »Ich weiß, daß er ein Freund von dir ist, aber wenn du es nicht warst und ich es nicht war, bleibt nur er übrig.«

»Aber warum sollte er das tun?« erhob Neef Einspruch.

»Das habe ich mich auch gefragt«, sagte Eve. »David Farro-Jones ist Molekularbiologe wie Max, entwickelt Vektoren für die Gentherapie wie Max . . . aber vielleicht nicht so gut.«

Neef riß ungläubig die Augen auf. »Du behauptest also, David wollte Menogen aus Eifersucht schaden, weil sie erfolgreicher sind als er?«

»Ich bin mir seiner Gründe nicht sicher«, sagte Eve, »aber es ist immerhin ein Gedanke. Du hast selbst gesagt, daß sich mit erfolgreichen Übertragungsvektoren für die Gentherapie viel Geld machen lassen würde. Alles, was Menogen schadet, nützt den Mitbewerbern – einschließlich David Farro-Jones.«

Neef schüttelte den Kopf, als sei er nicht bereit, über Eves Vorschlag nachzudenken, aber er fand, daß er ihn nicht völlig von der Hand weisen konnte. »Vermutlich ist es eine Möglichkeit.«

Es war eine Möglichkeit, die verhinderte, daß Neef in jener Nacht richtig Schlaf fand. Bis in die frühen Morgenstunden lag er wach und fragte sich, ob David Farro-Jones zu so etwas imstande sei. Es schien überhaupt nicht zu ihm zu passen. Stets lagen ihm die Interessen seiner Patienten am Herzen. Dennoch war es David gewesen, der ihn vor Max Pereiras Ehrgeiz gewarnt hatte und nahgelegt hatte, daß man Max nicht trauen könne. Wenn nun in Wirklichkeit er und nicht Max von Gier und Ehrgeiz getrieben wurde?

Ein Gedanke führte zum nächsten. Wenn es Farro-Jones' Absicht gewesen war, Menogen zu schaden, war er vielleicht auch bereit, mehr zu tun, als nur eine Information an die Zeitung durchsickern zu lassen. Die Frage war jetzt, war er tatsächlich auch bereit gewesen, die Untersuchung zu behindern, so daß der Verdacht an Menogen hängenblieb? Schließlich war David für die Suche nach dem Virus verantwortlich gewesen. Plötzlich fiel Neef ein, daß er ja auch derjenige gewesen war, der Eddie Millers Behauptung nachgegangen war, es hätte einen früheren Fall als Melanie Simpson gegeben.

Er gab seinen Versuch zu schlafen auf und stand auf, um sich Kaffee zu machen.

Am nächsten Morgen kam Neef um acht Uhr ins Krankenhaus und erfuhr, daß Neil eine schlechte Nacht verbracht hatte. Sofort ging er zu ihm, um sich selbst ein Bild zu machen. Neils Augen waren trüb; das Funkeln war daraus verschwunden. Das hatte er schon so oft bei Patienten im Endstadium gesehen. Neils Leben schwand dahin. »Hallo, Tiger, wie geht es dir?« fragte er sanft, als er sich auf die Bettkante setzte und mit dem Zeigefinger über Neils Stirn strich. Äußerlich war es eine zärtliche Geste, aber dadurch wußte Neef auch, wie sich Neils Haut anfühlte. Es war alles andere als beruhigend.

»Von der Spritze, die wir dir gestern gegeben haben, geht es dir bald wieder viel besser«, sagte Neef. »Dann besuchen wir Dolly bei mir zu Hause. Würdest du das gerne?«

Neil reagierte nicht. Mit glanzlosen Augen starrte er weiter ins Leere.

»Vielleicht machen wir ja auch noch ein Picknick mit Eve«, fuhr er fort. »Wir essen wieder zuviele Würstchen im Teigmantel und lassen unsere Boote auf dem Fluß ein Rennen fahren. Dann gewinnst du aber nicht!«

Neef konnte ihm keine Anwort entlocken.

Plötzlich sagte Neil ruhig: »Will Eve.«

»Sie wird bald hier sein«, sagte Neef. »Das verspreche ich.«

»Will Eve«, flüsterte Neil.

Neef stand auf und blickte mit einem flauen Gefühl im Magen auf den Jungen nieder. Vielleicht würde Eve zu spät kommen.

Rasch eilte Neef in sein Büro zurück und versuchte sie anzurufen. Niemand antwortete, daher hinterließ er ihr eine Nachricht auf dem Anrufbeantworter, ihn dringend zurückzurufen. Er versuchte, sie beim *Citizen* zu erreichen, erfuhr aber, daß sie nicht da sei.

Max Pereira kam um elf, und Neef erzählte ihm von Neil.

»Scheiße«, sagte Pereira. »Aber es bestand immer die Möglichkeit, daß Hilfe für ihn zu spät kommt.«

Neef nickte.

»Vielleicht ist es ja eine Reaktion auf das Virus, das wir gestern injiziert haben«, sagte Pereira.

»Wie denn das?« fragte Neef.

»Obwohl das Virus ihm nicht schaden kann, könnte es doch eine Herausforderung für sein Immunsystem sein und dazu führen, daß er sich mies fühlt. Wenn er sich schon vorher nicht so toll gefühlt hat . . .«

»Das hat er nicht«, bestätigte Neef.

»Dann müßte er sich ziemlich dreckig fühlen.«

»Ich hoffe bei Gott, daß es das ist«, sagte Neef, »aber ich fürchte nicht. Ich glaube, er gibt sich auf, und wir können wohl nichts dagegen tun. Heute morgen habe ich es erfolglos versucht.« Er schaute auf seine Armbanduhr. »Er hat nach Eve gefragt, aber ich konnte sie nicht erreichen. Ich würde es mir nie vergeben, wenn sie nicht mehr die Gelegenheit hätte, ihn noch einmal zu sehen, bevor . . .«

Lawrence Fielding kam mit Thomas Downys CT-Aufnahme in der Hand herein. Sein Gesichtsausdruck sagte alles. »Er ist geheilt«, verkündete er. »Überhaupt kein Anzeichen eines Tumors mehr.«

Neef nahm sie und untersuchte sie selbst, bevor er sagte: »Absolut fantastisch.« Er reichte Pereira die Aufnahme, schaute wieder auf die Uhr und fluchte leise.

»Stimmt was nicht?« fragte Fielding.

Neef erzählte ihm von Neil und daß er es nicht geschafft hatte, Eve zu erreichen.

»Hast du es beim Gesundheitsamt versucht?« schlug Fielding vor. »Dieser Tage hängen die Journalisten doch ständig dort herum.«

Neef wollte gerade zum Hörer greifen, als es klingelte. Es war Eve.

»Ich habe gerade zu Hause angerufen, um meinen Anrufbeantworter abzuhören, und fand deine Nachricht vor. Was ist los?«

»Es geht um Neil. Kannst du sofort kommen?«

»Schon unterwegs«, sagte Eve ohne weitere Fragen, aber Neef konnte an ihrer Stimme hören, wie beunruhigt sie war.

»Was ist passiert?« fragte sie besorgt.

»Ich glaube, sein Krebs hat ihn besiegt«, sagte Neef. »Er mußte zu lange mit zuviel fertig werden. Es war solch ein ungleicher Kampf, und jetzt ist er erschöpft. Er hat nach dir gefragt.«

»Aber was ist mit dieser neuen Vektor-Sache?« fragte Eve mit bittenden Augen.

»Ich glaube, das ist zu spät gekommen«, sagte Neef.

Eve schluckte und brauchte einen Augenblick, um ihre Fassung wiederzugewinnen, bevor sie fragte: »Kann ich ihn jetzt sehen?«

»Neef nickte. »Geh schon vor. Ich komme bald nach.«

Neef wartete, bis Pereira Thomas Downys Aufnahme fertig kontrolliert hatte, bevor er sagte: »Ich möchte mich gerne mit Ihnen unterhalten, wenn Sie ein paar Minuten Zeit haben?«

»Ich habe den ganzen Tag Zeit«, erwiderte Pereira. »Sie haben doch mein Labor geschlossen, erinnern Sie sich?«

»Das ist zum Teil, worüber ich mit Ihnen reden möchte«, sagte Neef. »Drei Leute wußten, daß Melanie Simpson in der Nähe der Menogen-Labors wohnte. Ich, Eve Sayers und der Mann, dem diese Verbindung zuerst aufgefallen ist, David Farro-Jones.«

Pereiras riß die Augen weit auf – entsetzt, wie Neef meinte – aber er sagte nichts.

»Mir ist hin und wieder aufgefallen, daß Sie David anscheinend nicht mögen. Würde es Ihnen etwas ausmachen, mir zu erzählen warum?«

»Er steckt voller Scheiße«, sagte Pereira. »Nur Fassade und nichts dahinter.«

»Ich hielt ihn immer für einen angenehmen und äußerst hilfsbereiten Kollegen«, sagte Neef.

»Sie haben auch nie mit ihm in direktem Wettbewerb gestanden«, sagte Pereira. »Viele Leute sind angenehm und charmant, wenn man ihnen nicht im Weg steht oder hinter etwas her ist, das sie haben wollen.«

»Ich entnehme daraus, daß Sie ihm einmal im Weg gestanden haben?« sagte Neef.

»Als wir Post-docs waren, haben wir uns beide um eine jährlich verliehene Medaille der naturwissenschaftlichen Fakultät für den vielversprechendsten jungen Nachwuchsforscher beworben. David wollte sie verzweifelt gerne haben. Um die Sache kurz zu machen, sie ging an mich.«

»Und David war nicht besonders erfreut?«

»Rein äußerlich hätte er gar nicht charmanter sein können, aber später bei einem Empfang hatte er ein bißchen zuviel getrunken, und da lernte ich den wahren David Farro-Jones kennen, der mich einen kleinen jüdischen Bastard nannte und das Komitee beschuldigte, von Juden verseucht zu sein. Deshalb, erklärte er, hätte ich in Wirklichkeit den Preis gewonnen.«

»Das hat Farro-Jones gesagt?« sagte Neef.

»So was vergißt man nicht«, sagte Pereira. »Am nächsten Morgen war er wieder ganz Charme und benahm sich, als sei nichts geschehen.«

»Ich verstehe«, sagte Neef. »Sie würden sich also nicht besonders wundern über die Vorstellung, daß David Farro-Jones die Geschichte an die Zeitung hat durchsickern lassen?«

»Überhaupt nicht«, sagte Pereira.

»Dann ist die Frage, wie weit er zu gehen bereit war, damit der Verdacht an Menogen hängen bleibt?« sagte Neef.

»Was meinen Sie damit?«

»David war verantwortlich für die Suche nach dem Virus. Als ich darauf hinwies, daß Menogen aus dem Schneider sei, wenn er kein Virus finden könnte, kam er mit der Möglichkeit eines neuen Infektionsüberträgers, den man nicht unter dem Mikroskop sehen kann. Er erwähnte ein Prion.«

»Unmöglich«, sagte Pereira entschieden. »Das war ein Ablenkungsmanöver. Eine von Prionen übertragene Krankheit ist etwas ganz anderes als das, was wir hier sehen. Wenn der Erreger unsichtbar ist, dann aus einem anderen Grund. Entweder gibt es ihn nicht oder . . . vielleicht sehen wir vor lauter Bäumen den Wald nicht . . .«

»Woran denken Sie, Max?«

»David hat doch nicht als einziger nach dem Virus gesucht, oder?« fragte Pereira und überging damit Neefs Frage.

»Nein, er hatte ein Team daran gesetzt.«

»Und niemandem ist etwas Ungewöhnliches aufgefallen . . . Interessant. Wurde die ursprüngliche Virenanalyse der früheren Patienten von Farro-Jones' Labor gemacht?« fragte Pereira.

»Nein, die hatte das Krankenhauslabor gemacht«, sagte Neef.

»Könnten Sie mir eine Kopie des Berichtes von einem der Patienten besorgen? Am besten von allen.«

»Ich denke schon. Warum?«

»Das sage ich Ihnen, wenn ich sie gesehen habe«, sagte Pereira. »Lungenproben können Sie mir wohl nicht beschaffen?«

»Von den Krebspatienten?«

»Ja.«

»Ich kann es versuchen.«

Neef ging zu Eve, die in Neils Zimmer war. Als er eintrat, entdeckte er überrascht einen winzigen Funken Leben in Neils Augen. Eve hatte sein Interesse geweckt. Sie erzählte ihm eine Geschichte über Maxwell Gunn.

»Wenn du jetzt also groß werden willst und ein Feuerwehrmann wie Maxwell werden möchtest, mußt du dir ganz viel Mühe geben, gesund zu werden«, sagte Eve. »Habe ich nicht recht?«

Neil nickte und Neef lächelte. Sie war zu ihm durchgedrungen.

»Ruh dich jetzt etwas aus«, sagte Eve. »Ich komme später noch einmal zu dir und erzähle dir noch eine Geschichte.«

Neil nickte und schloß die Augen. Eve stand auf. Neef konnte sehen, daß sich in ihren Augen Tränen bildeten. Sie folgte Neef nach draußen.

»Ich konnte spüren, wie er mir entglitt«, sagte sie. »Ich konnte ihn erreichen, aber ihn nicht festhalten. Es war, als würde er von irgendeiner . . .. Macht von mir weggezogen. Sie war nicht böse, sondern nur beharrlich, und ich wußte nicht, wie ich dagegen ankämpfen sollte.«

»Du hast es wirklich gut gemacht«, sagte Neef. »Du hast ihn erreicht. Ich konnte überhaupt nicht zu ihm durchdringen.«

»Ich komme später wieder«, sagte Eve. Sie küßte Neef auf die Wange.

Als Neef ins Büro zurückkehrte, saß er einige Augenblick in nachdenklichem Schweigen da, bevor er seine Aufmerksamkeit Pereiras Bitte zuwandte. Da Frank MacSween auf Urlaub war, hatte er keine Ahnung, wie er an pathologisches Material von den Opfern kommen sollte. Außer Frank war die einzige

Person, die er in der Pathologie gekannt hatte, Charlie Morse, und der war jetzt selbst ein Opfer. Nach ein paar Minuten fiel ihm ein, daß nicht nur in der Pathologie infiziertes Material vorhanden war. Der Elektriker oben in der Uniklinik war noch eine Möglichkeit. Wenn er Glück hatte, hatte Mark Clelland, der Arzt, der Charlie behandelt hatte, mit dem Fall zu tun.

Neef rief in der Uniklinik an und bat, Clelland zu sprechen.

»Mark? Hier ist Michael Neef vom St George's.«

»Oh, hallo«, erwiderte Clelland. »Ich hatte vor, Sie anzurufen. Ich wollte mich bedanken, daß Sie an dem Tag, als wir Charlie Morse verloren haben, herübergekommen sind. Ich weiß das zu schätzen. Ich bin sicher, seine Frau auch. Was kann ich für Sie tun?«

Neef war nicht klargewesen, daß Clelland es als Gefallen betrachtete, daß er herübergekommen war. Das machte die Sache einfacher für ihn. »Mark, wäre es wohl möglich, daß Sie mir eine Lungenbiopsie des Elektrikers besorgen, der zur gleichen Zeit infiziert wurde wie Charlie?«

»Douglas Cooper? Hmmm, das könnte ein bißchen schwierig werden. Normalerweise wäre das kein Problem, aber diese Ministeriumstypen haben ein Verbot verhängt, irgendwelches pathologische Material an irgendein anderes Labor als ihr eigenes zu schicken.«

»Ich verstehe«, erwiderte Neef. Diese Schwierigkeit hatte er nicht bedacht. »Na gut«, sagte er ein wenig enttäuscht. »Ich hatte gehofft, ich könnte ein paar neue Dias zu Lehrzwecken machen. Die Karzinome in diesen Fällen sind so weit verbreitet, daß es einfach ideal gewesen wäre. Aber . . . was nicht ist, das ist nicht.«

Es trat eine kleine Pause ein, bis Clelland Neefs Enttäuschung als Stichwort nahm. »Überlassen Sie das mir, ich werde sehen, was ich tun kann.«

»Danke, Mark. Ich bin Ihnen was schuldig.«

Neefs Gedanken wanderten zurück zu Neil Benson. Er verlor seinen Kampf um das Leben, und die Vorstellung, daß er starb, erfüllte ihn mit Entsetzen. Obwohl er es ständig abstritt und sich auf seine Professionalität berief, war Neil für ihn etwas Besonderes, genau wie er es auch für Eve war. Er war nur ein kleiner Junge, aber ein Symbol des Mutes. Er verdiente es, seinen Kampf zu gewinnen, nicht, ihn zu verlieren.

Aber er würde sterben, und das erschien so unfair, die Art Ungerechtigkeit, die ihn beinahe dazu führte, den Mut in seinem Kampf gegen den Krebs bei Kindern zu verlieren. Neef erkannte die Gefahr in diesen Gedankengängen und erweiterte sein Blickfeld. Neil war nicht der einzige auf der Gefahrenliste, der seiner Aufmerksamkeit bedurfte. Die vier Kinder in dem Menogenversuch, die nicht auf die Gentherapie angesprochen hatten, schwanden ebenfalls dahin.

Dieser letzte Gedanke führte ihn wieder zu der Frage, warum. Es war doch seltsam, daß Thomas Downy die Behandlung so gut bekommen war, während es den anderen vier so schlecht ging. Beinahe als hätten vier von fünf überhaupt keine Therapie erhalten . . .

Neef spürte, wie ihm kalter Schweiß auf der Stirn ausbrach, als ihm ein schrecklicher Gedanke in den Sinn kam. Es *hatte* einen Unterschied in ihrer Behandlung gegeben! Wegen des Unfalls im OP mit dem ursprünglichen Fläschchen war Thomas Downy mit dem Reservevorrat behandelt worden. Alle anderen Kinder hatten die ursprünglichen Lösungen erhalten – die David Farro-Jones mitgenommen und getestet hatte!

Neef versuchte seinen Verdacht auf eine Paranoia zu schieben, die durch Streß hervorgerufen worden war, aber der Verdacht blieb. Wenn Farro-Jones Menogen wirklich in Mißkredit bringen wollte, konnte er das ganz leicht bewerkstelligen, indem er dafür sorgte, daß die Vektoren nicht funktionierten. Er hätte sie inaktivieren können, während er nach außen hin so tat, als prüfe er sie auf ihre Sicherheit . . . Auf meinen Wunsch! dachte Neef und legte den Kopf in die Hände. Wenn die Schwester Thomas Downys Fläschchen im OP nicht hätte fallen lassen, hätte keine Notwendigkeit bestanden, das Reservefläschchen aus der Krankenhausapotheke zu benutzen, und es gäbe bei fünf Fällen fünf Fehlschläge!

Neef zögerte, was er tun sollte. Sollte er darüber noch ein wenig nachdenken, vielleicht mit jemandem darüber reden? Oder sollte er mitten hineinstürzen und rein instinktiv handeln? Seine frühere Unterhaltung mit Max Pereira gab den Ausschlag zugunsten des letzteren. Er rief Lawrence Fielding zu sich.

»Ich setze unsere vier Mißerfolge wieder auf Gentherapie«, sagte Neef.

»Du tust was?« rief Fielding.

»Ich möchte, daß du sobald wie möglich OP-Zeiten für uns festmachst. Wir fangen noch mal ganz von vorne an – mit den Reserveampullen aus der Krankenhausapotheke.«

»Aber warum?« fragte Fielding verwirrt. »Was ist denn diesmal anders?«

»Ich glaube, beim erstem Mal stimmte mit den Fläschchen etwas nicht«, sagte Neef.

»Was genau?« fragte Fielding.

»Ich bin mir nicht sicher, aber bei Thomas mußten wir eine Reserveampulle benutzen, und es funktionierte.«

Fielding schaute ihn zweifelnd an. »Ich hoffe, du weißt, was du tust«, sagte er. »Irgendwelche Ergebnisse, die du so erzielst, sind wertlos, weil du vom vereinbarten Vorgehen abweichst. Du wirst die Ergebnisse nicht publizieren können.«

»Ich scheiße auf eine Publikation«, sagte Neef. »Ich will, daß die Kinder eine Chance haben.«

»Was für ein vollkommen beschissener Tag«, seufzte Neef, als er seinen Kopf auf Eves Schulter legte. Sie saßen auf dem Sofa in ihrer Wohnung. »Ich habe mit Max über deine Farro-Jones-Idee gesprochen.«

»Und?«

»Er war nicht im mindesten überrascht. Anscheinend hielt er es für typisch für den Mann.«

»Und?«

»Wie konnte ich mich in ihm so irren?« sagte Neef.

»Das kann den besten von uns passieren«, sagte Eve.

»Ich denke dauernd darüber nach, welchen Schaden er angerichtet haben kann.«

»Für Menogen?«

»Nicht nur. Ich frage mich ständig, wie weit er gehen würde, um Menogen zu diskreditieren.« Neef erzählte Eve von seinem Verdacht hinsichtlich der Fläschchen.

»Glaubst du wirklich, das würde er tun?« rief Eve mit ungläubiger Stimme.

»Ich weiß nicht, was ich glauben soll«, gestand Neef. »Da ich mich einmal so in ihm getäuscht habe, fällt es mir schwer, das zu beurteilen.«

»Wir wissen ja nicht, ob du dich in ihm geirrt hast«, erinnerte Eve ihn. »Es war nur so eine Idee.«

»Es ist eine, der ich nach meinen Gespräch mit Max nachgehen muß«, sagte Neef. »Und mir gefällt gar nicht, wo mich das hinführt.«

»Was meinst du damit?«

»Ich frage mich, ob er bereit war, in die Untersuchung des Gesundheitsamtes einzugreifen, um sie daran zu hindern, den wahren Grund für den Krebsausbruch herauszufinden.«

»Wie das?«

»Er war derjenigen, dem ich von Eddie Millers Behauptung erzählt habe, es gäbe bereits einen früheren Fall als Melanie.«

»Und?«

»Am nächsten Morgen hatte Eddie einen Unfall und war tot, bevor ich ihm irgendwelche Fragen stellen konnte.«

»Du willst doch wohl nicht etwa behaupten –«

Neef hob die Hände. »Ich weiß es nicht«, sagte er. »Ich weiß nur, daß es so passiert ist und daß David derjenige war, der Eddies Unterlagen kontrolliert hat und sagte, es gäbe nichts, worüber man sich Sorgen mache müsse.«

»Ich kann mir vorstellen, daß er eine einfache Geschichte an die Zeitungen durchsickern läßt, um Menogen in ein schlechtes Licht zu rücken, aber soweit zu gehen, erscheint mir irgendwie nicht realistisch«, sagte Eve.

»Einverstanden«, sagte Neef. »Wenn das stimmt, muß man daraus schließen, daß er nicht nur darauf aus war, Menogen zu schaden. Es gab einen vollständig anderen Grund für sein Verhalten, etwas, das wir noch gar nicht in Betracht gezogen haben.«

Die beiden saßen schweigend eine Weile da, bis Eve herausplatzte: »Bist du dir völlig sicher, daß Eddie Miller den Namen des ersten Patienten nicht erwähnt hat?« fragte sie.

»Nicht absolut sicher«, gab Neef zu. »Er war sehr betrunken und sprach undeutlich. Seine Behauptung überraschte mich dermaßen, daß es mich umhaute. Ich weiß, daß ich ihn mehrmals nach dem Namen fragte, aber er schweifte ständig ab.«

»Was hast du ihn noch gefragt?«

»Vieles«, sagte Neef. »Ich fragte ihn, wann er den ›wirklichen‹ ersten Patienten gesehen hätte. Er behauptete, es sei einige Wochen vor Melanie gewesen. Ich drang wegen Einzelheiten in ihn, aber alles, was ich herausbekam, war, daß es ein Mädchen in Melanies Alter gewesen war.«

»Sonst nichts?« fragte Eve.

Neef schüttelte den Kopf, während er versuchte, sich zu erinnern. »Ich fragte ihn, warum er das damals in seinem Bericht nicht erwähnt hätte.«

»Und?«

»Er hielt mir einen Vortrag darüber, daß man Leuten sagen sollte, was sie hören wollten. Er sagte, das sei der Weg zu einem ruhigen Leben. Er sagte, jemand wollte nicht, daß die Tumore erwähnt werden, also erwähnte er sie nicht.«

»So einfach?«

»Es klang so. Er sagte, das kleine Kind sei sowieso tot gewesen. Was machte es da schon aus? Eine Meldung darüber zu machen, brachte sie auch nicht wieder zurück.«

»Das kleine Kind«, wiederholte Eve. »Waren das seine genauen Worte?«

»Soweit ich mich erinnere. Warum?«

»Wir reden über ein Mädchen von dreizehn oder vierzehn. Richtig?«

»Ja, ich denke schon. Worauf willst du hinaus?«

»So ›klein‹ also nicht mehr, findest du nicht auch?«

Neef dachte schweigend darüber nach, dann richtete er sich mit einem Ruck auf.

»Du hast recht!« rief er. »Eddie sagte nicht das kleine Kind, er sagte das Klein-Kind. Klein war ihr Nachname! So muß es gewesen sein!«

»So könnte es gewesen sein«, sagte Eve zweifelnd.

»Einen Versuch ist es doch wert, findest du nicht?« sagte Neef.

»Ja, wollen wir das ganze mal positiv sehen«, drängte Eve. »Wohin führt uns das?«

»Das müssen wir uns jetzt überlegen«, sagte Neef. »Da wir den Namen des Mädchens kennen, könnten wir Erkundigungen einziehen, aber ich wette, daß ihre Akte entfernt worden ist. Es würde die Leute nur aufmerksam machen auf das, was wir vorhaben. Wir müssen eine andere Möglichkeit finden.«

Aber nicht heute abend«, sagte Eve. »Es ist spät.«

Neef blickte zu ihr hoch und zog ihren Mund sanft auf seinen.

»Nein, nicht heute«, stimmte er zu.

»Ruf als erstes im Krankenhaus an. Erkundige dich, wie es Neil geht.«

Neef rief an.

»Er hält sich tapfer.«

Ann Miles kam mit Kaffee herein und stellte ihn auf seinen Schreibtisch. Neef lächelte ihr zum Dank zu. Es war wieder ein Tag gewesen, an dem er viel zu tun hatte, aber alle vier Kinder, die auf die Gentherapie nicht angesprochen hatten, waren erneut mit Virenvektoren geimpft worden, diesmal aus den Beständen der Krankenhausapotheke. Neefs Gefühl der Befriedigung wurde gedämpft durch den Gedanken, daß er sich anscheinend tiefer und tiefer in Schwierigkeiten ritt. Neils gegenwärtige Behandlung war mit Sicherheit illegal; es bestand die entfernte Möglichkeit, daß es ebenfalls illegal war, die vier Versuchspatienten wieder auf Menogenprodukte zu setzen. Neef seufzte tief. Seine einzige Verteidigung war, daß er alles aus bester Absicht getan hatte. Sollte es zu einer Untersuchung durch eine Ärztekommission kommen, würde das nicht ausreichen, aber sein Gewissen blieb dadurch rein.

Er wandte seine Gedanken dem Klein-Kind zu, falls es eines gab, und wie er Informationen über sie erhalten konnte. Es ging nicht nur darum, Informationen zu bekommen. Es durfte auch niemand etwas davon erfahren, besonders nicht David Farro-Jones. Damit schied jede offizielle Anfrage an die Universitätsklinik aus. Er hätte sonst um eine Liste aller jungen Mädchen bitten können, die während der letzten Monate in der Uniklinik gestorben waren, aber das war zu offensichtlich. Es mußte einen anderen Weg geben, einen Weg, auf dem er überhaupt keinen Verdacht erregte. Nach ein paar Minuten Nachdenken hatte er es. Die Lokalzeitungen! Es bestand die Chance, daß der Tod des Mädchens unter den Todesanzeigen der Lokalzeitung stand. Er konnte die alten Ausgaben überprüfen, ohne daß jemand davon erfuhr. Sehr zufrieden mit sich machte Neef sich auf den Weg zu den Geschäftsräumen der Lokalzeitung. Dort brauchte er nicht lange, um zu finden, was er suchte.

Susan Mary Klein, geliebte Tochter von Ann Klein und dem verstorbenen Charles Klein, im Alter von dreizehn Jahren, nach langer, tapfer ertragener Krankheit. Großer Dank gilt den Ärzten und Schwestern der Universitätsklinik für ihre hingebungsvolle Pflege. Anstelle von Blumen wird um Spenden für die Mukoviszidose-Stiftung gebeten.

Es folgten Einzelheiten über die Einäscherung.

Neef starrte auf das Wort ›Mukoviszidose‹. Das war Farro-Jones' Forschungsspezialgebiet. Bestand hier eine Verbindung? War Susan Klein eine der Patienten des Gentherapieversuchs an der Uniklinik, fragte er sich. Eddie Miller hatte gesagt, er habe als Todesursache Lungenkongestion angegeben, aber in Wirklichkeit sei sie an Bronchialkarzinomen gestorben. Jemand hätte es nicht wissen wollen. Was hatte das alles zu bedeuten? Wie tief war Farro-Jones darin verwickelt? In der Todesanzeige war keine Adresse der Familie angegeben. Neef beschloß, die Kleins im Telefonbuch nachzusehen.

Im Einzugsbereich der Universitätsklinik gab es sieben Kleins. Neef wußte, daß dies kein narrensicherer Schluß war, denn Mukoviszidosepatienten würden aus dem ganzen Land hierher überwiesen. Aber auf der anderen Seite war ihm aufgefallen, daß die Einäscherung hier stattfand. Der Vorname ›Charles‹ begrenzte die Möglichkeiten auf zwei. Unter Ann Klein gab es keine Telefonnummern.

17

Neef fand auf seinem Schreibtisch ein Päckchen vor. Es war vom Krankenhaustransportdienst zugestellt worden und mit einem schwarzen Marker an ihn persönlich adressiert. Er öffnete es und fand eine kleine Plastikampulle mit einem Schild: »D. Cooper, Bronchoskopiegewebe«. Auf dem Zettel, der darum gewickelt war, stand: »Von einem Gönner an einen Menschen mit Gedächtnisverlust«. Im Geiste dankte er Mark Clelland und packte die Ampulle wieder ein, um sie in den Kühlschrank zu stellen, bis Pereira kam, um sie zu holen. Er rief Pereira an, um es ihm zu erzählen , und der war dann binnen zwanzig Minuten da. Er schien gleichermaßen überrascht und erfreut zu sein, daß Neef ihm die Probe besorgt hatte.

»Es war nicht leicht«, sagte Neef. »Die Leute vom Gesundheitsamt haben ein Verbot verhängt, irgendwelches pathologische Material von den Opfern wegzuschaffen.«

Pereira lächelte schief. »Dennoch haben Sie es bekommen«, sagte er ruhig.

Neef sah verwirrt aus. »Ja«, erwiderte er.

»Sie sagten, es sei nicht leicht gewesen, aber das war es. Das ist es immer für euch Jungs. Wenn die Regeln euch nicht passen, genügt ein Anruf hier und ein Anruf da, und ihr könnt sie umgehen. Jeder, der auch nur eine Büroklammer ohne Genehmigung bei Menogen herausschaffte, steckte bis zum Hals in der Scheiße, aber uns schließen sie.«

Reumütig dachte Neef über das nach, was Pereira gesagt hatte, und er verstand dessen Bitterkeit. »Heißt das, Sie wollen die Probe nicht?« fragte er mit einem verlegenen Lächeln.

»Ich möchte sie haben«, erwiderte Pereira. »Ich bin für ein paar Tage weg. Jemand war mir noch einen Gefallen schuldig. Eines dieser schrecklichen kommerziellen Unternehmen hat mir etwas Laborraum zu Verfügung gestellt.«

Neef beobachtete, wie sich die Tür schloß, und dachte darüber nach, daß Pereira jedes Recht hatte, sich gekränkt zu fühlen ... aber Leute, die aggressiv waren, konnten einen auch schwer treffen.

Eve kam, um bei Neil zu sitzen, und Neef gesellte sich nach kurzer Zeit zu ihnen. Eve erzählte Neil gerade von Maxwell Gunns neuesten Abenteuern. Seine Station hatte ein brandneues Feuerwehrauto erhalten, und Maxwell wurde die Ehre zuteil, es zum allerersten Einsatz zu fahren. Es hatte nicht weniger als drei verschiedene Sirenen, die Maxwell mit drei Knöpfen oberhalb der Windschutzscheibe in Betrieb setzen konnte. Auf dem Weg zurück vom Feuer, sehr spät in der Nacht hatte Maxwell aus Versehen alle drei Knöpfe gedrückt und alle in der Stadt aufgeweckt. Am nächsten Tag mußten deswegen alle gähnen.

Neef sah eine kleine Andeutung eines Lächelns in Neils Mundwinkel, aber es war sehr schwach. Eve gähnte, um ihre Geschichte zu illustrieren, und Neef machte es ihr nach. Neil sah so aus, als wolle er es auch tun, aber im Endeffekt schloß er nur die Augen.

Eve schaute Neef an, und Neef sah den Schmerz in ihren Augen. »Er kämpft noch immer«, sagte er. »Du wirkst Wunder.«

»Es ist aber nicht genug, oder?«

»Niemand könnte mehr tun. Jeder Tag, den er überlebt, gibt Pereiras Virus ein bißchen mehr Zeit, seine Arbeit zu tun, aber er wird sehr müde. Er hat den Mut eines Tigers, aber in Wirklichkeit ist er ja nur ein kleiner Junge, der mehr mitgemacht hat, als irgendein kleiner Junge durchmachen sollte.«

Eve ließ ihren Kopf auf Neefs Brust sinken und konnte ihr Schluchzen nicht mehr unterdrücken. Abwechselnd entschuldigte sie sich und schluchzte.

»Schsch«, tröstete Neef sie. »Es gibt nichts, wofür man sich entchuldigen müßte.«

Neef vereinbarte mit Eve, sie später in ihrem Apartment zu besuchen. Sobald sie gegangen war, zog er den Zettel heraus, auf den er die beiden Adressen geschrieben hatte, und rief den ersten Charles Klein an. Eine Frau antwortete.

»Mrs Klein, es geht um Ihre Tochter, Susan.«

»Sie müssen die falsche Nummer haben.«

»Entschuldigen Sie bitte.«

Neef wählte die andere Nummer. Wiederum antwortete eine Frauenstimme.

»Mrs Klein?«

»Ja.«

»Entschuldigen Sie bitte die Störung; es geht um Ihre Tochter, Susan.«

»Ich habe keine Tochter namens Susan und auch sonst keine.«

»Entschuldigen Sie bitte. Falsch verbunden.«

Neef fluchte. Wie machte er jetzt weiter? Entweder war die Familie nicht aus der Gegend, oder sie hatte kein Telefon. Das war eine Möglichkeit, die er nicht bedacht hatte.

Bevor er die Station verließ, gab Neef Anweisung, ihn anzurufen, wenn sich Neils Zustand verschlechterte. Er hinterließ Eves Nummer, falls er nicht zu Hause war.

»Ich habe versucht, meinen Chefredakteur zu überreden, in dieser Angelegenheit Menogens Partei zu ergreifen«, sagte Eve.

»Das war sehr tapfer von dir«, sagte Neef.

»Das kann man wohl sagen«, sagte Eve. »Er findet, daß wir viel zu sehr unter Druck stehen. Alle anderen gehen Menogen an die Gurgel. Er hielt mir einen Vortrag, daß man den Leuten erzählen sollte, was sie hören wollen.«

»Wo habe ich das schon mal gehört?« sagte Neef. »Und jetzt wollen sie eben hören, daß eine große, böse Forschungsfirma Killerviren herstellt.«

»Mehr oder weniger.«

»Thomas Downy hat keinen Gehirntumor mehr«, sagte Neef.

»Das ist ja wunderbar«, sagte Eve.

»Da stimme ich dir zu«, sagte Neef. »Aber ich glaube, die Zeitungen werden nicht allzu interessiert daran sein zu hören, daß ein Menogenvirus ihn geheilt hat. Das wäre ein bißchen peinlich, nicht?«

»Wenn du möchtest, versuche ich es noch mal beim Chefredakteur«, sagte Eve.

Neef lächelte und schlug vor, daß sie die Sache eine Weile auf sich beruhen lassen sollte. »Aber du könntest mir bei etwas anderem helfen«, sagte Neef. »Wie kann ich Susan Kleins Familie finden?«

»Susan? Dann ist es dir also heute gelungen, etwas herauszufinden?«

Neef erzählte ihr, wie er an die Information gekommen war.

»Warum habe ich nicht daran gedacht?« rief Eve. Neef lächelte. »Du sagtest, sie war eine Mukoviszidose-Patientin?«

Neef nickte und sagte: »Ich bin sicher, daß es da eine Verbindung zu David Farro-Jones geben muß. Das ist sein Spezialgebiet.«

»Irgendwelche Ideen?« fragte Eve.

Neef schüttelte den Kopf, aber er sagte: »Vielleicht ist Max ja etwas auf der Spur. Er bat mich um eine Gewebeprobe der Krebspatienten. Es gelang mir, ihm eine Lungenbiopsie von Douglas Cooper zu besorgen, dem Elektriker, der sich gleichzeitig mit Charlie Morse angesteckt hat. Er hat sie mitgenommen, um irgendwo daran zu arbeiten. In der Zwischenzeit könnte es nicht schaden, wenn ich mit Susan Kleins Familie spreche.«

»Mukoviszidose ist eine Krankheit, die sehr viel Aufmerksamkeit auf sich zieht«, sagte Eve. »Sie ist sehr populär, wenn es um Spendenaufrufe geht.«

»Worauf willst du hinaus?« fragte Neef.

»Es ist möglich, daß der *Citizen* oder eines der kostenlosen

Werbeblätter damals über Susans Tod berichtet hat. Wenn du möchtest, prüfe ich das morgen früh nach?«

»Gute Idee.«

Um zwei Uhr morgens wurden Eve und Neef vom Telefonklingeln geweckt. Es war John Duncan, einer der Assistenzärzte der Station.

»Dr. Neef? Sie hatten darum gebeten, informiert zu werden, wenn Neil Bensons Zustand sich verschlechtert.«

»Ja.

»Das ist der Fall, Sir. Ich glaube nicht, daß er den Morgen erlebt.«

Eve war bereits aus dem Bett und zog sich an. Neef folgte ihrem Beispiel, und fünfzehn Minuten nach Duncans Anruf waren sie im Krankenhaus.

Neef ließ Eve bei Neil, während er mit Duncan sprach. Medizinisch konnte nichts für ihn getan werden, und Eve hatte die besten Chancen, zu ihm durchzudringen.

»Es tut mir sehr leid, Sir«, sagte Duncan. »Ich höre, der Junge ist ein besonderer Liebling von Ihnen.«

»Ich habe keine Lieblinge«, erwiderte Neef, ohne Duncan anzuschauen. Er beobachtete, wie Eve Neil etwas zuflüsterte.

»Nein, Sir, natürlich nicht«, erwiderte Duncan.

Neef stand in der Tür von Neils Zimmer und hörte zu. »Maxwell verläßt sich auf dich, Neil«, hörte er Eve sagen. »Er fragt mich ständig, wann du wieder gesund genug bist, um ihm zu helfen. Er hat auf der Feuerwache soviel zu tun. Er braucht jede Hilfe, die er kriegen kann. Er sagte mir, daß er versuchen will, morgen vorbeizukommen, um dir das neue Feuerwehrauto zu zeigen. Wird das nicht toll? Versprich mir, daß du dich wohl genug fühlst, um ihn zu sehen?«

Neef sah, wie Neils Kopf eine winzige nickende Geste auf dem Kopfkissen machte. Verzweifelt versuchte Eve, die Tränen aus ihrer Stimme zu verbannen.

»Ich glaube, du bist wieder zu ihm vorgedrungen«, sagte Neef.

»Ich werde hierbleiben«, sagte Eve. »Wenn das in Ordnung ist.«

»Natürlich«, sagte Neef. »Ich bleibe auch.«

Eve legte eine Hand auf seine Brust und sagte: »Geh nach Hause. Du kannst nicht bei allen hierbleiben.«

Neef wußte, daß sie recht hatte. »Ich sehe dich morgen früh«, sagte er. Er küßte Eve leicht auf die Wange und drückte sie einen Moment an sich, bevor er wegging.

Neef konnt nicht schlafen. Kurz vor sieben war er wieder auf der Station. Er fand Eve immer noch neben Neil. Sie kniete auf dem Boden neben seinem Bett, ihr Kopf ruhte auf dem Kissen, aber ihre Augen war weit geöffnet, und sie flüsterte Neil etwas zu. Neef lächelte ihr zu, bevor er sich bei John Duncan nach den anderen Patienten erkundigte. Er sagte Duncan, er könne früher gehen.

»Er gibt immer noch nicht auf«, sagte Duncan. »Es ist erstaunlich. Miss Sayers hat ihn mit ihren Geschichten über die Nacht gerettet.«

»Es ist wirklich erstaunlich«, stimmte Neef ihm zu.

Neef machte in Ann Miles' Büro Kaffee, dann sagte er zu Eve: »Frühstück. Neil schläft.«

Steif erhob Eve sich und sah zu, wie Neef sich hinkniete, um den Jungen zu untersuchen. »Wie geht es ihm?« fragte sie.

»Er hält sich tapfer«, erwiderte Neef. »Gut gemacht.«

Eve trank mit Neef Kaffee in seinem Büro, dann sagte sie, sie wolle in ihre Wohnung fahren, um sich zu duschen und umzuziehen. »Ich muß ins Büro«, sagte sie. »Aber ich werde mich bei dir ständig nach ihm erkundigen.«

»Natürlich«, sagte Neef. »Falls sich etwas ändern sollte, lasse ich es dich wissen.«

Er gab Anweisungen, Neil nicht allein zu lassen. Es lohnte sich, Kapital zu schlagen aus der Zeit, die Eve gewonnen hatte, indem man weiter sein Interesse an dem, was um ihn herum vorging, weckte. Abwechselnd lasen die Schwestern ihm vor, erzählten ihm Geschichten, zeigten ihm Bilder und redeten mit ihm über seine Feuerwehrautos. Jede Stunde, die verrann, war gewonnen, damit das Menogen-Virus in dem Tumor seine Wirkung tun konnte. Kurz vor Mittag schaute Neef bei Neil herein. Trotz aller Bemühungen der Krankenschwestern hatte er das Gefühl, sie kämpften eine verlorene Schlacht. Eve rief an, um zu fragen, wie es ging.

»Auf Messers Schneide«, gab Neef zu.

»Ich komme bald«, sagte sie. »Aber als erstes gehe ich zur örtlichen Feuerwache. Ich habe sie schon halb überredet, Neil heute nachmittag zu besuchen. Der leitende Offizier ist zumindest bereit, mit mir zu reden.«

»Das ist eine gute Idee«, sagte Neef. »Vielleicht ist es genau das, was wir brauchen.«

»Ich habe auch die Susan-Klein-Sache für dich überprüft. Eine der Werbezeitungen brachte einen Bericht über ihren Tod. Sie lebte mit ihren Eltern in den Combe-Tower-Wohnungen, nicht gerade die gesündeste Gegend der Stadt. Hast du einen Stift?«

»Schieß los.«

Sie gab ihm die Adresse. »Als sie starb, sammelten die Nachbarn Geld zur Erinnerung an Susan. Sie bekamen zweihundertundfünfzig Pfund zusammen, die sie der Universitätsklinik zur Mukoviszidoseforschung stifteten.«

»Verstehe«, sagte Neef. »Ich werde das überprüfen.«

Ein knurrender Magen erinnerte Neef daran, daß er seit dem frühen Abend des gestrigen Tages nichts mehr gegessen hatte. Das Frühstück hatte aus einer Tasse schwarzen Kaffees bestanden. Er ging in die Kantine und entschied sich nach einem raschen Blick auf die Tafel für geräucherten Schellfisch. Es war alles in Ordnung mit dem Gericht, aber sein Appetit schien nach wenigen Bissen zu verschwinden. Tim Heaton setzte sich zu ihm an den Tisch.

»Irgendwas vom Gesundheitsamt gehört?« fragte Heaton.

»Nicht offiziell. Wahrscheinlich fallen wir auch unter ihr Veröffentlichungsverbot.«

»Es heißt, sie wären etwas auf der Spur.«

»Wie kommen Sie darauf?«

»Bis jetzt hatten die Leute vom Gesundheitsamt die Kontaktpersonen der Krebspatienten um ihre freiwillige Mithilfe gebeten. Jetzt ist es Pflicht. Alle Kontaktpersonen stehen bis auf weiteres unter Hausarrest. Ausräucherungseinheiten sind ausgesandt, bestimmte persönliche Habseligkeiten konfisziert worden. Dem medizinischen Personal, das die überlebenden Patienten behandelt, sind dieselben Restriktionen auferlegt worden. Was meinen Sie?«

»Sie glauben, es sei ein Virus«, erwiderte Neef.

»Glauben es nur?«

»Vielleicht wissen sie es auch«, gab Neef zu. »Betrifft irgendeine der neuen Sanktionen uns?«

»Jeder Mitarbeiter, der sich mit einer Erkältung oder grippeähnlichen Beschwerden krank meldet, muß dem Gesundheitsamt gemeldet werden. Die werden dann geeignete Maßnahmen in die Wege leiten, um die Personen zu isolieren und die Sache zu untersuchen.« Neef nickte nachdenklich. »Ich wundere mich, daß sie nicht mehr tun«, sagte Heaton. »Wenn sie denken, es sei ein Virus, warum überprüfen sie dann nicht das gesamte Personal?«

»Ich glaube, das ist eine Frage der Zeit«, sagte Neef. »Wenn irgend jemand von uns es bekommen würde, hätte sich das mittlerweile schon gezeigt.«

»Glück gehabt«, sagte Heaton.

»Aber seltsam«, sagte Neef.

»Wieso seltsam?«

»Man sollte doch meinen, daß niemand immun dagegen ist, wenn es sich um ein neues Virus handelt, aber einige von uns scheinen es zu sein, wenn nicht die meisten.«

»Gott sei Dank«, sagte Heaton. »Das ist alles, was ich dazu sagen kann.«

»Amen.«

»Wie geht es Ihrem kleinen Patienten, den Sie mit dem neuen Vektor behandeln wollten?«

»Sein Leben hängt an einem seidenen Faden«, sagte Neef.

»Tut mir leid.«

Neef sah, daß sie auf eine Unterhaltung zusteuerten, die er lieber vermeiden wollte. Er schaute auf die Uhr und sagte, er müsse gehen.

»Ich auch«, sagte Heaton. »Zeit für die monatliche Budgetkonferenz, und dieses verdammte Martin-Weib bedrängt mich immer noch wegen mehr Krankenschwestern.«

»Wahrscheinlich braucht sie sie«, sagte Neef.

»Ihr Mediziner und Schwestern steckt alle unter einer Decke, das weiß ich genau«, scherzte Heaton.

»Werden Sie uns los, und die Klinik funktioniert so reibungslos wie ein Uhrwerk«, sagte Neef.

Heaton warf ihm mit gerunzelter Stirn einen Blick zu und ging.

Neef kehrte auf die Station zurück – zu einem ungünstigen Zeitpunkt, was er nicht ahnen konnte. Ann war nicht in ihrem Büro, um ihn zu warnen. Er öffnete die Tür zu seinem Büro und fand David Farro-Jones dort vor. Neef schluckte und hoffte, daß sein Gesicht nicht verriet, wie verlegen er war.

»Da bist du ja.« Farro-Jones lächelte. »Deine Sekretärin sagte, du kämst bald wieder zurück, daher dachte ich, ich warte einfach. Ich hoffe, du hast nichts dagegen.«

»Natürlich nicht«, sagte Neef, der versuchte, normal zu erscheinen, während sein Puls immer schneller wurde.

»Ich kam gerade vorbei. Da dachte ich, ich schaue mal herein und sehe, wie es eurem Hirntumorpatienten geht. Immer noch eine Erfolgsgeschichte?«

»Absolut«, sagte Neef. »Bei ihm ist gerade Entwarnung gegeben worden. Komm, ich zeige dir seine letzte Aufnahme.«

»Absolut fantastisch«, sagte Farro-Jones. »Das freut mich wirklich für euch Jungs. Max muß ja ganz weg sein.«

»Er freut sich«, stimmte Neef zu. »Aber diese andere Geschichte wirft für ihn und Menogen natürlich einen Schatten über das ganze.«

»Das kann ich mir denken«, sagte Farro-Jones, dessen Stimme anscheinend ganz mitfühlend klang. »Diese verdammten Zeitungen haben eine Menge zu verantworten. Ich hoffe, die Firma verklagt sie.«

»Ich weiß es nicht«, gestand Neef. »Ich habe Max nicht mehr gesehen. Sie haben die Menogen-Labors geschlossen.«

»Das habe ich gehört«, sagte Farro-Jones besorgt. »Da wir gerade von voreiligem Handeln reden. Weißt du, in gewisser Hinsicht fühle ich mich verantwortlich.«

»Wie das?« fragte Neef, den es beinahe würgte.

»Ich war derjenige, dem der Zusammenhang mit den Adressen von Menogen und der jungen Melanie auffiel.«

»Aber du hast es doch niemandem gesagt«, sagte Neef.

»Nein, natürlich nicht«, sagte Farro-Jones mit einem Lächeln, das Neef Unbehagen bereitete. »Ich mache mir nur Sorgen, daß ich vielleicht etwas auf dem Schreibtisch habe herumliegen lassen. Vielleicht hat es jemand gesehen und beschlossen, sich etwas Taschengeld zu beschaffen, indem er es an die Presse durchsickern läßt.«

»Das ist jetzt Schnee von gestern«, sate Neef. »Der Schaden ist entstanden, ganz gleich, wie es passiert ist.«

»Das stimmt«, seufzte Farro-Jones. »Zeigst du mir jetzt die Aufnahme?«

»Natürlich.« Neef holte Thomas Downys letzte Computertomographie heraus und ließ Farro-Jones sie untersuchen.

»Absolut erstaunlich«, sagte Farro-Jones. »Man kann wirklich kaum glauben, daß dieser Patient vor ein Paar Wochen noch an einem Gehirntumor im Sterben lag.«

»Das ist es ganz bestimmt.«

»Du mußt zugeben, Michael, daß dies die Therapie der Zukunft ist. Sie wird die gesamte medizinische Wissenschaft verändern.«

»Das läßt sich wohl kaum bestreiten«, stimmte Neef ihm zu.

Farro-Jones gab ihm die Aufnahme zurück. »Ich gehe wohl besser wieder, jetzt da ich gesehen habe, wozu die Konkurrenz imstande ist.«

Neef versuchte zu lachen, aber es fiel ihm schwer. Er verspürte eine gewaltige Erleichterung, als die Tür sich hinter Farro-Jones schloß. Sie war aber nur von kurzer Dauer. Sein Blick fiel auf die Adresse der Familie Klein, die er auf seinem Schreibtisch liegen gelassen hatte. Sie steckte halb unter seinem Terminplaner, aber der Name Klein war deutlich zu sehen. Konnte Farro-Jones ihn gesehen haben? Neef war sich nicht sicher. Man konnte unmöglich wissen, wo Farro-Jones' Blicke umhergeschweift waren, als er allein im Zimmer gewesen war.

Neef entschloß sich, rasch zu handeln. Die Chance bestand, daß David die Notiz nicht gesehen hatte, aber ebensogut war es auch möglich, daß er sie gesehen hatte. Je eher er mit Mrs Klein sprach, desto besser, wenn er erfahren wollte, inwieweit der Mann mit den Krebstoden zu tun hatte.

Die Combe-Tower-Siedlung war eine der schlimmsten Gegenden der Stadt. Sie litt unter allen denkbaren sozialen Übeln von hoher Arbeitslosigkeit bis zu Heroinsucht und Bandenkriegen. Die Behörden begnügten sich damit, die Gegend einzudämmen statt sie zu säubern, so sehr sie das auch öffentlich abstritten. Neef warf einen Blick zurück auf den Discovery und fragte sich, wieviel noch von ihm übrig sein würde, wenn er zurückkehrte. Das ausgebrannte Wrack eines Ford Cortina am entfernten Ende des Parkplatzes erfüllte ihn mit nicht allzuviel Vertrauen.

Beide Aufzüge waren außer Betrieb, und eine Gruppe von Frauen, schwer beladen mit Plastikeinkaufstüten, beklagte sich im Flur darüber, während er die Tür zum Treppenhaus suchte.

»Zwei verdammte Tage!« waren die letzten Worte, die er aufschnappte, als er hinaufzusteigen begann. Auf jedem Treppenabsatz mußte er sich den Weg durch Müllhaufen bahnen. Bierdosen und Chipstüten waren in der Überzahl, aber im Dämmerlicht des dritten Stocks sah er auch eine Spritze unter dem Müll. Das getrocknete Blut des Benutzers färbte den Plastikkolben braun.

Als er sich dem vierten Stock näherte, hörte er oben Stimmen. Das war alles andere als beruhigend; es waren die Geräusche einer Gruppe von jungen Männern. Als Neef den Absatz erreichte, wurde es plötzlich still, und die Augen von vier Jugendlichen, die Karten spielten, starrten zu ihm hoch.

»Gibt's ein Problem?« fragte einer von ihnen.

»Keine Probleme«, sagte Neef im Vorübergehen und hoffte, daß es dabei blieb. Erleichtert hörte er, daß sie ihr Gespräch wieder aufnahmen, als er Wohnung Nummer drei suchte und an die arg lädierte Tür klopfte.

Eine Frau in mittleren Jahren mit eingesunkenen Wangen und glatten grauen Haaren öffnete. Sie trug einen Wollpullover mit V-Ausschnitt, ein Goldkreuz, das ihr um den nackten Hals hing, einen formloser Rock mit Plissee an Stellen, wo das ursprünglich nicht vorgesehen war, und Pantoffeln mit großen pelzigen Pompons.

»Mrs Klein? Ich bin Dr. Neef vom St George's Krankenhaus.«

Das Gesicht der Frau nahm einen verwirrten Ausdruck an. »Was wollen Sie?«

»Ich möchte mit Ihnen über Ihre Tochter sprechen.«

»Susan? Was gibt es da zu reden?«

»Es tut mir leid, glauben Sie mir, aber ich möchte Ihnen gerne einige Fragen über Ihre Behandlung stellen. Es gibt da einiges, das ich wissen muß.«

»Susan wurde nicht in Ihrem Krankenhaus behandelt. Sie war in der Uniklinik.«

»Könnte ich ein paar Minuten hereinkommen?« fragte

Neef. Er merkte, daß die Nachbarn sich dafür zu interessieren begannen, was hier vorging.

»Ich denke schon«, willigte die Frau zögernd ein. »Ich war gerade beim Bügeln.«

Neef wurde ins Wohnzimmer geführt, wo ein Bügelbrett stand, eine Bluse quer darüber ausgebreitet. Ein hölzerner Wäscheständer stand daneben, an dem etliche Teile, die bereits gebügelt waren, hingen. Darunter befanden sich keine Kindersachen.

»War Susan Ihr einziges Kind, Mrs Klein?« fragte Neef.

Ann Klein nickte. »Sie war alles, was ich noch hatte. Ihr Dad starb vor drei Jahren.«

»Das tut mir leid«, sagte Neef. »Und sie hatte Mukoviszidose?«

»Von Geburt an.«

»Wurde sie von Anfang an von der Uniklinik betreut?«

»Ein wundervolles Krankenhaus«, sagte Mrs Klein. »Sie waren alle so gut zu ihr, besonders die – wie heißen sie noch gleich? – die Physiotherapeuten, die ihre Lunge reinigten.«

»War je die Rede davon, daß es ein Heilmittel für Susan gibt?« fragte Neef.

»Vergangenes Jahr«, erwiderte Mrs Klein und setzte sich Neef gegenüber auf eine Stuhlkante. Sie schüttelte eine Zigarette aus einem Päckchen heraus, das auf dem Kaminsims gelegen hatte, und zündete sie an. »Sie versuchten es mit einer neuen Behandlung für Leute wie Susan, aber es hatte nichts gebracht.«

»War das der Gentherapie-Versuch?« fragte Neef, den die Erwartung, eine Verbindung zu Farro-Jones herstellen zu können, erregte.

»Das war's«, bestätigte die Frau und stieß eine Rauchwolke aus. »Sie wollten ein neues Gen in Susans Lungen tun, damit sie die Therapie nicht mehr brauchte, aber irgendwas lief schief. Es klappte nicht.«

»Wie schade«, sagte Neef.

»Alle waren so enttäuscht«, sagte Mrs Klein und sah wehmütig aus. »Besonders Dr. Farro-Jones. Ich glaube, er hat die neue Behandlung entwickelt.«

»Ja, das hat er«, sagte Neef, und sein Herz klopfte schneller. »Haben Sie Dr. Farro-Jones danach noch einmal gesehen?« fragte er.

»Er kam uns besuchen. Solch ein netter Mann, ein echter Gentleman. Er kümmerte sich wirklich um seine Patienten. Er kam her, um zu sehen, wie es Susan ging.«

»Er kam her?« fragte Neef.

»Ja.«

»Wann?«

»Zum ersten Mal kurz, nachdem die neue Behandlung versagt hatte, vor etwa einem Jahr, denke ich. Er sagte, es würde nicht lange dauern, bis sie das Problem gefunden hätten und noch einmal versuchen würden, sie zu kurieren.«

»Haben Sie ihn noch einmal gesehen?«

»Vor zwei oder drei Monaten.«

Neef spürte, wie sein Mund trocken wurde. »Er kam wieder hierher?«

»Ja, er hatte eine neue Behandlungsmethode ausgearbeitet und sagte, er wollte Susan als erster diese Chance bieten, noch bevor sie es sogar im Krankenhaus benutzten. Susan war wirklich froh. Sie mochte Dr. Farro-Jones. Er sieht sehr gut aus, wissen Sie, und sie war in einem Alter . . .«

Neef lächelte. »Was passierte?«

»Dr. Farro-Jones kam her, um sie zu behandeln. Es war unser Geheimnis«, sagte er.

»Was für eine Art Behandlung?« fragte Neef.

»Es war sehr einfach«, sagte Mrs Klein. »Er steckte nur ein paar kleine Röhrchen in ihre Nase und ließ sie einige Minuten tief einatmen. Sie hatte keinerlei Schmerzen oder irgendwas.«

Neef schluckte. Da war das Gas, nach dem das Gesundheitsamt gefahndet hatte, aber es war kein Gas; offensichtlich handelte es sich um eine Viruslösung, die durch einen Zerstäuber übertragen wurde, zubereitet von einem krankhaft ehrgeizigen Hurensohn, der alle Regeln umgangen hatte.

»Was geschah dann?« fragte er.

»Susan ging es nicht besser. Ihr Zustand verschlimmerte sich sogar, und sie mußte ins Krankenhaus eingewiesen werden. Ihre Lungen hatten sich gefüllt, wissen Sie. Dr. Farro-Jones sagte, die neue Behandlung sei zu spät gekommen, um sie zu retten. Er war sehr aufgebracht. Er kam sogar zu ihrer Beerdigung. Solch ein netter Mann; engagiert, wenn Sie wissen, was ich meine.«

Neef nickte. Er wußte, was sie meinte. Er verstand auch, was Pereira meinte, als er Farro-Jones noch ganz anders genannt hatte.

»Kannte Susan ein Mädchen namens Melanie Simpson?« fragte Neef.

»Es gab da ein Mädchens namens Melanie; sie waren zusammen bei den Pfadfinderinnen. Ich weiß nicht, ob sie Simpson mit Nachnamen hieß. Warum?«

»Kam Melanie jemals her?«

»Sie besuchte Susan, kurz bevor sie das letzte Mal ins Krankenhaus kam. Die Pfadfinderinnen hatten sie geschickt, um ihr alles Gute zu wünschen. Die Blumen hätten Sie sehen sollen.«

»Wie ist es mit Jane Lees?«

»Jane kam auch«, sagte Mrs Klein.

»Woher kannte Susan Jane?«

»Jane lebt im Haus neben meiner Mutter. Susan spielte immer mit ihr, wenn wir mittwochs oder sonntags da waren. Sie waren gute Freundinnen, die beiden.«

»Wußten Sie, daß Jane gestorben ist?« fragte Neef.

Mrs Klein nickte. »Krebs«, sagte sie.

»Melanie auch«, sagte Neef.

Mrs Klein sah schockiert aus. »Das von Melanie wußte ich nicht«, sagte sie. »Was für ein schreckliches ...« Plötzlich zeigte ihr Gesicht Verwirrung und Unsicherheit. »Warum sind Sie hier?« fragte sie. »Warum fragen Sie all diese Dinge? Was ist los?«

In diesem Augenblick klingelte es. Neef erstarrte. Er hörte, daß die Tür geöffnet wurde.

»Dr. Farro-Jones! Was für eine Überraschung. »Wir sprachen gerade über Sie.«

»Wirklich?« sagte Farro-Jones. »Kann ich hereinkommen?«

»Natürlich, Herr Doktor. Vielleicht könnte mir mal jemand sagen, was hier eigentlich los ist?«

Farro-Jones betrat den Raum vor Mrs Klein. Er lächelte Neef unbehaglich an. »Hallo, Michael. Ich hatte nicht erwartet, dich hier zu sehen.«

»Wirklich nicht?« erwiderte Neef, sein Blick war kalt und anklagend.

»Was hat Mrs Klein dir erzählt?«

»Alles«, erwiderte Neef entschieden.

Mrs Klein sah verwirrt aus. »Könnte mir bitte jemand sagen, was los ist?« bat sie.

Neef und Farro-Jones ignorierten sie.

»Was jetzt?« fragte Farro-Jones, der immer noch ein Lächeln zustande brachte, aber seine Augen verrieten, wie Neef fand, etwas anderes. Er sah dort Angst. Das Lächeln war nur gespielte Tapferkeit. »Wie tief sitze ich in der Scheiße?«

»Du kommst nicht mehr heraus«, sagte Neef. »Ich weiß, was du getan hast.«

»Verstehe.« Farro-Jones begann nervös die Hände zu ringen und fuhr sich mit den Fingern durchs Haar. »Ich nehme an, es hat keinen Zweck, darauf hinzuweisen, daß ich nur das Beste wollte?«

Neef schüttelte den Kopf. »Du tatest es für dich, für niemanden sonst. Und es hat damit geendet, daß du mehrere Leute umgebracht hast.«

»Es war doch nicht meine Absicht, daß so etwas passierte. Es war einfach Schicksal, einfach verdammtes Pech. Ich wußte doch nicht, daß das Vektorvirus sich als krebserregend herausstellen würde, um Himmels willen, und es war einfach unmöglich vorherzusehen, daß es durch DNA-Reparatur wieder ansteckend werden würde. Wie hätte ich das wissen können? Als Susan Krebs bekam, dachte ich einfach, das sei Pech, und damit hatte sich der Fall.«

»Krebs?« rief Mrs Klein. »Meine Susan hatte Krebs?«

»Durch Dr. Farro-Jones' neue Behandlung bekam sie Krebs, Mrs Klein«, sagte Neef, ohne den Blick von Farro-Jones zu wenden. »Sie starb nicht an Mukoviszidose. Das hatte Dr. Farro-Jones Ihnen nur weisgemacht.«

»Ich hatte ihr erklärt, daß es ein gewissen Risiko gäbe«, sagte Farro-Jones.

»War Eddie Miller auch nur Pech?«

»Der betrunkene Säufer«, sagte Farro-Jones leise.

»Ich glaube, es ist Zeit, mit der Polizei zu sprechen«, sagte Neef.

»Die Suppe auslöffeln, was?« sagte Farro-Jones und versuchte, wieder ein Lächeln zustande zu bringen. »Ich glaube nicht.«

Neef spürte, wie sich ihm das Nackenhaar sträubte, als er den Blick in Farro-Jones' Augen sah. »Du glaubst doch nicht allen Ernstes, daß du damit davon kommst?« fragte er und hörte sich dabei tapferer an, als er sich fühlte.

»Alle, die mich überführen könnten, sitzen hier in diesem Zimmer«, sagte Farro-Jones.

Mrs Klein war völlig verwirrt. »Was ist denn los?« schrie sie beinahe. »Würde mir bitte jemand sagen, was eigentlich los ist?«

Neef und Farro-Jones ignorierten sie.

»Du irrst dich«, sagte Neef. »Bevor ich herkam, schrieb ich einen Brief an Frank MacSween. Frank wird nicht rasten, bis du zur Rechenschaft gezogen wirst. Du bist verantwortlich für den Tod seines Enkels.«

»MacSween ist noch in Urlaub«, sagte Farro-Jones. »Laß uns doch aufhören, hier die Idioten zu spielen.«

Plötzlich griff Farro-Jones nach dem Bügeleisen, das neben ihm auf dem Bügelbrett stand und schleuderte es auf Neef.

Es war nur eine Entfernung von drei Metern; Neef hatte keine Zeit, ihm auszuweichen. Es traf ihn hoch an der linken Schläfe, und nach einem plötzlichen scharfen Schmerz war er von Dunkelheit umhüllt.

Als Neef zu Bewußtsein kam, spürte er nur noch Schmerzen, eine erstickende Hitze und hörte eine Frau schreien. Er versuchte sich von dort, wo er auf dem Boden lag, wegzubewegen, aber in seinem Kopf loderte ein Schmerz auf, und er mußte würgen. Er versuchte es noch einmal und stellte fest, daß er nicht atmen konnte, wenn er sich aufsetzte. Die Wohnung stand in Flammen und die Luft war voller Rauch. Plötzlich hellwach sank er auf das Fußbodenniveau zurück, wo er zumindest noch etwas Luft fand, und begann in die Richtung zu kriechen, aus der er die Schreie zu hören glaubte. Er fand Mrs Klein im Flur. Sie hatte versucht, die Tür zu erreichen, aber ihre Pantoffeln hatten Feuer gefangen, und jetzt sprang sie voller Qual umher, während sie versuchte, sie herunterzureißen.

Neef konnte sehen, daß das Feuer im Flur gelegt worden war. Dahinter steckte die Absicht, den Zugang zur Außentür zu versperren. Es gab keinen Weg nach draußen. Er zog die hysterische Mrs Klein auf Bodenniveau herunter und riß ihr die Pantoffeln von den Füßen. Als nächstes zerrte er sie den Boden entlang zurück ins Wohnzimmer, soweit weg wie möglich vom Flammenherd. Ständig leistete sie Widerstand, da sie die Tür als ihren Fluchtweg sah.

»Bleiben Sie unten«, schrie er gegen den Lärm des Feuers an und drückte Mrs Kleins Gesicht auf Fußbodenniveau herunter. »Hier unten ist Luft!«

Neef riß eines der Teile vom Wäscheständer und befeuchtete es mit Wasser aus der Kanne, die Mrs Klein benutzt hatte, um ihr Dampfbügeleisen zu füllen. Er preßte den nassen Stoff an sein Gesicht und kroch zur Wohnzimmertür herüber. Sie stand in Flammen, aber er stieß das, was noch übrig geblieben war, zu, um die Flammen noch ein wenig einzudämmen. Er konnte sehen, daß Mrs Klein jetzt unter Schock stand. Ihre Augen waren weit aufgerissen, aber sie nahm nichts wahr. Sie lag auf dem Boden, zitterte von Kopf bis Fuß und biß in eine Ecke ihre Pullovers, den sie bis zum Mund hochgezogen hatte.

»Es wird alles wieder gut«, sagte Neef. »Die Feuerwehr ist bestimmt schon unterwegs. Wir müssen nur noch ein kleines bißchen hierbleiben.«

Er sah zum Fenster hoch und war sich nicht sicher, ob er es einschlagen sollte oder nicht. Plötzlich hatte er die Vision, daß er dadurch einen Rauchkanal für das Feuer schaffen würde, durch den es hindurchrasen und sie in den Flammen einschließen könnte. Er würde noch ein paar Augenblicke warten, wenn sie noch so lange Zeit hatten.

Die Hitze wurde unerträglich, und die Luft am Boden versengte ihre Lungen. Irgendwo im Tosen des Feuers glaubte er Sirenen zu hören. »Bitte, Gott«, betete er.

Obwohl die Wohnung voller Rauch war, konnte er brennendes Haar und versengte Haut riechen. Er blickte zu Mrs Klein und sah, daß ihre Haare qualmten. Er würde das Fenster zerbrechen müssen. Es würde nur noch Sekunden dauern, bis sie von den Flammen verschlungen würden. Als er sich darauf vorbereitete, aufzustehen und die Scheibe zu zerbrechen, bemerkte er die Blumenvasen zu beiden Seiten des Kamins. Der Inhalt war der Hitze zum Opfer gefallen, aber ihn interessierte, was darin war. Neef kroch auf dem Bauch über den Boden und steckte seine Hand in die erste Vase. Seine Finger berührten Wasser. Er zerrte beide Vasen zum Fenster herüber und leerte den größten Teil der ersten Vase über Mrs Kleins Kopf aus. Dann übergoß er sich selbst und trank einen Schluck. Unter den gegebenen Umständen schmeckte es kühl und köstlich.

Die Sirenen waren jetzt sehr laut, und er konnte hören, wie

draußen etwas gegen die Wand des Hauses kratzte. Die Hilfe war da. Neef wußte, daß die nächsten paar Sekunden entscheidend dafür waren, ob sie überleben würden. Er und Mrs Klein waren in Gefahr, durch Glassplitter verletzt oder durch die Luftzufuhr von einem möglichen Feuersturm getroffen zu werden. Er überlegte, ob er aufstehen und sich den Feuerwehrleuten zeigen sollte, aber vielleicht war er nicht gleich zu sehen, und dann würde ihn die volle Kraft des zersplitternden Glases ins Gesicht treffen, und darauf den ihn einschließenden Flammen zum Opfer fallen.

Er entschied sich statt dessen, mit Mrs Klein dicht am Boden zu bleiben. Als letzte Zuflucht kroch er zum Wäscheständer hinüber und riß ihn um. Er packte soviel Kleidung wie möglich und bedeckte Mrs Klein und sich damit, als sie am Boden kauerten. Ein flüchtiger Eindruck eines schwarzen Schattens durch Qualm und Rauch sagte Neef, daß jemand vor dem Fenster war. Er schloß die Augen und schützte Mrs Klein, so gut er konnte.

Das Fenster zerbarst, und ein plötzlicher Luftzug sengender Hitze, der zum Fenster hin über sie hinwegfegte, raubte ihm fast den letzten Atem. Er kämpfte sich auf die Beine, als in einem Schwall Wasser ins Zimmer schoß. Er mußte sich neben dem Fensterrahmen an die Wand pressen, um der vollen Kraft des Strahls zu entgehen. Wenn er ihn erfaßte, bestand die Möglichkeit, durch das Zimmer geschleudert zu werden und möglicherweise sogar durch die brennende Tür in den Flur. Als der Strahl sich langsam auf die andere Seite des Raumes zu bewegte, schob Neef sich am Fensterrahmen vorbei und machte den Feuerwehrmann draußen auf der Leiter auf sich aufmerksam. Zwischen der Leiterplattform und der Wand des Hauses klaffte ein Spalt von etwa zwei Metern. Der Metallrahmen des Fensters hatte sich nämlich, als die Scheibe zerschmettert wurde, nach außen verzogen. Neef sah, daß dies ein Problem würde.

Es bestand keine Möglichkeit, die Leiter näher ans Haus zu bewegen.

18

Wie viele?« schrie der Feuerwehrmann.

»Zwei.«

»Sind sie zusammen?«

»Ja.«

»Ich muß mir Schneidwerkzeug besorgen, um näher zu kommen«, rief der Mann durch trichterförmig zusammengelegte Hände. Er deutete auf den verbogenen Fensterrahmen.

»Keine Zeit!« rief Neef als Antwort.

Der Feuerwehrmann und Neef schauten beide auf den Spalt zwischen dem Gebäude und der Leiter. Es war kein ermutigender Anblick.

»Ich hole die Frau«, rief Neef. »Sie ist nicht schwer.«

Neef verschwand kurz in dem in Flammen stehenden Zimmer und zerrte Mrs Klein zum Fenster. Er bereitete sich darauf vor, sie dem Feuerwehrmann herüberzureichen. Zunächst schien das kein Problem zu sein. Neef konnte Mrs Klein, die noch unter Schock stand, sehr leicht stützen. Er hielt sie mit einem Arm fest und beugte sich hinaus, um die Kluft zu überbrücken, als sie plötzlich zu Bewußtsein kam und ihr schlagartig klar wurde, wo sie war. Sie schrie, als sie hinunterschaute und sah, daß unter ihren Füßen nichts war. Sie begann zu treten und sich zu wehren; dadurch vergrößerte sie plötzlich dramatisch die Last auf Neefs Arm.

»Ist in Ordnung, ich habe sie«, schrie der Feuerwehrmann, als er sich so weit wie möglich vorbeugte und die sich windende Frau zu fassen bekam. »Lassen Sie sie los?«

Neef ließ los, und Mrs Klein schien sicher in die Obhut des Feuerwehrmannes zu gelangen. Im letzten Moment trat sie jedoch mit beiden Beinen hysterisch um sich und befreite sich aus seinem Griff. Sie rutschte ihm aus den Armen, und einen Augenblick lang hing sie an ihrem Rock, den der Feuerwehrmann noch hatte packen können. Einen qualvollen Moment lang sah es so aus, als könne die Situation gerettet werden, bis das Material plötzlich nachgab und Mrs Klein zu Tode stürzte.

»Mein Gott!« schrie der Feuerwehrmann und fuhr mit der Hand an das Visier seines Helms, als er auf den gespreizten Körper hinunter blickte. Er schaute zu Neef hinüber, sein Gesicht im Feuerschein war vor Qual und Gewissensbissen verzerrt. »War das Ihre –?«

»Nein«, rief Neef über den Lärm der Feuersbrunst hinweg. »Es war nicht Ihre Schuld. Sie konnten nichts dagegen tun!« Er sah zu, wie der Feuerwehrmann einige Augenblicke brauchte, um die Fassung wiederzugewinnen, dann war der Mann wieder voll bei der Arbeit.

»Glauben Sie, Sie schaffen es?« rief er Neef zu.

»Ja«, erwiderte Neef, der wußte, daß ihm keine andere Wahl blieb. Er hievte sich in das Loch, wo früher der Fensterrahmen gesessen hatte, und spürte, daß sich ihm alles drehte, als er hinunterschaute. Seine Augen suchten verzweifelt nach einem Ruhepunkt.

»Lassen Sie sich Zeit«, schrie der Feuerwehrmann. »Bereiten Sie sich vor!«

Gerade als Neef seinen Mut zusammengenommen hatte, um zu springen, explodierte ein altes Sofa im Zimmer hinter ihm; eine große Wolke schwarzen Rauches umhüllte ihn und brannte ihm mit giftigen Gasen in Augen und Kehle. Er wappnete sich, regungslos zu verharren und möglichst nicht zu atmen, bis die Luft wieder etwas klarer geworden war. Als er merkte, daß er wieder atmen konnte, öffnete er langsam die Augen und zwinkerte etliche Male, um die Tränen zu entfernen.

»Sind Sie okay?« rief der Feuerwehrmann.

»Ja«, erwiderte Neef. »Ich komme hinüber.«

Als er diesmal springen wollte, schwang plötzlich die Leiter von ihm weg und vergrößerte so die Kluft um einen weiteren halben Meter.

»Nur der Wind!« schrie der Feuerwehrmann. »Sie kommt wieder zurück.«

Neefs Nerven konnten nicht mehr ertragen. Er beobachtete, wie die Leiter sanft zurückschwang, und machte dann einen Satz über die Kluft hinweg. Fest mit beiden Beinen landete er auf der Leiterplattform, umschlungen von den Armen des Feuerwehrmannes. Einen Augenblick lang stand er so in der Umarmung des Feuerwehrmannes.

»Bedeutet das, wir sind verlobt?« fragte der Feuerwehrmann.

»Ich kann Ihnen gar nicht genug danken«, keuchte Neef.

»Nicht nötig«, sagte der Feuerwehrmann. »Ich glaube, Sie schaffen es alleine herunter?«

»Ja«, erwiderte Neef. Er machte sich an den Abstieg, der ewig zu dauern schien.

Als er unten ankam, sich umdrehte und das Durcheinander von Schläuchen, Fahrzeugen und aufblitzendem Blaulicht um ihn herum sah, war er völlig desorientiert, bis ein Rettungssanitäter zu ihm kam. »Sind Sie verletzt, Sir?«

»Nein, mir geht es gut«, erwiderte Neef und schüttelte die Decke ab, die ihm um die Schultern gelegt wurde. Er schaute sich nach Mrs Kleins Leiche um und entdeckte eine Trage zwischen zwei Feuerwehrwagen. Sie war mit einer Plane bedeckt, aber darunter lag unverkennbar eine menschliche Gestalt. Er ging darauf zu.

»Ich glaube, das sollten Sie wirklich nicht tun, Sir«, sagte ein Polizist und legte ihm die Hand auf den Arm, um ihn zurückzuhalten.

Neef machte sich los und sagte: »Nur einen Augenblick, bitte, ja?«

Da sie annahmen, Neef müsse in irgendeiner Beziehung zu der Toten stehen, blieben die Polizisten und die Feuerwehrmänner im Hintergrund, während Neef niederkniete und die Decke von Ann Kleins zerschmettertem Körper zog. Umgeben von all den Einsatzfahrzeugen wirkte sie so klein und unbedeutend, wie eine Stoffpuppe. Neef kochte vor Wut. Farro-Jones war in das Leben dieser Frau eingedrungen, hatte sie dazu gebracht, ihm zu vertrauen, und ihre einzige Tochter dann als Versuchskaninchen benutzt, um seine Karriere als Wissenschaftler voranzutreiben. Ihre Tochter hatte er genauso umgebracht wie auch sie, der Bastard. Aber er war ja solch ein Gentleman . . . er kümmerte sich wirklich um seine Patienten . . . er kam sogar zu Susans Beerdigung . . . solch ein netter Mann. Neef stand auf und holte tief Luft. Er wußte, wo Farro-Jones hingegangen sein mußte.

Ein Rettungssanitäter erschien an seinem Ellenbogen. »Sind Sie jetzt soweit, Sir? Am besten kommen Sie jetzt mit und lassen sich durchchecken, auch wenn Sie sich im Moment gut fühlen.«

»Ich komme sofort«, sagte Neef, ohne den Blick von Mrs Klein zu wenden.

Der Sanitäter entfernte sich, statt dessen stand jetzt ein Polizist dort. »Ich fürchte, wir müssen Ihnen ein paar Fragen stellen, Sir, wenn Sie sich dem gewachsen fühlen.«

»Kann das nicht warten?« sagte Neef. »Ich lasse mich im Krankenhaus durchchecken.«

»Natürlich, Sir. Könnten Sie uns dann im Augenblick nur Ihren Namen und Ihre Adresse geben?« Neef kam der Bitte nach. »Sie sind Arzt?«

»Am St George's.«

Als der Polizist sein Notizbuch in die Tasche zurück steckte und sich umdrehte, um wieder zu seinen Kollegen zu gehen, sah Neef, daß im Moment niemand zu ihm herschaute. Er ergriff die günstige Gelegenheit und ging rasch um eines der Feuerwehrfahrzeuge herum. Als er in seinem Schutz außer Sicht war, rannte er zum Parkplatz, auf dem er sein Auto gelassen hatte. Erleichtert stellte er fest, daß der Discovery immer noch alle vier Räder hatte. Er sprang sofort an, und mit quietschenden Reifen fuhr Neef los.

Er war sich sicher, daß Farro-Jones direkt zur Pathologie des St George's gefahren sein mußte, um nach dem Brief zu suchen, den er Frank MacSween angeblich geschickt hatte. Da der Brief nicht existierte, war er in MacSweens Büro wahrscheinlich immer noch auf der Suche danach. Vermutlich nahm er an, er und Ann Klein seien im Feuer gestorben.

Beim Anblick von Farro-Jones' Wagen vor der Pathologie des St George's zog sich sein Magen vor Angst zusammen. Es war nur ein Auto, aber es symbolisierte viel mehr als das. Zum ersten Mal in seinem Leben hatte er das Gefühl, auf das wirklich Böse gestoßen zu sein. Schon eher hätte ihm das klar werden müssen, aber das war nicht der Fall. Es gab nur eine Erklärung dafür, daß Farro-Jones auf diese Weise versucht hatte, ihn und Ann Klein umzubringen. Er war verrückt. Dies war kein tröstlicher Gedanke, als er sich auf den Weg hinab ins Pathologielabor machte.

Am Fuß der Treppe blieb er stehen und lauschte einen Augenblick. Er konnte nichts hören. Dann erinnerte er sich daran, daß die Pathologiearbeit des Krankenhauses vorübergehend in der Uniklinik durchgeführt wurde, da Frank MacSween Urlaub aus dringenden familiären Gründen hatte und Charlie Morse tot war. Die Laboranten des St George's waren ebenfalls in die Uniklinik geschickt worden. Neef blickte den Flur entlang und sah, daß unter Frank MacSweens Tür Licht durchfiel. Er starrte darauf, ein schmaler horizontaler Streifen Licht in der Dunkelheit, der bewies, daß er recht hatte. Farro-Jones war hier.

Neef bemerkte das aufgebrochene Schloß und stieß die Tür auf. Sein Körper füllte beinahe den Türrahmen.

Geschockt blickte Farro-Jones auf. Er saß in Frank MacSweens Sessel und wühlte den Stapel Papier durch, der sich in MacSweens Abwesenheit dort angesammelt hatte.

»Du wirst ihn nicht finden. Ich habe ihn nach Hause geschickt.«

Langsam erhob Farro-Jones sich vom Schreibtisch und bewegte sich rückwärts. Dabei schaute er nach links und rechts, als wolle er seine Möglichkeiten abschätzen. Es blieb ihm nur eine, nämlich die Verbindungstür hinter ihm zu öffnen, die direkt in den Obduktionssaal führte. Dies tat er.

»Es ist vorbei«, sagte Neef und kam auf ihn zu. »Die Polizei ist unterwegs, und du, du Bastard, gehst für den Rest deines Lebens ins Gefängnis.«

Farro-Jones spreizte die Hände vor sich, als wolle er Neefs Zorn beschwichtigen. »Wie gesagt, Neef, ich wollte nicht, daß dies alles passierte. Es war nur alles Pech, das ist alles. Alles ging schief. Ich geriet in Panik, und dadurch wurde alles noch viel schlimmer.«

»Du hast die Kleins behandelt, als wären sie Versuchstiere. Sie vertrauten dir, und du hast sie umgebracht! Und das nennst du Pech!«

»Ann Klein ist also tot«, sagte Farro-Jones. Seine Augen hatten einen anderen Ausdruck angenommen, als sei ihm gerade etwas klargeworden. »Und du erwartest, daß ich dir glaube, die Polizei würde dich alleine vorgehen lassen? Komm schon, Neef. Du spielst hier den einsamen Cowboy. Du bist der einzige, der Bescheid weiß.«

»Das reicht«, sagte Neef, der sich immer noch an Farro-Jones anschlich. Sie waren an den Seziertischen vorbeigegangen und wichen in Richtung auf die Leichenkühlkammern zurück.

»Weißt du was, Neefy, alter Junge? Ich glaube nicht, daß es einen Brief gibt. Wie stehen deine Chancen? Komm doch her.«

Farro-Jones legte jetzt eine aggressive Haltung an den Tag. Er wich nicht länger zurück, sondern war bereit, es mit Neef auszukämpfen. Neef war im Vorteil, was Größe, Gewicht und wahrscheinlich auch Kraft anbelangte, aber Farro-Jones hatte den Körperbau eines geborenen Athleten. Er bewegte sich leicht auf den Füßen. Farro-Jones machte eine Finte nach links, aber Neef blockte die Bewegung ab. Allmählich drängte er Farro-Jones in die entfernte Ecke das Raumes, aus der es kein Entrinnen gab. Farro-Jones sah das. Er täuschte eine Bewegung nach rechts vor, richtete sich dann aber wieder auf und stürzte sich geradewegs auf Neef. Neef war unvorbereitet – er machte einen Schritt zur Seite und erwischte Farro-Jones mit einem tückischen rechten Haken am Gesicht. Farro-Jones ging zu Boden. Er blieb auf den Knien und rieb sich die Wange.

Wenn Neef im Straßenkampf erfahren gewesen wäre, wäre er mit den Füßen auf Farro-Jones losgegangen und hätte den Kampf auf der Stelle entschieden, aber das entsprach nicht seinem Naturell. Er wartete, bis Farro-Jones wieder zu sich kam. Farro-Jones kauerte auf dem Boden, bis er wieder Luft hatte, und begann sich dann langsam zu erheben. »In Ordnung, Neef. Du hast gewonnen«, sagte er, während er aufstand. Neef entspannte sich ganz leicht, und Farro-Jones sprang ihn kopfüber an. Er erwischte Neef am Zwerchfell und nahm ihm die Luft, als sein Rücken gegen die Türen der Leichenkühlkammern prallte. Neef erholte sich rasch und rammte beide Fäuste gleichzeitig gegen Farro-Jones' Ohren. Er versuchte, diese Bewegung zum Abschluß zu bringen, indem er Farro-Jones das Knie ins Gesicht stieß, traf aber nicht, weil er zurückwich.

Es gab immer noch keinen Weg an Neef vorbei, und seine ungestümen Attacken zahlten sich nicht aus. Mit blitzschnellen Blicken schaute er sich um, während Neef darauf wartete, daß er es wieder versuchte. Sein Blick fiel auf ein Ölkännchen, das der Pförtner der Leichenhalle für die Angeln der Kühlkammertüren benutzte. Es stand auf einem Fensterbrett zu seiner Rechten. Rasch wandte er den Blick ab und und begann, einen Kreis in diese Richtung zu schlagen. Zwei oder drei angetäuschte Bewegungen weiter befand er sich in Reichweite. Ohne den Blick von Neef zu wenden, riß er den Arm hoch, packte das Kännchen und schleuderte es los. Neef bewegte den Kopf einfach ein wenig nach links, so daß es, ohne Unheil anzurichten, an ihm vorbeisegelte, an eine Kühlkammertür knallte und zu Boden fiel.

Zum ersten Mal sah Neef die Niederlage in Farro-Jones' Blick, und seine Stimmung hob sich. Er wurde sogar ein wenig sorglos. Er war dem fliegenden Geschoß mit solcher Leichtigkeit ausgewichen, daß ihm völlig entging, wie sein Inhalt sich hinter ihm auf dem Boden ergoß. Farro-Jones sah, was passiert war, und der Ausdruck in seinen Augen veränderte sich erneut. Neef hatte keine Zeit, sich zu überlegen, warum, bis Farro-Jones einen Sprung auf ihn zu vortäuschte und ihn dadurch in die sich ausbreitende Öllache treten ließ. Seine Füße glitten unter ihm weg, und er stürzte rückwärts gegen die Kühlkammertür. Sein Kopf stieß gegen die schwere Metallklammer, die die Tür sicherte, und beinahe verlor er für einige Augenblicke die Besinnung.

Das reichte Farro-Jones, um die Initiative zu ergreifen. Blitzschnell fiel er über Neef her, ein Hagel von Schlägen traf seinen Kopf, bis Neef bewußtlos auf dem Rücken am Boden lag.

Als er wieder zu sich kam, war er an Händen und Füßen mit chirurgischem Klebeband gefesselt. Farro-Jones befand sich in der entfernten Ecke des Raumes und sah sich die Papierzettel an, die an drei Särgen hingen, die für die Bewohner der Kühlkammern bereitstanden. Er mußte Neefs Bewegung aus dem Augenwinkel gesehen haben, denn er kam herüber.

»Also, Neef, heute ist ein trauriger Tag für dich. Heute nachmittag um vier Uhr dreißig wirst du eingeäschert.«

Neef spürte, wie sein Inneres sich aufzulösen schien. Der Ausdruck auf Farro-Jones' Gesicht verriet ihm, daß dieser nicht scherzte.

»Um Himmels willen, Mann, du kannst doch nicht hoffen, ständig davonzukommen, wenn du Leute umbringst. Der gesunde Menschenverstand sollte dir das sagen. Was bringt dir das denn, wenn du mich umbringst?«

Neefs Appell an seine Vernunft rief nur ein Lächeln bei Farro-Jones hervor. »Wenn du und Ann Klein aus dem Weg geschafft sind, kann niemand irgend etwas beweisen. Niemand, der mich kennt, hat mich heute in ihrer Wohnung gesehen, und niemand wird dich je wiedersehen, nachdem du den Platz von« – Farro-Jones blickte auf das Bündel Papiere, das er in der Hand hielt – »James Henry Todd eingenommen hast . . . bei seiner Einäscherung heute nachmittag. Komm jetzt!«

Farro-Jones schob seine Hände unter Neefs Achselhöhlen und zerrte seinen Körper auf die Holzböcke zu, auf denen die drei Särge standen. »Es wird ein bißchen knapp. Mr Todd war ein gutes Stück kürzer als du, aber ich bin sicher, daß wir das hinkriegen.«

Neef war noch ganz benommen von den Schlägen auf den Kopf, aber Panik belebte seine Glieder wieder. Er zerrte an dem Klebeband, mit dem er gefesselt war, konnt es aber nicht verrücken.

»Ich dachte mir schon, daß du unvernünftig reagierst«, höhnte Farro-Jones, »daher habe ich, während du weggetreten warst, ein bißchen was geholt, um dich zu beruhigen.« Er begann eine Spritze aufzuziehen. »Nichts zu Starkes. Ich will ja nicht, daß du deine eigene Beerdigung verpaßt.«

Neef konnte nichts tun, um die Injektion zu verhindern. Fast augenblicklich spürte er, wie seine Muskeln erschlafften und seine Entschlossenheit sich auflöste. Er war nicht wirklich bewußtlos, nur zu schwach, um sich zu bewegen. Farro-Jones stopfte einen Lappen in Neefs Mund und knebelte ihn dann mit chirurgischem Klebeband. Dann entfernte er den Deckel des Sarges, der für James Todd bestimmt war und lehnte ihn gegen die Tür der Leichenkühlkammer.

»Rein mit dir«, grunzte er, als er darum kämpfte, Neefs scheinbar leblosen Körper hochzuheben, und ihn schließlich unordentlich in den Sarg legte.

»Wie ich mir das gedacht hatte«, sagte Farro-Jones. »Ein bißchen knapp.« Er bog Neefs Beine hin und her, bis er sie beide im Sarg hatte. Schließlich stopfte er den Bereich um Neefs Kopf mit Kitteln voll, so daß er sich überhaupt nicht rühren konnte, selbst wenn er imstande gewesen wäre, sich zu bewegen – was er nicht war.

Farro-Jones schien an seinen Augen zu erkennen, daß Neef

immer noch bei Bewußtsein war. »Gut«, sagte er. »Du wirst also alles mitbekommen. Die Fahrt zum Krematorium, den Gottesdienst, die Orgelmusik, die Choräle – wollen wir wetten, daß es den dreiundzwanzigsten Psalm gibt? Vielleicht hörst du sogar, wie ein paar Tränen vergossen werden, bevor der Elektromotor angeschaltet wird und du spürst, wie du hinabsinkst dorthin, wo die Öfen sind. Das Klirren, wenn sich die Türen des Ofens öffnen und dann . . . hinein mit dir.«

Farro-Jones hob den Deckel auf den Sarg, und Neef spürte, wie sein Schatten sich über ihn schob, bevor das Licht ganz verschwand und er hören konnte, wie Farro-Jones eine Schraube nach der anderen in die vorgebohrten Löcher einsetzte. Er merkte bereits, wie die Temperatur sich erhöhte. Er spürte, wie sein eigener Atem vom Deckel auf sein Gesicht zurückprallte. Der Luftvorrat mußte begrenzt sein, dachte er. Mit etwas Glück war er erschöpft, bevor er bei lebendigem Leibe verbrannt wurde. Alles hing davon ab, ob Farro-Jones den Deckel festschraubte. Bitte, lieber Gott, laß ihn ihn ganz festschrauben. Tod durch Erstickung war bei weitem die bessere Alternative.

»Ich muß dir nur einen kleinen Spalt offenlassen, Neef«, hörte er Farro-Jones sagen. »Ich möchte doch nicht, daß du vor dem großen Augenblick erstickst.«

Neef konnte einen dünnen Lichtstrahl sehen, wo Farro-Jones den Deckel lose sitzen gelassen hatte und ihn mit dem Schraubenzieher, den er benutzte, aufstemmte.

Neefs Situation wuchs sich jetzt zu einem Alptraum aus, der seinen Verstand zu bedrohen begann, so groß war sein völliges Entsetzen. Warum in Gottes Namen hatte er das nicht der Polizei überlassen? Er hatte nicht einmal irgend jemandem gesagt, wo er hingegangen war! Niemand wußte, wo er war, und niemand würde je erfahren, was mit ihm geschehen war. Natürlich würde es einen kleinen Skandal geben, wenn sich herausstellte, daß in der Leichenhalle immer noch die Leiche eines gewissen Todd war, obwohl der doch schon längst eingeäschert sein sollte. Aber dann würde es zu spät sein zu fragen, wer oder was sich an seiner Stelle im Sarg befunden hatte, der den Flammen übergeben worden war. Er konnte hören, wie Farro-Jones sich umherbewegte. Er hörte, wie der Rollwagen für den Leichentransport angehoben und gesenkt wurde, als Todds Leiche in die Kühlkammer zurückgebracht wurde.

»Wird bald Zeit, Neef. Der Leichenwagen ist in wenigen Minuten da«, sagte Farro-Jones. »Dann sind meine Probleme erledigt, und es geht zurück zu den Härten des Forschungslabors. Weißt du, ich fand, es war ein teuflisch verrückter Zufall, daß Frank MacSweens Enkel sich ansteckte. Wenn das nicht passiert wäre, hätte ich hier nie so schön aufräumen können. Wenn alles vorüber ist, kann man wohl mit Fug und Recht behaupten, daß die paar Toten unwichtig sind im Verhältnis zu den Vorteilen meiner Forschung, wenn die Kinderkrankheiten erst ausgemerzt sind. Findest du nicht?«

Der Knebel in Neefs Mund verhinderte, daß er auf das Gefasel des Wahnsinnigen da draußen irgendeine Antwort gab. Das muskelentspannende Mittel, das Farro-Jones ihm verabreicht hatte, ließ langsam nach, und seine Muskeln litten jetzt Höllenqualen, weil sie auf so engem Raum zusammengepfercht waren. In seinen Wadenmuskeln spürte er bereits Krämpfe.

»Zeit, alles dicht zu machen, alter Junge«, sagte Farro-Jones. »Sie kommen jetzt jeden Moment.«

Neef sah, wie das Licht verschwand, als Farro-Jones den Schraubenzieher aus dem Spalt zog und begann, den Deckel festzuschrauben. Seine Stimme klang jetzt weiter entfernt. Plötzlich waren da auch andere Stimmen.

Neefs Entsetzen steigerte sich ins Unermeßliche, als er sich vorstellte, die Bestattungsunternehmer seien gekommen. Wenn sie schon so bald hier waren, würde er die ganze Zeit bei Bewußtsein bleiben. Sein Gehirn funkte Befehle an seine Glieder, aber die weigerten sich zu reagieren. Er hatte überhaupt keine Möglichkeit, die Leute draußen zu alarmieren.

Neef spürte, wie der Sarg auf dem Bock leicht schwankte. Jemand hatte ihn berührt. Mit in der Dunkelheit vor Angst weit aufgerissenen Augen wartete er darauf, hochgehoben zu werden. Es trat eine qualvolle Pause ein, in der nichts geschah, dann wurde Neef klar, daß die Deckelschrauben entfernt wurden. Als der Deckel zur Seite glitt, blinzelte er gegen das Licht und schaute in das Gesicht eines Polizisten empor.

Man half Neef, sich aufzuetzen. Er sah, daß Farro-Jones von zwei uniformierten Polizisten festgehalten wurde, während einer in Zivil ihn über seine Rechte belehrte.

»Wie um alles in der Welt?« keuchte er, als sein Knebel entfernt wurde.

»Ich habe es geraten«, sagte Eve, die an seiner Seite erschien und ihn erleichtert küßte.

»Aber woher wußtest du, daß ich hier war?«

»Als ich aus dem Fenster schaute, um den Feuerwehrleuten, die Neil besucht hatten, zum Abschied zu winken, sah ich, daß dein Auto vor der Pathologie geparkt war. Davids Wagen stand daneben. Das beunruhigte mich. Ann Miles hatte mir erzählt, du seist weggefahren. Daher fand ich es seltsam, daß dein Auto wieder da war, du aber nicht. Ich wollte gerade die Polizei anrufen, als sie kam. Sie suchten dich im Zusammenhang mit ... einem Brand?«

»Das ist eine lange Geschichte«, sagte Neef und rieb sich die Stirn. Beim Gedanken daran wurde ihm ganz schwach. Plötzlich fühlte er sich entsetzlich müde und kam nicht an gegen dieses Gefühl. Die Wirkung der Spritze, die Farro-Jones ihm gegeben hatte, und die Gedanken an das, was ihm beinahe widerfahren wäre, ließen ihn in Ohnmacht fallen.

Wenige Minuten, nachdem er in einem kleinen Nebenraum im Krankenhaus aufgewacht war, war Neef in einen heftigen Wortwechsel verwickelt. Er hatte erklärt, fit zu sein, und wollte gehen, aber offensichtlich war das eine Möglichkeit, die ihm nicht freistand. Die Krankenschwester, die bei ihm war, als er aufwachte, hatte natürlich keinerlei Wunsch, mit einem Facharzt Streit anzufangen, daher rief sie den jungen Arzt, der für Neefs Aufnahme zuständig war.

»Ein paar häßliche Beulen am Kopf und wahrscheinlich ein Kater von dem, was Ihnen injiziert wurde – aber abgesehen davon, ist nichts passiert.«

»Gut«, sagte Neef. »Ich würde jetzt gerne gehen. Ich habe viel zu tun.«

»Ich fürchte, das ist noch nicht möglich, Sir. Die Polizei und einige Leute vom Ministerium bestehen darauf, daß Sie bleiben, wo Sie sind, bis Sie entsprechend informiert worden sind, so drückten sie sich wohl aus.«

»Wie lange wird das dauern?«

»Wir haben ihnen Bescheid gesagt, daß Sie wieder zu sich gekommen sind, Sir. Es dürfte also nicht lange dauern.«

»Hören Sie, ich müßte wenigstens jemanden anrufen«, sagte Neef, ging zur Tür und öffnete sie. Draußen standen zwei Polizisten. Neef schloß die Tür wieder.

»Tut mir leid«, sagte der Arzt und zuckte die Achseln. »Wahrscheinlich sind sie bald da.«

Er hatte recht. Vier Männer in Zivilkleidung, die aber ihre Dienstausweise zeigten, trafen binnen zehn Minuten ein und verbrachten die nächsten vier Stunden damit, Neef zu befragen. Als sie endlich fertig waren, war er gleichermaßen erschöpft und wütend.

»Kann ich jetzt bitte gehen?« fragte er.

»Ich fürchte nicht, Sir, noch nicht«, erwiderte einer der Polizisten.

»Warum zum Teufel nicht?«

»Wir möchten, daß Sie hier warten, bis wir Dr. Pereira gefunden haben.«

»Pereira? Was zum Teufel hat der denn damit zu tun?«

»Wir suchen schon seit einiger Zeit nach ihm, Sir. Es sollte nicht lange dauern, bis wir ihn gefunden haben, und dann können wir diese ganze Angelegenheit klären.«

Neef erkannte, daß jedes weitere Argument sinnlos war. Er sah, wie die vier Männer hinausgingen, und fand sich damit ab, noch weiter zu warten.

Es war beinahe Mitternacht, als eine Bewegung draußen vor der Tür ankündigte, daß endlich etwas passierte. Als die Tür schließlich aufging, stand Neef auf, um Max Pereira willkommen zu heißen.

»Was zum Teufel geht hier vor, Mike?«

»Da bin ich mir selbst nicht sicher«, erwiderte Neef. Er erzählte ihm von dem Feuer und von Farro-Jones' anschließender Verhaftung.

»Mein Gott!« rief Pereira. »Da haben Sie aber wirklich einiges mitgemacht.«

»Farro-Jones hat mit einem nicht lizensierten Virus herumexperimentiert«, sagte Neef. »Er benutzte eines der Mukoviszidose-Kinder als Versuchskaninchen.«

»Von dem Virus weiß ich«, erwiderte Pereira, führte das aber nicht näher aus.

Einer der Polizisten, der Neef früher befragt hatte, kam herein, um zu sagen, daß im Pathologiehörsaal ein Treffen anberaumt worden sei. Die beiden wurden »gebeten«, daran teilzunehmen.

Neef und Pereira begleiteten den Polizisten schweigend, ihre Schritte hallten in den nachts verlassenen Gängen wider. Als sie in den Hörsaal kamen, stellten sie fest, daß Stühle hereingebracht und um den langen Tisch gestellt worden waren, der normalerweise für Studentendemonstrationen vor der Tafel stand. Little saß am Kopf mit Waters zu seiner Rechten. Die anderen etwa zehn Plätze wurden von Beamten des Gesundheitsamtes und der Polizei eingenommen. Neef und Pereira saßen nebeneinander am Fuß des Tisches Little gegenüber.

Little hieß sie willkommen und sagte: »Gentlemen, ich bin sicher, wir alle bedauern die Vorfälle der vergangenen vierundzwanzig Stunden. Ich denke, ich spreche für uns alle, wenn ich sage, daß wir alles in unserer Macht Stehende tun müssen, um den Schaden so gering wie möglich zu halten.«

Neef und Pereira tauschten Blicke.

»Wie entsetzlich die Erfahrungen auch gewesen sein mögen – besonders für Dr. Neef, wie ich erfahren habe –, dürfen wir die Relationen und Prioritäten nicht aus den Augen verlieren. Daher habe ich zuerst eine gute Nachricht für sie. Anscheinend konnten wir den Krebsausbruch eindämmen. Bei den Kontaktpersonen, die wir isoliert hatten, sind keine neuen Fälle aufgetreten. Noch eine Woche, dann können wir die Restriktionen aufheben und diesen Ausbruch als vorüber betrachten.«

»Gut«, sagte einer der Leute vom Gesundheitsamt.

»Ich bin sicher, daß alle froh sind, zur Normalität zurückkehren zu können, es bleibt jetzt also nur die Frage, wie wir das ganze so schnell und so schmerzlos wie möglich hinter uns bringen können – und mit einem Minimum an dauerhaftem Schaden für alle Beteiligten.«

Neef und Pereira wechselten erneut Blicke.

»Ich rede hier über Schadensbegrenzung, Gentlemen«, sagte Little. »Ich bin sicher, Sie sind mit mir einer Meinung, daß es niemandem dient, diese unglückselige Geschichte durch lange Untersuchungen, das Anfertigen von Berichten und das Anschüren der Lüsternheit der Medien noch weiter hinauszuzögern, was nur zu Angst und Panik in der Öffentlichkeit führen würde.«

Es ist also wieder Halt-den-Mund-Zeit, grübelte Neef. Er sah, daß Pereira zum selben Schluß gelangt war.

»Offen gestanden bitte ich um Ihre Kooperation, um diese Angelegenheit zu einem Ende zu bringen«, sagte Little und schaute Neef und Pereira an.

»Was genau schlagen Sie vor, Dr. Little?« fragte Neef.

»Als Entschädigung für Ihre Kooperation und Ihr Schweigen werden wir nicht weiter strafrechtlich gegen Menogen vorgehen.«

»Was?« explodierte Pereira. »Sie wissen verdammt genau, daß Menogen überhaupt nichts damit zu tun hatte!«

»Absolut!« stimmte Neef ihm genauso wütend zu. »Schuld an allem war Farro-Jones mit seinem verdammten Ehrgeiz.«

»Unglücklicherweise ist Dr. Farro-Jones nicht hier, um sich zu verteidigen«, sagte Little.

»Nur weil er in Polizeigewahrsam ist!« tobte Neef los.

»Wie ich gehört habe, hat Dr. Farro-Jones einen Zusammenbruch erlitten. Er ist in eine geschlossene Heilanstalt überführt worden. Es kann einige Zeit dauern, bis wir ihn befragen können, aber natürlich akzeptieren wir Ihre Versicherung, daß er sich mit illegalen Experimenten an Susan Klein befaßt hat«, sagte Little. »Äußerst bedauerlich und äußerst verwerflich, aber es gibt keinerlei Beweis, der diese Experimente mit den Krebstoden in Verbindung bringt.«

»Mein Gott!« sagte Pereira.

»Susan Klein war die Verbindung zwischen Melanie Simpson und Jane Lees«, sagte Neef mit wutschnaubender Stimme. »Sie beide haben sie besucht.«

»Es gibt aber keinerlei Beweis, der belegt, daß Susan Klein überhaupt an Lungenkrebs gestorben ist«, sagte Little.

»Farro-Jones hat das vom Pathologen Miller vertuschen lassen«, sagte Neef.

»Der fragliche Pathologe ist unglücklicherweise tot«, sagte Little beißend. »Und ich muß Sie erinnern, daß kein Virus gefunden worden ist, das für die Todesfälle verantwortlich ist. Wir denken immer noch, die wahrscheinlichste Möglichkeit ist die, daß ein unbekannter infektiöser Überträger aus den Menogen-Research-Gebäuden entwichen ist. Wir sind bereit zu akzeptieren, daß dies in keiner Weise auf Nachlässigkeit von seiten des Menogen-Personals zurückzuführen ist und daß es sich um einen einmaligen Vorfall handelt, den keiner vorhersehen konnte. Deshalb sind wir bereit, den Fall im Gegenzug für Ihre Kooperation nicht strafrechtlich verfolgen zu lassen.«

Neef konnte kaum glauben, daß Little so begriffsstutzig war.

»Auf keinen Fall«, sagte Pereira ruhig.

Das zeigte viel mehr Wirkung, als wenn er wütend geworden wäre. Neef hatte den ganz klaren Eindruck, daß Pereira etwas zurückhielt. Einige der Männer rutschten unbehaglich auf ihren Stühlen hin und her. Little schien noch stärker aus der Fassung gebracht zu sein als die meisten. »Es tut mir leid, daß Sie das so sehen«, sagte er. »Aber Sie lassen mir keine andere Alternative –«

»Sie wissen es doch, nicht wahr?« unterbrach Pereira ihn. Er schaute Waters an, der die ganze Zeit geschwiegen hatte.

Waters' nach unten gezogene Lippe zitterte leicht. »Ich weiß nicht, was Sie meinen«, sagte er.

»Doch, das tun Sie«, sagte Pereira. »Sie sind Virologe, genau wie ich – und ein guter dazu, sonst wären Sie nicht bei der Porton Fun Factory.«

»Ich muß Sie wirklich bitten, zum Punkt zu kommen, Dr. Pereira«, sagte Little.

Neef merkte, daß er völlig durcheinander war. Er selbst hingegen spürte, wie er sich entspannte, als ihm klar wurde, daß Pereira nach ein As im Ärmel haben mußte.

Pereira sagte zu Waters: »Sie haben doch die virologischen Berichte gesehen, genau wie ich. Sie haben Charlie Morses Körper untersucht. Was Sie nicht wußten, ist, daß ich eine Probe von Douglas Coopers Lungengewebe hatte, mit der ich arbeiten konnte.«

Waters und Little schauten einander an. Das war ganz eindeutig eine unwillkommene Neuigkeit für sie. Little schluckte. »Was schlagen Sie vor?« fragte er, als fürchte er die Antwort.

Pereira sagte: »Die routinemäßigen virologischen Berichte der toten Patienten zeigten, daß Rhinoviren, Adenoviren und Para-Adenoviren vorhanden waren, alles Viren, die man bei

Patienten mit Lungenentzündung erwarten würde. Aber das Para-Adenovirus erregte meine Aufmerksamkeit. Ich analysierte es, so gut es in der mir zu Verfügung stehenden Zeit möglich war. Es war überhaupt kein gewöhnliches Exemplar des Para-Adenovirus. Offensichtlich war es modifiziert worden, um es als Vektor in der Gentherapie einzusetzen. Den Laboranten, die nach einem neuen Virus suchten, wäre das nicht aufgefallen. Ich glaube, Farro-Jones schuf einen viralen Vektor auf Basis des Para-Adenovirus, der ein intaktes Gen in die Gastzellen der Mukoviszidosepatienten bringen und sich in ihre Chromosomen integrieren sollte. Ich vermute, daß ihm das alleine noch nicht reichte. Er wollte noch einen Schritt weitergehen und dem Vektor ein bestimmtes Zielgebiet auf der DNA zuweisen. Unglücklicherweise war das Ziel, für das er sich entschied, proto-oncogen. Als das Virus sich dort integrierte, wurde die Zelle zu einer Krebszelle. Außerdem hatte er noch das doppelte Mißgeschick, daß das inaktivierte Virus wieder aktiv wurde. Kurz gesagt, er schuf ein Virus, das aus Lungenkrebs eine ansteckende Krankheit machte.«

»Deshalb waren manche Leute immun dagegen«, sagte Neef. »Wenn es auf einem so alltäglichen Virus wie dem Adenovirus basiert, haben viele von uns Antikörper dagegen.«

»Es hängt nur davon ab, wann man die letzte Erkältung hatte«, sagte Pereira.

»Manche aber auch nicht«, sagte Neef.

»Wahrscheinlich ist unser Freund aus Porton Down deshalb daran interessiert«, sagte Pereira. »Und deshalb versuchen diese Burschen hier ihr Möglichstes, so zu tun, als gäbe es dieses Virus gar nicht.«

Little unterbrach ihn. »Falls es stimmt, was Sie sagen, Dr. Pereira, müssen wir darauf bestehen, daß Sie uns dieses Virus sofort aushändigen.«

»Menogen Research benutzt kein Para-Adenovirus als Vektor. Hat es auch nie«, sagte Pereira kategorisch. Er sagte es als Herausforderung.

Little räusperte sich und sagte: »Ich denke, im Lichte dieser ... Enthüllung können wir akzeptieren, daß Menogen in keiner Weise die Schuld an diesem unglücklichen Ausbruch trägt.« Pereira starrte Little die ganze Zeit an. »Und daß wir vielleicht voreilig waren, ihre Lizenz zurückzuziehen ...«

Pereira starrte ihn immer weiter an. »Das hat uns einen Haufen Geld gekostet.«

»Und daß vielleicht eine finanzielle Entschädigung für Ihre Verluste angemessen wäre.«

»Gut«, sagte Pereira. »Wir sind im Gespräch. Also, möchten Sie wirklich dieses Virus von mir haben, daß Sie unten in Porton schon selbst besitzen, oder soll ich es nur in den Sterilisator stopfen?«

»Wir hätten das Virus gerne«, erwiderte Little, der sich weigerte, Pereira gegenüber irgend etwas zuzugeben. »Einige dieser Herren werden Sie begleiten, wenn Sie von hier weggehen.«

»Wie Sie meinen«, sagte Pereira, der diesen Augenblick genoß. »Und unsere Lizenz?«

»Wird morgen früh neu erteilt.«

»Zusammen mit einer Presseerklärung, die uns von jeder Schuld freispricht?«

»Ja«, sagte Little, als hätte er den Mund dabei gar nicht geöffnet. »Weitere Presseerklärungen irgendwelcher Art wird es nicht geben«, fügte Little kalt hinzu.

Littles Ton sagte Neef, daß er lieber nicht wissen wollte, welche Sanktionen das andernfalls nach sich ziehen würde. Pereira hatte sein Glück erzwungen, soweit es möglich war. Er schaute Pereira an, der nach dem Köder schnappen wollte, und unterbrach ihn. »Ich bin sicher, daß Dr. Pereira und ich die letzten Menschen auf der Welt sind, die eine unnötige Furcht und Panik der Öffentlichkeit wünschen. Sie können sich unseres völligen Schweigens sicher sein.«

»Gut«, sagte Little. »Der Seelenfriede der Öffentlichkeit ist so wichtig.«

Vor dem Raum zündete Pereira sich eine Zigarette an und inhalierte tief.

»Das haben Sie da drinnen gut gemacht«, sagte Neef. Sie unterhielten sich miteinander, während zwei Polizisten darauf warteten, Pereira zu dem Labor zu begleiten, in dem er das Virus vermehrt hatte.

»Das mußte ich doch«, erwiderte Pereira. »Oder?«

»Ja, das stimmt«, gab Neef nachdenklich zu. »Als ich Sie kennenlernte, dachte ich, Sie steckten voller unnötigem Zynismus. Anscheinend hatte ich mich geirrt. Tut mir leid.«

Pereira lächelte. »Als ich Sie kennenlernte, dachte ich, so etwas wie einen wirklich engagierten Arzt, der zuerst an seine Patienten denkt, gäbe es nicht. Ich habe mich geirrt. Es tut auch mir leid.«

Die beiden Männer schüttelten sich die Hände, und Neef beobachtete, wie Pereira mit den beiden Polizisten wegging.

Neef gähnte und ging zu seiner Station zurück, wo er Lawrence Fielding vorfand, der gerade dabei war, Papierkram aufzuarbeiten. In der Station war die Nachtbeleuchtung eingeschaltet. Fielding arbeitete im hellen Licht seiner Schreibtischlampe.

»Hallo«, sagte Neef erschöpft. »Wie geht's?«

»Du siehst aus, als kämst du vom Schlachtfeld«, sagte Fielding, als er die Wunde sah, wo das Bügeleisen ihn getroffen hatte.

»Das kann man wohl sagen«, stimmte Neef ihm zu. »Mehr darf ich aber auch nicht sagen.«

Fielding nickte verständnisvoll. »Ich habe mitgekriegt, daß etwas los war. Ich darf aber wohl annehmen, daß die Krebsgefahr jetzt beseitigt ist?«

»Das kannst du«, sagte Neef.

»Das ist wohl die Hauptsache.«

Neef nickte und fragte: »Wie geht es Neil?«

»Gut«, erwiderte Fielding. »Wir müssen die Feuerwehr auf unsere Liste erprobter Therapien aufnehmen. Ihr Besuch hat ihm unendlich gutgetan. Das hat den Lebensfunken wieder in ihm entfacht.«

»Gut. Und wie geht es den vier, die wir wieder in den Versuch aufgenommen haben? Irgendwelche Nebenwirkungen?«

»Im Augenblick nicht. Sie sollten es auf jeden Fall bis zur Gancyclovir-Behandlung schaffen.«

Neef nickte befriedigt. »Irgendwelche anderen Neuigkeiten?«

»John Martin spricht sehr gut auf das Antivulon an. Ich glaube, wir könnten seine Dosis erhöhen.«

»Ausgezeichnet. Ich glaube, mit unserer konventionellen Behandlung hätten wir ihn mittlerweile verloren.«

»Alles in allem sieht es im Moment recht gut aus«, sagte Fielding.

»Mehr können wir nicht verlangen«, sagte Neef. »Aber morgen ist wieder ein neuer Tag. Hast du Eve gesehen?«

»Sie ist gegen zehn nach Hause gegangen. Sie sagte, du solltest sie anrufen, wenn du auftauchst. Sie ist ganz krank vor Sorge um dich.«

»Ich rufe sie an.«

Neef rief Eve von seinem Büro aus an.

»Gott sei Dank!« rief sie, als sie seine Stimme hörte. »Niemand konnte mir irgendwas sagen, außer daß du ›der Polizei bei ihren Ermittlungen hilfst‹.«

»Jetzt bin ich wieder frei«, sagte Neef. »Ich bin auf der Station.«

»Kannst du kommen?«

»Bin schon unterwegs.«

Neef hielt Eve lange in den Armen. Es tat so gut, sie zu berühren, ihr Parfüm zu riechen, ihr weiches Haar an seiner Wange zu spüren.

»Dein armes Gesicht«, sagte Eve und streckte die Hand aus, um seine geschundene Stirn zu berühren.

»Das ist nichts. Ich verdanke dir mein Leben«, sagte Neef.

»Du kannst mir nichts darüber erzählen, nicht?« sagte Eve und spürte dabei eine leichte Verlegenheit bei Neef.

»Max und ich mußten uns einverstanden erklären, darüber zu schweigen, aber das meiste weißt du sowieso. Ich bete zu Gott, daß ich in meinem ganzen Leben nicht noch solch einen Tag erlebe«, sagte Neef.

»Hast du Neil gesehen?«

»Bevor ich die Station verließ. Lawrence erzählte mir, daß er die Krisis überwunden hat, dank dir und der Feuerwehr.«

Eve nickte lächelnd. »Das war ein voller Erfolg. Wie schätzt du seine Chancen jetzt ein?« fragte sie.

»Es hängt jetzt alles von dem Menogen-Vektor ab«, erwiderte Neef. »Aber er bekommt eine faire Chance, seine Aufgabe zu erfüllen. Übermorgen setzen wir ihn auf Gancyclovir. Ich bin optimistisch.«

»Das mußt du«, sagte Eve.

»Abgesehen davon ...«

»Ich würde alles dafür geben, wenn wir drei noch einmal ein Picknick machen könnten wie das unten an der Mühle.«

Neef stimmte ihr zu und drückte Eve enger an sich. »Ich habe gedacht«, sagte er, »wenn Neil das übersteht, braucht er immer noch Liebe und Unterstützung, am besten in einer richtigen Familie. Ich dachte, vielleicht könnten du und ich ...«

»Ja?«

»Also, du weißt schon, vielleicht könnten wir ...«

»Was?«

»Du weißt doch.«

»Das reicht mir nicht, Neef.«

»In Ordnung«, sagte Neef. Er nahm Eves Hände in seine. »Es stimmt, daß ich immer noch meine Frau Elaine geliebt habe, als ich dich kennenlernte.«

»Deine Frau?« hakte Eve nach.

»Meine verstorbene Frau«, gab Neef zu. »Elaine ist tot. Ich werde sie nie vergessen oder das, was wir einander bedeutet hatten, aber das gehört der Vergangenheit an. Dies ist die Ge-

genwart, und ich lebe. Außerdem bin ich schrecklich in dich verliebt. Ich kann es einfach nicht ertragen, mir eine Zukunft ohne dich vorzustellen. Ich wäre der glücklichste Mann auf Erden, wenn du meine Frau würdest.« Neef zog Eves Hände an seinen Mund und küßte sie abwechselnd. »Was sagst du dazu?«

Eve lächelte.

»Ja«, sagte sie.